失落的边疆

——阅读安妮·普鲁的《怀俄明故事》

马克·阿斯奎斯◎著
苏新连　康　杰◎译

2018年·北京

The Lost Frontier: Reading Annie Proulx's Wyoming Stories
By Mark Asquith
Copyright © Mark Asquith 2014
First published in 2014 by Bloomsbury Publishing Inc.
This translation is published by arrangement with Bloomsbury Publishing Inc.
本书简体中文版授权商务印书馆独家翻译、出版并在中国大陆地区（不包括港澳台）发行销售。未经出版者书面许可，不得以任何方式复制或发行本书的任何部分。

献给艾伦·阿斯奎斯：感谢所有幼年时的教诲

致　　谢

我衷心感谢罗斯·金阅读本书的初稿并提出宝贵的建议。我还要感谢艾瑞克·帕特森就本书的研究方法所提出的深刻的评论和有益的建议。特别感谢阿里斯泰尔·多伊尔所有的大力支持和冷幽默。我还要感谢布鲁姆斯伯里出版社的编辑团队,特别是哈里斯·纳克维和劳拉·莫瑞首先承接了这个项目并且推进项目直至顺利完成。还要感谢尼克·福西特、格里高利·埃文斯、特蕾莎·三栗屋、汤姆·杜尔诺、尼古拉斯·雷诺德、克拉拉·斯道雷和戴夫·克莱普纳对于原稿深入的阅读和宝贵的建议。当然,我主要还是要感激我的妻子安–玛丽,没有她的耐心、关爱和理解,这部书是无法得以完成的。

目 录

导　言……………………………………………1

第一章　景观……………………………………35
第二章　拓荒者…………………………………65
第三章　牧场主…………………………………96
第四章　牛仔……………………………………121
第五章　印第安人………………………………160
第六章　输家……………………………………184

结　论……………………………………………207

参考文献…………………………………………213

导　言

　　她凝视着你，用她那"专注的黑眼睛……那种眼睛非常适合那位年老的怀俄明人物，那位希望能够平静地死去的旧时的枪手"。这些不是我的话，而是大卫·汤普森在有关安妮·普鲁的简介里说的话，其标题也极富感染力：《独行侠》。[1] 在描绘普鲁时，类似"粗糙"、"头发斑白"和"轮廓分明"这样的措辞比比皆是，而她的眼睛始终被描绘为凝视着一定距离内的某个点。妮琪·杰拉德在《观察家报》早期的一篇评论中把她描写为一位"边疆女人"——"饱经风霜、历经生活磨砺，似乎多年来她一直顶着刺骨的寒风行走在坚硬的土地上"；而罗斯·韦恩－琼斯在《独立报》上发文把她想象为她自己小说中的一位年老的人物："在86岁的年纪，她的皮肤像弹簧沙发上的沙发罩，但是她肌肉饱满的手臂和强健的手指表明她还能攀爬光滑的岩壁。"[2]

　　普鲁一直拒斥类似"商业化"的产品这样的标签，然而却很乐意耕作这样一个人物形象。在她小说封面照片里的作者总是凝神关注，而这样的照片确立了普鲁带入到其形象经营中精心设计的真实性的元素：自然的摆拍。她是一个乡村女人，并且也愉快地以此形象示人，精心构建其自身的文学形象，一如其笔下塑造的文学人物。对于这位勇敢的西部人物的赞美催生了普鲁作为一位不说废话的受采访者的传说。《卫报》的凯瑟琳·瓦伊纳曾经说："除了满怀恐惧，没有其他的办法在采访中接近 E. 安妮·普鲁。"[3] 她痛恨闲扯，而且正如大卫·汤普森在付出了一番代价后所发现的，漫无边际地闲扯到她认为是私人话题的结果就是"面对一个枪手的拒不妥协"。阿伊达·埃迪马里亚姆就记录了这样一种眼神。那是她在为《卫报》所做的早期人物采访，当时她提出了一个私密的问题："她（普鲁）的脸上变得毫无表情，说了个笑话，但又不是笑话：'幸好我把枪收起来了。'"在某种程度上，所有

失落的边疆——阅读安妮·普鲁的《怀俄明故事》

的人都在玩一个游戏，这个游戏使得普鲁能够扮演其中的一个角色，但同时又表现得一本正经：她所表现出来的性格使得她一方面能够闪烁其词，同时又符合一个"说什么就是什么"的西部作家的角色。[4]

普鲁迄今为止最高调的行为发生在2006年学院奖颁奖以后，当时由李安执导的电影《断背山》在最佳影片类别输给了电影《撞车》。她为此撰文在《卫报》上作回应，其标题不无恶意地措辞为《红地毯上的鲜血》。她在文中刻意把自己打扮成西部圈外人具有常识的声音，严厉指责那些危险地失去与"当代文化"接触的洛杉矶都市精英。她的立场夹杂着矛盾，因为她所接受的乡土形象就是那个乡土地区的代表，而该影片就令人不安地源于其中。尽管如此，普鲁还是以温和的嘲笑和蔑视作罢，最终以一个既表示反对又不自然的姿态与其批评家缓和关系："对那些称之为酸葡萄式的咆哮的人来说，顺其自然吧。"[5]

从某种程度上说，普鲁最为持久的人物塑造是她自身的形象，这是在作者、出版商和记者之间细思冥想的结果。这个人物与三卷本怀俄明故事作者的身份相称，也毫无疑问是西部的。对于一位拥有文艺复兴研究学术背景的单身母亲来说，这是一个不小的成就。她在六十岁以前还从未涉足过西部。确实，在普鲁于1995年移居西部以前，她过着一种异常非西部的生活方式。[6]她于1935年出生于康涅狄格州的诺维奇，是家里五个女儿中的老大。她的父亲是一位法–加裔移民，名叫乔治·拿破仑，在纺织厂工作。她的母亲洛瓦·吉尔是一位业余博物学家和画家，她所给予女儿的是视觉的敏感性和对于阅读的热爱。普鲁在新英格兰和北卡罗来纳长大，并于1957年进入位于缅因州沃特维尔的科尔比学院就读，但随后辍学嫁给了先后三个丈夫中的第一个。她对于私生活严加保护，而她的私生活读来很像其充满戏剧性的小说叙事。普鲁把她的两段婚姻描绘为"可怕"，并且还不无讥讽说她有"选择错误的人的才能"。[7]在1973年从位于蒙特利尔的乔治·威廉斯爵士大学（现为协和大学）获得硕士学位以后，普鲁又开始攻读文艺复兴经济史博士学位，但在通过口试以后，为了照看三个儿子，她被迫放弃了学业。她迁居到位于美–加边境的迦南，但很快就遇到了难题，即一方面要养家糊口，另一方面又想生活在远离喧嚣的乡村地区。她转向新闻界，像一位当代的亨利·梭罗一样生活在树林中，为当地的杂志写作"如何动手"类文章，这些文章内容涉及烹饪、捕鱼、狩猎和园艺。这些当然不是因为怀念城市市场而从事的秘传活动，而是普鲁试图为将来的后代保存乡村传统所做努力的一部分。就这样有好几年的时间她的日子过得蒸蒸日上，同时还尝试写作有关乡村生活的短篇小说，这些小说发表在《格雷体育杂志》上。

普鲁的生活轨迹原本是应该这样发展的，但在1982年，斯克里布纳出版社的编辑汤姆·詹金斯邀请她把自己的一些短篇小说结集出版。就这样，短篇小说集《心灵之歌》（这是乡村音乐和西部音乐的旧称）于1988年出版。这部小说集专注于描写乔宾县居民单调乏味的生活，一如他们日复一日地狩猎、射击和捕鱼。然而在快乐的田园生活表象之下，普鲁揭示了一个受到严酷的环境和孤独考验的社群，和各式各样性情古怪的人物，他们有着古老的怨愤和隐藏的秘密，并且还受到外来者持续不断的威胁：这就是普鲁一直以来所耕耘的土地。批评家们不约而同地认为，那坚韧的叙事口吻、叠加的隐喻、简洁的一般现在时、省略句和现实主义与超现实主义的混合体宣告了一个独特、全新的文学声音的到来。普鲁的乡村故事读来似乎风格清新、爽快，但在主题内容上还是回顾了以弗兰克·诺里斯和约翰·斯坦贝克为代表的"地域作家"的悠久传统，而这些地域作家曾经寻求追述平凡的个体生命受困于特定地域环境的方式。

在《波士顿环球报》上撰文评论该作品时，蒂姆·高特罗认为，普鲁似乎正在为新英格兰做着一件科马克·麦卡锡曾经为得州–墨西哥边境所做的事情。[8]但是，与普鲁所感兴趣的琐碎的妒忌和令人不安的性秘密相比，麦卡锡关于过往的西部血腥然而英勇的想象截然不同。其次，很清楚，普鲁的故事并非来源于她对于某个特定地域的依附，而是来自一种历史的方法论，这种方法论把处于威胁中的社群作为其起点。关于这一点，普鲁曾经宣称：

> 我试图界定这样一些历史时期，那是当植根于地域和自然资源的地域社会和文化开始经受对其传统生活方式的侵蚀，并且尝试把握当代大世界的价值观的历史时期。我小说中的人物小心翼翼地行进于变迁的乱局之中。[9]

从本质上说，虽然《心灵之歌》明白无误是一个受到其与特定地域的关系所塑造的社群编年史，但无论是人物还是景观对于她创作的演变都并非至关重要。最为核心的是普鲁作为一位历史学家所受到的训练，尤其是她对于法国年鉴学派的兴趣——这是一个活跃在20世纪上半期的先锋团体。年鉴学派方法论的三个方面与普鲁的创作发展相关。最为重要的是，年鉴学派拒绝把历史看作伟大人物功绩的线性记录，而是青睐于更加碎片化和平等主义

3

失落的边疆——阅读安妮·普鲁的《怀俄明故事》

的方法（这个立场与后现代主义拒斥宏大叙事转而倡导竞争性声音的主张契合）。一个社群的历史始于对当今状况的细致分析，而在此之前需要确定诸如景观、气候、经济发展和社会条件等因素可能如何结合起来使得人们演化到这种状况。这是建立于平凡的人们、而不是立法者的公共行为基础上的历史，其中购物单、婚姻证书和死亡记录取代了作为材料来源的政治回忆录。所以或许不足为奇的是，普鲁小说中相当的部分来源于并且得到在当地图书馆长时间深入研究和其他方面更多的支撑：

  我阅读工作和修理手册、礼仪书籍、俚语词典、城市电话号码簿、职业头衔名录、地质学、地区天气、植物学家的栽培指南、当地历史和报纸。我参观墓地、濒临坍塌的轧棉机、照片库房和房屋以及道路。我倾听普通人在酒吧、商店和洗衣房里的谈话。我还阅读公告牌和从地上捡到的纸片。[10]

普鲁由理论激发的兴趣得到了她早年作为当地杂志"如何动手"类文章作者生涯的补充，这样一个工作迫使她去观察普通人在做些什么以"使得事情在乡村环境下如常运作"。[11]这些人生活在与土地的互惠关系中，他们讲述一个与区域历史学家、联邦官僚、甚至是作家编造出来的不同的故事。

普鲁所受的历史训练的一个结果就是她独特的地区主义被证明异常便携，这从她所有作品的地理广度就一目了然：在她的第一部长篇小说《明信片》（1992）中，她追述了新英格兰地区乳品业在第二次世界大战以后数年间的崩溃；在《船讯》（1993）中，她讲述的是受到过度捕捞和政府立法威胁的冰封的纽芬兰捕鱼社区；在《老谋深算》（2002）中，她转向了得克萨斯和俄克拉荷马州的狭长地和一个受到公司化养猪业挤压的牧场社区；而在《手风琴罪案》（1996）中，随着普鲁探索文化同化过程期间美国移民文化传统所受到的侵蚀，其覆盖的地理范围扩展到了整个美国。

在许多方面，怀俄明只是抓住了普鲁幻想的另一个受到威胁的地区。她本人曾经写道："关于美国西部的写作正如关于美国东部或者任何地方的写作。"[12]然而，同样也非常清楚的是，当她于1995年离开那个自17世纪就成为家族居住地的地区搬到怀俄明州东南部拉勒米附近的小山村森坦尼尔时，她就遭遇了挑战其创造性想象的一个地区。就像许多首次进入西部的人一样，她的最初反应聚焦在连绵不绝的景观上："那视线是多么大的帮助，还有那些行走的空间。能把目光投向远方真是很有意思，而在新英格兰北

4

部地区，总是有树木挡住你的视线。"[13] 在小说《从树林中爬出的男人》中，普鲁捕捉到了一些自己的惊讶。在这篇小说里，我们遇到了米切尔·费尔，另一位来自新英格兰树木所投下的阴影中的难民：

>   米切尔被这个地方的美丽惊呆了，不是大提顿山那些过度拍摄的凹口，而是高高的大草原和明亮的黄色远景，这使他的空间布局感到愉悦。他感觉似乎他偶然碰到了地球上从未见过的景观，而同时他被移置到人类起源之前真正的景观之中。山脉像黑色的熟睡中的动物那样蜷伏在地平线上，它们的背部被雪映照成白色。他踩踏着野花、闪亮的水晶、玛瑙和玉石、耀眼的地衣……他的心挤了进来，他希望拥有一把神奇的刷子把篱笆、粗陋的房屋，包括他自己买下的那所房屋，从这个地方统统抹去。

在米切尔欣喜于自己能够辨别"真实"和"通俗"版本的大自然之前，他最初的反应激发起了19世纪有关崇高的概念。这样的景观所激发的不仅是审美鉴赏，而且是原始的向往。按照地理学家段义孚的观点，那是体验过"穿越了山间小径所看到的第一眼沙漠，或者是第一次投身于树木丰茂的荒野"[14]的人们所熟悉的反应。那是一种短暂然而强烈的体验，它在消除过去的同时又使得观者预备好重新降生在福地。这当然是米切尔，这位正在从肾脏移植手术（这个手术引出了移植和排异的主题）中康复的人，所愿意看到的。这个景观承载着其悠久的历史所留下的伤疤，就像一个失落的语言里的象形文字，而这个语言挑战人们的理解力，甚至是现代观者的概念性认知。米切尔的反应对于那些寻求破解这个语言的人是一个提醒，因为尽管他似乎拥有足够的敏感性，他评价"草原"的方式还是通过"空间布局"，其美学上的理解方式与他观看他妻子的品牌厨房一样。有关山的隐喻都属于陈词滥调了，而对于他踩在脚下的物体的细致描述显而易见但却不是真实的。这很清楚是类属性的，与其说与真实的地面相关，还不如说是他的想象力告诉他那儿应该是什么。确实，米切尔的顿悟与扩展性关系甚小，而仅仅是有助于证实他自身的狭隘，这包括用一把"神奇的刷子"抹除任何不符合他心目中原始景观应该呈现出的样子的任何东西。[15]

普鲁的作品摘录清晰地演示了将西部荒野进行概念化的难题。威廉·福克斯论辩称，我们正常的认知和文化习惯证明与缺少"垂直物"的景观不对等，而这些"垂直物"提供了"中间地带"，在此，"通常情况下我们的视野，也就是我们的想象力要花费其大部分时间"。[16] 普鲁在其为一部论文集《红沙漠：一个地方的历史》所写的导言中回应了这个结论，其中她观察到，在这样一个空旷的空间，随着视觉焦点"从近旁转向遥远的地平线"，[17] 人会被迫进行"某种心理学上的双重思考"。或许是因为这个存在危机，按当代怀俄明小说家和记者汤姆·雷的观点，这是一个仍然禁锢作家的难题："在怀俄明，我们仍然在争论这种空旷到底是什么，以及是否和如何去填补它。"[18] 应对这种空旷的一个办法当然是停止将其视为缺席。正如雷清楚地表明："这个州已经变得满满当当的了：有天空、灌木蒿、岩石、羚羊和牛群。残存的水塘。随处还能见到一条高速公路、一棵树、一幢房屋。相隔好远还有一座城镇"——这是一种使空旷成为长处的充裕。[19] 应对空旷的另一个办法是迷失自己。怀俄明很久以来就是那些面临家庭悲剧的人们的休憩疗伤之所：在空荡荡的空间，心灵能够得到修复。在普鲁迁居十年以前，作家格雷特尔·埃尔利希在她的伴侣去世之后来到怀俄明寻求《开放空间的慰藉》（1985）。在埃尔利希之前一百年，有一位叫做欧文·威斯特的年轻人来到这个地区以为寻找良方来治愈自己的萎靡不振。他声称他所找到的是"一定像是月亮上的风景"的景观，其中点缀着的一片片绿洲使他想起了"创世记"。[20] 就像米切尔和埃尔利希，他体验到的怀俄明景观是蕴含着救赎和生长希望的荒凉。然而与他们不同的是，威斯特并不满足于发现慰藉。当他面对着荒野时，他寻求把荒野给填满：用故事。

从某种程度上说，西部的空旷一直在诱使人们去讲故事。莱斯利·费德勒曾经主张说，关于一个白人男性能够在其中直面他们自身黑暗的"他者"的西部王国的观念一直以来满足了欧洲心灵中根深蒂固的需求。根据他的读解，柏拉图的亚特兰蒂斯神话或者阿瓦隆的凯尔特梦想已经被一群人的叙事所取代。他们在"五月花号"以后漂洋过海以寻求经济和宗教自由，和在丛林中的对决。[21] 即使是在首批定居者抵达东海岸时（他们世界的西部极限），他们的眼睛已经瞟向一个新的西部，这个新的西部既令人恐惧又预示着一个新的伊甸园的诱惑。从早期记述中出现的西部确立了这个地区此后被审视的方式。对于米歇尔·蒙田而言，这是一片摆脱了东方罪恶的具有田园诗般纯真的地域：即便是那些印第安人（对于新英格兰的清教徒来说他们是些令人恐惧的可疑人物），一旦经过欧洲浪漫主义透镜（尤其是让-雅克·卢梭的鼓吹）和约翰·洛克政治哲学的重新评价，他们成了"高贵的野蛮人"。这个理想化过程可以从多方面看出来，如托马斯·科尔和阿尔伯特·比尔施塔特的画作、19世纪中期的超验主义运动，以及最近的深度绿色生态运动和那些寻求其他生活方式的人们。但却是一个法国人赫克托·克雷维格为在他纽约州奥兰治县农庄周围的"西部"农夫勾画出了新的身份。根据利奥·马克思对克雷维格《一位美国农夫的来信》的考察，其中没有提到阿卡迪亚，没有来源于维吉尔在创作他的田园理想国时所使用的诗意表述。那里只有逃离东部城市的腐蚀的说话坦诚、辛苦劳作的拓荒者。[22] 然而在1800年，这个新生共和国三分之二的居民生活在距离大西洋50英里的范围之内。随着刘易斯和克拉克在1804—1806年间进行的远征，这种情形得到了改变。虽然这次远征起初只是一项绘制疆土的行动，却起到了重新确定集体想象的效果。正如这个地区早期的一位历史学家亨利·纳什·史密斯所宣称的那样：他们征途的重要性"在于想象力的水平：这是一出大戏，这是一个蕴含了未来的神话的发布"。[23]

即使没有他们，西部也会被打开，但刘易斯和克拉克实现了这片空旷的地区对于英雄的无止境的渴望。因为，正如作为最早理解这个地区的象征性重要意义的政治家之一西奥多·罗斯福所观察的那样："紧随他们的行走路线，猎人、捕兽人、皮毛商人纷至沓来。他们这些人为后来的定居者铺平了道路，而那些定居者的后代将占有这片土地。"[24] 正是这最后一批人，受到充满矛盾的自由和拥有梦想驱使，他们将激发起美国自身的创世故事。除此而外，在西部第一位伟大的历史学家弗雷德里克·杰克逊·特纳手里，这根本就不是"故事"。1893年，当他在芝加哥的哥伦比亚博览会上向美国历史学会的成员呈递他关于西部移民的斗争如何创造了强悍、自立和民主的美国人的报告时，那报告被称作"论文"——这个标题赋予了一种学术尊重和权威。他所提出的建议非常激进：真正的美国将不再局限于东海岸，甚至是南部各州，而是在西部。

而且，我们还可以补充，在过去。因为面向未来的1893年世界哥伦比亚博览会庆祝的反讽——其展品包括一辆梅赛德斯奔驰汽车、汉堡和托马斯·爱迪生的活动电影放映机——在于它催生了一种坚实地植根于怀旧的美国身份的想象。[25] 特纳的论文把环境决定论和社会达尔文主义的概念编织到一起以使它的听众相信，美国将成为一个伟大的国家，并不仅仅是因为其受命于昭昭天命，而且还由于进化论科学。他从当时流行的"胚种学说"得到线索，争辩说美国可以被构想为一位受到勤奋的"欧洲胚种"殖民的主人。[26] 在当时的人们还在关注旧大陆恬淡寡欲的品质的时候，特纳则寻求强调移民在与充满敌意的环境的斗争中其性格所经历的变化。就这样一下子，有关建立在与欧洲的战争之上的美国身份的观点和美国受奴役的过去被一个建立于进化生物学基础上的创世神话所取代。[27] 不仅如此，他还以戏剧般的风格做到了这一切。在堪称野牛·比尔·科迪的触摸之下，他不仅从枯燥的统计数字中想象出了边疆的概念，而且结束了这个尤为形成性的时期，从而对所有未来与这个地区的接触投下了异想天开的遗憾的阴影。

　　或许这个戏剧性的姿态所受到的启发也缘于其与那位了不起的经理人科迪相邻，因为科迪蛮荒西部的盛大表演正在火热进行中，离特纳所在的芝加哥会场仅隔几个街区。特纳回绝了一个于 7 月 12 日下午观看表演的邀请以便完成他的会议论文。如果他去了，他会领略到关于西部的非常不同的想象和创造历史的事业。特纳所描绘的西部是空旷的，而科迪的西部则充斥着有待写入更凶险的戏剧里的印第安人。这出戏的主角并不是那些正直然而却很枯燥的自耕农，而是勇敢的侦察兵和避开印第安人精心谋划的攻击的美国骑兵部队。正如特纳的想象，科迪所呈现的并不仅仅是一出戏，而是"历史"——这是一个建立在其对真实道具的调度基础上的主张。就像菲利普·德洛里亚所观察的那样，因为"真实的印第安人，他们身上装饰着真实的羽毛和鹿皮，去攻击真实的驿车和农场"，而这个版本的西部一定是"真实的"。[28] 逻辑无可指责，但是却创造了关于西部的一种想象，其中表现和历史相互交织在一起，以至于这个地区远离了任何现实的概念。按照让·鲍德里亚的观点，科迪所呈现的一系列"能指"——鹿皮衣、战斧等等——把西部转变成了一个拟像的范例：这不是一个真实物体的复制品，而是其自身变成了真实（或超真实）的物体。于是乎这就成为了全美国的完美象征，亦即一个建构的现实，其中"所有事物都注定作为模拟物重新出现……事物似乎仅仅是由于这个奇怪的命运而存在"。[29]

　　这种令人担忧的关系里的迂回曲折被一个重大的事实明确地得以说明，即苏族人首领坐牛，这位在格瑞兹格拉斯战斗中击败卡斯特的设计师，后来随着有他的苏族勇士星夜攻击卡斯特的表演巡游。科迪本人曾经做过第五骑兵团的侦察兵，而以这个身份活动的时候，他得穿上戏服。1876 年 6 月，他杀死了一名"真正的"印第安人黄手，这个事件后来被科迪穿着同样的服装在晚间表演中演绎出来。[30]据此,理查德·斯洛特金认为,科迪的舞台成为了最终的"神话空间,其中过去和现在、虚构和现实能够共存;在这样一个空间,历史转化成了神话,又作为仪式再次得以演绎出来"。当观众在演出以后离开帆布搭成的剧场时,他们想必清楚,他们的体验与消费一出戏剧不同:没有剧本,没有结合紧密的情节,那些从来不按角色演出的"演员",观众真的似乎见证了"历史",而不是"虚构"。[31]

对于那些没有那么好的运气坐到前排位置的人们,科迪的想象通过廉价小说市场得到复制和放大,而且由于廉价的纸张和改进的生产工艺,这个廉价小说市场在19世纪后半期有了爆发式增长。西部是个热门的话题,部分是因为其鼎盛时期(1860—1890)与定居大事年表一致,但还因为内战期间的工业化杀戮刚好遭遇了美国当时向西部看,以寻求一个新的关于勇气和征服的田园叙事。西部再一次成了希望的地理所在,正如其曾经之于首批移民那样。其目的是为东部读者生产逃避现实的小说,特别是那些被办公室生活的劳碌折磨得软弱无力的年轻人。那些小说的场景也许设为西部,但是它们都是以工业化的规模(著名的普兰蒂斯·英格拉姆就创作了600多部小说)在东部生产出来的(所有的主要出版人都以纽约为总部),而那些作者几乎从未走出过城市。大名鼎鼎的吉尔伯特·佩顿仅仅因为曾经乘坐火车穿越过这个州就为自己赢得了"怀俄明比尔"的绰号。小说生产的速度和第一手经验的匮乏意味着作者们需要依赖彼此的作品和越来越规范化的一系列滑稽的漫画、象征和事件。这样的结果是,廉价小说市场加强了科迪制作一个幻想西部的虚构化过程。[32]

在19世纪后半期,正当西部小说的热度开始消退时,从大山里奔驰出来一位救世主,永远地改变了西部小说:牛仔。这是对于用更加华丽的服饰包装起来的勇敢的拓荒者自助精神的再次肯定。科迪赶快行动起来,于1887年在他的荒蛮西部表演中推出了"巴克·泰勒:牛仔之王",他所编排的仪式——驯马、带枪、套捕——补充了这个高度戏剧化的西部想象。用叮当作响的马刺和十加仑大的帽子,牛仔证实了一个出版商的梦想:他可能曾经是一个土生土长的英雄,但他很容易就溜进数个世纪以来很成功的叙事常规。正如法国结构主义学者克劳德·列维-斯特劳斯在《结构人类学》(1968)中所论辩的那样,如果叙事的效力来源于简单二元对立关系的矛盾和解决——那么西部小说,由于其呈现的各种对立,即牛仔与印第安人、荒野与城市、自由与限制，则是出类拔萃的结构主义形式。不止于此，循环出现的程式化角色（警长、枪手）在熟悉的景观中（沙漠、沙龙）从事熟悉的活动（枪战、赶牛），再配上同样的视觉能指（枪支、马刺），你就能拥有了经久不衰的神话结构。[33] 没有人比西奥多·罗斯福更理解这个。他是众多美国总统（这些人包括罗纳德·里根和乔治·W.布什）中的第一个把牛仔形象利用出政治效果的人。

罗斯福于1884年到西部去旅行，以排遣其妻子的去世所带来的悲伤。他在"绵延不绝的大平原"上发现的，就像他告诉妹妹的那样，是童年幻想的实现；在那片空旷的土地上，生活着他想象出来的低俗小说中的英雄。但罗斯福不仅仅是个看客。西部把这位苍白、胃弱的东部政治家变成了粗犷的西部人，使得罗斯福成为特纳论文的人格化代表，外加牛仔的魅力。在他的著作中（特别是他的多卷本《赢得西部》（1889—1896），他采用了仿牛仔的民间性宣告了新的美国男性气质理想的诞生，他自己的身体（经常以牛仔的装束出现在照片里）也成为洁净生活价值观的证明。[34] 在1903年的竞选活动中，正是这具身体策马奔出怀俄明州的黑山，进入夏安受到来自《论坛报》记者们的迎接："他从山谷一路卷起尘埃……西部被写在了他身形的每一个线条、衣物和举止中。"按照小说家欧文·威斯特的看法，在这个过程中，这位有望成为总统的人把自己转型成为故事书中的牛仔，变成了一位"把牛仔很当回事的拓荒者"。[35]

威斯特知道得再清楚不过。他自己的怀俄明小说《弗吉尼亚人》（1902）就发表于罗斯福骑行（这部小说被题献给罗斯福）的前一年，他十分娴熟地掌控这种已经广为接受的小说类型，以至于伯纳德·德沃托宣称这是"一种艺术的诞生"。[36] 威斯特成功地确立了严肃的牛仔小说的样式，所以在1949年，当杰克·舍费尔让他小说《谢恩》里的同名主人公骑马走出大山来到怀俄明支持那个小个子男人时，他其实是在遵从来自威斯特的几乎未加改动的剧本。确实，牛仔小说的程式变得如此公式化，以至于西部小说的评论家华莱士·斯特格纳回忆说，在阅读了舍费尔的书稿以后（他当时是霍顿米夫林出版公司的编辑），他无法判断这究竟是写得最好的西部小说，还是滑稽的模仿。[37]

在小说《弗吉尼亚人》出版后的第二年，观众聚集在全美国的廉价剧院观看又一出怀俄明牛仔戏。《火车大劫案》是由埃德温·波特导演的12分钟短片，描述了1900年8月墙洞匪帮在怀俄明州的联邦太平洋列车上犯下的一桩抢劫案。[38] 屏声静气的观众被这个神奇的新技术迷惑住了，而具有讽刺意味的是，这个技术再现了观众们相当熟悉的关于西部的想象。因为当时的"十美分西部"是用极易辨认的典型人物建构出来的，这些人物所从事的活动强调动作甚于言语——枪战、马匹追逐、沙龙打闹等等。这是为早期的无声片量身定制的。波特影片的重要意义不仅在于它提供了一种西部程式的视觉强化，而且在再现一个历史事件时，它模糊了虚构和现实之间的区别。在许多早期电影里，导演们都寻求把依然驰骋在大平原上的"真实"牛仔——基特·卡森和怀亚特·厄普——变成"荧幕"牛仔，在他们像整个边疆消失以前。好莱坞像科迪一样，它提供了一个建立在明确的道德准则之上的简单化的美国想象。所以，在1953年，当艾伦·拉德在乔治·斯蒂文斯的影片《谢恩》中以同名主人公的身份骑马进入怀俄明时，美国或许已经经历过了大萧条、两次世界大战并且进入了核时代，然而似乎一切都没有改变。

说这些的要点是，当普鲁于1995年抵达西部时，她所面临的空旷与其说是真实的还不如说是眼里看到的：也许视线很长，但是这些视线统统聚焦于神话。西部小说评论家威廉·基特里奇曾经把这个神话描绘为"对那些希望写写美国西部的人是个潜在的圈套，一个想象的魔盒"。[39] 这里似乎不仅提供无数容易加工的人物原型和故事，而且还似乎不受后现代改写的影响。他对此心知肚明。他的《细绳》系列小说——其标题有诸如《内华达战争》（1982）和《硫磺盆地》（1986）——旨在对传统的西部小说提出一个多少有些女性主义和自反式的颠覆。但是这些细微之处都被他忠实的读者忽略了。他们从表面现象判断其小说，并且指责他的出卖行为。拉里·麦克默特里，作为自封的虚构西部的灾难（因而他作为《断背山》剧本的合作者也是合适的），也因为其最畅销的作品《寂寞之鸽》（1985）（后来被改编成畅销的电视系列短剧）经历了类似的反应。他想，他是在创作一种终极"反西部小说"，即用现实主义的形式记述后期牛仔们尝试一种英勇的、作为成年礼的赶牛行动。无论是读者还是评论者都将其视为对西部神话的历史辩护，这让懊悔不已的麦克默特里最终承认："关于西部的浪漫想象太过强大，你根本没有办法逆流而行。无论出版的书籍里道出了什么关于西部的真相，神话总是更加有效。"[40]

如果西部是一个圈套，那么对普鲁的《怀俄明故事》粗略一瞥你就会明

失落的边疆——阅读安妮·普鲁的《怀俄明故事》

白,她已经掉入了这个圈套。在这些故事里,我们看到了琳琅满目的各式传统人物——拓荒者、牧场主、牛仔和印第安人(在她的怀俄明,没有会计,没有警官,也没有学校老师)——他们都生活在约翰·福特式景观的阴影里。然而,正如她的第一个故事集的标题所表明的,她在拒斥已经制造了一个神话般西部的漫长的天际线,而在《近距离》研究这个地区。她在长时间地审视那些固定的西部人物(类型限制下的漫画式人物),去揭示那些"真实的"而不是"荧幕的"人物。正如三部曲的副标题所暗示的,这些人的性格已经受到数代人以来与特定的景观之间关系的陶冶。这不是具有崇高意义的景观,而是如她的第三个故事集标题所示,是绝对冷漠的《恶土》。正如《近距离》的双关所暗示的,这片神话般自由的地域似乎已经"关闭"了,而在一片已被相互竞争的石油化工公司、采掘企业和皮包牧场主瓜分完毕的地域,没有什么是"开放"的。这并不是一幅多么迷人的西部景象,而且普鲁也承认,有些怀俄明人——那些相信这个州好了原本如此的人——"强烈反对我的小说并不总是展现正直、高尚和纯真的人物"。然而,正是这样一个西部,它对于神话的唯一亏欠就是它繁重的负担。[41]

普鲁关于西部的想象有别于基特里奇和麦克默特里,因为她是一位对于这个地区男性冒险的诱惑无动于衷的中年女人。在许多方面,普鲁把自己视为西部的观察者,同时也是一位西部"历史学家",而这样一个位置使得她在人们讲述的关于他们自身的故事里去探索历史、小说和想象性重建作用之间的关系。普鲁曾经表明说,"我所创作的几乎每一个关于怀俄明的故事都建立在历史事实之上"。要符合这样的评论,她或是通过文内(对于真实事件或者人物的指涉),或者是通过出现在每一个小说集前页详尽的致谢词做到的。[42]即使是那篇令人恐惧的小说《地狱里的人们只想喝口水》(载《近距离》),即在其结尾一位在一起撞车事故中离奇致残的人物遭到阉割,都可以追溯到由海伦娜·托马斯·鲁博特姆撰写的怀俄明地区史中"几个令人不安的段落"。[43]尤为重要的是,这就是新闻报道与历史标记之间的平衡(她此前的工作和作为历史学家所受训练的遗产),再加上在大多数小说中她对于细节法医般的关注(她在图书馆里度过的漫长时间的结果)——即便是那些近乎于魔幻现实主义的小说听起来也似乎建立在真实事件之上。普鲁关于食人植物的童话故事里的叙事声音,即《灌木蒿小子》(载《好了原本如此》),采用了历史阐述的语域,并且得到文内对于真实历史人物和事件逼真的指涉的强化。在《重现印第安战争》(载《恶土》)中，普鲁使用了科迪遗失了的伤膝涧战役电影胶片的发现来探讨"真实性"和"想象"在历史建构中的作用。正如在她作品的其他地方一样，此处的虚构人物与历史人物展开竞争，他们所在的城镇来源于想象，但却坐落于可在地图上定位的城市左近。他们的故事也许不停地被对于历史事件的指涉打断，然而他们的生活却奇怪地与现实分离。这种叙事策略提醒我们对于"虚构"和"现实"之间区别的把握其实无关紧要，并且证实了小说集宣传语的广泛涵义："现实在此地从来都百无一用。"

普鲁处理西部的方法与她抵达怀俄明时开始流行的覆盖范围广泛的西部历史重新评估相一致。1986年在圣达菲举行的"小径：通往一部新的西部历史"研讨会把帕特丽夏·利默里克、理查德·怀特和"新历史学家"送上了与特纳论文中的线性历史的碰撞航向。[44] 利默里克提出了关于西部历史的新观点，其中意识形态和神话让位于多样性和复杂性。[45] 关于神话所存在的问题，如罗兰·巴特所论辩的那样，它"废除了人类行为的复杂性……消灭了辩证法……它还组织了一个没有矛盾的世界，因为它没有深度。这是一个完全开放的世界，并且满足于显而易见的东西"。[46] 重新把微妙性引入到西部历史中意味着放弃边疆的概念——按利默里克的观点，那是个可怕的"F词"，即速记里表示"白人变得稀缺的地方"。利默里克认为，如果想让关于西部征服的叙述成立，那么至关重要的是停止将其视为一个冰封的地区，其中"印第安人和拉美人像舞台上的家具一样等待白人出场戏剧方才开始"。[47] 在文学批评家尼尔·坎贝尔看来，从象征层面上说，这意味着拒绝将西部视为这样一个空间，即它由源于根部（其象征物为树）的线性生长孕育而成，而是将其视为一个"由多种迁移性、混合型文化构成的复杂空间，它既在区域以内、也向区域以外延展（其象征物为复杂的地下水平根部系统，即根茎）。[48] 所以，这个由新历史学家构想的西部成为了这样一个区域，其中一个线性发展的强加的权威声音让位于被特纳所忽略的多种声音——美国原住民、少数民族、妇女——这些声音往往揭示出令人不安并且相互矛盾的多种历史。

这并不是说一个简单的叙事已经被一个新的二元的也同样僵化的区别所替代，而这或可以被认为是"真实的"西部和"想象的"西部之间的区别。神话之所以在一个后现代社会经久不散，正是因为它可以很容易地简化为一

13

整套脱离其历史和地理语境的容易辨识的象征。正如历史学家罗伯特·阿塞恩所观察的那样，对于那些与真实世界搏斗的西部人而言，神话的作用就像是一个"备胎，一个编号的银行情感账户，一个安心、可靠的退隐地"。[49] 同样，尼尔·坎贝尔提出了西部作为"一个第三空间"的观点，这个空间由相互竞争的对话构成，其中最为重要的是拥有其神话般过去的当代西部。西部成为了一个动态的环境，它承认对于旧西部的怀旧和当代西部人的生活并不固定于一个受历史影响的关系之中，而是彼此血脉交融。在这样一个西部，偶然的关系被一种确认所替代，即有些事情同时发生。[50]

西部是现代西部居民自科迪的原创表演以来一直所经历的复杂的神话制造和神话营销的相互作用。通俗文化因为西部的粗糙而将其表现为崇高的地域，将西部人表现为自由、独立和自助的人们，这也是西部人乐于呈现出来的形象。而现实是，在怀俄明这个自称的"牛仔之州"，放牧业现在仅占全州收入的2%，一个户外的工作更有可能是风景园艺，而不是赶牛。[51] 那些曾经在土地上劳作的人们现在就业于沃尔玛超市和光盘租赁商店，其结果是他们发现愈发难以企及西部英雄谢恩的原型。就像那些参与科迪蛮荒西部盛大表演的印第安人一样，相较于占据他们想象的西部观念，他们备受煎熬。正如斯特格纳所评论的那样："西部城市里的许多职员和冷饮销售员部分是由于事实和历史造就了他们，也部分是由于浪漫想象和传统的成规促使他们成为今天的自己。"[52] 在一个并不需要西部梦的西部，他们越感到被边缘化，就越强烈地依附于他们想象的世界。《近距离》的序言里引用了一位怀俄明牧场主的一段话，其全文是这样的："这其实更像是神话和试图成就这个神话的人们之间的紧张关系……现实在此地从来都没有多大用处。"[53] 正是这样一种紧张关系提供了一个构成普鲁《怀俄明故事》基础的冷酷的喜剧。

在其三部曲中，普鲁的意图是通过让此前被边缘化的群体发声对这个神话进行矫正——这个群体包括美国原住民、女性拓荒者和同性恋牛仔——而同时探讨生活在神话阴影下的当代怀俄明人所受到的创伤。关于这一点，她并不是单枪匹马：伊莱恩·肖沃尔特曾经说，普鲁是新的西部女性声音之一——这些声音还包括特丽·坦皮斯特·威廉斯、帕姆·休斯顿、芭芭拉·金索尔沃和格雷特尔·埃尔利希——她们寻求把这片男性疆域据为己有。说到"疆域"，她似乎不仅仅考虑男性叙事和心理的问题，而是字面意义上的男性地理：西部的沙漠和高平原。她注意到，普鲁"写作关于牛仔、牧场主和流浪者的方式看上去很自然而且是非受迫的，并且把她的版本的美国西部与科马克·麦卡锡的版本并置"。[54] 与麦卡锡作比较是合适的，因为就像麦克默特里，他最好的修正主义意图似乎被对于神话般西部根深蒂固的想象性同情所窒息。乔伊斯·卡罗尔·奥茨曾经说过，他和普鲁都"对西部的物理地形和空旷的蓝天抱有美学意味的惊叹"，加之对于那些处于边缘地带的人们艰难度日的残酷性所表现出的恐惧。[55] 但是，一方面麦卡锡圣经般雄辩的口吻不断地使其人物所遭受的痛楚显得高贵，将其提升到与景观相称的高度，而普鲁则对崇高的环境和生活在其中的普通人的艰难人生之间的不一致更感兴趣。麦卡锡的《边境三部曲》中的主人公，就像普鲁的生活在怀俄明的许多人物一样，他们苦苦地挣扎以协调一个理想化的西部和他们身边的现实之间的矛盾。实事求是地说，此处的边境与其说是地理性的，还不如说是想象性的。因为如此，他们持续不断地寻找"真实性"（一个充满矛盾的词汇）。他们认为他们在墨西哥找到了这样的真实性，而在此他们可以像充斥于他们想象中的好莱坞影片中强悍但沉默寡言的牛仔主人公那样行为做事。[56] 在某些方面，如果约翰·格雷迪和比利·帕尔南策马进入普鲁的怀俄明也不会显得突兀，但是尽管他们与景观和当代社会之间存在着令人不安的位移关系，他们积极探索的男性气质和缺失的私人化使他们具有了一种英勇声望。当代西部的污垢只是他们在前往另一个所在时经过的东西，他们的梦想完好无缺。他们对于西部的想象，尽管多少有些消磨，但依然高尚。相比之下，对于普鲁而言，正是这个梦想的可疑本质腐蚀了她笔下的牛仔，而这些牛仔往往都是些容易受伤的年轻人，从事着毫无指望的工作，受困于一个共同的神话。对于大多数人而言，这个神话只出现在星期六晚间。那时，他们穿上牛仔裤和紧靴子，伴着德怀特·尤卡姆的乡村音乐轮番用真嗓子假嗓子唱着歌。

然而，这只是普鲁在《怀俄明故事》中所关注的一个群体；在经济光谱的另一端还有一群亿万富翁，他们利用这个州的低税收政策来扮牛仔。[57] 根据利默里克的说法，还有那些婴儿潮时期出生的人，他们曾经购买过吉恩·奥特里金属饭盒、罗伊·罗杰斯皮套裤和霍帕隆蜡笔。他们现在都五十多岁，能买得起整个牧场。[58] 这些男人，因为总是些男人，他们是普鲁在乌云的家的邻居——都是些"西巴－盖吉、安舒茨、沃尔玛、坎贝尔食品"财富继承人。[59] 然而，虽说是邻居也不能阻止她无情地戏仿他们，其方法是

失落的边疆——阅读安妮·普鲁的《怀俄明故事》

通过小说中的人物形象如怀亚特·麦齐(《壕沟里的终结》载《好了原本如此》)——这名字本身表明了他西部式的装模作样——以及科幻片演员弗兰克·费恩(《一副马刺》载《近距离》),而弗兰克·费恩关于"真实"西部的概念被证明与他的科学幻想世界一样虚构。另外一批进入这个地区的西部幻想家是人数不断增长的年轻专业人员和退休人员。他们为了躲避郊区的犯罪和污染来此寻找一种简单的生活方式。地理学家杰克·莱辛格创造了一个词汇"入迁区"(Penturbia)来描述由原木"小牧场"构成的新西部,牧场的围场里有一匹马,车道上停着一辆四驱车。[60] 这是些像费尔一家那样的家庭(《从树林中爬出的男人》载《恶土》),他们适应西部生活方式的可笑尝试成为最初用来针对《心灵之歌》中"城市乡巴佬"的尖锐讽刺的焦点。怀俄明也成为了寻求另一种生活方式的人们的避难所。当地作家沃伦·阿德勒曾说过,"这儿有无数自成一派的亚文化人群,他们醉心于登山,或者致力于其他事情。他们不会或者不能生活在这个星球上的任何其他地方"。[61] 普鲁通过她的"氨纶拓荒者"凯特琳和马克把这个新的西部迁移写成了小说(《一头驴的证词》载《好了原本如此》)。他们把皮套裤换成了莱卡服装,把忠实的马换成了钛金属山地自行车,把赶牛小道换成了越野滑雪。从扎着小辫子的人物哈罗德·贝茨身上(《一副马刺》载《近距离》),普鲁探讨了这个地区更加不同寻常之处:只有在西部,一个生产线金属制造工才能成长为艺术家,通过制作受到心灵启发的马刺来满足自己对于偶像崇拜的宗教的兴趣。

普鲁的《怀俄明故事》讲述的就是这些外来者的故事,或者更引人关注的是,他们对于当地社区可能是灾难性的影响。这些新来者不仅推高了地价和税率,他们还引入了掠夺性商业伦理,而这些商业伦理令人不安地与西部传统的社区价值观并行。随着当地杂货店变成"拉尔夫·劳伦工厂批发商店、当地小餐厅变成蕨类酒吧、咖啡店变成卡布奇诺吧",当地人发现自己成了"无依无靠、被剥夺了投票权的陌生人"。[62] 怀俄明小说家蒂姆·桑德林认为,当代怀俄明正在重演电影《谢恩》,然而"非但不是牧场主针对自耕农,我们现在看到的是那些曾经为西部生活方式劳作的人反对那些可能的买家",而谢恩扮演的角色是一位"只希望独处的游客"。[63] 对于那些苦苦支撑的孤独的牧场主来说,其压力是"出售"和"卖光"他们的西部遗产,无可奈何地使自己成为别人西部幻想中的配角演员。正如西部小说评论家杰克·希特所说:"有钱人常常买下一座牧场并且让其主人继续经营,就这样把前牧场主、他此前雇佣的牛仔和此前养的牛统统变成了草坪上的活装饰。"[64] 根据鲍德里亚的观点,这就是真实如何变成超真实的完美案例。对于那些一直试图达成那个可疑的神话的怀俄明人来说,在这个新版本的科迪表演中扮演牛仔的需求可能在心理上难以承受。然而,当"想象的"西部压垮真实的地方性并且地域文化让位于刻板的形象时,当地居民变得愈发在经济上和心理上依赖这个神话。[65]

当然,在某种程度上,怀俄明人是他们自身所取得成功的受害者。历史学家莉莎·尼古拉斯指出,从很早的时候起,"怀俄明人就注意到流传的关于这个地区影响颇大的文化传说,并且宣传了这种关于西部的通俗文化观,其方法是通过突出牛仔、老西部和自足、独立的'西部'性格特征的旅游业"。[66] 每一年,有大约700万人来怀俄明参观——这个人口只有不足50万的自封的"永远的西部"州——他们在此获得充分的西部体验。[67] 这个州现在有超过35个度假牧场,其街道上到处都是牛仔竞技表演和游行(如夏安边疆日),其中当地居民装扮起来去扮演漫画式的西部人角色。夏安居民卡琳娜·埃文斯解释说:"整个夏天,人们鼓励你打扮得像个西部人,因为这是游客来访旺季。"[68] 类似杰克逊这样的城镇看上去就像电影片场,而与作家乔安·怀皮朱斯基散步穿过拉勒米的街道其实就是进入一个牛仔主题公园:

> 狂野威利的牛仔酒吧位于市中心的一角;数英尺远的地方就是牧场主酒吧。沿着街道往前就是游骑兵酒吧和旅馆;走上另一条街,那就是具有传奇色彩的鹿角酒吧,里面的镜子被子弹穿了个孔。……在拐角的地方矗立着牛仔沙龙,里边画有包括机车、雷鸣般的骏马、电光闪烁的暴风雨和套索的生动场面,还有那些曾经在历史上(野牛·比尔·科迪)和梦想中(克林特·伊斯特伍德)赐惠于本镇的受人敬仰的老人画像。[69]

这是很典型的普鲁笔下的城镇,而这些城镇同样地模糊"真实"和"想象"之间的区别。莱德斯莱德是一个旅游城镇,在那儿"当铺、西夫韦零售店、断箭酒吧、定制牛仔皮具、吸尘器商店"彼此之间不协调地展开竞争(《脚下的淤泥》载《近距离》)。当我们追随萨顿·马迪曼穿过西格诺尔的街道时,他面对着西部的两种景象:出售"装在褪色的盒子里的过时软件"

17

失落的边疆——阅读安妮·普鲁的《怀俄明故事》

的电脑商店与卖马刺的哈罗德·贝茨商店毗邻而居。随着他拉下牛仔帽的帽檐儿抵御怀俄明的大风，我们，当然还有他，不知道他究竟属于哪一个世界。他是一位货真价实的牧场主，"度假牧场主"，同时也是装饰性背景的一部分：这正是削弱"真实性"概念的三联体（《一副马刺》载《近距离》）。占据了类似矛盾空间的人物是那些靠向西部出售商品化的西部过日子的人们。凯利·费尔茨离开了父母的牧场去经营"西高山——特色牛仔装备、西部古董、马刺、收藏品"（《脚下的淤泥》载《近距离》）；而罗尼·汉普通过向有钱的牧场主出售定制牛仔衬衫和其他服装过上了好日子（《怀俄明历届州长》载《近距离》）。通过小说《马的颜色》（载《手风琴罪案》）中维吉尔·维尔莱特对于某个西部城镇的参观，普鲁突出了源自类似商业推销的一些概念性反讽。他去了一家当地的超市，在进入酒吧之前，他在牛仔之家商店试穿了牛仔服饰，"那儿的每个人都穿戴着一个信息，那是些镌刻在皮带扣上和印制在T恤衫上的字词和图案、牛仔裤臀部上的皮标签、编织在帽带上的姓名、大舌帽上的标记绳王"。[70] 这是西部小城镇价值观与后现代消费资本主义汇聚的地方，在此，一个"真正的"区域身份可以从衣架上购买，而不是通过与当地景观的互动得以塑造。

当代怀俄明人所面临的令人汗颜的现实在西部大巡游中被赋予了超现实生活色彩，而在小说《耶稣挑什么样的家具？》（载《恶土》）的结尾处，牧场主吉尔伯特·沃夫斯格尔被这样的巡游堵在了汽车里：

> 走在乐队后面的是两个装扮成印第安人的十几岁的男孩，他们在泳裤的上面系着裹腰布，在脖子上挂着沉甸甸的珠子，头上戴着装饰有辫子和羽毛的黑色假发……随后有两个人他认出来是谢里丹汽车技工。他们身上穿着鹿皮衣、头上戴着皮帽子、肩上还扛着古董燧发枪无精打采地走在巡游的队伍里……这时走过来两匹马，马上骑着两个打扮成牛仔的小伙子，都是毛茸茸的大块头，身着珍珠扣的西部衬衫、松软的印花大手帕、宽边帽和靴子……巡游队伍的最后是一辆城市规划委员会的小卡车，三个头戴安全帽的甲烷气工人坐在车厢里抽着烟，彼此还开着玩笑。

当地社区在此有意识地上演了一出有关他们过去的模拟版，而同时又承认他们的当今和未来。这个巡游堪比比尔·科迪蛮荒西部表演，或者更恰当地说，堪比迪士尼乐园。让·鲍德里亚当然很了解迪士尼乐园：它并不提供一种逃避现实的方式，而是提供一个"真实"美国的更简单的景象，其真实性就像科迪所展现的景象，它依赖于细节。游行并不是某个真实事件的复制品，而是其本身已经变成真实（或超真实）的东西。吉尔伯特对"整个夸张可笑的蛮荒西部的处理"感到震惊，然而，这却代表了他自己也信奉的消减了的西部性观念。具有讽刺意味的是，他怨恨没有牧场主这个事实，但是也认识到，正如巡游队伍中的牛仔和印第安人，在他能够通过怀旧的凸镜得以复活之前，他需要进入历史。

这一时刻的元叙事是普鲁笔下西部的恰当象征：具有自我意识的表演者和努力接受他们真正的西部经验观点的不知所措的旁观者的结合。在许多方面，普鲁的《怀俄明故事》为读者提供了一个机会窥探一下吉尔伯特的西部伪装背后的情形并且领会民间娱乐背后的严酷。因为在这些故事里，我们发现退休人员被改造为拓荒者；早餐食品富豪扮成了牧场主；拖拉机销售员乔装成牛仔；医院的护士竟然发现自己成了印第安人。普鲁对于有数的西部老套人物的关注启发了本研究的方法论，即避免了对于每一部小说集的形式评价，而是对特别的西部典型人物进行分析——拓荒者、牧场主、牛仔和印第安人。本书首先对或许称得上是普鲁小说里最重要的角色进行评价——景观——而在结尾部分则研究那些与当代西部的输家有关系的小说。这三部短篇小说集——《近距离》（1999）、《恶土》（2004）、《好了原本如此》（2008）——在语气和题材方面都有与众不同的特点，但是按顺序逐个研究这些作品不免笨拙重复，所以就有必要采用更为主题性的研究方法。而在这个宽泛的主题划分之内，研究还是尽力单独处理所涉及到的小说。在一次与《密苏里评论》的访谈中，普鲁曾说过，"如果作家试图展示一个特别的时期或者地点，一部短篇小说集就是一种很好的办法。它把读者领进一座拥有多扇窗户的房屋，每扇窗户都朝向截然不同但却相互关联的景致——类似于一种关于地点、时间和风俗的翻转书"。[71]本研究忠实于这一美学原则，吸纳风景而不打碎窗户。

如前文所说，每一部集子都有其与众不同的特点，而通过对这些特点的关注，就有可能勾画出普鲁与其收养州的关系及与其风格发展的关系。在《近距离》中，她把坚毅的现实主义与一种魔幻现实主义结合起来去记录当代怀俄明州的牛仔和牧场主的生活。就像此前发表的《心灵之歌》，这些是有关人们贫困生活的故事，其中未曾实现的梦想、激烈的奋斗和性异常被紧

19

失落的边疆——阅读安妮·普鲁的《怀俄明故事》

张、残缺的行文风格生动地加以再现。如果如普鲁的英国出版商克里斯托弗·波特所说,《近距离》"是关于那些被怀俄明所伤并且离开怀俄明的人们的话",那么,在五年之后发表的《恶土》"就是关于那些移居怀俄明的人们"。[72] 这些人既是城市的富人,也是住在拖车房里的穷苦白人。所有这些人要么是在寻找真正的"恶土",要么就是深陷其中。这个集子说的是关于浪费和过剩的问题,其中的剩余物尤其突出。在《近距离》中所描绘的怀俄明大平原到处散落着大型养牛企业和拖车房聚居区,相当一部分故事以酒吧间为中心展开。评论界的反应褒贬不一,以至于有些评论家声称西部被写没了。[73]《好了原本如此》,正如其标题所暗示的,似乎是对类似指责的反驳,不管是有意还是无意。它聚焦于怀俄明的过去——无论是古代的(其中一个故事涉及到一次旧石器时代的野牛猎杀),或者是19世纪和20世纪初期的拓荒者经历。它赋予了此前一直沉默不语的人们以话语权:拓荒者女性和牧场女性,以及老人。这些故事比较阴郁,而我们从中得到的印象是,怀俄明当然不是"好了原本如此",而是除了煎熬和忍耐,其他的事情实在是无能为力。

三部曲中一个基本保持不变的因素(尽管其在《恶土》中的表达力度多少有些减弱)是普鲁的叙事声音。在此,格雷特尔·埃尔利希对于怀俄明语言模式的观察饶有趣味:

> 西部人生活其中的孤独使得他们比较安静。他们通过倾斜头部和倾听的方式像发电报似地流露思想和情感;还通过把宽边帽拉低到眼睛上表情达意……对话听起来就像是一种私人密码,寥寥几个短语就暗示一系列意思……句式结构简短得只剩下一个思想的皮肤和骨头。描述性词汇能省则省,甚至包括动词……人们隐瞒思想的方式看起来就像是目瞪口呆般的沉默,然后用严厉、深刻的言辞突然爆发。语言被压缩到如此程度变得像是隐喻。[74]

这可能是对普鲁小说集的一个评论,其叙述声音的特征是压缩的句式、省略的短语、缺失的代词和残缺的句法:这些句子写出来就是为了让一个叼着抽了半截的雪茄的人从嘴角咕哝出来。普鲁创造了一个人造牛仔的叙事声音,这声音一般比较矛盾,但是似乎通过措辞、句法、当然还有语调为某个场景中的核心人物所吸引。普鲁曾经说,这个声音的效力来自她在怀俄明当地酒吧听到的谈话,而这种做法西部作家伊凡·多伊格称之为"古怪餐桌"

旁的偷听。[75] 然而，或许普鲁的叙事声音与真正的怀俄明人没有多大关系，而与对一种写作风格的效仿有很大关系，这种风格最早要追溯到杰克·伦敦，经过欧内斯特·海明威，再到诺曼·梅勒。这种风格就像普鲁本人的风格，用俚语、起伏的节奏和咬断的语言碎片显示其男子气概；这种风格的语法天生就是女性气质的。[76] 再者，普鲁的声音明显受到经典西部小说的影响，其中冗长的夸夸其谈受到质疑，沉默也仅仅让位于简洁的警句——而在这一方面，普鲁是一位大师。当然，在构成当代西部的文化间相互影响的领域，我们同样惊叹于那些埃尔利希观察过、普鲁偷听过的怀俄明人，他们获取线索的方式是从电视上的牛仔那里，而不是从天气那儿。

纵观整个小说集，普鲁人物的建构基于围绕一个姓名的隐喻组合——查德·格里尔斯（"格里尔斯"原文 Grills 意为"烧烤"）、切伊·思朗普（"思朗普"原文 Slump 意为"消沉"）、哈普·达夫特（"达夫特"原文 Daft 意为"愚笨"）——这像是对他们西部性的戏谑。他们的狭隘正如他们周边环境的广阔，其性格特征又由于我们有限的内部认知渠道而得以强化。即使是在他们感情最为脆弱的时候，我们不是通过他们的思考去获知他们的情感，而是通过他们的行动（通常比较暴力和兽性）；通过他们的话语模式（未经加工、节俭、并且令人绝望地笨嘴拙舌）；通过他们令人同情的谬误（他们的内心生活受到景观的影响）；通过各种隐喻和重复出现的象征（火、泥巴和水的意象支配了情感世界）；以及通过一个超然的叙述者极为简明的观察。他们像叙述者一样沉默寡言，他们身上的毛边都被一个充满敌意的环境中艰辛的生活钝化了。有些人物通过其个人的言语方式而得以个性化。霍姆·汀斯利的话语（经常受到道歉的从句限制）比较累赘，普鲁藉此表明他对于牧场的不适应（《地狱里的人》载《近距离》）；《孤寂海岸》（载《近距离》）里的匿名叙述者从一套忧郁的词汇和仅仅是被主人公暴躁的行为才变得轻松的意象中回忆她的故事。在一个赘言看起来可疑甚至有女人气的世界里，他们用坚忍和轻描淡写直面他们所处环境的严酷。沃尔·李斯特总是用冷淡的评论应对所有的灾难："我今天撞上了点好运。"（《壕沟里的终结》载《好了原本如此》）

普鲁在《怀俄明故事》中构建的怀俄明处于现实和想象的交叉点，并且用结合了坚毅的现实主义和魔幻现实主义的叙述声音为我们呈现出来。我们不断地被提示说，当今是建立在过去的遗产之上并且受到其滋养；一个拓荒

失落的边疆——阅读安妮·普鲁的《怀俄明故事》

者的神话是建立在人们与一个充满敌意的环境的搏斗之上。这是一个反复出现的主题，它形成了普鲁小说牢固的基础，并且在以下构成本研究各章的概述中多有共鸣。普鲁本人就宣称，"我写的每一件事都来自景观"。这样一个貌似简单的表述使她加入了一个地域作家（薇拉·凯瑟、O.E. 罗瓦格）的悠久传统，其中景观所起的作用是一个挥之不去的在场，它塑造着生活在其中的人们的生活。[77] 普鲁使用这个令人捉摸不定的词汇到底是什么意思、以及它如何有别于"风景"（原文为 scenery）和类似于"荒野"（原文为 wilderness）这样同时出现的词汇主导了本研究第一章开头的理论阐述。它提出这样的问题，即当景观（原文为 landscape）在当代读者的生活中所起的作用如此之小的时候，景观描写如何作为一个重要的小说手段被呈现出来。它追问普鲁是如何把已经降格到粗俗的旅游作品中的景观解放出来、并且她是如何把景观从环境的受害者转化为生活在其中的人们生活中挥之不去的在场的。这一部分还表明，普鲁的《怀俄明故事》呈现了一个新的受到年鉴学派启发的"新地域主义"，它拒绝将景观作为静态的并且萎缩的观念，而青睐于一个更为动态的与人的关系。此前所熟悉的关于美和肮脏的概念变得难以区分：在普鲁看来，景观既是黄石公园，也是扔在停车场的可乐罐。

这一章进而分析普鲁是如何把理论付诸于实践的，具体体现在如下小说里，如《灌木蒿小子》（载《好了原本如此》）、《半剥皮的阉牛》（载《近距离》）和《一头驴的证词》（载《好了原本如此》）。这些故事中最为核心的是那些踌躇满志的西部人的悲剧，招致悲剧的原因是他们没有承认景观的当代想象之下那个残酷的景观。《灌木蒿小子》涵盖了150年的怀俄明州历史——从驿车到旅游胜地——在此期间，这种食人植物成了一种景观的象征，而这个景观尽管明显是投降了，但是会吞没人投向它的任何东西。在《半剥皮的阉牛》中，受到诅咒的山艾树被变成了标题里的阉牛。这头牛尽管其摘除内脏的外形，还是会严厉地对付粗心大意的人。这个故事探讨景观是如何顺应文化期待的；探讨对于土地的男性征服和女性统治之间的关联；以及探讨景观、地图和记忆之间的关系。《一头驴的证词》聚焦于新一代的氨纶拓荒者，他们积极地寻找他们的祖先曾经与之搏斗的景观的危险。这个故事把人物送回到了人类出现之前真正的景观中，而这个过程使得普鲁能够探讨欧洲人和美国人对于景观的态度之间观念性的差异。

第二章转向对拓荒者经历的探讨，普鲁将其描述为一种心境，而不是一个历史事件。她将拓荒者分成四类，其区别是他们的交通方式——草原大篷车、铁路客车、摇摇晃晃的卡车和豪华汽车—这是她在其拓荒者小说中提出的宽泛的分类——《那些古老的牛仔之歌》（载《好了原本如此》）、《大分水岭》（载《好了原本如此》）和《从树林中爬出的男人》（载《恶土》）。这些故事的背景设置在不同的历史时期，并且涉及到不同社会背景和年龄的人物，但是他们都统属于普鲁的决心，即为女性经验发声。就像牛仔一样，女性拓荒者是神话和现实之间复杂的相互作用的产物，而这也是普鲁在这些故事里试图解构的。为充分理解她的表述，本章首先概述近期女性主义批评的著作，特别关注向西部的迁移是引发更大或者更小的女性解放。此后讨论继续探讨拓荒者工程概念上的性属本质（尤其是把对处女地的征服等同于对于女性躯体的权力的趋势），以及对于普鲁故事中已婚夫妇的影响。

本章随后专注于对故事的分析。大篷车移民在《怀俄明故事》里仅仅现身于偶尔出现的、并且经过压缩的人物传记里，这些传记为主要人物的历史增加语境上的压舱石。然而普鲁在小说《山羊唾腺手术》（载《手风琴罪案》）中确实写了他们，这为此后发表的更大的小说集提供了一个有趣并且内容丰富的前奏。小说的标题指的是为提高繁殖力而实施的医疗程序，这成为小说中具有支配性的隐喻，并以此来探讨接纳和拒绝的移民主题；土地的繁殖力和性繁殖力之间的相互关系；当然还有对于土地的掌控和性别剥削之间的关系。《那些古老的牛仔之歌》（载《好了原本如此》）在故事里作了一个比较，即一方面是那些用传统的牛仔歌谣编码的男人们英勇但却是虚构的痛苦，另一方面是与温婉、有女人味的行为（"真正的女性崇拜"）观念相伴的女人们无言的痛苦，而这种行为与其所处的恶劣环境存在着严重冲突。在《大分水岭》（载《好了原本如此》）中，普鲁快速推进到汽车时代，去探讨标题所暗示的分隔。它很明显地适用于边疆，但也同样适用于由拓荒产生的男性和女性经历之间的分隔，以及在普鲁的达尔文式的西部中在成功和失败之间的边缘。随着小说中的焦点转移到寻求美好生活的跨州退休者身上，《从树林中爬出的男人》（载《恶土》）把拓荒者经验进行了更新。尽管时光流逝，普鲁笔下的拓荒者们遭受着同样的接纳和拒绝的问题，再加上生活在一个压倒一切的环境中的存在难题。然而，这从根本上说还是一出家庭剧，其中关于西部的观点成为探讨婚姻生活中断裂线的手段。

第三章转向普鲁笔下的牧场主。在当代西部，有一场意识形态战争在牧

失落的边疆——阅读安妮·普鲁的《怀俄明故事》

场主和诋毁者之间进行。牧场主认为他是传统价值观的监护人，而诋毁者则指责他借助西部的怀旧情绪来掩盖环境遭到滥用的枯燥陈述。夹在中间的是普鲁的牧场主——那些像吉尔伯特·沃夫斯格尔（《什么样的家具》载《恶土》）、卡尔·斯格罗普（《一副马刺》载《近距离》）、和沃尔·李斯特（《壕沟里的终结》载《好了原本如此》）那样的人——这是些小规模的养牛人，他们发现自己受到了联邦税收、环境保护主义者和皮包牧场主的威胁。他们保守、狂暴并且厌恶女人，然而普鲁在创作中还是对这些人寄予了深切的同情。他们被作为背叛的茫然受害者呈现出来：一个并不需要牧场主的经济的背叛；偏爱城市的舒适甚于牧场的简朴的妻子和孩子背叛；一个希望回归于沙漠的环境的背叛；还有一个曾经告诉他们说他们是好人的西部神话。《一副马刺》涉及同样的主题，但是这个故事并不简单地是一种生活方式的挽歌，而是对于新西部所提供选择的探索。随着普鲁用讥讽的冷漠口气谈论由各种徒有虚名的马刺拥有者设想的不同的牧场业前景的时候，叙述中坚毅的现实主义让位于魔幻现实主义的丰富叶脉。小说还探讨当应用于西部时"真实性"的概念，其做法是通过关注度假牧场和旨在将牧场回归于"自然状态"的各种环境规划。由于后一个问题在当代西部环境政治中极有争议，普鲁关于这个问题的思想在另一部分处理。

我们关注的焦点随后转到牧场的未来，特别是女牧场主的作用。讨论的内容涵盖女性牛仔（注意不要与已经色情化的"女牛仔"cowgirl 相混淆），这最清楚地体现在故事人物福瑞兹太太身上《《一副马刺》载《近距离》)，而后再思考强健的女拓荒者解放了的精神如何转化到当代怀俄明的牧场世界。普鲁的回答并不令人期望。在《壕沟里的终结》（载《好了原本如此》）中，她使用了一个简单的共享姓氏的手法——达科塔·李斯特——来展示从备受尊崇的草原女家长到受鄙视的单身母亲的孙女的演化史。这是一个之于女性解放的边疆，既有历史的，也有通过伊拉克战争呈现出来的新"边疆"。在《荒草天涯尽头》（载《近距离》）中所提出的答案几乎一样令人沮丧。因为小说虽然有一个幸福的结局，即一位女牧场主得以成功继位，普鲁必须离开一个为人熟悉的怀俄明，并且诉诸于一个灰姑娘的童话故事使这一切得以实现。

在第四章，我们的注意力转向美国西部的偶像——牛仔。普鲁的兴趣并不在于那个历史的形象——她把这件事交给其论文《西部是如何想象出来的》——她更关心牛仔神话对于在当代怀俄明成长起来的容易受伤的年轻人的影响。[78]本章首先描绘了一种男子气概准则的出现，而这个准则是脱离西部生活现实的：这个准则体现在谢恩这个人物形象身上。普鲁笔下困惑的年轻人希望成为谢恩那样的人，但却创造出了恋旧般地幼稚、而且处于深刻矛盾中的西部版本。没有什么比性发育更清楚地表现这种困惑。关于这一点，杰克·舍费尔笔下的人物尽管男子汉般地故作姿态，但却提供了一个极差的榜样。普鲁的小说着手探讨可能源于谢恩的阴影的性功能障碍问题，得到一些令人意外的灰暗结果。她最灰暗的作品莫过于《青须公》传奇的西部改编——《距离加油站55英里》（载《近距离》）——尽管其篇幅简短，却引出了在其牛仔塑造中占支配地位的核心主题：关于牛仔传说中的孤独和实实在在的独立性有可能引发与社会准则相悖的行为（特别是与性有关的行为），而不是神话里所暗示的道德提升。

在《地狱里的人》（载《近距离》）中，普鲁更新了《谢恩》的故事，但在这里，那位策马奔驰在大平原上的忧郁、沉默的人物并不是舍费尔浪漫化的枪手，而是拉斯穆森·汀斯利。他因为在一起车祸中受伤毁容，以至于成为了对于牛仔所代表的男子气概荒诞的颠覆：牛仔的吸引力退化为絮絮叨叨的牢骚，他的性能力只好向当地牧场上的女人"炫耀"。在《脚下的淤泥》（载《近距离》）中，普鲁讲述了戴蒙德·费尔茨的故事。这是一位焦虑、性幼稚的年轻人。他从事牛仔竞技表演作为其男子气的典范以取代他缺席的父亲。在一篇关于家庭功能障碍的小说里，骑牛成为了探讨性越轨行为恰当的隐喻，其结果是戴蒙德为牛仔神话所迷惑，成为一个内心被毁的人，正如汀斯利的外表被毁一样。在《断背山》中，普鲁的兴趣在于同性性欲，而这是牛仔历史性的过去和文学／荧屏表现中未曾讲述的部分。这一章的开头讨论牛仔同性恋的历史证据，进而分析牛仔文学和经典西部小说中的同性恋情。接下来讨论的是"断背山"这个词汇（它已经催生了无数的网站、聊天室，并且作为名词、形容词和动词进入常用语汇）多变的含意。这已经成为富含阐释潜力的小说空间。随后将集中细读普鲁的文本，并且将适时地援引电影剧本和李安的电影。细读首先分析普鲁这个故事的灵感，而后讨论景观和性欲之间的关系；牛仔神话和同性恋情之间的关联；牛仔和家庭生活之间的关系。在这一章的结尾部分将评价这篇小说的遗产，包括讨论电影在2006年学院奖中的失利。

第五章讨论牛仔在高平原上的报应，即印第安人。美国原住民在普鲁的

失落的边疆——阅读安妮·普鲁的《怀俄明故事》

作品中处于边缘场域，大多出现在次要情节里，并且仅在其一篇小说里成为关注的焦点。然而，他们并不仅仅是《怀俄明故事》的注脚，而是有助于探讨其核心主题。与"拓荒者"和"牛仔"两章一样，这一章以对印第安人原型的解构开篇（描绘其从蒙田的"高贵的野蛮人"、经过科迪的"嗜血的斗士"、到其恢复为生态圣贤），加之普鲁挑战许多围绕前接触时期假设的学术兴趣。她的纠正性想象出现在短篇小说《血腥油腻的深碗》（载《好了原本如此》）中。这是一种想象性重建的操演，它重新定义了概念性的"印第安人"的历史决定因素。讨论内容随后考虑主导美国原住民知识分子政治的一些关键问题。它追溯了美国原住民声音本身的演化，首先审视的是早期修正主义历史学家的著作，继而考察原住民文学复兴中最有影响的作家的作品，最后思考其作品与普鲁的创作有关的那些当代人的声音。尽管美国原住民创作涉及到不同的范围，居于其核心的是尤为西部式的（也是普鲁式的）悲剧，即人群从赋予其身份的土地上被驱离的悲剧。这个意义上的位移提升了将概念上"真实的"的美国原住民身份从文化建构的印第安人原型分离开的难度，从而引发了貌似简单的问题：什么是印第安人？这个问题主导了普鲁的陈述。

　　随后是对于普鲁的印第安人物的分析，其边缘性体现在他们作为搭便车的旅行者的叙事陈述。在长篇小说《明信片》中，我们获邀把乔·蓝天的生平拼凑起来，其方法是通过明信片上的暗示、文本中叙述的奇怪插曲，或者是别人的道听途说。这是一个挑战我们文化期待的重建过程，同时还模仿了诸多美国原住民文学共有的分裂性叙事风格。在《怀俄明历届州长》（载《近距离》）中，普鲁利用了怀俄明州的当代生态恐怖主义运动来探讨首批白人定居者对于土地的奸污和对于女性印第安居民同时的奸污之间的关联。在其长篇小说《老谋深算》中，普鲁引入了一个死气沉沉的人物月光·铜腿，其生活就处于精神化的印第安世界和消费文化的当代世界的交叉口。在前一种模式中，他格言似的话语探索了绘制出的和想象的空间之间的差别；发现或者重建文化之根的困难；以及保留地生活的绝望。然而，他的话语自始至终都近乎于恶搞，使得我们去思考在一个真正的印第安身份建构中好莱坞的作用。在《重现印第安战争》（载《恶土》）中，普鲁又回到了这个主题。这个故事完全致力于探讨文化身份、同化和失落的传统等问题。小说的标题指涉比尔·科迪遗失的胶片中的伤膝涧大屠杀（1876），这也作为在叙述中一直进行着的战争的象征性聚焦。影片提出了偏见和真实性的问题，特别是在重建过去的过程中想象的作用。

随着普鲁关注那些生活在经济边缘的人们，第六章探讨一个有别于在《开放空间的慰藉》中呈现的怀俄明。这些是普鲁笔下的输家：他们在成功的经济模式建立期间被排除在外，而且被迫在拖车房聚居区过着贫困的生活，对于他们的牛仔遗产感情复杂。这一章首先简述了一些相关的经济政策。据普鲁笔下一个爱大喊大叫的人物说，这些经济政策已经把怀俄明州变成了一个"面积达97000平方英里，有着外来剥削者、共和党农场主以及风景的杂乱无章的地方"（《怀俄明历届州长》载《近距离》，第236页）。在这灾难性的经济管理不善中，引起普鲁兴趣的是那些被剥夺了西部遗产的牧场子息们，和富有但没有文化品位的外来粗鄙壮汉。他们的叙事被置于全球化经济和小城镇文化的交叉地带，并且反映了将牛仔文化融入到全球化市场现实中的难题。本章接下来讨论小说《工作史》（载《近距离》）。如标题所表明的，这篇小说讲述的是一对夫妻动荡不安的工作生活被压缩消减了的"历史"。这一章还探讨了在一个相互连接的后现代世界中西部区域主义生存的相关话题。在《涓滴效应》（载《恶土》）中，德布·西普尔幽默的古怪行为使得普鲁能够在罗纳德·里根总统任期内的"牛仔资本主义"和西部的社区价值观之间进行对照。在《租自佛罗里达》（载《恶土》）中，普鲁把怀俄明的约翰逊县战争更新为公司牧场主与他的拖车房邻居之间的斗争，而在此过程中探讨谁拥有西部的文化资本这样在政治上极富爆炸性的问题。

接下来是对两篇小说的详细讨论：《孤寂海岸》（载《近距离》）和《沃姆萨特狼》（载《恶土》）。尽管这两篇小说主要关注怀俄明的拖车房社区，但还是把我们引向普鲁决定论的论点，即人物是由他们与特定环境的长期互动塑造的。如其中的一个所承认的，这样一些人物证明，怀俄明的基因库很早之前就干涸了；在一个受到达尔文主义观点"适应"和"适者生存"支配的残酷世界里，他们是输家。在前一篇小说里，普鲁使用了一个少有的女性第一人称叙事来探讨一群女招待运转不良的生活，其中她们的药物滥用和掠夺性性欲被一种糜烂的和女性化的牛仔神话所证实。在后一篇小说中，普鲁引出了一个甚至都不能区分陈词滥调和真实性的天真无邪的少女作为叙事手段，以便在怀俄明拖车房聚居区的粗鄙壮汉中间探讨赢家和输家的概念。这是一个充斥着掠夺成性的狼的故事——既有群狼又有独狼/企业的和性行为

失落的边疆——阅读安妮·普鲁的《怀俄明故事》

的——普鲁的叙述邀请我们思考是否有可能成为其中的一个,但看起来又像是另一个。

普鲁的《怀俄明故事》为我们打开了通向一个地域的窗户,而这里的人民不仅被其与土地的关系而界说,而且被产生于这片土地的神话而界说。他们也许是理想主义的拓荒者、茫然的牧场主、被驱离的印第安人、困惑的牛仔、或者拖车房里的乡巴佬,但是他们都统一从属于一个被人们与一个充满敌意的环境斗争而创造出来的压倒一切的神话。展现这些人生的普鲁不谴责,也不说教或者迁就与感伤;她采取了一个外来者的叙述姿态(这个立场招致历史性分离),但是她用温情和同情创造这些人物。她作为一位"真正的西部人"出现于这些故事中:尽管她的小说转瞬即逝,但很清楚她爱上了怀俄明、它残酷的历史和它琳琅满目的古怪人物。我们只需要走进房屋、爬上楼梯、并且从其中的一扇窗户观看风景:这个风景将通向一个无与伦比的景观:《失落的边疆》的景观。

本章注释

1 大卫·汤普森,《独行侠》,《星期日独立报》,1999年5月30日;http: //www.independent.co.uk/arts-entertainment/the-lone-ranger-1096783.html(访问于2013年9月3日)。

2 妮琪·杰拉德,《无与伦比的安妮·普鲁》,《观察家报》,1999年6月13日;www.guardian.co.uk/theobserver/1999/jun/13/featuresreview.review(访问于2013年9月7日)。罗斯·韦恩-琼斯,《写作比恋爱更幸福》,《星期日独立报》,1997年6月1日;www.independent.co.uk/opinion/happier-to-write-than-love-1253675.html(访问于2013年9月10日)。

3 凯瑟琳·瓦伊纳,《作者之死》,《卫报》,1997年6月6日,第2版,第2页。

4 阿伊达·埃迪马里亚姆,《牧场是我家》,《卫报》,2004年12月11日;http://www.guardian.co.uk/books/2004/dec/11/featuresreviews.guardianreview13(访问于2013年9月12日)。

5 安妮·普鲁,《红地毯上的鲜血》,《卫报》,2006年3月11日;www.guardian.co.uk/books/2006/mar/11/awardsandprizes.oscars2006(访问于2013年9月4日)。

6 凯伦·鲁德的《解读安妮·普鲁》中有关于安妮·普鲁早期写作生涯的精彩描述,

7　韦恩-琼斯，《写作比恋爱更幸福》。
8　蒂姆·高特罗，《精彩的故事背后是精彩的语句》，《波士顿环球报》，1997年10月19日，第4页。
9　对安妮·普鲁的访谈，《密苏里评论》，第22卷第2期，1999年春季，第84-85页；http：//www.missourireview.com/content/dynamic/view_text.php?text_id=877（访问于2013年9月4日）。
10　访谈，《密苏里评论》。
11　对安妮·普鲁的访谈，《大西洋在线》，1997年11月12日；http：//www.theatlantic.com/past/docs/unbound/factfict/eapint.htm（访问于2013年9月3日）。
12　克里斯托弗·考克斯，对安妮·普鲁的访谈，《巴黎评论》，第188期，2009年春季；www.theparisreview.org/interviews/5901/the-art-of-fiction-no-199-annie-proulx（访问于2013年9月11日）。
13　西比尔·斯坦伯格，《埃德娜·安妮·普鲁：美国的奥德赛》，《出版者周刊》1996年6月第3期，第57-58页。
14　段义孚，《经验透视中的空间和地方》，明尼阿波利斯：明尼苏达大学出版社，1997年，第184页。
15　关于对景观熟视无睹的人物的精彩研究，见玛格丽特·约翰逊，《普鲁与后现代超现实》，收录于亚历克斯·亨特编著的《安妮·普鲁的地理想象：反思地域主义》，马里兰拉纳姆和普利茅斯：莱克星顿图书公司，2009年，第25-38页。
16　威廉·福克斯，《空间、网格和符号：穿越大盆地》，里诺：内华达大学出版社，2000年，第53、55页。
17　安妮·普鲁编著，《红沙漠：一个地方的历史》，得克萨斯：得克萨斯大学出版社，2009年，序言，第77-81页。
18　汤姆·雷，《从拉勒米山峰看到的风景》，收录于迈克尔·谢伊、大卫·罗姆特韦特和林·朗兹编著的《西部腹地：怀俄明文学之旅》，怀俄明：叉角羚出版社，2003年，第283-288页。
19　同上书，第284页。
20　欧文·威斯特，《欧文·威斯特西部行：日志与书信》，范妮·肯布尔·威斯特编著，芝加哥：芝加哥大学出版社，1958年，第31页。
21　见"没有西部的世界"，收录于莱斯利·费德勒的《逐渐消失的美国人之回归》，伦敦：帕拉丁出版公司，1968年。
22　利奥·马克思，《花园中的机器：美国的技术与田园理想》，纽约：牛津大学出版社，1964年，第113-114页。

23 亨利·纳什·史密斯，《处女地：作为神话和象征的美国西部》，马萨诸塞剑桥：哈佛大学出版社，1950年，第17页。

24 西奥多·罗斯福，《赢得西部，1889-1896》。凯伦·琼斯和约翰·威尔斯的"刘易斯和克拉克：描绘西部"对刘易斯和克拉克的影响进行了具有洞察力的分析，收录于《美国西部：相互冲突的愿景》，爱丁堡：爱丁堡大学出版社，2009年，第21页。

25 见凯伦·琼斯和约翰·威尔斯，"边疆起源理论"，《美国西部》，第51页。

26 史密斯，《处女地》，第291页。

27 见理查德·斯洛特金，《枪战能手的国家：二十世纪美国边疆神话》，纽约：雅典娜神殿图书公司，1992年，第55页。琼斯和威尔斯的《美国西部》中有精彩论述，第47-48页。

28 菲利普·德洛里亚，《居住在出乎意料之地的印第安人》，1999年第1版；劳伦斯：堪萨斯大学出版社，2004年，第60页。

29 让·鲍德里亚，《美国》，伦敦：韦尔索出版社，1989年，第32页。

30 理查德·怀特，《弗雷德里克·杰克逊·特纳和水牛比尔》，收录于詹姆斯·格罗斯曼编著的《美国文化中的边疆：纽贝里图书馆展览会——理查德·怀特和帕特丽夏·纳尔逊·利默里克的论文集》，加利福尼亚：加利福尼亚大学出版社，1994年，第7-65页。

31 斯洛特金，《枪战能手的国家》，第69页。

32 见盖里·沙恩霍斯特，《虚有其表：传奇故事、现实主义与十九世纪晚期美国西部小说》，收录于尼古拉斯·威特斯奇编著的《美国西部文学与文化指南》，牛津：布莱克威尔出版公司，2011年，第281-296页。

33 见吉姆·基特塞斯，《西部视界》，伦敦：泰晤士-哈德森-英国电影学院出版公司，1969年，第11页。

34 见"牛仔总统和美国西部的政治烙印"，收录于琼斯和威尔斯的《美国西部》，第93-94页。

35 威斯特，《罗斯福：友谊的故事》，纽约：麦克米伦出版公司，1930年，第31页。转引自琼斯和威尔斯，《美国西部》，第93页。

36 伯纳德·德沃托，《艺术的诞生》，《哈泼斯月刊》，1955年12月，第9-12页。另见大卫·戴维斯，《十加仑英雄》，《美国季刊》，第6卷第2期，1954年夏季，第111-125页。

37 华莱士·斯特格纳，《历史、神话和西部作家》，收录于《山水的声音》，1969年第1版；哈蒙兹沃思：企鹅图书公司，1997年，第191页。

38 见琼斯和威尔斯，《美国西部》，第231-232页。

39　威廉·基特里奇，《拥有一切：论文集》，华盛顿汤森港：灰狼出版社，1987年，第171页。

40　马克·霍罗维茨，拉里·麦克默特里向往的工作，《纽约时报网络版》；http://www.nytimes.com/books/97/12/07/home/article2.html（访问于2013年8月9日）。

41　传记，2005年12月20日；http://www.annieproulx.com/bio.html（访问于2010年4月3日）。

42　《更像读者，而不像作者：对安妮·普鲁的访谈》，《怀俄明图书馆综合报道》，2005年秋季，第5—8页；http://www-wsl.state.wy.us/roundup/Fall2005Roundup.pdf（访问于2013年9月9日）。

43　致谢，《近距离》，第8页。

44　见结果合集，《小径：通往一部新的西部历史》，帕特丽夏·纳尔逊·利默里克，克莱德·米尔纳二世和查尔斯·兰金编著，堪萨斯：堪萨斯大学出版社，1991年。

45　批评家们一直都在批评特纳。伯纳德·德沃托利用《哈泼斯杂志》的交战双方，公开指责拓荒者神话为企业抢劫。见约翰·托马斯，《记忆中的国家：华莱士·斯特格纳、伯纳德·德沃托、历史和美国本土》，纽约和伦敦：劳特利奇出版公司，2002年，第91—92页。

46　罗兰·巴特，《神话学》，1957年第1版；伦敦：帕拉丁出版公司，1973年，第143页，转引自尼尔·坎贝尔，《美国新西部文化》（英国科学促进会平装本），爱丁堡：爱丁堡大学出版社，2000年，第6页。

47　收录于与吉姆·罗宾斯的会谈，《最后的避难所：在黄石公园以及美国西部的环保决战》，纽约：莫罗出版公司，1993年，第254—255页。

48　尼尔·坎贝尔，《根深蒂固的西部：展演跨国化、全球化、媒体化时代中的美国西部》，林肯：内布拉斯加大学出版社，2008年，第35页。

49　罗伯特·阿塞恩，《二十世纪美国的神话西部》，劳伦斯：堪萨斯大学出版社，1986年，第274页。

50　坎贝尔，《文化》，第20—23页。

51　安妮·普鲁，《怀俄明：牛仔之州》，收录于约翰·伦纳德编著的《美国诸州：美国著名作家关于自己家乡的原创论文》，纽约：雷神之口出版社，2003年，第495—508页。

52　斯特格纳，《山水》，第20页。

53　见杰克·希特，《鹿和超级富豪玩耍之地》，《户外杂志》，1997年10月，第122—234页；www.outsideonline.com/outdoor-adventure/Where-the-Deer-and-the-Zillionaires-Play.html?Page=all（访问于2013年9月4日）。

54　伊莱恩·肖沃尔特，《她的同辈人之陪审团：从安妮·布拉德斯特里特至安妮·普鲁的美国女作家》，纽约：阿尔弗雷德·诺普夫出版公司，2009年，第508页。

55 乔伊斯·卡罗尔·奥茨，《在粗野的乡村》，《纽约书评》，2008年10月；http://www.nybooks.com/articles/archives/2008/oct/23/in-rough-country/?paginatin=false（访问于2013年9月3日）。

56 坎贝尔对麦卡锡笔下的牛仔和西部想象进行了精彩论述，《文化》，第24页。

57 普鲁，《牛仔之州》，收录于约翰·伦纳德编著的《美国诸州》，第496页。

58 帕特丽夏·纳尔逊·利默里克，转引自希特，《超级富豪》，《户外杂志》。

59 安妮·普鲁，《鸟云：回忆录》，伦敦：第四等级出版公司，2011年，第127页。

60 杰克·莱辛格，创建入迁区，收录于《入迁区：郊区破产后房地产将在此迅猛发展》，华盛顿西雅图：社会经济学公司，1991年，第236-244页。

61 沃伦·阿德勒，《新千年牛仔之州的现状》，收录于迈克尔·谢伊、大卫·罗姆特韦特和林·朗兹编著的《西部腹地》，第263-270页。

62 罗宾斯，《最后的避难所》，第212页。

63 蒂姆·桑德林，《地域如何影响我的题材》，收录于迈克尔·谢伊、大卫·罗姆特韦特和林·朗兹编著的《西部腹地》，第432-434页。

64 希特，《超级富豪》，第232页。

65 关于普鲁对景观与西部文化描述的精彩研究见安东尼·鲁道夫·马加格纳，《识别西部：美国西部的景观、文学和身份》，未出版，博士论文，加利福尼亚大学，2008年，第172-173页。另见约翰逊对超现实的精彩论述，《普鲁与后现代超现实》，收录于亨特编著的《地理想象》，第25-38页。

66 莉莎·尼古拉斯，《变得具有西部特征：牛仔之州内关于文化与身份的故事》，林肯：内布拉斯加大学出版社，2006年，xiii。

67 见琼斯和威尔斯，《美国西部》，第305页。

68 贝丝·罗弗里达，《失去马修·谢波德：反同性恋谋杀之后的生活和政治》，纽约：哥伦比亚大学出版社，2000年，第60页。

69 乔安·怀皮朱斯基，《一个男孩的生命：对于马修·谢波德的谋杀者而言，男人该怎么做才对？》，《哈泼斯》，1999年9月，第7页；http://WWW/READINGS/10-05_Toolbox/Wypijewski_Boys_Harper's_Sept1999.pdf（访问于2013年9月12日）。

70 安妮·普鲁，《手风琴罪案》，第456页。

71 访谈，《密苏里评论》。

72 对爱迪马里亚姆的访谈。

73 见特伦斯·拉弗蒂，《〈恶土〉：拥有三个酒吧的小镇》，《纽约时报》，2004年12月5日；http://query.nytimes.com/gst/fullpage.html?res=9B0CEFDA143EF936A35751

C1A9629C8B63&pagewanted=all（访问于2013年9月3日）。

74 格雷特尔·埃尔利希，《开放空间的慰藉》，哈蒙兹沃思：企鹅图书公司，1985年，第6页。

75 对格雷戈里·莫里斯的访谈，《侃侃而谈：新西部的发声》，林肯：内布拉斯加大学出版社，1995年，第65—80页。

76 对西部人语言的精彩研究见简·汤普金斯，《西部的一切：西部人的精神生活》，纽约和牛津：牛津大学出版社，1992年，第47—67页。

77 访谈，《怀俄明图书馆综合报道》。

78 安妮·普鲁，《西部是如何想象出来的，探究西部边疆英雄神话的论文展》，沃里克郡康普顿·弗尼艺术展览馆，《卫报：星期六评论》，2005年6月25日，4—6页；http://www.guardian.co.uk/books/2005/jun/25/featuresreviews.guardianreview24（访问于2013年10月3日）。

第一章　景观

普鲁宣称，"我写的每一个东西都来自景观"。[1] 这个断言大胆而简单，但是掩盖了概念含混的词汇"景观"所牵扯到的复杂性。对于当代人的听觉认知而言，这暗示可能具有道德感情色彩的对于土地的审美鉴赏。这个词汇往往为欣赏风景的观察者使用，他们自己则可以抽身离开，而不是作为一位为了生活苦苦打拼的当地居民。这使我们想起普鲁对于怀俄明的最初反应，即敬畏，但是随后又被米切尔·费尔用强烈的叙事反讽表达出来。但是对于普鲁来说，这是风景：这是被缩小为明信片上的崇高的景观，并且被"当地"作家用来传递一种异国情调和放置他们的戏剧。[2] 没有多少地区像西部这样在风景图像学方面如此丰富。布雷特·哈特和玛丽·哈洛克·富特的早期西部小说都很容易定位，其方法是通过作品中对于绵延不绝的平原、岩柱、波浪起伏的风滚草和穿皮套裤的牛仔的描写。这是很容易就能转换到荧屏上的视觉语法：覆盖着一只粗糙的口琴的纪念碑谷镜头不仅使观众置身西部，而且还唤起百余年的牛仔历史。[3]

在普鲁看来，景观不是她的人物可以穿越而过的东西，而是他们体验的东西。也因为如此，在景观和身份之间存在着很强的关系，"我多少是一个地理决定论者"，她曾经宣称，"地理、地质、气候、天气、悠远的过去和时下的事件塑造了人物，并且部分地决定了发生在他们身上的事情"。[4] 这实际上就是说，故事就产生于环境之中：她笔下的人物被本地区的地理、气候和历史所塑造，因而使得景观成为她小说里支配性的人物。这种观点与现代对于心理小说的青睐相左，其中景观只是一个杂技演员在表演之前铺开的垫子而已。其结果是，批评家把她与一个具有悠久传统的"自然主义"作家群相提并论，如薇拉·凯瑟、欧雷·埃德瓦特·罗瓦格和约翰·斯坦贝克。他们都是些关于无依无靠者故事的编年史家，而那些故事的背景都是挥之不

失落的边疆——阅读安妮·普鲁的《怀俄明故事》

去的景观。对于凯瑟和罗瓦格来说，西部的故事其实就是人与一个不友好的环境对抗的故事；这个斗争被特纳转变成一个过程，而拓荒者在这个过程中被转变成美国人。在罗瓦格的小说《大地上的巨人》中，所说的巨人并非一个具体的人，而是大平原的性格化身。这样一个结论被小说的全称进行了强化:《草原传奇》。是这片土地首先开口说话：被拓荒者马车的车辆碾过的青草的沙沙声同时也是抱怨和反抗的声音，仿佛在提醒我们说，人终将消逝，而大平原将常存。这个信息始终回响在普鲁的小说里。

　　普鲁辩称，这类创作属于美国景观小说的"黄金时代"（时间大致在20世纪上半期），那时故事的情节与故事所处的场所联系密切。诺曼·梅勒的小说《裸者与死者》（1948）的出版标志着这个时期的结束，小说中人物获得对于自然界权威的企图揭示了在都市美国和乡村美国之间不断扩大的分歧，"这个分歧现在已经变成了巨大的断层"。从这以后，景观描写逐渐被小说所放弃，因为它已经淡出了美国人的日常生活。普鲁认为，大多数当代美国人与自然界的接触是在他们驱车而过时，而"我们所寻找并且看见的地标性建筑是汽车旅馆、招牌、餐馆和加油站，而更大的景观则只是模糊不清的背景"。其结果是，小说家们放弃了"在那边的东西"，转而"探索人物内心的景观"。[5]

　　随着势不可挡的一般化成为趋势，普鲁唤起"黄金时代"的做法有一种怀旧情绪，而这种怀旧情绪忽视了在一个涵盖性术语"生态小说"之下于20世纪90年代中期出现的对于景观创作的巨大兴趣。生态小说的重要性被同时崛起的作为一门学科的"生态批评"（文学与环境研究协会（ASLE）的成立大会于1992年在西部文学协会会议上举行，会议地点是内华达州里诺市的金沙大酒店——普鲁的文章在那年发表），其目的旨在提醒读者：人类与自然的关系不是边缘性的，而是处于许多文本的核心。[6] 其次，如普鲁本人所承认的，虽然景观描写逐渐从小说里消失，但又在一些作家的论文和非虚构作品中重新出现，这些作家包括爱德华·阿比、温德尔·贝里、巴里·洛佩兹和盖里·斯奈德。这些并不是逃避现实的作品，而是关注人与其所处环境的关系。贝里和斯奈德两人，后者受到其对于东方宗教兴趣的影响，他们提出了与景观的精神关系（这种关系与美国原住民的传统一致），即把现代社会的疾病追溯到人从其土地的位移。迈克尔·柯瓦雷斯基和谢丽尔·格罗特菲尔蒂在解释其意外走红的原因时将其归结为环境运动在越来越多的普通美国人自然界意识中的成功,加之对于"地域写作"的兴趣(即强调其与特定地域关联性的写作)作为对于国家政治日益觉醒的反应。[7]

然而,这并不是普鲁所谈论的景观小说。首先,"地域作家"这个词汇并不意味着斯坦贝克风格的辽阔的景观小说中美丽的新世界,而是一种地方主义,这对于寻求吸引更多读者的作家来说不啻是文学的死亡之吻。如柯瓦雷斯基所说:"'最佳地域小说'是装饰在一些廉价出售的小说上的推介广告。"[8]普鲁当然很清楚"地域作家陷阱",但是宣称她事实上是"许多地域的作家",而这些地域就"生活于其中的人们的经济状况和信仰"[9]这样的表述而言并无多大的区别。更重要的是,正如生态一词所暗示的,出现在当代小说中的景观更像是人类行为的受害者,而不是决定者。依照普鲁的看法,景观已经从危险的地面变成了脆弱的土地。[10]对于蒙大拿作家里克·巴斯而言,自然环境的毁灭是我们这个时代的决定性话题,但是他的批评规模小且仅涉及到家庭层面。在其标题颇具嘲讽意义的故事集《天堂岁月》中,他的目标是那些都市的局外人,他们就像那些在《心灵之歌》和《怀俄明故事》中遭到奚落的"都市乡巴佬"一样,在其身后留下一串毁灭。[11]相比之下,其他作家则寻求强调更具有广泛意义的滥用行为。爱德华·阿比的小说《扳手帮》(1975)和沙曼·阿普特·拉塞尔的小说《杀死牛仔》(1993)起到了至关重要的作用,把人们的注意力引向非可持续畜牧方法的环境成本。还有一些作家正视了"核西部"的涵义。莱斯利·西尔科的小说《典仪》把美国原住民的精神关系与白人世界对于制造核武器所需要的铀的追求进行比较;而在最近,特丽·坦皮斯特·威廉斯的回忆录《避难所:一部家庭和地方的非自然史》(1992)讲述她的母亲与癌症的抗争(她把病因归结为核试验),其背景是逐渐升高的大盐湖水平面:从根本上说,母亲和大地母亲的女性躯体已经被污染了,并且断绝了与他人的往来。

"区域"革命和"生态"革命的结果是,那些希望在小说中重新建立景观的重要性的作家正在与其从压迫者到受害者的文化变迁作斗争,同时还要冒着其作品被贴上"地域性"标签的危险。曾经有过许多次尝试,然而普鲁还是辩称,即使那些在情节发展中将环境前景化的小说,例如简·斯迈利的小说《一千英亩》(1991)(她在小说中把李尔王在三个女儿之间分封王国的故事移置到一个艾奥瓦农场),它们所呈现的土地也不过是"用农业机械加工的含混不清的物质"。[12]或许更为成功的利用物理环境的范例是玛丽

失落的边疆——阅读安妮·普鲁的《怀俄明故事》

莲·罗宾逊的小说《管家》(1981)。这部小说追溯了生活在芬格伯恩湖岸的斯通家族三代人的生活。就像许多西部城镇一样，这个镇受到其地理环境的支配。笼罩着的群山和深不可测的湖提醒着当地居民其处境的脆弱性。人类努力的徒劳和短暂被废弃的矿山和环绕小镇的采石场所表征，"没有人不知道这个镇的根基很浅……任何人在某个凄凉的晚上会感到芬格伯恩是一个贫瘠、艰难的地方"。[13] 正是这个湖先后索取了小说叙述者鲁思祖父和母亲的生命；正是这样一个对称突出了罗宾逊为传统的西部叙事提供一个女性主义批评的目的。因为祖父的拓荒遗产被镌刻在了景观上并且困扰着他女儿们的生活，而母亲的贡献则默默无闻也无人关注：妇女在景观里没有地位，在西部自身的构想中也没有地位。

蒙大拿作家伊凡·多伊格的作品似乎与普鲁特别有关联。在他的小说里，有可能描绘出景观从监工到受害者的转换。前者表现在他的西部小说《天空之屋》(1978)和蒙大拿三部曲的前两部——《英伦溪》(1984)和《拉斯卡尔集市的舞蹈》(1987)；对后者的描写出现在三部曲的最后一部，《与我骑行，玛丽亚·蒙大拿》(1990)。像普鲁一样，他也是一位训练有素的历史学家，他最早的作品反映了自然主义信条，即人的生活无可挽回地与其生活的环境紧密相连。但是，虽然他的自传体小说《天空之屋》的情节读来像是凯瑟的小说，其景观描写因为避免使用陈词滥调和抽象化而与当代读者发生了关联。他专注于细致的观察，辅以某种语言的活力——压缩和倒置的句法、旧词新义以及名词化动词——这赋予了凶险的半人格化景观以生命，而这在普鲁的作品里也是常见的。在当代西部出现在《与我骑行，玛丽亚·蒙大拿》中时，人们是用怀旧和惋惜的情绪来审视，而不是惧怕。小说《英伦溪》故事设置的时间是1989年，其叙述者吉克·麦卡斯基尔是一位退休的牧场主，正由他的女儿和女儿已经分居的丈夫陪同周游蒙大拿州。吉克年轻时的景观现在受到矿业公司的重创，受到综合企业的过度放牧，还受到化学公司的毒害。独立的牧场主们已经变卖了牧场，因为他们的孩子（就像吉克的女婿）不愿意承担牧场上的艰辛和责任，所以牧场只能撂荒。他们的奋斗在可怕的小木屋和别称"地"中得到纪念——就像"卡特林地"——这在多伊格的作品中变成了一幅想象性地图的一部分，它把一个家庭的奋斗和失败归系于一个特别的地点。[14]

在许多方面，普鲁的《怀俄明故事》旨在讲述多伊格空置的"地"背后的家族故事,而同时承认怀俄明今天的危险状况(污染、输油管道和输电电缆)。这就需要关于景观的新构想,而这并不是回归到地方主义者的牧歌式怀旧,因为他们只是通过使用陈腐的象征来证实西部神话;也不是麦卡锡壮观、但是文化上闪烁其词的描写的重建;而是更具有包容性的、似乎适合后现代世界的观念上的理解。问题是我们被固定于错误的辩证法之上——乡村景观/都市风光;美丽/污秽;过去/现在——而不承认,正如普鲁所说,只有可能把"荒野"隔离于头脑之中。她认为,所有的事物都是有关联的——地理、推土机、黑松鼠和喷气机尾烟——没有什么是"至纯或者静止的"。[15] 基于这种理解,景观成了一个社会参与者,而不是背景;景观是文化实践的动态形式中的主人公;景观是"动词"而不是"名词";景观是权力的代理人而不是权力关系的象征。[16] 景观成了一个动态的文化产物,存在于与生活在其中的居民相互作用的状态中:它塑造他们的生活,即便是在他们改变它时。然而,这个更具能动性的阐释暗示了一个对于景观更少选择性的观点,这个观点认识到美丽和污秽通常处于一个微妙的平衡之中;景观既是黄石公园,也是扔在游客停车场的可乐罐。

一旦我们认可这个宽泛的定义,景观将不再仅仅是风景如画但在叙事上却毫不相关的背景;它再一次作为一个重要的虚构在场走向前景,帮助定义情节和人物。在此很容易就看到年鉴学派的影响;任何一个社群都包含一个文化景观,而这个文化景观由地理、气候、经济趋势和社会条件等因素决定。这些因素引发一种缓慢但逐渐增大的变化。这拒绝了社会演化的一个自上而下的解释,而是青睐于对相互交往的普通人以及他们长时段所处环境的研究。我们还可以看到普鲁对于当代摄影兴趣的影响,尤其是像"地形学家"罗伯特·亚当斯和马克·克莱特的作品。他们的全景照片把传统的风景画面与并不美观的物体结合起来。这些物体提醒着我们人的在场,诸如广告牌和输油管。[17] 后者在20世纪70年代中期的工程特别有趣,即重新拍摄保存在原版摄影土地勘查(19世纪人们试图通过镜头捕捉到昭昭天命的尝试)中的图像。这削弱了土地勘查资料的历史权威性,其做法是"超越西部作为那边的异域所在",而将其呈现为"数百万人生活的地方"。[18] 在普鲁对于新英格兰南部海岸的美国1号公路的处理中,我们可以看到普鲁新的景观处理方法的完整涵义。今天这是一段特别让人压抑的公路,其特征是沿途损毁的路标和廉价的汽车旅馆。但是这条路跟随着浪漫的树木茂密的印第安佩科

39

失落的边疆——阅读安妮·普鲁的《怀俄明故事》

特小道，一条回响着冲突和背叛历史的小径。这个景观并没有经过修剪以符合观察者的期待，而是一个动态的环境，其中历史、想象和现实处于紧张之中。普鲁认为，作家的作品是为了提醒观察者这个更加浪漫的过去而不必篡改当今。[19]

这个意图可以从她在小说《地狱里的人》（载《近距离》）开头全景式描写中观察出来是如何运作的；这个开篇被用作《怀俄明故事》整体的序言：

你就站在那儿，精神十足的，云彩的影子像电影画面一样掠过浅黄色的岩石堆，在地面投下斑驳而且令人作呕的疹子一样的斑点。空气唑唑作响。这不是当地的微风，而是由地球转动引发的粗粝的狂风。这荒野的乡间——靛蓝色的锯齿状山峰、永远是绿草葱葱的大平原、像败落的城市一样坍塌的石头、闪耀翻滚的天空——激发起精神上的颤栗。它像是一个深沉的音符，你听不到，但是能感受到；它像是直觉的利爪。

危险而冷漠的土地：在它固定不变的辽阔面前，人们的悲剧算不得什么，虽然不幸遭遇的征兆到处皆是。过去的杀戮或者残忍、发生在小牧场或者仅有三个或十七个人的偏远的十字路口、或者矿区城镇肆无忌惮的活动房屋营地的事故或者谋杀，所有这些都无法推延晨光的涌入。栅栏、牛群、道路、炼油厂、矿山、砾石坑、红绿灯、立交桥上涂鸦的庆祝体育比赛胜利的标语、沃尔玛超市装载支架上的一片血迹、高速公路上纪念死者的已经褪色的塑料花环。所有这些，不过是一瞬间的事。其他类型的文化曾经在此扎营，然后就消失不见了。只有大地和天空才值得一提。只有绵延涌来的晨光。

普鲁对辩证法的破除从与读者的审美距离开始。在《危险之地》中，她对约翰·布林克霍夫·杰克逊过时但是却坚持不渝的景观定义提出异议，这个定义即"大地表面可以在一撇之下理解的那一部分"。她赞许地引用了美国原住民小说家莱斯利·西尔科所提出的论点，即这样的定义"假定观察者多少是外在于或者与他或者她所审视的土地相分离。观察者是景观的一部分，正如他们所站的圆石是景观的一部分一样"。[20] 按普鲁的表述，在以上的选篇中，我们处于这样一个时刻，即那个观察者（他可能是作品中的人物）、读者和作者"隐喻地站立于未写和已写的景观之中并且进入页面上的疆域一旦当其在头脑中产生"。[21] 尤其重要的是，正如第二人称代词所表明的，

第一章　景观

我们并不是一个局外人从一个舒适的距离观看某个景观；我们身处风中、气象中，而且牢牢地扎根在岩石上，我们的反应被叙述者作了精心安排，而这个叙述者既拥有视觉的敏锐，又拥有静止的读者不可得的知情人的知识。

普鲁似乎从凯瑟那儿得到了启示，那个"荒野的乡间"的表述提示我们在小说《啊，拓荒者！》（1913）开头对于"荒野的土地"的描写："最大的事实是土地本身，它似乎要压垮在阴沉沉的荒地上挣扎的人类社会的小小萌芽"。[22] 她的描写带有一种史诗的节奏，在顷刻之间把我们提升到即将展开的家庭悲剧污垢之上的高度。风不是本地的，而是地球转动的产物，而且由于凝望的距离之无限，我们体验到一种"精神上的颤栗"。这不是用来观看的景观，而是感受的，其句法和词汇结构反映了描写的粗糙度：它抓人的胃部，而一系列副词和形容词等词汇——"颤栗"、"令人作呕"、"疹子"和"斑驳"——暗示一种病态而不是敬畏。这是"危险"但是"冷漠"的土地；它提供了一个悲剧性的语境，其中奋斗的生活获得意义，但不是道德语境。在其存续的同时，其他文化已经生存过、痛苦过，也消失了。然而，它并不是一个拥有期望中的西部苦难纪念碑的历史景观——拓荒者的坟墓或者美国原住民的石刻——因为那将是对于当今的逃避。这是唤起一份浪漫遗产的景观，现在布满了"拖车房聚集地"、"涂鸦的立交桥"和"红绿灯"。由于叙事视野放大了当今的场景，个人痛苦的迹象被刻意变小而且变得寻常：残留在"沃尔玛超市装载支架"上的一片血迹，或者是"褪色的塑料花环"——它们褪色的外表提醒我们，没有多少痛苦能"推延晨光的涌入"。

然而，在普鲁过度装饰的散文和残酷的现实主义混合体中，加之她对于从行星运动到血渍的叙事压缩，有一种令人眩晕的效果，给读者留下的感觉是她在召唤一个具体的景观，这个景观被奇怪地扭曲了。如她对于"电影画面"的指涉所暗示的，这是彩色电影中的西部；确实，正是这个被唤起的"既熟悉又陌生"的景观构成了普鲁版本的鲍德里亚的超真实。[23] 随着篇章在以结合了史诗的庄重的现实主义叙事语域为基础的叙事文类（西部片、经典悲剧、家庭戏剧）之间移动，看来普鲁在蓄意引起我们关注作为协商的文化产物的景观，而不是一个客观、抽象的在场。从本质上说，她在幻想一个场景，而这个场景与其说是关于一个具体的景观，还不如说是关于读者的文化期待。我们所期待的宏伟的西部景观——这个由我们耳濡目染所形成的想象，包括凯瑟和罗瓦格的描写、经典的西部小说、通俗的明信片、野生动物

失落的边疆——阅读安妮·普鲁的《怀俄明故事》

纪录片、以及我们偶尔驾车驶过——是一个被蓄意粉碎的幻想，因为这其中包括了构成当代西部的拖车房聚居地和沃尔玛超市。通过把怀俄明的牛仔过去与超市当今进行混淆，普鲁邀请我们观看一个基于人类与其接触的全部历史的景观描写。所以，除了普鲁对于读者所站岩石的坚实性的坚持，景观起着揭示人类互动和文化观念的重写本的作用。

普鲁的愿望是提醒我们，景观是一个复杂的文化产品，并且允许其成为渗透整个小说集的魔幻现实主义旅行的想象性起点。这并不是简单地说这个奇妙的景观（绵延的远景、时速90英里的风、悠久的过去看得见的伤疤）引发关于人类受苦和毅力的奇妙故事，而是说，西部的遗产一直就是历史和虚构之间的妥协。确实，魔幻现实主义把社会现实主义元素与魔幻插曲结合起来以呈现出来一个可辨识然而却荒唐的现实版本，而由魔幻现实主义所提供的审美动能看来是对于西部的一个完全适合的回应。普鲁的怀俄明也许生活着牧场主和牛仔，但是他们的故事却经常通过童话故事文类进行调解。有些故事很清楚是有出处的——例如"鲍吉尔的公牛"或者"奥蒂克"（其中西部沙漠替代了朦胧的欧洲森林）——但是许多其他的故事只是著名童话的现代更新。属于后一个类别的是《荒草天涯尽头》（载《近距离》），其中一位牧场主女儿在孤独的牧场上的孤独导致她与一位拖拉机手产生了一段情缘，其结局相当于灰姑娘故事的重述。这个故事脱离了特定的景观，普鲁本人在致谢中将其描述为一个"模糊的地域"，在那儿"非现实、奇异的和不大可能的因素"与现实生活汇集在一起。[24] 普鲁在一个开头段落就将其重要性说得很明确，而这个段落暗中呼应了《地狱里的人》的开头：

> 乡间看上去空荡荡的，硕大的灌木蒿，金花矮灌木，盘根错节的天空，一群群的小鸟像扑克牌一样被扔向空中，一条模糊不清的小径飘忽向红墙般的地平线。坟墓没有标记，坍塌的房梁和畜栏在老篝火里被烧掉。除了天气和距离别的什么也没有，那距离不时被牧场大门所打断，朝北的方向，滚动在州际公路上的半拖车传来持续不断的低沉声音，还有车窗玻璃反射的太阳光。

普鲁似乎再一次从凯瑟那儿得到了启示。在小说《我的安东妮亚》开头，当年轻的吉姆·伯顿第一次勘查将成为他家园的内布拉斯加平原时，他注意到"周围似乎没有什么好看的；没有栅栏，没有小溪或者树木，没有小山或者庄稼地……除了土地别的什么都没有：甚至都没有一个像样的乡间，

第一章　景观

而是构成乡间的材料"。[25] 在她自己开头的描写中，普鲁关注的焦点是吉姆·伯顿的两难：一个人能拿这个既偏僻又空无一物的环境怎么办。没有自由放牧场——这是能否维系美国梦的严酷考验——而只有空旷得让人压抑的景观。随着半拖车像波浪一样"滚动"而过，以半拖车"反射的太阳光"和"持续不断的低沉声音"的形式出现的现代性只是在提醒观看者，海洋曾经覆盖过这片土地，因而强化人的短暂性。在这片土地上人类几乎没有留下什么印记：房屋和畜栏在烟尘中消失，而坟墓是没有标记的，土地已经收回了其居民以及他们曾经存在过的印记。确实有一条小路，但是其"模糊不清"和"飘忽"的事实提醒我们穿行于如此空旷的空间的困难。但是，尽管这片土地如此陌生，它仅仅是"看上去"空荡荡的；牧场或许已经消失了，但是残存下来的大门提醒我们促成了西进运动的对于所有权的痴迷。这些家庭面对着矛盾的超现实景观的背景，他们曾经做好准备出演关于遗产和继承的豪门大戏。

将如此极端的景观前景化的后果之一就是有削弱人物的危险。经典西部片里被纪念碑谷裸露的岩石矮化的牛仔全景镜头可能会定下人与环境英勇斗争的基调，或者仅仅是提醒我们人类行动的徒劳，即使这个人是独行侠。艾伦·维尔岑曾经评论说："这并不是说大景观就一定孕育小人物，但是普鲁利用了这个公式。在她的大地上没有巨人，而只有矮人；是地形和天气，而不是人，体现出英雄气概。"[26] 普鲁怀俄明景观的极端残酷性与孤独和厌倦结合起来把人降低到基本构成要素，这些要素随后被扭曲和曲解变形，直到这些人变成荒诞滑稽的人物。漫画手法是二维的；它用简单替代复杂，用外部过程替代心理。正如维尔岑公正地指出，它是普鲁将景观前景化的审美代价。正是漫画化的过程帮助建立了《怀俄明故事》的叙事基调，这个基调不以同情、痛苦、或者理解为前提，而是以窥视般的嘲弄为前提，这使我们与她的人物的境况拉开了距离。并不是说普鲁似乎在意其潜在的局限性。普鲁很早之前就说过，她笔下的人物只是驱动故事发展的手段，而人类行为的复杂性最好从远距离进行探讨，而不是在当今思考。

人物受命承载一个特别的故事；那是他们的工作。把人物塑造成他或者她看起来的样子、以某种方式做事和说话、遭受一些特别的事件的唯一理由是驱动故事朝着一个特定的方向发展。我不迁就人物，也不给予他们"头脑"并且"看他们去哪儿"。有一些作家我不理解，他们与尚未成形的人物

43

失落的边疆——阅读安妮·普鲁的《怀俄明故事》

一道随波逐流。[27]

在许多方面，普鲁的人物是构成舍伍德·安德森的小说集《小镇畸人》（1919）中怪人画廊的西部传人。他的漫画手法探讨了性格是如何被异化的孤独所扭曲的。沃希·威廉斯和温格·彼得鲍姆是典型的人物：前者是个肥胖、肮脏的厌女者，而作为当地的报务员，他的职责是人与人的联接；后者是个前学校教师，他把自己的恋童癖怪罪于难以控制自己敏感的、到处游走的双手。这样两个人物即使是出现在普鲁的怀俄明也不会显得突兀。按照她笔下一个人物的说法，怀俄明州现在生活着"面部扭曲的输家们"，而他们的存在证明这个州的"基因库太小，而且那些曾经为基因库提供滋养的小溪已经干涸了"（《孤寂海岸》载《近距离》）。普鲁的审美意图通过她所赋予作品中人物残酷的狄更斯式姓名就清晰地表露出来——佩克·毕茨、切伊·思朗普、德特·希茨——这些姓名以西部具有自我意识的恶搞方式从读者脚下突然抽出现实主义的地毯。正如维尔岑所说，她的人物"没有办法从他们残酷的姓名下挣脱出来"，而且我们还可以添上一句，那些承担其情节发展功能的遭到残酷压缩的描写：那儿有奥特林·图伊，"那身材就像个一百加仑的丙烷罐"，还是个公牛阴囊周长专家《荒草天涯尽头》（载《近距离》）；邋遢、酗酒的卡尔·斯格罗普，全身用十几个钢钉、金属板和方头螺钉拼在一起，他对咖啡壶牧场的败落负有责任（《一副马刺》载《近距离》）；哈普·达夫特，单身的报务员，"他的脸和脖子……其实就是伤疤、痣、粉瘤、疖子和粉刺的盔甲"，而他密切监视着他的女性邻居（《那些古老的牛仔之歌》载《好了原本如此》）。在严酷的怀俄明山水之间，这些人物被一层层地剥开，只剩下一些基本要素，他们揭示了让读者胆战心惊的近亲繁殖、琐碎的争吵、无法满足的性欲和脆弱的性无能的混合体。

在整个《怀俄明故事》中，普鲁的人物不断地受到阻止他们成为自身命运主宰者的景观的挤压。不存在英雄，而只有幸存者。正如老瑞德在《荒草天涯尽头》（载《近距离》）的结尾所言："生活中重要的是忍耐力。就是这个道理：你站得时间够久了就能坐下来。"这个哲学向特纳的西部征服神话提出了疑问，而在同时赞美独立、自立和坚忍等其他西部品格。但是，如果说普鲁的雄心偶尔看起来更适合于古典悲剧而不是当今的怀俄明，她笔下崇高的景观与当代污秽的不断混合提醒我们把怀俄明残酷的过去与半都市化的当今结合起来的返祖性关联。有趣的是，在小说集中普鲁唯一的第一人称叙述——《孤寂海岸》(载《近距离》)——既是她最不传统的讲述怀俄明拖车房社区可怖生活的故事,也是唯一的一个其人物似乎直觉地知道景观和命运之间关联的故事。

对于习惯把怀俄明州想象成被陆地包围的沙漠地带的读者来说,普鲁的标题着实令人费解,但是通过这样的标题,她唤起了曾经遭遇首批拓荒者的"灌木蒿海洋",以及曾经覆盖这个州的古老的海洋。除了作为压倒一切的地质环境和认识论思考的催化剂以外,正是这片消失的海提供了小说的核心隐喻。在蒙大拿作家里克·巴斯的中篇小说《沧海桑田》(1998)中,这是作者所使用的修辞。这部小说比普鲁的故事早一年发表。他的小说与一个叫沃利斯·费瑟斯通的石油投机商有关。他能在当代景观的轮廓之下"看见"古老的海滩(因而也能看见石油)。故事其实与一种不稳定有关,那景观提供了一个地质上的提示,即在叙事的其他地方探讨的经济和情感起伏是处于不断变化中的环境的一项功能。为了这个目的,巴斯写了个含有达尔文引言的序言,它提醒我们没有什么"像地球外壳水平线那样不稳固"。[28]在这样的不稳定状态下,巴斯似乎在问,人类有什么机会去发现稳定的关系呢?

这是个困扰普鲁的小说《孤寂海岸》(载《近距离》)中无名叙述者的问题,而她则试图搞清楚她最好的朋友在一场由吸食毒品引发的路怒枪战中的死亡是怎么回事。特别重要的是,她没有把责任归咎于涉事的那些个人,甚至都没有归咎于他们由毒品引发的混乱状态,而是归咎于景观:

> 如果你下降一个高度,突然之间那灯火熠熠的城镇就处于你的下方,像所有的西部城镇那样铺开,其背景是起伏的山峦。那些灯火呈现出短暂而又短粗的黄色光带逐渐向东稀疏下去,映衬着黑色的夜空。如果此前你曾去过孤寂海岸,那么你就见过岸边的岩石如何急剧坠入黑色的水中,灯光也就到此为止了。远处是持续了数百万年的古老的巨浪。此时夜间就是这样,但是没有巨浪,而是风。但是以前这儿曾经有水。你想着亿万年前曾经覆盖这个地方的海洋,然后缓慢地蒸发,泥浆变成了石头。在那样的思想中没有什么能让人镇定。它还没有终结,它依然可能撕裂。没有什么是终结的。你还可以碰碰运气。

需要说明的是,这是通过普鲁的第一人称叙述者的描述提升到超现实水平的真实的怀俄明景观。普鲁一直以来很仔细地选择她的场所。当贝丝·罗弗里达在她关于马修·谢波德惨死于同性恋恐惧谋杀的书出版之前走上这条

45

失落的边疆——阅读安妮·普鲁的《怀俄明故事》

路去探访他的家乡时，她记得那是一种独特的景观。当你的视线越过挂在路边铁丝篱笆上的塑料袋时，你马上就了解了这样一种地理，其中恐龙猎手"依然挖出残酷的过去世界的残留物"，而在此"'自然'不是社会建构，人才是"。[29]景观的残酷和犯罪的暴行之间的关联是不言而喻的。在普鲁的选篇中，读者再一次被直接指称，并且不仅被邀请欣赏当前的景致，而且还听叙述者把当前的景致与她此前与同伴一起度假时参观过的特别荒凉的海岸线作比较。普鲁曾经明确地说，"我总是把人物置于表示质量概念的背景中"，而此处正是庞大的山体给予了黑暗以物理面积。[30]灯火看起来是脆弱的而不是表示欢迎的：那奇怪的组织化的"黄色光带"，那被黑暗扭曲了的"短粗"的生长物。就像孤寂海岸边的灯塔，这些灯火变成了人类状况的隐喻；意识被缩小到荒凉冷漠的宇宙中的一孔"短暂"的光亮。通过引出对海岸的比较，普鲁提出了小说标题的象征意义：如果景观并没有终结，那么人也没有，这给人留下了很小的机会去决定他们自己的生活。这是一个足以导致自杀念头的相当暗淡的景象，所以也只能嗑药时想一下而已。"[31]

如此暗淡的启迪的时刻在普鲁的小说里是罕见的。通常情况下，她的人物们都忙于生存而无暇反思，而当他们反思的时候，景观呈现为困惑的来源，而不是存在危机。在《耶稣挑什么样的家具？》（载《恶土》）中，普鲁再一次使用了海的隐喻来引出她笔下的怀俄明人所遭受的孤独感，而同时又将变化的必然性加以前景化。这两个特点被小说嘲讽的开篇有效地呈现出来：

> 航行在灌木蒿的海洋上，旅行者会发现偏僻的山坳里由电控大门保护着的奖杯屋，或者是垃圾场里歪歪斜斜的拖车房，摇摇欲坠的岩层和倾斜的悬崖，还有从十九世纪就未曾改变过的木屋，只除了碟形电视天线。

这一次，在构图里怎么也找不到读者，除非他忽略掉叙述者而成为模棱两可的"旅行者"（这个词既有地理变化的内涵又有心理变化的内涵）。叙述者的声音再一次成为一个知情人用局外人的视角去描写场景的声音：对于涉及局外人如何在一般意义上审视怀俄明、在个别意义上如何审视故事的核心人物吉尔伯特·沃夫斯格尔的叙事来说，这是完全适宜的。叙述口气起先还自命不凡，随后嘲讽般地逐渐削弱。透过挡风玻璃被揭示出来的是两个西部：拥有露出地面的岩层和木屋的神话西部和看起来像是安装上了碟形卫星电视天线的当代西部。无论是长时段还是短期来看，景观都在变化之中：故事的主人公是抗拒这种变化的。随着吉尔伯特身边的景观充斥着外来者，以及他家族已经耕作了数代人的脚下的土地似乎都希望"刮掉身上的人类壁虱"，吉尔伯特则是个"无所依托"的人。然而，他困惑的真正缘由是他获得如此具有敌意的景观所有权的发自内心的需求："他对于牧场的感情是曾经打动过他的最为强烈的情感。"他既拥有牧场也被牧场所拥有：所有权已经成为与经济和社会语境分离的目的本身，因为正如叙述所表明的，吉尔伯特占有的凝视在他童年时就凝固了。他醉心于他的牧场作为"永恒不变的美"的想象，而不是干燥、无树并且备受踩蹦的现实。正是关于所有权的遗产使得他对于实际的景观视而不见。

不幸的是，在普鲁的怀俄明，类似吉尔伯特的眼盲并非个案。因为她所有的人物都在土地上劳作，他们似乎从来也看不出这一点，而是想象一个超然于真实地理的神话了的空间。这引发了在三部曲中探讨的最重要的情节主题之一：当代西部人是如何因为拒绝承认文化建构下的不可宽恕的景观而被毁掉。这无论是对于小说集的开篇作品《半剥皮的阉牛》（载《近距离》）（故事说的是一位老牧场主对于他的"地点"的回归），还是三部曲的收尾作品之一《一头驴的证词》（载《好了原本如此》）（这个故事恰如其分地聚焦于怀俄明新的寻求刺激的冒险家）都是尤为重要的。这些故事证实，在怀俄明，你就在"奇异的土地上"，而不是在一个如其他地方一样可以接近的景观。但也是在那儿，它从来就不是那样。这是普鲁在《灌木蒿小子》（载《好了原本如此》）着手探讨的论点——一则当代童话故事，其中怀俄明精神被变成为一株食人灌木蒿。

《灌木蒿小子》

《灌木蒿小子》具备了普鲁小说的许多特征。她的叙述范围巨大无比（追踪怀俄明景观150余年来的变迁）并且包含了一系列被用一句话的描写雕凿出来的人物主导的压缩的片段。就像《好了原本如此》里的许多故事一样，这篇小说发表于普鲁在进行历史合作研究《红沙漠：一个地方的历史》（2006）期间。她所承担的研究提到了本·霍拉迪（自命的驿车之王）在1860年至1867年间在大陆驿站红沙漠路段操作期间的商业运作，那是在

失落的边疆——阅读安妮·普鲁的《怀俄明故事》

他出售给富国银行之前。一个引起她特别关注的事件是在 1862 年他对印第安苏族袭击团伙从鹿溪附近的电报局盗窃铜线一案的操纵。在他写给其最大的客户美国邮政局的一系列信件中，他夸大了印第安人的威胁，其目的是允许他将其经营的线路移向更赚钱的路线。本着一名作家对于一篇好故事的把握，普鲁大量引用了事件发生时电报局报务员奥斯卡·考利斯特的日记。日记记载的内容把霍拉迪的欺诈行为说得清楚明白，并且还记录下了袭击团伙成员奇怪的过敏反应，其摘录全文如下：

> 这事发生以后不久，偷盗铜线团伙所属那个村的一位重要的村民来到鹿溪报告说，村里发生了一种怪病，而且已经有好几个人致死……巫医下令把营地的电线埋了，人们也就这样照办了。疾病很快就消退了，有一种说法被传得沸沸扬扬的，即那"说话的电线"是由大神守护的，是大神在向盗窃和使用电线的人复仇。[32]

普鲁在她小说的开头对于这两个事件的使用颇有教益。这马上就引出了当应用到西部时就会变得模糊不清的"虚构"和"现实"之间的关系，而在此过程中让我们准备好接受对于霍拉迪驿站沿线所发生的"莫名其妙的失踪事件"的童话式解决方案。霍拉迪本人利用了这种模糊不清的关系，为疯狂的东部股东们虚构了未开化的蛮荒西部。考利斯特认识到了霍拉迪的骗局，但是他的记述却以奇怪的文献形式呈现出来——《怀俄明州的拓荒者奥斯卡·考利斯特生平，由其本人向迪菲科特的查斯·埃利斯太太讲述》——这种框架结构一方面倡导逼真的效果，另一方面彰显其复合结构。这个叙述有人为做作的痕迹——苏族人可爱得有孩子气，而对于"说话的电线"的指涉似乎是廉价小说里的"印第安话"——这使我们有理由质疑我们在听到谁的声音："那位重要的村民"；把在电报局的空闲时间用来阅读廉价西部小说的考利斯特；抑或是一位过分热心的编辑为他的东部读者提供印第安人原型？

值得注意的是，普鲁在其基础上建构叙事的历史记述似乎被包含进来去质疑而不是加强我们有关真实性的观点。而真实性一直就是呈现西部中至关重要的组成部分。从最早的拓荒者记述（一般都来源于日记），到狂野比尔·希科克和比利小子，对于东部消费者最为重要的是故事是"真实的"。没有人比比尔·科迪更明白、更好地利用了这个事实。如在引言中看到的，他是个讲述在人工制品的基础上构建事实的虚构故事的大师。在许多方面，普鲁的小说《灌木蒿小子》可以作为这样历史还原论危险的警示。故事伊始，叙述者就自觉地采用历史分析的语域，将过去的事件针对当代对等物进行语境化，摈弃了景观描写和人物发展而钟情于报道。然而，由于考利斯特和霍拉迪所提供的"历史记录"的真实性如此可疑，普鲁用温和的嘲笑口吻强调她的叙述：不但是那些人物和事件是荒唐的，而且那些记录和阐释他们行动的历史学家也是荒唐的。她的西部像科迪的一样，将历史人物和虚构人物结合起来（霍拉迪与富尔家族分享戏剧空间）；将地理上真实的场所与虚构的场所结合起来（虚构的桑迪斯格尔与罗林斯处于同一地理环境中）；他们的历史真实性得到对于细节的密切关注的证实（霍拉迪经营瑞德·鲁伯特泥浆车而不是更为奢华的黑色协和客运汽车）。考利斯特的"巫医"被充实到 R. 辛格这个人物身上，而他可疑的真实性依赖于他姓名首字母可怕的准确性上，再加上存世的文件。而据叙述者说，那些文件太过离题，因而根本不值得引用。

当叙述者呈现据称是在偏僻的驿站各种失踪案的"真实"记述时，"虚构"与"现实"之间的含混受到了考验。我们被告知驿车是被冻僵的乘客点起的火烧毁的，餐用器皿在一场"闹哄哄的射击比赛"中被摔得粉碎，一支长枪在其拥有者上厕所时被埋了起来。但是由于记述所使用的嘲讽的口气，似乎是满怀疑窦的读者而不是故事中的人物才是欢笑的对象。然而这正是要点：在西部，关于什么是"真实"的概念被如此超现实的景观里的隔离状态扭曲变形了，以至于理性的正常规则不再适用。这是普鲁在她的论文集《红沙漠》里记录下来的世界，这其中她从陆上的拓荒者和骑兵军官的日记里引述内容，而这些人的景观描写似乎证明了这样一个论点，即"现实在此地从来都百无一用"。有些拓荒者群体被景观大大地矮化，以至于他们心生幻觉；士兵们经受了如此寒冷以至于他们都冻在了马鞍上；风如此地强烈以至于牛和马都被刮跑了。[33]霍拉迪的驿路沿线家畜、马匹和零星的士兵和拓荒者的失踪是普鲁故事的起点。因为，你该怎么向东部的读者解释，在这样一个地区，人和牛就简单地消失在灰岩坑里、摔下悬崖并且被劫掠的狮子吃掉？在寻找更为可信的解释过程中，如霍拉迪十分清楚的，印第安人总是会成为替罪羊。普鲁的驿站站长比尔·富尔提起狡猾的印第安人去安抚丢失了公牛的移民："他们会用鼠尾草枝把路上的痕迹扫掉，所以你们永远也不会知道他们身上长出了翅膀扑棱扑棱往南飞走了。"确实，霍拉迪如此成功地夸大了1863年夏天在鹿溪驿站附近察觉到的印第安人威胁——察觉到在此是个重要

失落的边疆——阅读安妮·普鲁的《怀俄明故事》

的词汇——以至于卡罗尔·H.波特与他的第六步兵分队被分派确保这个地区的安全。而他刚刚宣布获胜的消息，几乎马上就有 60 匹马从岩溪地区神秘失踪。[34] 有关"神秘失踪案"更为超现实的解释的舞台搭建完毕，而这个解释与崇高的景观相得益彰。

走进《灌木蒿小子》，你会看到两个西部最经久不衰的象征：怀俄明永恒的灌木蒿和比利小子。还有什么更好的象征比一株完美地适应了其残酷的生活环境的植物和构成典型的西部英雄的事实和虚构混合体的"小子"更适合西部的景观？然而，普鲁故事的来源并不是西部，而是由 J. K. 厄尔本创作的一个捷克童话故事《奥图山尼克》，而这个故事于 2000 年被扬·斯凡克梅耶改编成一部超现实主义电影《树婴》。在故事中，一对没有孩子的年轻夫妇的丈夫挖出了一个极具人形的树根。他的妻子把树根当成了婴儿，还给它穿衣吃饭。随着树根逐渐长大，它的食欲也越来越大，并且与几桩神秘的失踪案有关——包括家里的猫、邮递员和父亲本人。从一个层面上说，普鲁的故事仅仅是原作的一个可怕的更新版本，其中贪食欲望的畸形产物回过身来吞噬其母。普鲁把鹿溪——其具有田园风光的丰富内涵——变化成为更加险恶的桑迪斯格尔（这个地名更适合埋藏于地下的恐怖。原文 Skull 有"骷髅"之意），并且在驿站站长比尔·富尔和他的妻子米兹帕·富尔这两个人物身上创造了两位安德森式的怪人。从普鲁围绕每一个受害者失踪事件所建构的图像可以清楚地看出，对于象征性的敏感不应该蒙蔽读者对我们作为容易受骗的人感受到的不安视而不见：首先，这是一个黑色的童话故事。但是，这也是一个只有在西部景观的语境中获得其真正意义的故事。

普鲁版的故事用同样的嘲讽–历史语域讲述出来，其中涉及到霍拉迪向美国邮政局的请愿。确实，小说中包含着称得上比尔·科迪水平的对于"历史"细节的关注。比如说，我们得知米兹帕用"曾经装过威尔菲牌马抹剂和西班牙镇痛剂的带奶嘴的瓶子"给她的小猪仔喂奶；我们得知库尔特太太的厨房给煤气工人提供的菜谱；我们还得知小子的最后一个受害者所使用的笔记本与"欧内斯特·海明威和布鲁斯·查特文用过的那些"一样。普鲁并不是在通过如此不一致的细节寻求逼真性，而是向熟悉的物体举起变形镜头将之改变成怪诞的东西。这种技法于童话故事和魔幻现实主义作家中颇为熟悉，而一旦应用到西部，它就成了对于科迪的历史方法论的控诉：如果细节是对的，那么故事也是对的。

然而，普鲁小说标题的全部含义只有通过对于这个地区压缩了的历史的叙述方才清晰。随着时间一年一年地流逝，景观也发生了变化：驿车线路让位于联邦太平洋洲际铁路；这条线路再被横跨东西海岸的林肯高速公路穿越；这条线路最终被沼气勘探人员挖空。唯一保持不变的是那棵巨大的灌木蒿，在光线中似乎投降一般"向红色的天空举起胳膊"。同时，它还进入粗心大意的拓荒者、开小差的士兵、沼气工和寻找阴凉的野餐者的生活之中。正因为如此，它成了普鲁西部的象征：这个西部建立于为了商业目的而受到无情操纵的野蛮的印第安人的故事之上；建立于孤独幻灭的拓荒者的乐观和鲜血之上；建立于无数残酷的牛仔传说之上。高高举起的臂膀，这暗示了归降于当代世界的入侵的景观和神话。那曾经使首批移民敬畏并且毁了他们的荒野在数小时而不是数天就可以被穿越，它的崇高已经沦落为俗气的明信片。作为商品化西部的当代精致的消费者，我们可以欣赏其作为旅游目的地的景观，而同时将其危险归附于一个浪漫化的过去。对于小子的最后一个受害者之一的送货司机来说，这当然是真的。这名司机如此醉心于西部小说《佩科斯小道上的伏击》（这是两部布拉德菲尔德·斯科特牛仔小说的混合），以至于他没能看到他周围环境中的真正危险。但是正如普鲁的故事所表明的，这是误读地理，因为它对于粗心大意的人来说依旧危险。虽然怀俄明似乎已经向现代性屈服，它会吞下现代世界向它扔出的一切——确实就是这样！

怀俄明景观的危险是构成三部曲基础的主题，其重要性由小说集的开场戏表现出来，即《半剥皮的阉牛》（载《近距离》）。在这个强大的框架叙事里，食人的灌木蒿被切除了内脏的阉牛险恶的眼神所取代，而这是作为怀俄明抵抗的景观的象征。这是又一个传统民间故事的超现实和血腥的版本。这一次是一个题为《鲍吉尔的公牛》的冰岛小说，说的是一只奇怪的被剥了皮的动物在夜间从树林里出来恐吓当地村民。普鲁的故事比小说集里的任何一篇都走得远，它直接来自作者与景观的关系之中。故事是一个来自大自然保护协会访问一处保护区并且向《险远之路》（1998）杂志供稿的邀请的产物，而最终完成的小说被收入《美国世纪最佳短篇小说》（2000）中。

失落的边疆——阅读安妮·普鲁的《怀俄明故事》

《半剥皮的阉牛》

　　这个故事说的是一位 83 岁的老者，名叫梅罗·科恩。他在阔别 60 年以后从东部回到位于怀俄明的家庭牧场来参加他的弟弟罗洛的葬礼。故事完全从梅罗的视角叙述出来，旅行变成了对他离开怀俄明州的理由和他与父亲的女友的关系的心理探索。小说中优雅地编织进了他的回忆，即他自身的性觉醒、他受到压抑的对于父亲女友的欲望以及这位女友讲述的故事《半剥皮的阉牛》。这个故事说的是一个懒惰的牧场主，外号叫"锡脑袋"，因为他的颅骨里有块电镀版。他在给一头阉牛剥皮时去吃午饭，等到他回来时那牛已经不见了。他远远地看到那头动物，并且认为那"瞪着他的红眼睛"会诅咒他的家庭并且导致其走向衰落。梅罗一边脑子里想着这个故事，在暴风雪中来到了牧场附近。但是他迷路了，而且汽车在一条小路上抛锚了。当他试图徒步完成旅行时，他被暴风雪困住了。在他弥留之际，他看到了阉牛的红眼睛，那眼神似乎在说，他就像那个"锡脑袋"一样，因为不尊重景观而受到惩罚。

　　梅罗·科恩是他自身错觉的受害者。当我们在小说开头见到他时，他是个信心十足的东部人：他是个素食者，经常骑行室内脚踏车保持身体健康，并且靠经营锅炉、通气道清洗和精明的投资赚了大笔的钱。当他接到电话通知去参加弟弟的葬礼时，他决定开车去。尽管他年事已高，路途遥远，再加上冬季的诸多不便，他依然相信，对于一位在西部长大、又在东部功成名就的人来说，怀俄明尽在掌握之中。他在一念之下更换的凯迪拉克汽车（"只要他愿意，他可以像买盒香烟一样去买汽车"）本是他成功的象征，然而最终他会痛苦地发现，那辆汽车在怀俄明恶劣的环境中一无用处。他的自信还体现在他对于怀俄明地理的信心，即他头脑里装着的怀俄明地图与实际的地理严丝合缝。在他越过州界时，他不无欣喜地看到："什么都没变，没有。空旷又暗淡的地方，呼啸而过的狂风，远处像老鼠一样大的羚羊，跟过去一模一样的地貌。"这是想象中的景观，而不是现实中的景观：野生动物像是从孩子的玩具盒跑了出来，而"跟过去一模一样的地貌"激发出了与冰川雕刻和精细的农牧业的怀旧关联，而不是矿物开采。因为一切都已经变了：一度欣欣向荣的牧场——就像已经废弃的蹄铁匠铺——已经分崩离析了,而他即将回归的牧场已经变成了澳大利亚主题牧场——"澳洲怀俄明"。

通过介绍这座可笑的牧场,普鲁是在提出一个严肃的论点,这个论点涉及到在多大程度上所有的景观都是文化期待的产物。正如梅罗对于景观的建构是由童年的回忆和西部神话的结合所决定的,我们自身对于真实西部的构想建立在关于牧场"自然性"的信念之上。就像米兰妮·邓肯·弗朗茨所观察到的那样,通过对一个奇异物种的介绍,普鲁是在提醒我们,牛就像西部的鸸鹋(鸸鹋系原产于澳大利亚的一种鸟类,其体型硕大而不会飞)一样是人为的;后者的荒谬只是符合我们想象的地理之外。[35] 其次,普鲁还在用鸸鹋来拷问,当涉及到特定的动物种类以及整个景观时,"野生的"和"驯养的"概念究竟是什么。这样的混淆对于罗洛来说是致命的。他被一只鸸鹋用爪子抓死了,因为他没有察觉到在他自己广告宣传中可笑的动物表象之下隐藏的野生动物。他血淋淋的死亡不仅招来了他的哥哥,而且还预示了梅罗自己的悲剧。当他精心构建的西部回忆(变成了通俗明信片的家庭化想象)遭遇暴雪肆虐的现实时,这一切就发生了。

梅罗的旅行不仅是地理意义上的,而且是对于他60多年前离开父亲的牧场原因的心理探索。[36] 确实,在弗朗茨看来,正是他向东部的迁移才使得他能够拥抱对于神话的牛仔的反心理立场而言完全陌生的自我反省和自我意识。[37] 结果就是,这是普鲁小说中最具内省意识的一篇。小说中除了露易丝短暂的电话交谈,我们只听到了梅罗的声音,而他自始至终都是聚焦主体。这包括那个女朋友的强大声音,当然是经过了梅罗的协调。他着力强调说,她"是个彻头彻尾的骗子",具有说书人的催眠力量吸引你入戏,这样的话"她就可以使你火未点燃就能闻到烟味"。梅罗之所以竭力质疑她的说辞与他自己年轻时的性困惑、以及他对她可能跟他父亲说了什么的担心有极大的关系。因为虽然他对于自己的性能力颇为自得——"有那么多的女人!他娶了其中的三、四个,还品尝了好多个"——被女朋友的故事大大激发了的性困惑加速了他的离去。这种迷惘可以追溯到他的童年,源自于他对其所处景观的含混理解。当时有位来访的人类学家向他展示了一些美国原住民的女性生殖器石刻,而他则误认为是马蹄铁。遭遇了这次尴尬的结果是,他不仅混淆了同音异义词"铙钹"(原文 cymbal)和"象征"(原文 symbol)(导致了性和游行乐队之间的奇怪关联),而且从此开始"没有肉质的事例征服过他

53

失落的边疆——阅读安妮·普鲁的《怀俄明故事》

对于埋藏于地下的石质女性生殖器的信念"。所以，从他小时候起，性就与马和冰冷、黑暗和神秘的东西联系在了一起。[38]

后来，他从其身边的牧场得到暗示，这个含混的信念发展成为一个观念，即那个性欲化的女人具有动物性，以他父亲的女友为代表。他不断把那个女友与马联系起来："如果你欣赏马，你会爱上她，她那昂起的脖颈和像马一样的臀部，那么高、那么带劲，你都忍不住要拍打她的臀部。"她只存在于梅罗的记忆之中，并且无名无姓，因为她的意义仅仅体现在她与父亲的关系上，而且她只能通过关于什么是狂野和色情等男权定义加以理解。在她讲述了《半剥皮的阉牛》的故事之后，他开始梦见"马的繁育或者是嘶哑的呼吸，无论是他并不理解的性行为或是血腥的割断喉管后的喘息"。性、马和屠牛现在异常复杂地纠缠于他的想象中，而且随着他开始怀疑她与罗洛之间日益密切的关系，他也愈发把自己与阉牛等同起来。普鲁把原先冰岛传说中的公牛变化成为阉牛（阉割了的公牛）的全部意义成为了梅罗阉割情结的象征。如贝内迪克特·梅林所说，这个象征通过其名字的互文性阐释得到强化，亦即俄狄浦斯的继母梅罗普名字的减缩写法。当涉及到探索一个儿子对于其母误置的性情感时，索福克勒斯提供了一个文学和心理分析意义上的原始文本。[39]

一旦到了东部，他认为"那曾经是他发现自己的领地和自己的女人的时候"——这些令人不安的达尔文式结论并非细致反省的产物，而是他从"电视上的自然节目中学来的东西"。我们怀疑这就是为什么梅罗喜欢"荒蛮的自然"：他想象着那个女友"四肢着地，从背后进入，还像母马一样发出嘶嘶的声音"，但他还是回避了那个真实的性欲化女人。他偏爱他的野性——无论是景观意义上的还是性欲方面的——这是经过了小屏幕的协调，无论是电视屏幕抑或是汽车挡风玻璃。然而，性困惑只是梅罗离开父亲牧场的部分原因；同时还很清楚的是，他并不适合怀俄明的严酷性。可是正如父亲所宣称的，管理牛群需要一种特殊的男人，以防牲口时常"摔下悬崖、灰岩坑"，或者被"到处劫掠的狮子"吃掉——加上最后一条就需要好好思量一下了。在这片如此"奇异的土地"上，有可能去相信狡诈的印第安人、一棵食人灌木蒿，或者一头红眼阉牛的诅咒。当然，父亲对于这个任务也感到力不从心，放弃了这个"职位"去当一名邮递员，从而打破了牧区的金科玉律。而从此以后在他哆哆嗦嗦地把"账单塞进邻居们的信箱"时，他备受内心愧疚

54

的煎熬。即便是年轻的梅罗和罗洛也认识到他"对于牧场工作的背叛",并且计划着一旦有机会就"把这地方收拾得井井有条"。而这个计划,就像小说集里的许多计划一样,从来就没有实现。女朋友似乎凭直觉就认识到父亲和儿子们身上的这个弱点,因为她的故事里就蕴含着一个警示,即他们并不具备在如此严酷的环境中经营牧场所需的品质。

锡脑袋是个失败的牧场主,他把自己的不幸归咎于阉牛的诅咒。然而,正如埃伦·博伊德所指出的,女朋友强调说他一直就受到侵害,而且用一系列怪诞的童话意象详细说明了这个特点:"鸡一夜之间改变了颜色,生出的小牛有三条腿,他的孩子身上长着花斑……锡脑袋从来就没有完整地干完一件事,每一次都是半途而废"——即使是在给阉牛剥皮时(第25页)。[40] 而梅罗自始至终都是个缺乏想象力的人,他对于鸡的变异不屑一顾——"她是个大骗子"——他忽视了一个非常突出的现象,即锡脑袋的不幸来源于他半心半意工作方式。关于这个特点女朋友在叙述中通过反复使用"半"字加以强化,以便描写锡脑袋的行为:"他的裤子只扣了一半,结果把香肠给漏出来了",他的饭只吃了"一半"就去给阉牛剥皮。事实上,在牧场这个需要全心投入的环境中,阉牛成了对于锡脑袋半心半意的工作方式的拟人化的谴责。所以,虽然他认为自己受到了诅咒——"他知道他完了,他的孩子和孩子的孩子都完了"——唯一得以一代一代传承下来的是他的奉献的缺失。而这对于罗洛和梅罗来说就是故事的寓意所在:要么承担义务,要么现在就退出。

由于以上所说的环境和心理-性原因,梅罗逃跑了,把牧场、或许甚至是女朋友留给了罗洛。梅罗的缺席以及牧场的管理其实与普鲁无关;她的兴趣只是在于探讨他回归的动机。他的回归显然不是出于怜悯或者是尊重,而是出于"看到他的弟弟掉到一个红色的怀俄明洞穴里"的欲望,再加上看到他的弟弟是否已经"扔了一副马鞍桥在(女朋友身上)并且骑着走向了夕阳"的好奇心。这两个意象就像阉牛的眼睛一样血红的——它们共同形成了一个文学典故网络,使读者感受到有各种力量在迫使梅罗与阉牛相遇。鲜血渗透到叙述的字里行间:他的弟弟罗洛并不仅仅是被害死的,他被残酷地掏出了内脏——大开着膛,就像那头阉牛,其剥皮的过程牵扯到残酷的细节:"他把后腿给捆住,再把牛给挂起来,然后一刀刺进去,在底下用一只桶接住流出来的鲜血。"从此刻开始,梅罗想象中的牧场不再充满着怀旧气息,

失落的边疆——阅读安妮·普鲁的《怀俄明故事》

而是在一桶一桶"黑色的黏稠状液体"——鲜血——之间摇摆。阉牛的红眼睛被转换成了通往怀俄明的州际公路上的红色汽车尾灯；从他报废的凯迪拉克汽车里滴出的黑色液体中可以看到血；这在雪地里汽车尾灯的反光中清晰可见，"像一块新鲜的血渍"，那尾灯照亮了他的死亡。

这组血的意象由叙事感情误置加以补充，这强化了土地的吸引力，而同时又预示了其戏剧性的结局。普鲁使用了"一道闪电"的"压迫上冲"的意象，而这一意象前后所用的动词如"猛拉"、"拉扯"等暗示绳子不由自主的剧烈拖拽来创造一种具有宿命意味的强大力量促进他回归的决心。在旅行过程中，天空被描绘为"黏稠的"，以暗示一种令人不快的混合物，还被人格化为一个喜怒无常的巨人，"笨拙而愠怒"。天空挤压着大地，几乎没有给太阳留下多大的空间，使得它"贴着地平线膨胀起来"。最为寻常的元素是怀俄明的大风，它甚至惩罚起了雪花，将其刮得在他前方的"柏油路面上翻滚"，把公路变成了一条"没有泡沫的冰冷的激流"。

毫不奇怪，在这样的环境中，他脑海里的地图与他眼前的景观并不吻合。[41] 正如他承认的那样："在他记忆中的牧场地图现在不再那样明媚了，仿佛被踩踏过一样荒废、遗忘了。记忆中的大门坍塌了，栅栏摇摇欲坠，而荒地的形貌愈发膨胀得巨大无比。"无论是真实的地图还是想象的地图，其麻烦之处在于它们是静止状态中的世界的表现，而景观则处于永久的更迭之中，这个事实的表征是那条无数人踩踏过的小路。如此这般的荒废本该是慰藉的源泉，文明的一个符号，但在这儿它变形了，因为它表明了变化。那曾经把景观划分为一个个牧场的大门现在已经坍塌了，让"荒地"膨胀到其原初的规模。然而即使是在弥留之际，梅罗还是无法看到他眼前的景观：

> 这么个狂暴的地区露出了峥嵘，悬崖高高耸立指向月亮，雪像蒸汽一样飘洒在草原上，牧场白色的侧翼遭到篱笆剪挥砍，灌木蒿闪烁着光芒，小溪沿线柳树的黑色乱枝像了无生气的头发一样聚成一串。

从他的眼里看来，正是这个人格化的"狂暴的地区"（这样的描写听来像是约翰·韦恩主演的西部片的片名）方才符合牛仔的陈腐题材而不是地理。草原上"冒着烟"，周围的悬崖看起来像马一样以典型的牛仔姿态仰天向月。我们被告知，在梅罗弥留之际他才最终明白那阉牛血红色的眼神一直在盯着他；片刻貌似真实的阐释只是澄清了他的自欺欺人。因为，虽然阉牛不可以跟梅罗的室内脚踏车和凯迪拉克的世界混为一谈（它与荒野的地区处于篱笆的另一边），其阐释意义依然有弹性。在一个层面上，梅罗"在呼啸的冬日之光中"的临终时刻提供了由他的名字暗示的俄狄浦斯叙事的发现。据此，他认识到是性无能和懒惰的结合驱使他离开了牧场。在另一个层面上，那头阉牛，就像灌木蒿小子一样，是个警醒，即虽然它像牧场和广阔的怀俄明景观一样可能被阉割了，它的"侧翼"遭到挥砍并且濒临死亡，这三者都得以留存下来并将毁灭"犯了错的牧牛人"。

《一头驴的证词》

《一头驴的证词》里没有食人灌木蒿或者红眼阉牛——甚至都没有一头驴：那里只有压倒一切的景观。故事聚焦于一群户外冒险家，他们已经改变了特纳论文里拟定的原则，其中个体通过与一个充满敌意的环境的搏斗发展成为一种生活方式的选择。故事里的两个核心人物凯特琳和马克在艾奥瓦州相遇，他们由于对远足的热爱而相互吸引："他们生活的真正焦点既不是工作也不是彼此的深爱，而是荒野的旅行……那粗犷的乡间是他们的情感中心。"然而，他们却是非常不同的人：凯特琳只出过两次州，但是却在反抗自身的狭隘；她已经成了一个素食者，而且沉湎于一种媚俗的灵性。相反，马克"这个人待在欧洲比待在美国西部更自在"，他把对音乐的欣赏与精致的烹饪和对格言警句的喜爱结合起来。从某种程度上说，在梅罗身上探讨过的东/西部矛盾通过普鲁对于马克形象的塑造达到了一个爆发点。这个矛盾在他们一次远征之前的晚上因为一颗生菜引发的争执过程中爆发。这引发了一系列所有的关系都受其影响的令人恼火的事情（标题的历史性证词）。当马克收拾行李搭乘飞机前往希腊时，凯特琳独自一人徒步踏上了那条规划好的小路作为自身独立性的证明。不幸的是，当她不顾一切地攀爬一座峭壁时她被一块岩石卡住了，故事的后半部分就记录了她缓慢的死亡过程。

像《半剥皮的阉牛》一样，这个故事涉及到景观、地图和记忆之间的关系，其中如何通过艰难的景观成为经历人生挑战的一个隐喻。普鲁在小说里罕见地写了段铭文以彰显其意图，"行路人，世上本没有路。路是走出来的"——这段铭文为读者即将阅读的道德寓言作了铺垫，而这个寓言挑战了凯特琳信念的圆滑之处，即"粗犷的乡间"是她与马克关系的情感中心。路

57

失落的边疆——阅读安妮·普鲁的《怀俄明故事》

当然是寻常的文学隐喻，但是当用于广阔的西部时就具备了新的力量。诗人盖里·斯奈德在他的文章《道之上，径之外》(《禅定荒野》，1990) 讨论了有关道路隐喻的可能性和重要性，其中他谈到了自由与责任、纪律与自发性之间的关系。他基于佛教教义和美国原住民思想的融合认为，荒野的自由可能是迷人的，但是因为没有目的地，也不会有路。他的结论也可以用来指涉凯特琳："大路和小径我们都需要，并且将会永远维护它们。但是在你转身走进荒野之前，你必须首先上路。"[42]

我们在小说开头见到的凯特琳年轻、叛逆、迷失，寻求与乡野西部更加密切的交流，但是不愿意走前人走过的路。我们被提醒说，在她的叛逆中有一种虚伪的因素，就像电视编出来的剧本。这一点通过她模仿"1930年代的电影明星"的美容集锦就显而易见；同样显而易见的是她把废弃的电视改造成任何一个迎合她喜好的物神的东方神龛。在马克的传记里她觉得很吸引人的那些异国元素里也有一种少年人幻想的因素，特别是那个巴斯克祖先，其使用合成照片去发现"全宇宙正直的人"面孔的工程是她自身寻觅的有些古怪的先兆。她相信她在马克身上已经发现了她的"白马王子"——他"弓形的伊比利亚鼻子"和"冷酷的气质"暗示了凯特琳所有波西米亚欲望的合成图像：正是报复她父母的偏狭的那种男孩。

冷酷的马克确实像是合适的伴侣，而他之所以合适从他对待怀俄明景观的态度上就可以看出来。在他们第一次远足时，他把她带到一个叫作"七魔鬼"的徒步区域，然而却选择了"掷骰子小径"。这条小径她曾经拒绝过，因为她认为那是给观光客预备的。这就代表了他们不同的个性：马克表面的自发性是有严格控制的；他或许会选择具有某种恶魔般危险的小道，但他所做的准备缜密细致。他的波西米亚作风是十分挑剔的：他是一个爱冒险的滑雪者，但是却因为担心雪崩而拒绝滑出雪道；他在一时冲动之下买了两张飞往雅典的机票，但那是为了扑火。他喜爱与景观进行精神交流，但与梅罗不同的是，他从不把眼前的景观混同于想象中的理想。凯特琳是个火暴脾气的人：她可以开开心心地把他们租来的拖车房内部装饰成可怕、冒牌的波西米亚风格而无视其最终的结果；她在风暴中滑雪；她可以拒绝一条小路因为那路看起来太过寻常了；当然后来她还要在贾德小道上远足，独自一人。马克正是凯特琳所需要的；他们可以分享"堕落的返祖体验"，但是他会提供一个抑制混乱的途径。所以，当他们俯瞰"地狱峡谷的无底深渊"时，很清楚,在寓言层面上,面对如此折磨,他使得她超越其上,而不是穿越其中。

然而,从他们所有对荒山野地的谈论中,他们始终还是局外人,既无意于对景观有所承诺,也无意于对彼此有所承诺。他们从根本上说是彼此孤立的,但又和谐相处,很容易就能毁掉他们之间的关系:只需要小小的一颗生菜。他们之间的争论是故事的情感中心,其具体场景是他们为非法徒步穿越贾德小道所做的准备工作。马克一方面欣喜于违背既有的规则,但他的准备工作控制得极为精细。这激起了凯特琳的怒火,而由于凯特琳是这个场景的聚焦主体,我们通过数个涉及到烹饪琐事的一般现在时的观察可以感受到她的怒火。随着最初的言语冲撞让位于带有根本性的批评,读者退出了即时交流,而转向叙事报道。这样做的效果是强调争论的普遍性,同时还从这种关系中汲取更为深刻的寓言意义。马克指责凯特琳是个"美国婊子",与"持有同样右翼观点的头脑狭隘的白种共和党人"生活在一个"患便秘的地方",抵制体面的食物、有益的谈话和多样性。通过他"驴子的证词",他发掘出了一个针对特纳论文的诅咒般的控诉。人们在西进过程中经历的奋斗原本是要把欧洲人改变成美国人——与景观和谐一致的勇敢、自给自足、热爱自由的民主党人;而实际产生的却是狭隘地鄙视土地的贪婪的个人主义者和那些与他们的眼界不同的人。凯特琳代表出了故障的昭昭天命;她是一个迷路的小姑娘,其拓荒精神以伪精神性的鲁莽重新出现。

这种鲁莽特别清楚地表现在马克离开以后她决定独自徒步穿越贾德小道的行为上。她决心证明自身的独立性,不仅是独立于马克,而且还独立于现代世界:她把移动电话和全球定位设备都留在家里以提高自己的警觉性;她甚至都没有带上一幅地图。她是在尝试成为一名开拓者,就像她一直所做的那样,拒绝来自她的父母、房东和马克令人恼火且谨小慎微的成规习俗,而更愿意依靠自身极易燃起的直觉。从这个方面说,她的旅行就像梅罗的旅行一样,与其说是地理意义上的,不如说是心理意义上的。起初,随着她记录下醉人的视觉景观,凯特琳看来似乎就像格雷特尔·埃尔利希一样,在其所处的环境中找寻到精神救助:

如此完美的颜色和完美的地方,世间罕见,多得无法吸纳,然而却引发了巨大的悲戚;她不知这是为什么,但是她认为这可能植根于灵性的原始感……孤独激发起了存在主义思想,而且她后悔与马克的争论,这争论愈发变得如同一缕尘埃那样无足轻重。

失落的边疆——阅读安妮·普鲁的《怀俄明故事》

然而普鲁却向这个田园诗般的道德故事发起了挑战；凯特琳将不会拥有"开放空间的慰藉"，因为那具有太过浓厚的唯我论色彩。在整篇叙事中，我们不断被提示凯特琳有关景观的观点的偏狭。我们还时常受邀通过她的眼睛去观察——我们看到依照她自己的心情，她周边的环境一会儿是"残酷的"，一会儿又是"神圣的"。当我们不是从她的眼睛观察时，我们通过不在场的马克的眼睛去观察，而他对于凯特琳希望看到的如此之多的东西提供了调节性影响。所以，凯特琳就像梅罗一样，从未看到她的眼前是什么，而只是经过她的情人调节的理想化版本。正是这个扭曲的想象导致了她在故事的高潮部分受困。

普鲁在故事里的寓意很明确：怀俄明的美丽或许耀眼夺目，但也会吞没粗心大意的人。故事里没有那些童话中出现的怪物，只有一座峭壁或者一块巨石缓慢地吞噬其受害者的生命。这个场景显然受到普鲁在乌云的起居室对面峭壁的启发，在这峭壁上她发现了数个潦草写下的名字：最下方的是约翰逊（凯特琳给那只尾随着她的松鸦就取了这个名字），最上方的一个名字无法辨识——某种看不懂的语言，或许是芬兰语。[43] 在小说里，普鲁加入了一个同样无法辨识的名字以向我们提示凯特琳的骄傲自大。她浪漫地把这个名字想象成某个重要的探险家，用这样一个知名人物的名字来证明其自身的成就感和个体性。所以她会失望地发现这是"某个墨西哥老牧人"胡乱涂写的名字——这个名字就像马克的名字一样，提醒了她自身的平凡性。

然而她的死亡却远不平凡。从一开始普鲁就强调凯特琳的旅行与其说是地理意义上的，还不如说是时间性的，而随着她穿过古老的森林和冰湖，她认识到她与"荒野的乡间"关系的表面性。这是一次精神层面的旅行，其中随着个体被怀俄明的景观索回，他们被剥夺了其现代性、尊严以及最终的人性。普鲁此前曾经探索过类似的领域，特别是在她的短篇小说《鳟鱼人》（载《心灵之歌》）。人与景观的关系再次通过一个怪物引发出来，而这一次是对狼人荒诞的戏仿。在这个好友故事的普鲁式解构中，一个颇有嘲讽意义的叫瑞福斯的人（一个酗酒的城里人，他对中国哲学感兴趣）和他的邻居索维奇为了逃避与各自妻子堪为忧虑的关系在周末溜出来钓鱼。普鲁所使用的半人格化的河流作为自我发现的隐喻具有康拉德小说《黑暗的心》的回响。随着他们走向自己痛苦的根源并且最终达到某种程度的自我理解，索维奇表明自己是肤浅，而不是野蛮，也更愿意待在安全区。相比之下，瑞福斯希望揭示自己有缺陷的内心；他在像威士忌瓶子一样吸引他前行的沼泽源头发现了这个答案。[44]

凯特琳的长途跋涉提供了一次相似的自我发现之旅，使她充满了"灵性的原始感"。虽然景观是空旷的，然而却满含敌意地存活于为了生存的残酷斗争中：她的通道被"堵塞"，她的双臂被折断的树枝"挠伤"，而当她刚一踏上即将成为囚禁她的狱卒的岩石时，那岩石发出"像是清嗓子一样刺耳的磋磨声。就像名字写在她头顶墙上的那些人，她已经惊醒了酣睡中的怀俄明景观，而这景观现在就要吞噬她。她缓慢的死亡过程（足足占据了五个页面的篇幅！）混合了她有限感知（加上持续的身体状况的诊断）的现实主义和反映她不断衰弱的心灵的抒情段落。时间不再拥有客观的现实，而随着她遭受的痛苦"翻滚"和"飘动"。语言也不再拥有意义，她临终时发出的"马啊啊啊啊"声更接近于人生的第一声哭叫，而不像是她可能会打给马克或者她妈妈的电话。然而奇怪的是，我们并不为此感到可怜。凯特琳所遭受的痛苦更具有古典神话人物尼俄伯的意义。她因为骄傲自大而受到惩罚，被变成了石头，或者是普罗米修斯，从而被缚在岩石上备受折磨，又为其身边的世界带来了更多的知识。虽然为时太晚，凯特琳得到的教训来自于囚禁了她的岩石上覆盖的地衣。据马克说，地衣是世界上的首批植物，它们"依然在吞噬山脉"，把岩石转化成土壤以维持生命的延续。凯特琳成为了这个过程的一部分，"她的手和胳膊"慢慢地变成"黑灰色的皮革，像是某种地衣"。从本质上说，由"具有恶毒人格"的岩石所提供的教训与《灌木蒿小子》和《半剥皮的阉牛》所提供的教训相似：人类尽管大肆修篱笆、采矿和钻探，他们无法改变景观；景观反而会吞噬人类。

在普鲁的小说里，景观描写重新作为小说情节和人物性格发展的重要因素。这在当今世界是个了不起的成就，因为当今人们对于自然环境的体验局限于电视纪录片、驾车旅行和有机食品店。这是一个在西部被放大了的问题，在那儿景观形貌已经不再指涉一个特定的地理，并且已经成为旨在激发起整个文化遗产的视觉语法的一部分。普鲁的"年鉴派"解决方案旨在提出一种新的景观概念，即刻意将其地位作为文化产物加以前景化。景观由一种静态的和"在那边"的物体被转化成为揭示人类互动遗产的重写本。这样的观点需要一个并非选择性、而是更加能动性的景观观念，这个观念模糊美丽和污秽之间的区别，而在此过程中提醒读者说他们的环境是文化期待的产

失落的边疆——阅读安妮·普鲁的《怀俄明故事》

物。普鲁笔下的人物，无论他们如何在土地上劳作，他们都无法区分真实和人造之间的差别：那是他们的悲剧。以一棵食人灌木蒿、一头半剥皮的阉牛和一块恶毒的岩石为代表，普鲁旨在提醒读者，在通俗的明信片和拖车房聚居地的煤灰之下，怀俄明对于粗心大意的人来说依然是"危险之地"。

本章注释

1 《更像读者，而不像作者：对安妮·普鲁的访谈》，《怀俄明图书馆综合报道》，2005年秋季，第5-8页；http：//www-wsl.state.wy.us/roundup/Fall2005Roundup.pdf（访问于2013年9月9日）。

2 安妮·普鲁，《危险之地》，收录于蒂莫西·马奥尼和温迪·卡茨编著的《地域主义和人文科学》，内布拉斯加：内布拉斯加大学出版社，2008年，第6-25页。

3 见理查德·埃图莱恩，《重新想象现代美国西部：小说的世纪》，亚利桑那：亚利桑那大学出版社，1996年，第84页；理查德·斯洛特金，《枪战能手的国家：二十世纪美国边疆神话》，纽约：雅典娜神殿图书公司，1992年，第253页。

4 对安妮·普鲁的访谈，《密苏里评论》，第22卷第2期，1999年春季，第84-85页；http：//www.missourireview.com/content/dynamic/view_text.php?text_id=877（访问于2013年9月4日）。

5 普鲁，《危险之地》，第7、18、12页。（斜体部分为普鲁所作）

6 见哈尔·克里梅尔，《自然界自有其规律：美国西部文学与环境文学批评》，收录于威特斯奇编著的《美国西部指南》，第367-377页。

7 迈克尔·柯瓦雷斯基，《在地书写：新美国地域主义》，《美国文学历史》，第6卷第1期，1994年春季，第171-183页；谢丽尔·格罗特菲尔蒂和哈罗德·弗罗姆编著，《生态批评读本：文学生态学中的里程碑》，佐治亚雅典：佐治亚大学出版社，1996年，xxiii。

8 同上书，第175页。

9 阿伊达·埃迪马里亚姆，《牧场是我家》，《卫报》，2004年12月11日；http：//www.guardian.co.uk/books/2004/dec/11/featuresreviews.guardianreview13（访问于2013年9月12日）。

10 普鲁，《危险之地》，第21页。

11 叙述者为一个来自城市的股票经纪人和他的朋友看管乡下地产，这个股票经纪人是个酒鬼，他的朋友是个房地产经纪人，打扮得像一个牛仔。叙述者处于道德困境之中：他热爱大自然，但是，当地产的主人在乡下观光时（他们对同性恋儿童色情片的偏好凸显了他们的怪异性），他不得不亲眼目睹他们对景观的盲目破坏。

12 普鲁，《危险之地》，第22页。

13 玛丽莲·罗宾逊，《管家》，1981年第1版；伦敦：费伯-费伯出版社，1985年，第178页。

14 见伊凡·多伊格，《天空之屋：西部人心中的景观》（1978），圣迭戈、纽约和伦敦：哈考特-布雷斯图书公司，1992年，第22-23页。

15 普鲁，《危险之地》，第15页。

16 W.J.T.米切尔在《景观与权力》中提出类似的论点，芝加哥：芝加哥大学出版社，1994年，第2页。

17 普鲁，《危险之地》，第11页。

18 马克·克莱特，《展示领土》，阿尔伯克基：新墨西哥大学出版社，1992年，第10页。转引自尼尔·坎贝尔，《美国新西部文化》，爱丁堡：爱丁堡大学出版社，2000年，第74页。

19 普鲁，《危险之地》，第19页。

20 同上书，第13页。

21 同上书，第14页。

22 薇拉·凯瑟，《啊，拓荒者！》，1913年第1版；内布拉斯加：内布拉斯加大学出版社，1992年，第21页。

23 见玛格丽特·约翰逊，《普鲁与后现代超现实》，收录于亚历克斯·亨特编著的《安妮·普鲁的地理想象：反思地域主义》，马里兰拉纳姆和普利茅斯：莱克星顿图书公司，2009年，第25-38页。

24 安妮·普鲁，《荒草天涯尽头》，《近距离》，第131页；致谢，《近距离》，第9页。

25 薇拉·凯瑟，《我的安东尼亚》，1914年第1版；伦敦：维拉戈经典出版社，1983年，第7页。

26 艾伦·维尔岑，《安妮·普鲁笔下的怀俄明：地理决定论、景观和滑稽模仿》，收录于亚历克斯·亨特编著的《地理想象》，第99-112页。

27 对安妮·普鲁的访谈，《密苏里评论》，第22卷第2期，1999年春季，第84-85页；http://www.missourireview.com/content/dynamic/view_text.php?text_id=877（访问于2013年9月4日）。

28 里克·巴斯，《沧海桑田》，收录于《天空，星星，荒野》，波斯顿和纽约：霍顿·米夫林出版公司，1998年，第49页。

29 贝丝·罗弗里达，《失去马修·谢波德：反同性恋谋杀之后的生活和政治》，纽约：哥伦比亚大学出版社，2000年，第165-166页。

30 对安妮·普鲁的访谈，《大西洋在线》，1997年11月12日；http：//www.theatlantic.com/past/docs/unbound/factfict/eapint.htm（访问于2013年9月3日）。

31 维尔岑对这一场景做了精彩阐释，《普鲁笔下的怀俄明》，收录于亨特编著的《地理想象》，第106-107页。

32 安妮·普鲁，哈勒克要塞和弗雷德·斯蒂尔，收录于安妮·普鲁编著的《红沙漠：一个地方的历史》，得克萨斯：得克萨斯大学出版社，2009年，第283-292页。

33 普鲁，哈勒克和斯蒂尔，《红沙漠》，第284页；边缘地域的居民，《红沙漠》，第306页。

34 普鲁，哈勒克和斯蒂尔，《红沙漠》，第285页。

35 对这个问题具有洞察力的、更深入详尽的讨论见米兰妮·邓肯·弗朗茨，《我的牛仔英雄：解构安妮·普鲁〈近距离〉中牛仔神话的浪漫色彩》，硕士论文，休斯顿大学，2007年，第89、109页。

36 赖安·波奎特对该小说做了精彩解析，尤其是对记忆和性压抑等重要主题做了解析，电子评论；http：//www.enotes.com/topics/half-skinned-steer/themes#themes-themes（访问于2010年9月3日）。

37 弗朗茨，《我的英雄》，第13页。

38 丹尼尔·史怀泽对这一场景做了精彩探讨，尤其探讨了音乐方面的误解，《现实完全没有用处，哪里？安妮普鲁的《怀俄明故事》和新地域主义的问题》，硕士论文，南达科他大学，2011年，第20页。

39 贝内迪克特·梅林，安妮·普鲁《怀俄明故事》中骇人听闻的洞察中的虚构的、奇异的和不可能的画面；www.benemeillon.com/.../Unreal-Fantastic-and-Improbable-Flashes-of-F（访问于2013年9月12日）。

40 埃伦·博伊德，《安妮·普鲁〈半剥皮的阉牛〉中的口述历史与复仇》，《论坛：爱丁堡大学研究生文化与艺术学报》第13期；http：//www.forumjournal.org/site/issue/13/ellen-boyd（访问于2013年8月23日）。

41 对安妮·普鲁使用想象地图的精彩讨论见卡罗尔·乔伊纳，《文化神话与归属焦虑：重构托妮·莫里森，谭恩美和安妮·普鲁小说中的"双文化混合"主题》，未出版，博士论文，伦敦大学，2002年，第296-298页。

42 盖理·斯奈德，《荒野实践：盖理·斯奈德论文集》，旧金山：北点出版社，1990年，第154页。

43 安妮·普鲁，《鸟云：回忆录》，伦敦：第四等级出版公司，2011年，第183-184页。

44 安妮·普鲁，韦尔-鳟鱼，《心灵之歌》（1988），伦敦和纽约：哈珀永久出版公司，2006年，第133页。

第二章　拓荒者

在一场堪比比尔·科迪的专业表演中，弗雷德里克·杰克逊·特纳宣读的"边疆论文"以边疆的关闭这个令人好奇的概念收尾。他论辩称，在1890年左右，人口普查资料表明，再没有新的土地有待发现了，从而为美国历史上的第一个纪元降下了帷幕。与其把西部界定为一个地理场所，还不如将其界定为一个奋斗的过程。西部的关闭催生了一代历史学家，他们决心捕捉其永恒的精髓，同时警示马尔萨斯所称人口过度拥挤的幽灵。更为迫切的是，他们质疑，如果移民不通过边疆拓荒的经验，他们在哪里能够学到顽强和自立的基本的美国品格。在其最具达尔文主义色彩的著作《赢得西部》（1889）中，西奥多·罗斯福问道，那些希望逃脱东部的阉割并且通过奋斗重塑自我的美国年轻人在哪儿？他其实大可不必这样担心：不仅是事实质疑了特纳相当主观的边疆关闭日期（1900年之后建立了比以前更多的家园[1]），而且"边疆"和与此相关的"拓荒者"概念就像如此之多的西部产品一样，早就不再能反映出真实的地理和真实的人口之间的任何关系，即使是二者之间此前有过什么关系的话。

像许多特纳以后的历史学家一样，普鲁也注意到附着于两个词汇上的概念的灵活性。她的有关思想在其文章《穿越沙漠》中披露出来，其中她谈起了发生在这片最不宜居的土地上的西部迁徙问题。虽然当年那些沿切诺基小道而进的拓荒者已经远去，他们的遗产则被写进了景观中，不是通过那些无名无姓的坟墓，而是通过他们留下的车辙。[2] 西进运动本身就是他们的丰碑；这个过程改变了一日游的游客，他们现在沿着这条路线成为了当今的拓荒者：游客成为了旅行家。这使人想起斯特格纳关于西部的观点，即西部"不是一个地方，而是一条路，一条通往应许之地的小道"，其路线的标记不是"定居点"，而是"驿站"。[3] 对于普鲁而言，拓荒者经验中发生了变化的只

失落的边疆——阅读安妮·普鲁的《怀俄明故事》

是交通方式。

普鲁在文章中把拓荒者分为四类：那些把他们全部的生活装进草原篷车并且一路西进去追寻自由土地上的农耕梦想的人；那些受到铁路广告的召唤长途跋涉到西部的铁路拓荒者；那些搭乘几乎散架的卡车旅行的汽车拓荒者（普鲁论争说，"汽车的发明和生产以及铺设的高速公路为民族的心灵提供了一个替代的边疆"[4]）；那些寻求田园梦想的跨州拓荒者。这个宽泛的分类在她的《怀俄明故事》中成为她所呈现的拓荒者的基础：《那些古老的牛仔之歌》（载《好了原本如此》）记录了罗丝和阿切·麦克莱弗蒂的经历，他们是受到铁路公司低廉、富饶的土地许诺而来到西部的农场移民；《大分水岭》（载《好了原本如此》）介绍了两个人物，海伊·奥尔康和他的妻子，他们是购买了不择手段的房地产经纪人向他们灌输的拓荒者梦想的汽车拓荒者；在《从树林中爬出的男人》（载《恶土》）中，我们见到了尤金妮和米切尔·费尔这两个人物，他们逃离了城市的犯罪和污垢并且退居到西部寻求清洁的空气和牛仔梦想。草原篷车拓荒者并没有出现在《怀俄明故事》中，有关他们的生平故事被记录在压缩了的历史中，而不是成为单个故事的焦点。普鲁在《山羊唾腺手术》（载《手风琴罪案》）中确实用了不小的篇幅来讲述他们的故事，但因为语境的原因在此将不作详述。

这些故事分别出现在不同的选集中，涵盖了普鲁十年的创作生涯。这些故事中的人物都属于不同的社会背景和年龄层次，在不同的历史时期奋斗，但是他们都统一于作者普鲁的一个决心，即为女性经验发声。在普鲁看来，拓荒是由天真的年轻男人所从事的男性活动，他们拖着自己并不心甘情愿而且沉默寡言的妻子进入西部怀旧的梦想。这当然并非不同寻常，而是处于自凯瑟和罗瓦格以来的西部文学叙事的中心。这是一个被斯特格纳关于《巨石糖果山》（1943）的观点清晰地演示出来的修辞，即"生活轻松、富裕、无拘无束，并且充满了冒险和行动，同时还可以不劳而获"这样一个虚幻的所在。不幸的是，确定这样一个所在对于博·梅森来说就成了一项非常具有男子气概的探索，他的妻子艾尔莎也是一个不情愿的同谋。[5]普鲁的作品就建立在这样的性别矛盾之上，她的方法反映了对于女性拓荒经验的重新评估，而该女性拓荒经验构成了对于发生在20世纪80年代中期（在导言中有概述）西部历史大检查的重要部分。这其中最为重要的是对于"草原圣母"和"泥污鸽子"原型的解构。后者的形象集中体现灾难简和倍儿·斯塔尔身上，我们也不必在此耽搁时间；在普鲁的小说中，她直到20世纪后期地位低下的贫困白人妹妹约沙娜·斯基尔斯（《孤寂海岸》载《近距离》）的出现方才出现。然而，得以在俄克拉荷马、堪萨斯和内华达州高速公路沿线的雕塑上名垂千古的草原圣母为普鲁的批评提供了一个有趣的出发点。历史学家特蕾莎·乔丹清楚地阐明了她的属性：

> 她烤一流的馅饼、生一流的孩子、做一流的面粉袋窗帘……她在半夜三更起来打面包。她在完全不可能的条件下把家里操持得井井有条——一般是用泥土或者未经加工的木头铺设的地面；墙上的窗户比窟窿大不了多少，百叶窗安装在生皮铰链上，开关并不安全。[6]

她或许在背上还背着孩子，但是她的手上总有一支猎枪以便随时抵挡野蛮的印第安人。然而，尽管她顽强并且拥有与人动手的能力，她还被视为"温和的驯服者"，不仅能驯服景观，还能驯服过剩的男性暴力。她把餐桌礼仪、家庭价值观、节制和对于基督教的信仰带到了蛮荒的西部。从根本上说，文明化和女性化的过程是同义语。

伴随着草原女神的形象并且与之相对的是"受难天使"的形象，她从东部的精致生活中被眼泪汪汪地生生安插到野蛮的西部，无奈地过着孤独、卑贱的生活。她是一个与女性情谊割裂的女人，受到父权制的虐待，并且这种父权制不受离弃了其自身社群的社会约束的限制。她操劳过度而且不停地生育，单单是体力上的劳役就能把她逼疯。正如帕特丽夏·利默里克所说：

> 在所有可能的人选中，长期受难的白人女性拓荒者似乎是最接近于真正的无辜受害者。边疆妇女们被迫与家庭和文明分离，她们孤独、操劳过度，面对着陌生的景观不知所措。她们看来就像是其丈夫们执拗的抱负的悲剧性牺牲品。[7]

精力充沛的草原女神——与锄头、猎枪和笤帚为伍；受难的天使——被景观和父权制所隔绝：这些就是妇女在类似薇拉·凯瑟的《我的安东妮亚》（1918）、露丝·苏科的《乡村人》（1924）、多萝茜·斯卡布罗的《风》（1925）和欧雷·罗瓦格的《大地上的巨人》（1927）等拓荒者小说中所处的地位。

从20世纪80年代开始的许多历史重估通过给予女性经验发声的机会，寻求建立隐藏在这些相互冲突的原型背后的真实。然而，西部空间往往充满了由男性历史学家满是钦佩地记录下来的男人们的英勇壮举，即苏珊·阿米蒂奇所称的"他地",定位这样的声音可谓困难重重。[8] 随着新历史学家尝试建立一个连贯的妇女经验记述,官方文献就被书信和日记所取代。按以下女性主义批评家的观点,这种方法论只是强化了男性／公共、女性／私人的性别二元论,同时排除了那些并未写作的人。[9] 有关方法论的争论姑且放到一边,一个简单的问题主导了这一修正时期:相比于东部的妇女,西进运动中的妇女是更解放了还是更受制约?西部充满了矛盾:它充分显示了男性征服的睾丸酮,然而却是美国第一个接受女性选举权的地区,而怀俄明——牛仔的故乡——则在1869年10月12日成为第一个赋予妇女平等权利的州。(或许在西进的背后并没有什么值得称道的激进意识形态:怀俄明资源丰富,但是缺乏必要的资源去利用这一优势:人。推广选举权是个吸引必要劳动力的廉价方式。[10])类似这样的矛盾可以在早期女性主义批评中找到:当朱莉·罗伊·杰弗里着手为其开拓性的著作《边疆妇女》(1979)做研究时,她满怀信心地认为她会"发现边疆妇女利用边疆作为将她们自身从具有约束性和性别歧视色彩行为和陈规陋习中解放出来的途径"。不幸的是,她这样记述,"我发现她们并没有得到解放"。[11] 杰弗里的发现对于历史学家大卫·波特来说并不令人感到吃惊,他的研究揭示了边疆格言背后的真实状况,即西部"对于男人和狗都好,但对于女人和马是地狱"。[12] 他辩称,是城市空间而不是西部空间为妇女提供了经济和社会机遇,所以女性的解放在边疆终结的地方开始。[13]

与之相反的观点被佩奇·史密斯巧妙地表达出来,她说:"当东部的淑女们还在听到一个脏词或者看到一个粗俗的景象就昏厥的时候,她们西部的姐妹们在与印第安人作战、管理牛群、在荒野里操持家务并且养育孩子。其结果是,正是在西部妇女拥有了最高的地位。"[14] 凯瑟琳·哈里斯描绘了一幅女性拓荒者作为边疆经验精力充沛的参与者的图画,其角色并不局限于母亲和管家,还是经济作物的生产者和当地教育和教会事务的参与者。西部强调配偶的作用,特别是因为男人经常被迫从事家园以外的工作,以便确保一个稳定的收入。这使妇女在家庭事务中承担了一份更大的责任和决策权。[15] 这些更加乐观的发现得到了保拉·纳尔逊的著作《赢得西部之后》(1986)和哈丽特·辛格曼恰当地题为《有许多帮手的土地》(1986)的强化。这些发现用在1862年《宅地法》通过以后大批寻求获得自身权益的妇女拓荒者作为更大的解放的证据。

在桑德拉·L.麦尔斯的著作《西进的妇女和边疆经验1800-1915年》

（1982）中，这两种立场得到了调和。她论述道，在定居过程中，由于恶劣的条件迫使妇女进入传统上的男性角色，性别角色也变得具有流动性，这就产生了一种从未真正消失的自给自足观念。但是，随着边疆境况让位于逐步定居下来的社区，男人进入了市场，女人则被限制在家庭中，这并非邪恶的父权制所为，而是更为复杂和具有约束性的"真正的女性崇拜"作祟。妇女的行为成为由时尚女性杂志组成的不太可能的联盟控制焦点（这些杂志把衣着变成了时尚，把举止变成了礼仪）；还有教会（它们赞美节制、贞洁和忠诚等美德）；以及医疗从业者（他们的谈话常常寻求定义"女性气质"作为相对的"男性气质"的温柔版）。新女性必须谦虚、有才华、顺从、受过教育和有教养，就像都市的欧洲人。意识形态的冲突使得许多女性拓荒者处于一个妥协的境地：如果忽视这些规定就会被那些偷窥的邻居们戴上邋遢管家的帽子，而让步就意味着对尘土发起一场不切实际的战斗。[16] 伊丽莎白·詹姆森更指出了女拓荒者博拉·普莱尔的生动事例。她从事繁重的体力劳动以便能买得起一件紧身胸衣，此后她就穿着紧身胸衣去干繁重的体力劳动。随后发生的子宫切除对于在边疆遵循男性化的女性气质观的妇女所面临的危险提出了具有讽刺意味的评论。[17]

麦尔斯的著作也不乏其批评者。如佩吉·帕斯科所指出的那样，其标题表明了一种无法逃避特纳关于西进的直线性运动的心理定势。她论辩说，在历史学家和作家停止将边疆视为"地理快车道"并且开始将女性拓荒者看作处于"文化十字路口"之前，定义西部的妇女将永远不会成年。[18] 因为如此，更多的近期研究已经摆脱了对于识字白人妇女通信的依赖，转向各种社会阶层的不同族裔群体。然而，普鲁的西部并不处于十字路口；确实，她是依据帕斯科着意要抹除的小道来构思拓荒者经验的。其结果是，她的女性拓荒者——特别是在《那些古老的牛仔之歌》和《大分水岭》中呈现的那些——反映了麦尔斯所描绘的困惑的个体。她们既是其丈夫的抱负不情愿的囚徒，又是拓荒计划的热心参与者；她们强烈地为其自身的自决权而感到自豪，但是因为需要遵从女性行为观念而备受折磨。从本质上说，她们处于深深的矛盾之中。

但是在讨论这些故事之前，我想提及女性拓荒者经验中的另一个特点，这个特点在20世纪80年代早期经历了修正：妇女和景观之间的隐喻关系。按路易丝·韦斯特林的观点，性别对于理解有关景观的美国文学态度至关重要；

失落的边疆——阅读安妮·普鲁的《怀俄明故事》

这些态度时而厌弃时而色情，时而过分感伤又时而残酷盘剥。[19] 厌女症的潜在性在亨利·纳什·史密斯影响深远的著作《处女地：作为神话和象征的美国西部》（1950）的标题上就可见一斑——这部著作开拓了美国研究的广阔领域。他的有关等待蹂躏和播种男性文化成分的处女地的修辞性概念是自此以来女性主义学者所竭力反抗的比喻。这个领域的诸多早期著作受到了安妮特·克罗德尼的著作《地形》（1975）的启发，她在书中说道，美洲的发现使得受到欧洲浪漫主义者钟爱的女性化景观的僵死隐喻获得了新生并且重新进入日常话语的词汇中。居于其核心的是这样一种令人不安的趋向，即一方面将景观视为大地母亲（为其子孙提供衣食的丰饶的保护者），另一方面将其视为有待"穿透"、"配婚"和"择主"的"荒野处女地"——这两种极端的看法都被昭昭天命的概念加以合法化。一旦景观被视为是女性的，它就成为孩子气的男性欲望的运动场，这又导致了一些令人不安的隐喻关系的发展，包括母亲强奸和乱伦。而一旦景观得以掌控，就产生了一种"田园悖论"，其中男性征服者通过其暴力的征服行为失去了与其最初欲望目标的情感和心理接触：这种疏离在美国小说中不断地上演。[20] 虽然自克罗德尼以后女性主义研究已经前进了一大步，她的观点在普遍意义上依然有影响，而当考虑到普鲁的拓荒者经验时，这些观点就具有了决定性意义。这在普鲁小说《手风琴罪案》中的《山羊唾腺手术》一章中显得尤为贴切。

《山羊唾腺手术》

普鲁在这篇小说中的旨趣表现在其非同寻常的标题。该标题所指的是由历史人物约翰·R.布林克利（广播先行者和江湖医生）所施行的一个手术。他担保说，通过把公羊的睾丸植入到人类阴囊中可以重振衰退的男性性欲。其基本思想是，客体唾腺的繁殖力和活力会被虚弱的宿主所吸收，由此从整体上导致丰产。这个手术为故事提供了一个主要的隐喻，其中一批精力充沛的德国移民被移植到一个无能的宿主（很重要的是这些移民要接管一处失败了的定居点，而不是征服处女地），而他们通过把辛勤的劳作和创新的耕作技术结合起来使得土地丰产起来。然而，普鲁只对他们所取得成功黑暗的一面感兴趣。首先，她使用了这样一个事实，即在布林克利的实验中公羊睾丸几乎总是遭到排斥作为线索去探讨文化融合的主题——这个主题在整部小说中占据了主导地位。其次，作为效法克罗德尼的做法，她关心的是土壤繁殖力和性繁殖力之间的相互关系，以及原始景观的男性掌控和由此产生的男人和女人之间的压迫关系。

那三名德国人在1893年来到艾奥瓦州—这个自封的"移民之家"——他们当然精力充沛：洛兹乘坐蓬勃号抵达，麦瑟马赫到来的时候带着一个似乎不相关的关于马的故事，而这匹马只有他能征服：这个故事为我们呈现了一个涉及到驯养的叙事。[21] 他们的信心从他们为定居点所取的名字上得以昭示——普兰肯（德语 pranken 意为"手"）——暗示他们期待借助其双手的力量取得成功。然而，正如语言选择所表明的，它们是坚定的德国手，这导致了此后将成为邻居们快乐来源的文化狭隘性，或者说是针对他们的"恶作剧"（英文 prank 意为"恶作剧"）。首先，普鲁记录了一个拥有田园快乐的移民叙事：男人们驯服土地，而他们的孩子们在草原上自由奔跑，还在脚上拴着铃铛以防他们走失。但是在这田园生活背后，普鲁着手探讨对于土地的控制演变为性关系的途径。起初，她在语言使用上做文章，用"疯狂"一词来描写土地的繁育能力（庄稼"疯狂地"生长）和第三个德国人布特尔的性欲（他被描写为性"疯狂"）。这一状语的调换暴露了隐藏于"土地作为女性"的隐喻以及整个拓荒者叙事背后随性的厌女症。

普鲁传统的故事情节在露丝·苏科的小说《乡村人》（1924）中有一个有趣的文学先例。那部小说就像普鲁的故事一样，讲述了一批德国移民的故事，涉及到他们最初在艾奥瓦州的定居、建立社区所遭受的磨难和融合过程中的困难，特别是在第一次世界大战期间。特别值得关注的是苏科将拓荒呈现为一项从本质上说是男性活动（男权意识得以编码在为农场命名的男性名称中），其中妇女大多是匿名的，她们的生活在孤独的家园的地理和语言隔绝中度过。在这篇小说中，其核心女性人物或许共享了凯瑟女主人公的名字——亚历桑德拉——但是她肯定不经管农场：她甚至都不到镇上去。苏科的小说得到了一批近期有关德国女性拓荒者经验的历史研究的支持。琳达·皮克尔对内布拉斯加州移民的研究——《乐在陌生人中间》（1996）——与普鲁的小说发表于同一年。这部著作描绘了一幅一群妇女的画像，她们恪守节俭、勤劳和自我牺牲的传统，同时忍受着对于家乡的思念。她记录了自杀、杀婴和由第一次世界大战所激化的文化疏离感。[22] 确实，许多类似的境

失落的边疆——阅读安妮·普鲁的《怀俄明故事》

遇都被普鲁的女性人物经历过。

在普鲁的故事中，对于妇女和景观的隐喻性控制由她所引入的音乐修辞进一步丰富。布特尔是一位成功的农场主和卓越的手风琴师，他们期望妇女服从于他施与土地和他乐器之上的娴熟的触摸。在小说中，音乐也成为偏狭的象征。由于其非语言性，音乐是文化融合的完美度量手段。无论是以何方式度量，这三名德国人失败了；他们将只会弹奏着来自祖国的音乐，而且他们将只会一起弹奏（即使是他们的妻子也被排除在外）。这种文化适应的缺失扩展到他们的性生活：他们对于其他文化和他们自己妻子的鄙视意味着乱伦成为文化确认的一种途径，而不是犯罪。在故事中，音乐演奏的女性对应物是缝纫。在布特尔演奏音乐时，他的妻子戈尔蒂就缝衣服：这并不是一幅家庭和谐的画面，而是普鲁式嘲讽的另一个丰富的资源。随着这些夫妇年岁增大，这些妇女变得愈发孤独，而男人们则到地里、临近的城镇和更大的城市。在类似的出行中，他们见识到了新的美国：这是一个拥有节省劳力器械的国度，这些器械将把他们的妻子从家庭劳役中解放出来。然而，当布特尔面临一台缝纫机和一台发条留声机之间的选择时，他买下了后者，而送给妻子一个"上帝保佑我们家园"的刺绣镜框作为补偿。当布特尔被撞见在鸡舍里与邻居的女儿苟合时，这种随性的厌女症就变得更加残酷。戈尔蒂的反应，即割喉，表明这是她唯一可以动用的武器；如果男性征服是通过其占有所度量的，无论是土地或者是女性的身体，那么女人的权力只能通过拒绝得以恢复。她把伤口包扎起来的决定把普鲁的隐喻性修辞推向尾声。她拒绝以死亡满足布特尔的意愿，但同时承认她无法"把别的东西也缝起来"——她的阴道和他的阳具。相反，她只能满足于把他的礼物改成"上帝诅咒奸夫"所带来的小小快乐——而这一细节他从未注意到。

普鲁的女性拓荒者所遭受的苦难中最为核心的是男人的行为。她在小说的最后强化了这一论点，其方法是通过弗洛瑞拉和泽娜（布特尔的双胞胎孙女）的被拐骗和被侵犯以后数天的神秘回归。她们的失踪是个谜案，也引发了能说明信徒成见的阐释：瑞本丝，其中一个在双胞胎被拐骗前一起玩耍的姑娘，说是出现了一头熊，即常常出现在她的睡前故事里的那种友善动物；戈尔蒂记起她曾见过的一个可怕的黑人，而这一观察把童话故事替换成了种族歧视。而那些男人们只能想象是可能的强奸，作为"对比利时的报复"。在他们的心目中，女性身体再一次等同于一个地理场所并且转化为男性征服的场地。孩子的母亲责备布特尔，拿起一把叉子指向他的庄稼，然后再指向他。这样，普鲁就象征性地以对土地的强奸和对女人的强奸之间的关联作结，这个结论从语言上通过故事中的诅咒变得清晰："耶稣·基督啊，这个女人是个疯子！"

这个女人被一位"有点厌倦于女性的疯狂"的医生送进了疯人院，这就强化了惬意的父权共谋意味，其中那些没能遵从男性的行为规范的女人先是送医，随后囚禁起来。她的被囚禁表明了伊莱恩·肖沃尔特在其著作《女性之病》（1985）中提出的论点，即父权制的压迫使得妇女在挫折面前要么猛烈抨击，要么归于沉默，其中任何一种情形都可以十分方便地诊断为疯狂的症状。但是一方面罗瓦格笔下的贝瑞特被大平原的隔绝逼疯，另一方面佩尔尼拉成为男人行为的受害者。她比较接近于薇拉·凯瑟的小说《波西米亚姑娘》（1912）中的克拉拉·瓦弗瑞卡，或者约瑟芬·约翰逊的小说《如今十一月》中的凯琳。这些妇女都在相当长的时间里默认了父权制的掌控，而最终在激烈和自我毁灭的怒火中爆发。普鲁小说中的讽刺是那些女性人物偏爱医院的舒适甚于她们的拓荒生活。准确地说，这个景观塑造疯子，也被疯子所塑造。

《那些古老的牛仔之歌》

在十二年以后，普鲁在《那些古老的牛仔之歌》中回到了拓荒者主题。小说记录了阿切和罗丝·麦克莱弗蒂于1885年试图在怀俄明州建立家园的命运。他们的悲剧在斜体排印的序言中表述的清楚明白，其中普鲁直指特纳关于努力和最终征服的观点。这是一个蕴含在具有民间风味的牛仔歌谣中的斗争，在小说标题里也有提及；阿切一边唱着这些歌曲一边走在他产业的边界上以宣示其所有权。这些歌曲一方面呈现了一个严酷的世界，一方面又歌颂了狂热的忠诚和勇敢的自力更生精神。正是这些歌曲讲述的谎言才是普鲁在小说里所着意揭示的。

故事开始于1885年，这个时期——得益于1862年通过的《宅地法》、印第安人威胁的中止和铁路的扩张——原本缓慢的定居步伐演变成了人们的蜂拥而至。到1880年，怀俄明已经成为自耕农和牧牛业的吸铁石。然而，

失落的边疆——阅读安妮·普鲁的《怀俄明故事》

大多数拓荒者并不是乘坐草原篷车而来并且在空地上立桩为界建立家园（这是由特纳鼓吹的神话），而是应铁路公司所散发广告的召唤乘坐特别包租的火车而来。"你认为是谁定居在了西部？"普鲁通过小说《老谋深算》里的人物拉·冯·弗隆克之口问道，随后着手让鲍勃·道乐醒悟，也让具有关于刚毅的拓荒者的怀旧想象的读者醒悟：

> 不，不是拓荒者。生意！首先是像本茨和圣·弗兰那样的商人，然后是那些保护商人和马车队的军队哨所，再然后是铁路……铁路公司说城镇往哪儿走他们就往哪儿走。跟拓荒者都没有关系。都是些公司的目标，钱，还有生意。然后他们就卖份额，而且希望就此一帆风顺。

按普鲁的说法，在怀俄明这指的是"联合太平洋铁路"，它穿越红沙漠的中心地带，并且创造出了怀俄明。[23] 由于这种原因，约翰·麦克菲说："在那儿，比起皮特大叔，山姆大叔就是毯子底下的一个蠓虫。"[24] 政府将铁路沿线长达 40 英里的棋盘装长条地中的 50% 给了铁路公司，即每两平方英里中的一平方英里——这一特征在普鲁的《鸟云》（第 139 页）中概略地呈现出来。[25] 这意味着"城镇先是在建筑营地和矿山周围发展而来，继而在燃料和水源补给点周围发展起来"，这些补给点大多为铁路所拥有。[26] 其次，随着铁路公司向西扩张，他们开始认识到在铁路边缘建立牢固的客户基地的重要性：西部不再被想象为可以穿越而过的荒野了，其自身也成为了目的地。[27] 它得以重新命名，甩掉了"美国大沙漠"（在此名义下，它在首批移民的报告中备尝艰辛）的绰号，被重新想象为等待着神圣的铁犁和英勇的拓荒者的丰裕的花园。[28]

不幸的是，拓荒者经验的悲剧被拉·冯的最终陈述概述出来：太多的期望，然而没人承认现实的状况。在《鸟云》中，普鲁指出，铁路公司对于所有权梦想见利忘义的盘剥犯有罪过，并且她还痛斥了"十九世纪以爱国进步和'开发国家'的名义向一小撮铁路大亨赠予大宗公共土地的行为"。[29] 那些典型的广告激励拓荒者"来到西部花园！"，同时允诺免费的旅行和低廉的土地："安家人！每英亩 3 美元的农场！每一位农民、每一位农民的儿子、每一位职员、每一位技师、每一位劳作的人都能确保安家。"[30] 阿切和罗丝正是这样铁路的夸张宣传的受害者。在 1885 年，联合太平洋铁路正在进行削减开支的运作，他们把特殊的移民卧铺车厢加挂到正常的火车上，其费用统一，行李费低廉。这些列车的恐怖景象被弗兰克·莱斯利太太记录下来，她是颇有影响的《新闻画报》持有人的妻子。她在一次到怀俄明州的绿河旅行时无意中上了这样的一列火车："借着昏暗的光线，我们可以看到那些可怜的人们蜷缩拥挤成一堆过夜，根本没有可能舒服地躺下来；可是那么些男人、女人、包裹、篮子、小孩，就那样随随便便地挤成一团。"[31]

在一个农业乌托邦土地所有权的承诺对于许多夫妇来说是无法抵御的诱惑。但这并不是一个等待收获的果园，而是需要使用"干法耕作方法"的干旱的土地。在其于1878年提交给美国地质勘探所的报告中，约翰·韦斯利·鲍威尔陈述道，在蒙大拿和怀俄明州土地中，只有3.3%的短草平原可以灌溉，这种干旱危机由于铁路把宅基地分割成网格状而不是自然地貌而变得愈发严重。[32]没有人理睬他的报告。这就意味着成千上万的移民受到低廉土地承诺的欺骗被运送到不宜居住的地区，缺失基础设施、支持、甚至耕作技术。在其著作《天空之屋》（1978）中，多伊格记录了在他的家庭试图在蒙大拿州拓荒时这种网格系统所造成的灾难："我家族的历史与仔细的杰斐逊式的几何形网眼密切相关"，这张网不仅无视"水流向何处"，而且"那网眼也太小"，将其从自由的梦想变成了囚禁的罗网。[33]威廉·基特里奇在他的评论中回应了这一观点，即在詹姆斯·希尔于1910年完成他伟大的北方铁路之后，他嘲讽般地为他320英亩的土地出售门票，这就使得移民们陷入困境：他们来了，"他们盖起了窝棚，他们试图耕作，大多归于失败，而大多数人在极度贫困中浪费了若干年以后离开了"。[34]

如果是这样的话，即使是在他们抵达之前，阿切和罗丝的命运已经确定了，不是因为命运之手，而是因为不择手段的铁路公司。干旱问题和蝗灾的幽灵（怀俄明曾经在1874年遭受过这一特殊的"命运"工具沉重打击）再加上过度畜牛的土地。正如格雷特尔·埃尔利希所指出的那样，怀俄明当时吸引了一类错误的牧场主：那些靠国外汇款生活的人，一般是英国人，他们被付钱来到西部并且不给他们的家庭添麻烦，但是他们既不了解牛和牧场，也不了解狡诈的经理人的活动。[35]小说中"优雅的靠汇款生活的英国男人莫顿·弗里文正是这样一只黑羊（即败家子）；卡罗克——"一名来自东部的外国人"——通常只关心他牛群中母牛的数量，而并不关心其状况或者种源。如此过度放牧的后果是土壤破坏和随后饲料和水的短缺。对于阿切和罗丝这样的自耕农来说，他们已经在竞争稀缺的资源，而其后果是灾难性的。

普鲁通过把阿切和罗丝抵达的时间设定在怀俄明州历史上最严酷的冬季

75

失落的边疆——阅读安妮·普鲁的《怀俄明故事》

之一，这就进一步提升了围绕阿切和罗丝命运的不可避免性。在其题为《红沙漠牧场》的文章中，普鲁指出，1887年的春季围捕讲述了其自身的毁灭故事。她引述了《卡本县日报》："围捕结束了，牧牛人也散伙回家了。我们从最可靠的来源得知，损失远远超过所有人的预期……合情合理地说，如果能收获50%，许多人会很开心。"[36] 当时的情形糟糕之极，当冰雪消融时，一位来自凯西的牧场主宣称，他可以踩着死牛的残骸走上二十英里而脚不沾地。[37] 这就是杀死了阿切的冰冻，其灵感似乎来自普鲁的妹妹罗伯塔于2006年在处理她们新近去世的父亲财产时发现的《纽约时报》1889年1月刊上的一篇文章。这篇文章的标题是《他们离弃了他致其死亡》，说的是普鲁一位先辈的故事。他叫乔治·普鲁，是圣莫里斯河上的一名伐木工。他生病了，因为身边没有运输工具，他的两名工友就带着他到一个遥远的城镇进行救治。在他们距离目的地还有大约一百英里时，这一行人遭遇了一场严重的风暴。由于几乎没有任何遮蔽抵挡风暴，"这两名保护者在鲍克河上抛弃了他们的看护对象而任由他死亡"。[38] 虽然报纸上的故事明显责备那些邻近的人应对受害者的死亡负责，普鲁的故事则更加含糊其辞。卡罗克珍视他的母牛甚于女人，把自己的肿瘤看得比他的牛仔重要。他是个自私的人，但还是允许阿切离开，而阿切的朋友辛克一直陪伴他直到其死亡。

阿切和罗丝的悲剧不单是源于一个背叛行为，而是源于一系列的历史巧合，这些历史巧合锁定了他们的故事直至悲剧的结局。这种末日感始于小说的铭文，并且由诸多细节加以强化，例如在他们第一次吃晚餐时那些扑向火焰的飞蛾：这是为了追求虚幻的光明而遭致的许多死亡事件中的第一例。阿切在巡视他所声索土地的边界时所唱的那些歌也暗示了这一点。因为尽管其共同拥有的事业具有貌似浪漫的性质，唱这些歌曲的男人们既孤独又行踪不定。在"全男子围捕之夜"的聚会上，他所唱的简明版的歌曲《老北方小道》被听众称之为"他们都知道的真实历史"。关于唱这些歌以庆祝土地所有权、或者与妻子同唱的想法——两者都等同于牛仔所不适应的家庭生活——具有讽刺意味。他的最后一首歌的歌词——"从没有过五分钱，可是我也不在乎"——对于牛仔而言还说得过去，但是对于居家男人就不行了：难怪罗丝都跟不上他的节奏，也听不懂歌词。汤姆·埃克勒是个更好的唱歌搭档。他是一名老水手，既熟悉奇妙的海洋生物的故事，又熟悉伤感于他执意拒斥的世界的怀旧海上船歌。但是这其中还有一个讽刺；因为虽然阿切认为他在唱着真正的牛仔之歌——这个看法通过小说的标题得以强化——关于一代代传承下来的口头传统的观点是个顽固的神话。根据历史学家大卫·费尼莫尔的观点,"许多所谓'传统的'牛仔之歌"是从诸如约翰·L.洛麦克斯的《牛仔之歌及其他边疆民谣》(1910)的书中学来的并且重新口语化。[39]所以,就像铁路公司兜售的拓荒梦一样,阿切再一次天真地购进了预先包装的西部梦想。

罗丝既不与她的丈夫和谐一致,也不与草原女神的神话和谐一致。她在一个偏僻的"野兔驿站"长大,父亲是个酒鬼,母亲因为"某种消耗性疾病"卧床不起。普鲁描绘了一幅她童年的画像,这令人想起舍伍德·安德森的超现实小说。驿站是一个受到监控的场所,就哈普·达夫特(一个典型的安德森笔下的怪人)的行为来说,说它是个色情的窥淫的所在也不为过,而那个堕落的"报务员"哈普·达夫特还通过望远镜观察女人。通过驿站站长的妻子弗洛拉,普鲁拆穿了拥有一颗金子般的心的西部妓女的神话。这个话题她在其文章《西部是如何杜撰出来的》就谈到过,就此提醒我们说,边疆的妓女过着受虐待和酒精依赖的艰苦生活,年纪轻轻就死了。[40]历史学家凯伦·琼斯和约翰·威尔斯一方面承认"西部的卖淫意味着剥削、虐待、贫困和抛弃",他们另一方面又争辩说,"卖淫也意味着女性的陪伴、端庄得体的生活、钱财的收入和少许的能动性"。[41]弗洛拉就提供了一个很好的例子:她或许因为嫁给了一名驿站站长而逃脱了妓院的肮脏命运,但是为了她的丈夫得到晋升还得继续提供性服务。

然而对于罗丝来说更重要的是,作为生活上基本安定下来和富有的妇女,弗洛拉和她的继女奎达能够遵从"真正的女性崇拜"。因为如此,她们成为了普鲁嘲笑的对象;她们装腔作势还穿时装,使得羡慕不已的罗丝只能远远地欣赏"那与满是尘埃的驿站极不协调的美丽的长裙、火欧泊胸针、缎面鞋和俏皮的帽子"。她们的不切实际通过罗丝观察到的其他行为得以强化,这就强调了女人们的粗糙。她曾经看到过弗洛拉"像个牲畜贩子一样往地上吐唾沫","在她以为没人看到时在桌角蹭裤裆"。她也注意到奎达"在她的丝裙底下……只能将就穿着从旧床单上扯下来的吸水垫,那支楞起来的边角摩擦着大腿,还拉扯着阴毛"。这种流言蜚语和妒忌结合起来的力量对于普鲁解构草原女神的神话相当重要,因为当罗丝和阿切入住他们的家园时,她关注的不是拓荒计划是否能够取得成功,而是打扮外表的必要性:"她不希

失落的边疆——阅读安妮·普鲁的《怀俄明故事》

望让自己看起来像个农场妇女，腋窝臭烘烘的，油腻的头发扯成个圆发髻"。这是与致命的后果所展开的竞争。

罗丝既不是那种具有从事艰苦劳作能力和自我牺牲精神并且最终成功定居的英勇的拓荒者，也不是注定要过着孤独、苦役般生活的受难天使。她介乎于二者之间，而她肉体所遭受的痛苦因为经常与奎达攀比而愈加严重。她与多罗茜·斯卡布罗笔下的莱蒂·梅森［《风》（1925）］颇为相似——她是一位不情愿的拓荒者，既受到充满敌意的环境的重压，又受到有关良好持家规约的重压。莱蒂的拓荒经验与神话中刻画的英勇角色相去甚远，而大多集中在对于她承担的角色准备不足和缺乏指导的怨恨上。那名义上的"风"与其说是存在主义意义上的威胁，还不如说是莱蒂在邻居们挑剔的眼神面前需要奋力把家里收拾得干干净净方能抵御的力量。干净整洁本身成为了目的，而她一方面认可其丈夫的忍耐力，另一方面又对其不重视整洁感到厌恶。像莱蒂一样，罗丝也痴迷于外表形象。她愤恨奎达终日无所事事而只是"拉皮条、洗涮、还怒气冲冲地走来走去"，而她自己则要"拎着沉重的水壶、劈柴、烤面包、刷锅、在石头地里开垦花园"。这不是"那些古老的牛仔之歌"的歌曲里赞美的拓荒经验，而是来源于危险地与西部环境发生冲突的女性观念的世俗控诉的目录。

尽管存在着这样一些矛盾，阿切和罗丝起先还是因为远离了驿站的监控和堕落而感到心满意足。真正的爱情甚至似乎打破了坚韧的牛仔的刻板形象，使得阿切努力诉说他从未体验到的感情："是的。我从来没有这样。爱过。我都受不了了——"，他还开始又哭又闹地说"我就像中了枪"。就像《断背山》里的恩尼斯·德尔·马尔一样，阿切试图通过使用牛仔有限的词汇来表达感情。尽管有这些表达上的局限性，然而却存在着一种在牛仔之歌中缺失的真诚，而这些牛仔之歌往往构成他的情感视野。阿切似乎在真心地逐步与另一位未曾受到他的牛仔歌谣调和的人类共处。不幸的是，这一切在罗丝怀孕时都结束了，他们失去了"倾心相爱的岁月而进入漫长的磕磕碰碰的婚姻生活"。对于拓荒者夫妇来说，生儿育女成了区分男性浪漫主义和女性实用主义的明确实用的工具。伊丽莎白·詹姆森就对拓荒妇女的访谈得出结论说"生育的负担和照料儿女涉及到的工作形成了男性和女性经验之间的重要区别"。避孕措施是有的，并且詹姆森也提及"一个丰富然而私密的女性世界分享有关这方面的信息"。[42]但是普鲁笔下的罗丝生活在封闭的农场，她不可能像奎达和她的母亲一样知道这些事。而且我们可以想象，阿切对此可能也是毫无头绪，不单是因为他令人心酸的无知，还因为节育在他得以构建自己生活的牛仔神话中没有位置。

现在金钱才是重要的，阿切选择直接购买土地而不是利用政府的家园安置计划的灾难性决定的重大意义变得显而易见。不幸的是，在面对他的责任的时候他始终天真地固执。当罗丝要求他雇个人挖井时，阿切许诺说自己干，并且把这事变成了一首民谣；当她建议他在矿山找个工作时，他拒绝了，因为那不符合他对西部的想象，并且唱道："我只是一个孤独的牛仔，我爱这一个叫罗丝的小姐，不管是我的帽子湿了还是脚趾冻了，我都不在乎。"他的歌不仅宣告了他的自私，而且还预示了他的死亡方式：一个牛仔的结局。面对生育问题，阿切和罗丝走向了完全相反的方向，而强化这种社会位移的是分裂成两则的叙事和叙述者的看法，即"罗丝第一次认识到他们不是同一个人的两半，而是分开的两个人，而且因为他是个男人，他可以在任何时候离开，而她是个女人，她则不行"。罗丝可以回到驿站去，但是那意味着还得应付当地的流言蜚语。相反，阿切受雇于卡罗克。他是一位长期在外的牧场主，其对于已婚男人的限制是阿切已经接受的全男性工棚世界的粗陋的形式化。

尽管工作艰辛，从阿切协调的耳朵听来，空旷的农场上的生活还颇有浪漫气息，那儿唯一的边界是想象的和听觉的，"在明净、干燥的晚上，郊狼的声音似乎从各个不同的位置呈直线状传来，那叫声像紧绷绷的电线纵横交错"。正是在这样一个地方，他的牛仔之歌——讲述的是温暖的火炉和一位叫罗丝的姑娘——才有意义，因为这些歌描绘的是一个梦想，而不是现实的局限。在这样的一个景观中，他没有办法祈求拥有一个婴儿，但他能够想象教给一个小男孩（女孩甚至都不在考虑之列）牛仔的技能。在这个世界中，罗丝的情感位置被辛克所承担。他是一个单身牛仔，认为自己"老到足以做阿切的爸爸"，并且担当起了父亲的角色。他教他如何摔倒而不受伤；他还告诉他涉及到工棚同性恋的"生活中的事实"；而且尽管他公开声明他不是"奶妈"，他还是在阿切在湖里受冻时照顾他。与启发了这个故事的牛仔不同，他以珍视忠诚的牛仔准则生活，并且至死都承担着责任。

相比较而言，罗丝是遭遗弃而死。小说叙事遵循了古老的牛仔之歌避免感伤的目标，也没有从对怀孕的描写中退缩，而那怀孕像"巨蛇"一样使其

失落的边疆——阅读安妮·普鲁的《怀俄明故事》

窒息直到她"在紫红色的血雾中盘旋而下",这使她"被粘在了床上",身边躺着"凝固了的婴儿"。然而令人感到巨大痛楚的是这样一幅景象:当她把"小小的尸体"包裹起来,用那把"曾经是她母亲的结婚礼物"的银勺挖了一座坟时,她感到"那损失的床单像是又一个悲剧"。在此,斯蒂芬·阿贝尔指出,那叙事瓦解成为关于勺子的象征,其制作的精巧与地面的坚硬形成反差,其蕴含的幸福期待与当今痛苦的境况、以及如今她不再拥有的舒适的生活和财富(即隐喻意义上嘴里含着的银勺)形成反差。[43] 就在她躺下行将死亡时,她的生育体验又极具嘲讽意味地在她的周围重复:"那抽搐的床腿、一块湿冷的破布晕厥在洗碟盆的边缘、墙体向前突出……所有的一切都随着她喷涌的热血的节奏搏动"。所有这些都在提示她所失去的东西:抽搐的婴儿尸体;母爱的晕厥;身孕的突起;婴儿的心跳。

罗丝缓慢的死亡过程还包含着背叛和残忍的成分。这不仅是因为阿切身在远方并且对于她的困境一无所知,而且还因为她的父亲骑着马来通知她家里马上就要离开,但是醉得太厉害根本无法下马进屋。汤姆·埃克勒发现了罗丝被吞噬了一半的尸体,但是如果不将整个事件在典型的西部叙事中加以情境化,他无法理解女性在生育过程中的悲剧——即她"被印第安尤特人所强奸、谋杀并且碎尸"。但是在驿站没人相信他的话,大家都在关注哈普·达夫特的自杀家庭剧和他宣告对于弗洛拉·道根的爱情。这是又一个孤独的死亡事件,它提出了一些令人不安的问题,并不仅仅是针对弗洛拉,而且还针对阿切和所有难以交流感情的男人们。由达夫特炮制的"400页"的淫秽情书突显了阿切仓促写就的请求汤姆看望一下罗丝的便条,或者是因为邮资涨价而没有寄出的那封信。达夫特是一个"拥有大量单身汉"的国度中的单身汉——这个事例说明了辛克和其他牛仔对于家庭生活不屑一顾,而当他们退休时又一头扎了进去。他的古怪只是他们内心缺陷的外部表征。

这个故事最终由埃克勒来收尾,他唱出的歌曲"当青草变绿时,当野蔷薇绽放时"与我们方才在故事中读到的有关罗丝的命运形成了嘲讽般的反差。小说从头至尾都存在着一种刻意安排的错位,这种错位就体现在《那些古老的牛仔之歌》中颂扬的坚韧、友情和忠诚的生活与那些死在边疆的拓荒者、特别是女性拓荒者的生活之间。这个故事以 P. H. 韦德开篇。他是一位淘金者,在梦想着撞大运时死于饥饿。他把自己的名字给了麦克莱弗蒂农场。尤为重要的是,他的死亡引出了一个主题,即早期的定居者如何被写入了景观之中，他们的英勇奋斗如何变成了代代传唱的《那些古老的牛仔之歌》。然而却是他叫金灰的猫靠吞噬罗丝的尸体健康地活了下来，也为在这样一个地方的生存提供了更为适合的样板，其中唯一的真理似乎是"有人活了下来，有人死了，生活就是如此"。这个真理并没有记录在那些古老的牛仔之歌中。他们死亡的真正纪念碑是直立起来的台阶（这是他们失败的家庭生活的象征），那上面什么也没写。

《大分水岭》

在《大分水岭》中，普鲁快进了35年的时间去设计另一对年轻夫妻命运的情节，他们试图面对经济动荡的背景实现其拓荒梦。这一次普鲁的故事开始于1920年——这是向怀俄明州移民的繁荣时期，有许多人依照1916年的640英亩宅地法受到鼓励来到该州。战争为自耕农、牧牛人和矿山带来了大好时光，这是因为政府在寻求盟国已经无法提供的基础物资的新来源（例如，油料和谷物生产在战争期间增长了一倍）。《拉勒米共和报》于1917年9月宣称，"在怀俄明州历史上，从未出现过全体人民如此繁荣的景象"。[44] 随着和平时期的到来，许多像普鲁笔下的海伊·奥尔康那样的退伍军人为丰厚的经济利益所驱动来到怀俄明，例如按照1921年的立法所给予他们的2000美元财产税豁免。[45] 有许多人受到吸引希望加入类似在小说里勾画的"大分水岭"工程那样的计划。这些计划由房地产投资商所组织，他们买下因1916年的法案得以生效的土地租赁权，而后归拢这些租赁权并将其出售以获取利润。

这些新的自耕农也是第一代乘坐汽车而来的拓荒者。在卡斯帕的东马迪和战争年代在二壁溪沙的一些石油勘探发现实际上促进了汽车拥有量的爆发式增长。这也促成该州设立了州公路局，其职责是为潜在的拓荒者开发怀俄明州此前比较偏远的地区。[46]"到1927年"，普鲁说道，"有两千六百万辆汽车在全国各地啸叫并且散发着臭气，每一个司机都是拓荒者"。[47] 此处"拓荒者"是个重要的词汇，所彰显的是当年的拓荒者乘坐火车而来，有规定的时刻表和笔直的铁轨，如今的拓荒者换乘了无法预测的汽车行驶在路况极差、迂回曲折的小路上。那新近获得自由的司机可以再一次想象自己（掌握

失落的边疆——阅读安妮·普鲁的《怀俄明故事》

方向盘的总是男人）在与荒野作战，而不是从火车的车窗消费窗外的景致。弗雷德里克·凡·德·沃特关于他在1920年代乘车西行的记述以他的全家抵达旧金山作结，当时他的家人"又瘦"、"又黑，像印第安人"。他使用这段描写的意图并不是为了劝阻潜在的追随者，而是为了强调他奋斗的真实性和他的家庭新近发现的自由。[48]

普鲁再一次精心选择了日期。1919年对于农民来说是灾难性的，他们遭受到了干旱、严冬和碰巧发生的经济通货紧缩。著名的拉勒米平原羊毛生产商弗兰克·S.金于1922年写道：

> 1919年的夏天将长久地被人们记起；整个怀俄明州到处都在闹干旱，到了秋天，至少有三分之一的牲畜需要运出本州……冬季比往常提前了一个月到六周的时间，而到了十月份大雪已经覆盖了全州。漫长的寒冷月份接踵而至，最后在四月份下了一场暴雪，其强度是1878年三月暴雪以来最大的一次……最为灾难性的是价格萧条。[49]

旱灾严重伤害了牧牛牧羊业，而且暴露出这样一个事实，即由法案允诺的640英亩旱作土地还是太小。[50] 随着走投无路的自耕农转向其他收入来源，他们在其他地方很少能够找到慰藉：铁路是回不去的，因为"联合太平洋铁路在于1920年12月开始的四个月内解雇了其三分之一的员工"，矿山遭到工业动荡的打击，而从1920年到1923年，就业率逐步下降。[51] 随着大萧条的开始，这些工业部门进一步衰退。海伊和海伦·奥尔康就像在他们之前的阿切和罗丝一样，他们满怀信心地在错误的时间到来。

普鲁的边疆故事主要聚焦于大分水岭1号定居点，这是于1915年由一些出版商和房地产投资商设立的，其人员包括哈里·海伊·塔曼和弗里德里克·吉尔默·邦菲斯，以及后者的保镖沃尔尼·霍格特。霍格特就像普鲁笔下的拳击手安特普·比尤利，他直接负责计划的实施，通过他所编辑的杂志鼓励开荒者。这份杂志致力于倡导名为大分水岭的旱作耕种技术，由邦菲斯所拥有的报纸《丹佛邮报》出版。这个定居点起先成绩卓著。1915年，一列满载着移民的火车抵达这里，其中有"15节车厢装载家居用品和家畜，还有一节车厢乘坐了六十名男人、女人和孩子"。到海伊和海伦第一次到大分水岭郊游的时候，地基已经就绪，水井也打好了，而霍格特正在寻求向怀俄明的卡本拓展。普鲁描写这个场景的灵感来自重印于约翰·罗尔夫·巴勒斯的著作《古老西部的年轻之地》（1962）中的一帧野餐照片。照片里的40对年轻夫妇身着礼拜日最好的衣裳,孩子们环绕在膝前,他们都热切地盯着相机。身材高大的沃尔内·霍格特站在一边,他的双臂交叉着抱在胸前,怎么看都像个前拳击手。[52] 拓荒者们为霍格特献上了爱杯,然而这个计划一直就存在着腐败气息:邦菲斯和泰曼两人都曾经在其生涯的不同阶段因为肆无忌惮的交易行为被公开鞭挞和枪击。然而,抛开他们的经济机会主义和恶劣的环境不谈,拓荒者的勇气和创造力使得定居点勉强维持了20年,最终在1930年代中期彻底崩溃。

然而对于普鲁而言,小说的标题也成为由边疆生活所造就分隔的隐喻:最显著的莫过于土地划界;梦想与现实的错位;阶级划分;以及最为适切的由男性/女性经验引发的不统一。或许最显而易见的是存在于故事中乐观的主人公海伊·奥尔康的雄心壮志和他所处经济和环境条件之间的分隔。他的名字(原文 Hi Alcorn)就暗示了美国梦田园诗般的丰裕和对于朗费罗在1855年发表的史诗《海华沙之歌》中的同名主人公海华沙(原文 Hiawatha)的精神依附,其本人也是关于美国印第安人高度浪漫化的想象。像海明威的主人公一样,海伊新近从战争(工业化的"西部前线"屠杀,其对于"西部边疆"的价值观进行了古怪的扭曲)归来,拒绝了快乐"巴黎"都市的精致生活,从而去拥抱至高无上的"大分水岭"的浪漫想象——边疆。然而,当"在他看来边疆在他祖父的年代就已经消失时",他在哪儿、以及如何过上自力更生的粗鄙生活就成为故事中典型的美国问题。普鲁的海伊·奥尔康就像斯特格纳笔下的博·梅森,他认为自己出生得太晚;他发现自己"在不知不觉中开始寻求自己幸存下来的身体能够实施的意义",那貌似多余的生理阐释提醒我们说,边疆梦从根本上说就是以男性身体对抗荒野。他对于这个梦想性别层面的问题视而不见,而更愿意将其想象为与他年轻的新娘的共同事业,"他们会缔造自己的边疆"。虽然这套说辞引人入胜,但是在一个唯我独尊的男性边疆神话语境中却没有意义。

这一性别矛盾在小说的开篇场景中进行了探讨,当时海伊和海伦抵达了他们在破破烂烂的埃塞克斯拥有的新产业。车辆把这些拓荒者分布在不同的时间轴上,从把阿切拖入死亡的印第安雪橇到满载着各种美味佳肴的豪华汽车,而大约八十年以后米切尔·费尔就乘坐这种豪华汽车进入怀俄明。在其脆弱性和阴森、冰封的景观之间存在着明显的反差。确实,海伦是裹着"一件老气的野牛皮大氅"(类似于阿切死时穿着的那件)来到这里的,那情景

83

失落的边疆——阅读安妮·普鲁的《怀俄明故事》

足以使人想起1860年而不是1920年。其次，那些诸如海伊穿旧了的"牛皮鞋"的细节表明，这些早期的汽车拓荒者受到鼓舞来到了他们完全没有准备的怀俄明州的一些地区。海伊反复坚持使用复数形式的所有格代词"我们自己的地方"对于掩盖事实于事无补，即这只是他的一个梦。当有孕在身的海伦在寒冷刺骨的荒原上冻得瑟瑟发抖时，她表面看来毫不动摇，但是她拧起的表情和微妙的像是探寻的评论——"比尤利先生……说到现在差不多该有个城镇了"——以及她各种痛苦的表情表明她对于眼前情形的不满意。通过小说的叙事，我们得以一窥海伦未曾明言的思想，这些思想主要关注了她丈夫的代词使用习惯。她提醒自己说这是"我的"土地，而不是"我们的"土地，因为是她父亲的钱为他们创立家园提供了资金支持。分隔土地需要篱笆桩，但是如此贫瘠的荒原，周围既没有邻居也没有竞争的企业，怎么分隔也没有意义。最能说明问题的事实是他们的身边没有绳索：至少要有两个人做邻居才有必要用绳索拴起篱笆把彼此的土地分隔开来。海伊此时是独自一人，唯一的分隔是与他的妻子。

在"大分水岭"野餐场景中，当安特普·比尤利手指西方向人们展示缀满鲜花的草地和"希望回归土地的"普通人边疆生活的景象时，那意思其实并不是这样。就像阿切和罗丝一样，他们的梦想是由不择手段的投机商预制的。海伦就注意到了比尤利险恶的动机。从她眼里看来，他就是个十足凶恶的保镖：一名前拳击手，有"原木一样的肤色"、"草叉一样大的"手和镶满金牙的一张嘴。然而比尤利知道他并不是在向海伦兜售梦想，而是向海伊。当他向海伊介绍他的"特殊场所"时，一切就清楚了。这是一桩交易，但是包装得像是恩惠，两个男人喝着啤酒就把事情办了。这处场所最显著的特点是一小股泉水，而这预示着泉水将被用作捕捉野马的陷阱：即将逐步与这些野马结成同盟的海伊这时被牢牢地套住了。

海伊灾难性的经济管理不善（他对于小麦价格崩溃完全没有准备）和频繁出现的梦想和现实之间的差距（他想象着自己驯马，但是却被迫买了一台拖拉机）在一个更加关注他的乐观精神的故事里只是约略提及。金融损失使他跨越了另一道犯罪的分水岭，即他违背禁酒法私造土豆威士忌（怀俄明州于1919年7月1日正式禁酒，而且正如普鲁在别处写道，许多以前牧场的雇工改行捉马和走私威士忌[53]）。他选择了一处印第安人墓室作为他存放蒸馏器的场所。他随随便便的亵渎行为——他把"裹着鹿皮和珠子的印第安人尸体"扔出去——彰显了边疆政治中相当邪恶的一面：那些曾经生活在"大分水岭"以远的人们纠集成了不值得关心的人群。其次，用蒸馏器替换掉尸体的行为提供了一个明白无误的隐喻，即美国原住民是被威士忌毁灭的。具有讽刺意味的是，海伊，或者说海华沙，与被误置的尸体之间具有比他认识到的有更多的共同之处：他也被赋予了荒野的精神；他也在试图适应现代性的过程中表现得如此失败。

在海伊被短暂囚禁一段时间以后，有人向他推荐了一份与他的拓荒梦相称的工作：捉马。普鲁在其题为《红沙漠的马帮》文章中提到，在大萧条期间，诱捕野马的行当一时兴盛起来，矿工和牧场主通过这种与其西部的过去有关联的营生增加收入。[54]海伊又以牛仔的身份得以重生：咖啡诱人的香味、篝火旁的闲谈和"大风、荒原和陡峭的悬崖以及马的气息"统统致力于对他身份的塑造。然而不幸的是，他的搭档芬克·菲普斯，亦即海伦的妹夫，总是与海伊的牛仔理想发生抵触。芬克总是与一系列愈发奢华的轿车发生关联，从而以其粗犷为代价为他的家庭生活作宣传：牛仔开的是卡车。他还缺少男子气概，其明显的标志是他"女人味的嗓音"，这是源于他童年时因为经历了性别身份危机而试图自杀所留下的后果——"大分水岭另一边的某些东西区分了男人和女人有关性事的知识"。最后还有他残忍的一面：芬克是个父权至上的人，他认为荒野、马匹和女人只对残暴行为有所回应。这在马匹的归宿上就表现得十分明显。海伊天真地认为马要为牧场和马匹竞技所用，然而如普鲁的文章所表明的，当时日渐都市化的人们需要的是罐装宠物食品而不是野马。[55]当海伊明白了这一点，他就面临了呈经典比例的两难：他热爱牧场的自由，但是又对芬克使用的方法感到震惊。绝望之下，他投身于矿山，从此进入了黑暗世界。

小说对于海伊的牺牲所作的评价相当直率，"对于一位曾经拥有自己的产业并且一直从事户外劳作的人来说，煤矿是相当艰苦的"。然而虽然矿山与海伊的梦想大相径庭，那矿区的小镇，有电、有自来水、还有"身边的人群、流言八卦和社交生活"，所有这些都为海伦提供了一个都市绿洲。这也是在斯特格纳的小说《巨石糖果山》中所展现的边疆精神和家庭生活之间的巨大分野。小说中的博·梅森积极进取，而他的妻子艾尔莎则渴望过上安定的家庭生活，渴望有一个社群从他们倾注了大量时间和心血的土地上有所收获。海伦把握住了机会，但是我们依然能够记得起，海伊通过其儿子的命运

失落的边疆——阅读安妮·普鲁的《怀俄明故事》

所放弃的一切。他浑身充满了自由气息和平原的新鲜空气，如果没有钢铁一样的肺，他在镇上就无法呼吸。非常重要的是，海伦对于新的生活方式如此执着，她把自己对于他境况的仇恨交给医生去处理，而不是归咎于这个矿区小镇。

到了海伊终于回归荒蛮的乡间时，他被迫接受了一种与他在矿山时所畅想的完全不同的景观。海伊持续的幻灭感由一匹马的名字标示出来，那是他们第一次出行时芬克送给他的：沃伦参议员是一位倍受爱戴和尊敬的怀俄明州政治家，而他在1905年被指控有腐败行为。虽然海伊倾心于这"破碎的乡间"，他也认识到"在曾经没有栅栏的地方出现了栅栏"。栅栏桩以及成为公司排他性的象征，而不是个体自由的象征。所以小说里海伊是在试图躲避一根栅栏桩时遇害的，这看来还是合适的。他的死亡就像阿切·麦克莱弗蒂的死亡一样，是从一份历史记述中引用的。这一次故事的来源是小比尔·洛根关于艾力克·洛根因为缠绕在一根栅栏桩上而死亡的记述，是普鲁在为《红沙漠的马帮》一文作研究时发现的。在她的小说中，普鲁还是忠实于记述中的事实，尤其是洛根的绞刑架幽默，同时还引申出了其象征意义。[56]海伊是在追逐一匹逃脱其陷阱的野马时死掉的，当时手里还攥着套马索。从象征意义上说，那匹马与追逐它的海伊一样，身上蕴藏一种狂放的精神。他的绳索就像他关于西部的构想一样过时了，最终只能把自己绊倒。芬克绝不会去尝试一桩类似套马这样浪漫的行动：他会简单地开枪射杀了事。

然而在小说结尾，海伦在门前见到芬克时变得异常愤怒，此时语言已经被原始的怒吼所取代。但是我们要问的是，海伦为什么要责骂芬克？这并不是由于这个意外事件，因为有一些细节她此时尚不清楚。普鲁似乎在努力营造一个在悲剧形式中更为重要的时刻，其时有一位主人公对于宇宙的运作表达出了绝望。芬克的罪行并不仅仅是由于他的残忍——海伦对此已经司空见惯了——而是海伊被牺牲了，而他却发达了。这就是最终的"大分水岭"，它足以颠覆任何认为公平是边疆梦的核心这样的观点。

86

《从树林中爬出的男人》

在这篇小说里,普鲁把拓荒经验进行了更新,然而她的兴趣依然是西进运动对于婚姻生活动力的影响。我们不仅快进了60年,我们的拓荒者也从一对年轻夫妇,其丈夫阿切·麦克莱弗蒂年轻得甚至都不会申诉权利,演进到一对老夫妻,而他们的申诉建立在利益的冲突之上。他们是杰克·莱辛格所称的"第五次大移民"的一部分——他们是一些富裕的退休人员,为了逃避猖獗的消费主义、污染和犯罪转而追求田园生活梦想、洁净的空气和传统的价值观。与他们的先辈不同,这些拓荒者并不是为了寻求经济机遇,而是如威廉·基特里奇那篇关于迁移现象文章的标题所表明的,他们在寻求"最后的安全之地"。[57] 米切尔寻找的正是这样的"庇护所",身后还拽着他不情不愿的厨房设计师妻子尤金妮。虽然米切尔历数了西迁的种种理由——如低犯罪率和低财产税——很清楚的是,他实际上受到了他童年一个夏天的记忆的驱使,整个夏天都用来"骑着马探索黄石山区小径"并且"围着篝火唱歌"。他希望在西部回归那幸福的童年:那是他不幸福的婚姻之外的最后一处庇护所。

如同此前的故事一样,妇女被描绘成对于从本质上说是男性事业的审慎的帮手,其权力动力学关系在小说的开篇场景中就生动地演示出来。他们的西部之行可以乘坐飞机,然而对于手上有大把时间的退休夫妇来说自己驾车是个更好的选择,而他们的旅行过程也就成为对于拓荒者迁徙的戏仿。通过景观所暗示的无限的时间跨度被压缩到米切尔狭窄的汽车内部空间,而颇有讽刺意味的是,那是一辆叫作"英菲尼迪"(原文Infiniti,意为"无限")的汽车。那汽车一小时行走的距离"得让过去乘坐牛车旅行的移民一路循着一串坟墓走上差不多一个星期"。米切尔把他们的旅行称之为"横穿草原……因为这听起来很有西部味",而在汽车后座上他们还有各种美食——"松露核桃油、好多罐醋渍小黄瓜",因为在怀俄明买不到这些东西。他们希望拥有西部措辞方式所暗示的美丽的景观和简单的生活,但是却对"一串坟墓"的景象所暗示的艰辛视而不见。道路成了时间的空间表征,这就使得故事叙述者可以通过一连串详尽的回忆补充有关他们两人相遇、婚姻、婚外情、女

失落的边疆——阅读安妮·普鲁的《怀俄明故事》

儿的出生和工作的细节。抵达怀俄明时回忆也随之结束，但此时故事已经表明米切尔和尤金妮是一对没有了爱情而且争吵不断的老夫妻，他们已经习惯于通过表面上的默认来埋葬有关他们关系的现实，而同时各自过着自己的生活：一个象征性情节是，当汽车引擎开始发出噪音时，米切尔就打开收音机。

在这篇小说里，普鲁的拓荒者既不是被天气毁掉的，也不是被经济衰退毁掉的，而是被那些掩盖起来的婚姻问题所毁掉的，因为他们新生活中的孤独使那些问题重新浮出水面。从这个方面说，关于"从树林中爬出的男人"的说法就成为既表示绝望又表示启迪的隐喻。从根本上说，他们本来就不该结婚，而昭示这个事实的是在他们的婚礼上揭示他们思想的两种明显不同的景象：米切尔想象着他的妻子"全身赤裸、四肢着地，满眼祈求地看着他这个农夫，而他此时正带着一台挤奶机朝她走去"。如此这般的想象使得婚姻呈现出了奇妙的色情景象和为人父母的牛科动物本质。就尤金妮而言，她从他的面部表情上看到了恐惧，那是一个男人在被长久保存在沼泽中之前遭到仪式扼杀过程中的恐惧——这是对于婚姻和中年生活诅咒般的控诉。然而，起初他们生活在位于布鲁克林的住宅里时还是很幸福的，他们窗外的"无花果树"（在这篇小说里树很重要）代表他们"在蛇进入花园之前的"伊甸园。那条蛇指的是通奸；其结果是一个颇具讽刺意味地被命名为奥诺尔（原文Honor，意为"荣誉"）的孩子，其父母的身份对于米切尔来说一直是一个秘密。（如果米切尔够警觉的话，他应该会怀疑到什么事情不太对劲，因为她坚持给那女孩取名为"奥诺尔"，以纪念奥诺雷·德·巴尔扎克的小说《高老头》，那小说就涉及到一个女儿对于父亲的背叛。）尤金妮发现自己怀孕预示着这样一个特定的时刻，"其时那伐木工抡圆了双臂，斧子开始下落。这样的时刻对于树来说，一切都改变了"。这个时刻蕴含着诸多悲剧的可能性，即当外观还保持不变时，我们就像那个伐木工一样，意识到即将发生的重大变化。

所以，他们在怀俄明的生活就笼罩在即将落下的斧子的阴影之下，这从隐喻层面说既表示毁灭也表示启迪。最开始的时候，得益于他们在约束和仿拟方面的才能，斧子的下落得以延缓：他们满怀激情地拥抱他们的新生活："他们在西部风格服饰商店购买衣物打扮自己"，米切尔买了一辆"有二十年车龄的皮卡车"，并且"把胳膊支到车窗外面开着车到处转悠"。然而不幸的是，尤金妮从未超越过表面的装饰。安东尼·马加格纳指出，在尤金妮与米切尔最初相处的时候，她宣称自己喜爱古典音乐，但是后来他发现她指的"只是一些甜得发腻的弦乐演奏的大杂烩流行乐"。还有一个类似表明其肤浅的事情是，她的工作是室内设计师，她为都市住宅设计具有乡村风格的厨房，然而那梦幻般的空间里没人在做饭。像凯莉·菲尔茨一样，她认识到有关西部幻想表面上的吸引力可以从实用性中分离出来。所以顺理成章的是，一旦来到了怀俄明，尤金妮希望"接近提顿山脉、黄石公园和国家森林"——即所有那些符合对于西部景观的文化建构预期的地区。[58]

正是因为她对于西部的构想如此表面化，她是第一个注意到神话和现实之间的差异的人，还把他们的新家看作一个粗鄙的边区前哨，那儿"每隔几个月就会发生一些令人费解的乡村之事"，而且"所有的事似乎都在血腥中结束"。此外，也是她觉察到他们永远的外来者的角色，并且感觉到当地商店里的人们在议论他们。小说已经为这个主题做好了准备，其方法是把米切尔肾脏移植之后的恢复作为迁居西部的催化剂。如同《山羊唾腺手术》所表明的，有关移植的概念（以及与其相伴的概念如接纳和排异、自然和人工）在小说里成为重要的隐喻，而所提出的涉及奥诺尔父母身份的令人不安的问题使得这个隐喻更为复杂。开始的时候，是有关接纳的问题成为焦点，因为移居的菲尔斯一家发现他们受到东道主社区的排挤。那个邮局里的女人宣称："人们会让你走近篱笆，但是他们绝不会为你打开大门。"当地的社区由埃利诺拉·费格作为表征（菲尔斯家的牧场就是从她的土地上割让出去的）。她是"一位年老的寡居牧场主，典型的共和党人，保守、仇视艺术、右翼、口无遮拦、而且不苟言笑"。她即刻就轻蔑地把菲尔斯一家视为弱不禁风的东部人。尽管尤金妮的观察具有独到之处，她还是无法想象出当地人除了暴力的西部人个性还能是什么。在她与米切尔的最后一次争吵中，她嘲笑了他居留在怀俄明的愿望，暗示说要想融入到当地生活中去，他还需要"一个成人电视频道、一支枪和一把刀"。她对于当地人的不信任最为清楚地表现在她在森林里遇到几个男人时的反应：那第一个人是个持弓箭的猎人，他把尤金妮给吓坏了；他那涂得漆黑的脸、狼一样的眼睛和手里的弓箭把他自己变成了潜行于米切尔想象的景观中古老猎人的现代版本。然而当她面对一个受伤的滑雪者时——亦即所谓的"从树林中爬出的男人"——其情形完全逆转过来。她以都市人的眼光把他脸上扭曲痛苦的表情解读为疯子的表情，这就

失落的边疆——阅读安妮·普鲁的《怀俄明故事》

迫使她违背了米切尔的告诫，打破了"乡间的基本准则——要对陌生人施以援手，即使是你最痛恨的敌人在他遭难时也要施以援手"。[59]

与他妻子的肤浅相比，米切尔似乎对于他们的新家有更深的理解。他知道此间的基本准则，而且在当地少年人追逐一头叉角羚直至其死亡时，他感到异常震惊。更为深刻的是，他受到他认为是真正、自然的怀俄明景观的感动，而不是那些旅游景点。然而，他所受到的建筑师训练意味着他适合对于景观基本结构的思考，而不是作为生活空间的运行。使这一点得到强化的是他边听古典音乐边驾车穿行其间的习惯。在其题为《美国》（1986）的著作里关于沙漠驾车的描写中，鲍德里亚说道："速度创造纯粹的客体。速度本身就是纯客体，因为它无法删除地面和地域参照点……这是地面和纯客观性对于欲望深度的胜利。"[60] 普鲁在《危险之地》中做出了类似的断言，其中她论辩称："从汽车内部看，景观被变成了快速移动的软色调物质……有框但是模糊的挡风玻璃视域替代了特别的和具体的物体。"[61] 驾车成为了把认识论怀疑重新引入到日常生活中去的方法，而这个过程被米切尔对于音乐的欣赏所提升："他在独处和大块吞食景观时体验到极度的快乐，他深陷于声音的沉重拍击，而地质现象也就此转化为音乐。"

基特里奇一直都在赞美一边听着维瓦尔第的音乐一边在沙漠中开车的快乐：这种体验"留下如此洁净的味道，就像空气掠过山间的草地，而且让你什么也不去想"。[62] 保罗·奥斯特在他的小说《机缘乐章》（1990）里捕捉到了这种自我溶解的感觉，其中他描写到一边开车一边听着巴洛克音乐的情节，那是根据严格的乐理（一种当代天体音乐和声配置）重新为身边的世界排序的方法。在普鲁的叙述中，音乐成为了强化米切尔浪漫情怀的手段。坐在封闭的挡风玻璃后面，他能够把地理时间瓦解成为音乐时间，从而把恐龙世界与眼前的景观协调一致；这种精神体验一方面彰显了人类的无足轻重，而同时又自相矛盾地强调洞察力的独特之处。然而他对于大地的音乐体验被蒙上了一层浪漫色彩，还有这样一种感觉，即西部就是——或者应该是——一片未曾涉足的荒野，一种远离人类影响的纯粹的空间。我们从小说中得知"他希望拥有一块神奇的橡皮擦把栅栏和粗陋的房屋统统除去"，所有与他对于西部景观的构想不能"和谐共处"的东西都要除去。他一再忽视作为一个真实场所的西部，并且选择性地忽视现代怀俄明的工业化现实。例如，当他注意到"一股肮脏的黄色烟雾笼罩着风河山脉"时，他拒绝了一个当地店主的解释，即那是源自一个甲烷气工程的污染，而把他的抗议斥责为古怪人的判断。

尽管米切尔与环境之间存在着更有希望的互动，但很清楚他与其新家的关系像他妻子的一样流于表面：他们两人都有关于西部的幻想景象，而这限制了他们将其作为真实地点来体验的能力。这种眼界的狭隘性很巧妙地编织到最后的争吵中去，在此过程中尤金妮泄露了奥诺尔父母的身份，从而最终把斧子砍了下来。到了此时米切尔被变成了那个"在深厚的积雪和浓密的树林里向空旷的地方打滚"的男人——即象征性地从无知走向明晰。但是不幸的是，正如本杰明·马柯维茨所说，这两人都没有能够从对怀俄明景观的接触中获得教益。奥诺尔并不关心她的 DNA 测试；她与米切尔的关系比与她亲生父亲的关系更为重要；人工的与自然的同样重要。[63] 尤金妮的遭遇也好不到哪儿去。我们最后一次见到她时她正飞行在怀俄明上空，并且俯视着其巨大的空旷。有那么一刻她最终承认了由景观呈献的存在的可能性，但是这样的想法很快就被埋葬在表象之下——"为都市单身汉设计的牛仔厨房"——这是完全适合米切尔的新领域。

普鲁笔下的拓荒者是满怀希望地旅行的男人，他们是男性征服梦的象征。但是当没有了运动的时候、当土地已经定居下来并且人们都静止不动时，那会怎么样？这些是继特纳关于边疆关闭的言论之后的那一代历史学家所关心的问题。一旦他们成为处于变迁的世界中一个固定的原点、而且男子气的准则是由趋向类似"占有"和"所有权"概念的词汇转换来标记的，而不是"努力"和"探索"时，又会怎么样？当"独立"和"勇气"这些传奇品质被视为"孤独"和"笨拙"等不那么令人称道的特征时，又会怎么样？总之一句话，当"拓荒者"变成"牧场主"、19 世纪的价值观一致持续到 20 世纪时，又会怎么样？这些是普鲁通过她笔下的牧场主所探讨的主题。那些牧场主们受困于农业综合企业、采掘行业以及苛责的环境主义者的当代西部和他们祖先想象中并且被英勇的拓荒者原型所定义的西部之间。他们是一些被并不共享他们价值观的当代世界背叛的男人；被现在拒绝"维护他们的男人"的妻子背叛的男人；被与真实世界严重冲突的传统价值观背叛的男人。我们随后就将探讨他们的困境。

失落的边疆——阅读安妮·普鲁的《怀俄明故事》

本章注释

1 见理查德·埃图莱恩,《重新想象现代美国西部：小说、历史和艺术的世纪》,图桑：亚利桑那大学出版社,1996年,第49页。

2 安妮·普鲁,《穿越沙漠》,收录于安妮·普鲁编著,《红沙漠：一个地方的历史》,得克萨斯：得克萨斯大学出版社,2009年,第253-265页。

3 华莱士·斯特格纳,《蓝鸲对着柠檬水般的泉水歌唱的地方》,哈蒙兹沃思：企鹅图书公司,1992年,第70页。

4 安妮·普鲁,《危险之地》,收录于蒂莫西·马奥尼和温迪·卡茨编著的《地域主义和人文科学》,内布拉斯加：内布拉斯加大学出版社,2008年,第6-25页。

5 华莱士·斯特格纳,《巨石糖果山》,1943年第1版；纽约：企鹅图书公司,1991年,第83页。

6 特蕾莎·乔丹,《女牛仔：美国西部的妇女》,林肯和伦敦：内布拉斯加大学出版社,1992年,xxvi。

7 帕特丽夏·纳尔逊·利默里克,《征服的遗产》,纽约和伦敦：诺顿出版公司,1987年,第48页。

8 苏珊·阿米蒂奇,《透过女人的双眼：关于西部的新观点》,收录于苏珊·阿米蒂奇和伊丽莎白·詹姆森编著的《女人的西部》,诺曼和伦敦：俄克拉荷马大学出版社,1984年,第9-18页。

9 见莉莲·施利塞尔,《妇女的西行日记》,1984年第1版；纽约：舍肯图书公司,2004年,第14页。

10 见塔夫特·阿尔弗雷德·拉森,《怀俄明：两百年历史》,纽约：诺顿出版公司,1977年,第78-79页。

11 朱莉·罗伊·杰弗里,《边疆妇女：密西西比河西部地区,1840-1880》,纽约：希尔与王出版公司,1979年,xv-xvi。

12 引自迈克尔·柯蒂兹导演的西部电影《圣达菲之路》(1940)。

13 大卫·波特,《美国女性与美国性格》,收录于芭芭拉·维尔特编著的《美国历史上的妇女问题》,伊利诺伊欣斯代尔：德莱顿出版社,1973年,第117-132页。

14 佩奇·史密斯,《福地之女：美国历史上的女性》,波士顿：利特尔-布朗出版公司,1970年,第223-224页。

15 凯瑟琳·哈里斯,《在科罗拉多东北部建造家园,1873-1920：性别角色和女性经验》,收录于苏珊·阿米蒂奇和伊丽莎白·詹姆森编著的《女人的西部》,第165-

178页。

16 桑德拉·麦尔斯,《西行妇女和边疆经验,1800-1915》,阿尔伯克基:新墨西哥大学出版社,1982年,第6-7、11、269-270页。

17 伊丽莎白·詹姆森,《女性工作者,女性教化者:美国西部纯正的女性气质》,收录于苏珊·阿米蒂奇和伊丽莎白·詹姆森编著的《女人的西部》,第145-164页。

18 佩吉·帕斯科,《处在文化十字路口的西部女性》,收录于帕特丽夏·纳尔逊·利默里克,克莱德·米尔纳二世和查尔斯·兰金编著,《小径:通往一部新的西部历史》,堪萨斯:堪萨斯大学出版社,1991年,第40-58页。

19 路易丝·韦斯特林,《新世界的绿色胸膛:景观、性别和美国小说》,佐治亚雅典:佐治亚大学出版社,1996年,第5-6页。

20 安妮特·科罗德尼,《地形:美国人生活与书信中的经验与历史之隐喻》,教堂山:北卡罗来纳大学出版社,1975年,第8-9、102、28页。

21 一直以来艾奥瓦对德国移民特别具有吸引力。见利兰·塞奇,《艾奥瓦历史》,埃姆斯:艾奥瓦州立大学,1974年,第93页。

22 另见她的论文"早期居住在内布拉斯加和堪萨斯的讲德语的农村妇女:边疆适应过程中的族群因素",《大平原季刊》,第1卷第1期,1989年,第239-251页;http://digitalcommons.unl.edu/cgi/viewcontent.cgi?article=1389&context=greatplainsquarterly(访问于2013年9月3日)。

23 安妮·普鲁,《联合太平洋铁路公司来了》,《红沙漠》,第293-296页。

24 约翰·麦克菲,《从平原上升起》,纽约:法勒-施特劳斯-吉鲁出版公司,1986年,第59页。

25 安妮·普鲁,《鸟云:回忆录》,伦敦:第四等级出版公司,2011年,第139页。

26 安妮·普鲁,《联合太平洋》,《红沙漠》,第293页。

27 利默里克,《遗产》,第125页。

28 亨利·纳什·史密斯,《处女地:作为神话和象征的美国西部》,马萨诸塞剑桥:哈佛大学出版社,1950年,第123页。

29 安妮·普鲁,《鸟云》,第139页。

30 狄·布朗,《美国西部》,1995年第1版,伦敦:口袋书出版公司,2004年,第140页。

31 转引自达德利·加德纳,《太平洋联盟、中国人和日本人》,《红沙漠》,第297-304页。

32 转引自约翰·托马斯,《记忆中的国家:华莱士·斯特格纳、伯纳德·德沃托、历史和美国本土》,纽约和伦敦:劳特利奇出版公司,2002年,第120-121页。

33 对伊丽莎白·辛普森的访谈,转引自辛普森的《大地之光,文字之火:伊凡·多伊格的作品》，爱达荷莫斯科：爱达荷大学出版社，1992年，第147页。

34 威廉·基特里奇，《至福之地上的白人》，《下一次牛仔竞技表演：新作与论文选集》，明尼苏达圣保罗：灰狼出版社，2007年，第168页。

35 格雷特尔·埃尔利希，《开放空间的慰藉》，哈蒙兹沃思：企鹅图书公司，1985年，第9页。

36 安妮·普鲁，《红沙漠牧场》，《红沙漠》，第317—327页。

37 埃尔利希，《慰藉》，第9页。

38 安妮·普鲁，《鸟云》，第33页。

39 大卫·费尼莫尔，《西部民歌，1880—1930》，收录于尼古拉斯·威特斯奇编著，《美国西部文学与文化指南》，牛津：威利-布莱克威尔出版公司，2011年，第316—335页。

40 安妮·普鲁，《西部是如何想象出来的》，《卫报：星期六评论》，2005年6月25日，第4—6页。

41 凯伦·琼斯和约翰·威尔斯，《西部女性：拓荒者与自耕农》，收录于琼斯和威尔斯，《美国西部：相互冲突的愿景》，爱丁堡：爱丁堡大学出版社，2009年，第136页。

42 詹姆森，《女性工作者》，第151—152页。

43 斯蒂芬·阿贝尔，《愁眉苦脸的怀俄明》，《泰晤士报文学增刊》，2008年9月12日，第22页。

44 塔夫特·阿尔弗雷德·拉森，《怀俄明历史》，1965年第1版；林肯和伦敦：内布拉斯加大学出版社，1978年，第399页。

45 同上书，第416页。

46 同上书，第407—408页。

47 安妮·普鲁，《危险之地》，第17页。

48 《一家人乘坐廉价小汽车去旧金山》（1927）。转引自玛格丽特·谢弗，西部旅游业，收录于威廉·德弗雷尔编著的《美国西部指南》，牛津：布莱克维尔出版公司，2004年，第373—389页。

49 转引自罗伯特·霍默·伯恩斯，安德鲁·斯普林斯·吉莱斯皮和威林·盖伊·理查德森，《怀俄明拓荒者的牧场》，拉勒米：世界之巅出版社，1955年，第554页。

50 拉森，《历史》，第416页。这一面积是国会议员法兰克·孟德尔在他的1913年法案中所提议的一半。

51 同上书，第412页。

52 约翰·罗尔夫·伯勒斯，《旧西部青春永驻》，纽约：莫罗出版公司，1962年，第332—333页。普鲁在《红沙漠》中多次引用此书。

53 安妮·普鲁,《边缘地域的居民》,《红沙漠》,第305-309页。
54 安妮·普鲁,《红沙漠的马帮》,《红沙漠》,第329-338页。
55 同上书,第331页。
56 同上。
57 见杰克·莱辛格,《创建入迁区》,收录于《入迁区:郊区破产后房地产将在此迅猛发展》,华盛顿西雅图:社会经济学公司,1991年,第239-240页。威廉·基特里奇,《最后一处安全的地方》,《时代周刊》,1993年9月6日,第27页。
58 安东尼·鲁道夫·马加格纳,《识别西部:美国西部的景观、文学和身份》,未出版,博士论文,加利福尼亚大学,2008年,第158页。
59 马加格纳对这一场景提出了颇具洞察力的阐释,《识别西部》,第161页。
60 让·鲍德里亚,《美国》,克里斯·特纳译,纽约和伦敦:韦尔索出版社,1988年,第6页。
61 安妮·普鲁,《危险之地》,第18页。
62 威廉·基特里奇,饮酒开车,《下一次牛仔竞技表演》,第125-141页。
63 本杰明·马柯维茨,历史的重压,《每日电讯报》,2004年12月12日;www.telegraph.co.uk/culture/books/3633197/Weighed-down-west.html#?(访问于2013年9月3日)。

第三章　牧场主

新西部在进行着一场战争，而牧场主就像在19世纪后半期一样处于战争的中心。他们把自己视为真实西部的监护人，是那些征服了印第安人并且在自由的平原上开拓了牧场的勇敢的拓荒者后裔。他们自诩为模范的美国公民，代表了自力更生和坦率直言的美德，同时实现了变空旷为有利可图的美国梦。可是现在他们发现自己遭到了背叛：他们受到一些联邦机构诸如林务局和土地管理局的控制（那些刚刚大学毕业的孩子们甚至连母牛的头尾都搞不清楚），并且得获得许可方才可以在他们曾经拥有的土地上放牧，而那些土地是用他们祖先的鲜血换来的。印第安人或许已经离开了，但是现在威胁来自那些寻求税收减免的企业牧场主；来自那些寻求西部怀旧情怀的提包牧场主；来自那些寻找"小牧场"的安定的城市退休人员；来自寻找新的重大发现的矿业公司。他们受到了环境保护主义者的挑战，因为他们抱怨说他们毁坏了人们挚爱的土地；他们还受到营养学家的挑战，因为他们告诉全世界的人们说牛肉不好。许多心怀不满的牧场主把这个新的战役称为"昭昭天命之二"，声称他们就像当年的印第安人，在他们被咄咄逼人的东部人赶走之前遭到了妖魔化。[1]正如一位蒙大拿牧场主不无嘲讽地说："事实上，我已经变成了印第安人。"[2]

质疑这种诱惑性的叙事是西部评论家令人敬畏的领域。他们指出，拓荒者的怀旧掩盖了有关权益和征服的思维模式，而这处于由畜牧业引起的相当部分环境破坏的根源。基特里奇在其恰如其分地命名为《拥有一切》的文章中强调，关于拓荒者血祭的神话（其十分便利地忽视了对印第安人的种族灭绝行为）给予牧场主们一种孩子气的认知，即土地尽归他们独享。[3]征服和利益，而不是协作和耕作，才是开垦大平原的主要动因。根据这种叙事，对于牧场主来说，西部过去是、现在还是一座巨大的饲养场，其中过度放牧的情形比比皆是,而且因为人们信奉"你没有办法把风景当饭吃",多样性是不受欢迎的。爱德华·阿比指出,最为明显的是,牧场主是以福利为生的寄生虫。他在西部大量繁殖"闹腾腾、臭烘烘、身上满是苍蝇、污秽不堪、到处传播疾病的牲畜",他还:

> 在草原上到处架设铁丝网;钻井并且填平积水塘;驱赶麋鹿、羚羊和大角羚羊;毒害郊狼和土拨鼠;射杀鹰、熊和看得到的美洲狮;用风滚草、蛇草、小花假苍耳、牛粪、蚁丘、泥巴、灰尘和苍蝇替代当地的野草。然后他欠起身对着电视摄像机咧着嘴笑,并且大谈而特谈他多么热爱美国西部。[4]

这就是至今我们还与其相伴的畜牧业遗产;这样的破坏清单促使帕特丽夏·利默里克作出了如下评论:"我痛恨西部片,因为人们总是要捣毁酒吧、砸碎镜子和酒瓶,然后骑上马扬长而去。我依然会回到酒吧并且说,'嘿,等一等。总要有人收拾这个烂摊子。'"[5]

一些评论家鼓动采取强硬措施:面对怀俄明州畜牧协会的不妥协,怒火中烧的伯纳德·德沃托利用他在《哈泼斯》杂志专栏探讨是否有可能"更简单、更便宜、更有希望地把牧牛人射杀了事"。[6] 爱德华·阿比长久以来一直是直接行动的倡导者——按"地球优先"组织的创立者戴夫·福尔曼的说法,他是一位攻击传统观念的人,喜爱"嘲笑过于自我的人"。[7] 他的小说《扳手帮》(1975)堪称生态恐怖主义的战斗口号,其小说中的人们割栅栏、砍拖拉机轮胎、用尿布毒牛,其目的是把牧场主赶走并且把草原恢复到"自然状态"。(我们在后面会看到,普鲁在其自己的生态恐怖主义创作中,即韦德·沃尔斯,探讨了阿比的政治学(《怀俄明历届州长》载《近距离》)。然而,从一个更为宽容的传统来看,这些牧场主是他们自身历史的受害者,也是解决办法的一个重要部分。莎曼·阿普特·拉塞尔的小说《杀死牛仔》(1993),尽管其标题表现出了毫不妥协的率直,她还是争辩说,西部正在经历来自景观和传统生活方式的侵蚀,这使得许多已经在这片土地上放牧数代的人们处于焦虑之中。在回忆其在明布雷斯山谷的家时,她观察到了年岁较大的牧场主们的苦痛:

> 他们的社区正在解体,因为有越来越多的牧场主无法养家糊口,也因为有更多的子女把家庭牧场变成了别人的子公司。他们在社会中的地位受到了威胁。他们一直以来都以自己以前的所作所为为傲,也以自己

失落的边疆——阅读安妮·普鲁的《怀俄明故事》

以前的身份为傲。事实上，他们一直认为自己是正直之人。但是突然之间，他们都成了坏人。[8]

由于受到外来因素的威胁，一些牧场主开始在想象的西部寻找安全感。这个想象的西部也许会提供慰藉，但它也是一座监狱，因为它规定了大多是虚构的行为准则，从而也难以以此作为生活准则。这种对于生活的无助和困惑在与一位得克萨斯州牛仔的访谈中被恰如其分地表现出来。这篇题为《最后的牛仔》的访谈被发表在《纽约客》杂志上。在其对访谈的注释中，历史学家理查德·怀特做出了如下表述：

> 他把他实际的缺席牧场主和农业综合企业的现代西部视为由更为真实但却消失了的西部的衰退。而他真实的西部只是想象中的西部，关于这一点他从西部片就知道了：真正的牧牛人是《白谷太阳》中的约翰·韦恩，或者是《酒鬼》中的齐尔·威尔斯。他对于自己的观感，以及他如何行为做事则不仅是通过他生活在其中的西部来告知，而且还通过他应该生活在其中的西部强大的文化形象来告知。[9]

类似这种困惑的事例在西部比比皆是，其中牧场主们以枪手毫不妥协的态度去挫败经济灾难。对于那些敦促提高联邦放牧费的国会议员，怀俄明州的牧场主们没有选择进行政治游说，而是以"头洞症帮"为题发布通缉告示作为回应。查理·麦卡蒂在新墨西哥州的卡特伦县经营一座牧场。当他在描述他与联邦机构的斗争时，他用他祖父与杰罗尼莫手下的阿帕奇人搏斗的语境下的口吻说话："他们带上他们的每一条枪来追击我们。"六十岁的蒙大拿州牧场主帕蒂·克吕维曾经遭遇过直升飞机来访，那架飞机是被派来勘查由附近的矿山对她的供水系统造成的损害的。她对付这帮人的方式就如同她的祖先对付盗马贼一样：用一阵枪弹解决问题。[10]

这些就是普鲁在其小说里创造的那一类栩栩如生的独立小牧场主，是一些受困于当代西部和他们祖先想象中的西部之间的老人。他们狭隘、厌恶女人并且抵制变化，但是普鲁在描写他们时充满了巨大的温情。吉尔伯特·沃夫斯格尔就是一个典型的事例：

> 他是个顽固的牧场主的样板，凶猛地占据着他自己的财产。他以一种古怪、蓄意的方式做所有的事，即吉尔伯特·沃夫斯格尔方式，而且一旦把持一个立场就绝不后退。邻居们说他是一个自立的人，可是他们说这话的方式却表示另外一层意思。

这就是轻蔑的新来者眼里看到的吉尔伯特；那些男人和女人们陶醉于涉及到历史的或者想象中的人物身上所具有的"固执的自立"品格，但是他们视吉尔伯特为孤独并且故意刁难人。他们暗自偷笑的轻蔑与他的坦率直言完全处于矛盾之中。但是，我们的同情不仅仅被他们的鄙视激发起来，也被他无力实现自己牧场遗产的幻想激发起来。

《耶稣挑什么样的家具？》

　　吉尔伯特生活在自己西部过去的阴影之中。在他祖父当年着手其最初的土地声索而建起的楔木栅栏面前，吉尔伯特显得格外矮小。这栅栏就像野蛮人的眼里看到的罗马沟渠的废墟一样，它迫使吉尔伯特面对他当今生活中的不足和孤独。这道栅栏是由对于未来拥有共同梦想的放牧社群建立起来的。他用以紧固他自己较为朴实的铁丝网的兽骨反而召唤起了他祖先的鬼魂，同时也预示了牧场的死亡。吉尔伯特既拥有牧场，也被牧场所拥有：所有权已经成为脱离了经济和社会语境的目标本身，使得吉尔伯特在小说相当多的部分沦为自己情感茫然的品味者。他感到困惑自己是否沉醉于"所有权的仙药"，或者是受难于"纹在心口的令人压抑的爱"——这样一个程式强调了脱离现实的遗产令人窒息的痛苦。因为正如故事所表明的，吉尔伯特陶醉于这样一幅景象，即他的牧场"是永恒不变的美"，而不是实际出现在他眼前的干燥并且遭到践踏的景观。

　　然而，吉尔伯特并不是一个顽固的浪漫主义者。相反，他为了适应全球经济趋势所做的所有努力都以失败告终。他养殖火鸡的多元化经营也归于失败，因为客户们需要的是"鸡胸就像拉斯维加斯的脱衣舞女的西夫韦牌火鸡"。其结果是，他发现自己处于"下落的畜牧业螺旋之中，投入了大量劳动但是挣不到钱，而且还遭遇到干旱，"而同时又遭到环境保护主义者和提包牧场主的围攻。他们的威胁并不是他们的敌意，而是他们吸引力的诱惑。他的回应是退回到固执的牧场主原型中去，依旧生活在他想象中的西部。他的这种性格通过他姓氏中的"狼"（原文为wolf）和"蛇"（原文为scale，与"蛇"snake拼写和发音相似）的组合（原文为Wolfscale，即沃夫斯格尔）暗示出来。他把皮包牧场主贬斥为"有钱的傻瓜……站到车辙里还高不过蛇屁

失落的边疆——阅读安妮·普鲁的《怀俄明故事》

股"——这是以幽默的方式呈现出来的形象,而且考虑到有关"车辙"的细节,这样的话满可以出自吉尔伯特的祖父之口。他与环境游说团体打交道的方式同样颇有戏剧性。在一次面对一位关心河岸侵蚀问题的单身女性示威者时,他站在门廊上,双腿叉开,模仿西部人固执的方式扬起下巴,发表了一通简洁的揶揄之词:"我听过那些屁话。可是我来告诉你。我那些母牛想在哪儿吃草就在哪儿吃草想在哪儿喝水就在哪儿喝水。一直都是那么干的。这事我知道。"吉尔伯特确实知道,但叙事的成功之处不仅在于其把我们的同情引向咄咄逼人的牧场主而不是脆弱的环境保护主义者(她被描述为一位刚从农业学校毕业的"好管闲事的人")的方式,还在于其把吉尔伯特呈现为在他自己的哑剧里一位不知所措的表演者。

吉尔伯特对于当今世界的困惑并不简单是经济和环境方面的,它还控制了他的情感生活。杰拉尔丁·比德尔在《观察家》杂志撰文评论这篇小说时说,吉尔伯特"很像书里的许多其他男人:身体强健、情感失落,对女人的复杂性和拐弯抹角感到不知所措,并且试图紧紧抓住他们所知道的那些东西"。[11]吉尔伯特所知道的是,女人应该比他经历过的那些更顺从一些。他作为放牧者想象中的女人以他祖父的妻子作为典型。她是从当地的妓院给拉来的,以便在她被美化成为大众传统中的女家长之前为牧场提供免费劳动力。依据这样的情形,吉尔伯特本来应该娶他最好的朋友塞德利的妹妹(他们之间的乱伦关系只是证实了她适合对外隔绝的牧场生活),但是她却有不同的想法,最终嫁给了一位来自蒙大拿州的牧场帮工。这样,他出于报复而娶的女人完全不适合他。关于他们共同的婚姻生活以及后来婚姻的解体我们一无所知。这原本可以产生一种叠加效果,即一方面把叙事焦点从吉尔伯特的内心焦虑转移,另一方面又以对他不利的方式将他呈现出来。与此相反,我们听到的是她在与母亲通电话时流露出来的一系列抱怨:"不让用电话、不让用电、不跟邻居来往,他的妈妈唠叨个没完,还得干活!他把我累垮了。'做这个,做那个,'干什么都是飞扬跋扈的"。这个清单非常可信,但是表达不满的方式似乎把情绪琐碎化成了默许的闲言碎语,所造成的效果是使得我们同情坦率直言的吉尔伯特,而不是他疏离的妻子。这种表里不一在她将来侵占款项的起诉中得到回应,而这也再一次使吉尔伯特为女人迂回曲折的行事方式感到困惑。

吉尔伯特并不想念他的妻子,他自己的家庭关系——即与其母亲共同生活和逛妓院——提供了他祖父欣赏的家庭设置的当代近似物。但是，他确实为失去儿子而感到后悔，而他们似乎已经"逃离了对土地所有权灼人的痴迷"。克莱夫·辛克莱在《独立报》上撰文说，吉尔伯特的儿子们演绎了"小型的怀俄明悲剧"。基于这种情形，"牧场主的儿女们几乎无一例外都是从事毫无前途的工作的一帮冒失鬼"[12]。这一点恰如其分地诠释了蒙蒂和罗德：作为年轻人，他们难得光顾牧场，而让吉尔伯特感到困惑的是，他曾经无偿地为自己的父亲干活，现在他的孩子们在牧场干活还期望得到报酬。当他在汽车肯德基店遇到已经成年的罗德时，故事明确标示了两人之间的鸿沟，而后者显然处于不利地位。罗德日渐稀少的头发、"苍白的室内肤色"和须后水，再加上他对垃圾食品的喜好和在录像店没有前途的工作——在那个地方"你必须告诉别人你所做的任何事情或者即将做的事情，而他们都可以说不"——所有这些都与吉尔伯特坚强的自立形成反差。正是因为这一餐饭，吉尔伯特拐弯抹角地得知他的另一个儿子是同性恋，而且他最小的孙子还得了癌症。在他想象的放牧社群中，家庭成员之间都彼此交谈，这也难怪吉尔伯特"都没有办法说清楚事情的大小"。

对他最后的背叛来自他所热爱的土地，因为怀俄明州发生的干旱"就像八目鳗吸附住了这个地区的要害"。干旱就像是对于人们的警示，即无论是关于征服的西部叙事有多么强大，土地并不属于他，也不会屈从于他的意志。此前的历代人们通过挖水塘和深井应对旱情，而现在似乎"这个地区要转手给沙丘和响尾蛇，要抹除像壁虱一样的人类"。当一家钻探甲烷气的公司污染了当地的地下水时，其情形就变得更加严重。他此前一直投共和党的票，但是现在却发现自己与生态环境保护者结成了古怪的同盟，为获得补偿而战。这个新的世界似乎偏离了吉尔伯特的方向，他自己作为行动的西部人的形象极不自然地被裹挟到各种会议和请愿的世界中。然而这也清楚地表明了为什么普鲁认为我们应该同情吉尔伯特：因为在这样一个新的西部"牧场主是对大肆开挖土地的开发商最好的防卫，而且正是牧场和牧场主使得古老的西部得以存活"。[13]

普鲁使用了一个非同寻常的次要情节来探讨吉尔伯特的困惑和遭遇的背叛，那就是因为他的鼻腔里长有异物而没有能够入伍参加越南战争。特纳的边疆神话中一个影响巨大的遗产是有关文明化征服修辞的出现，而这已经成为美国对外政策的组成部分被反复使用。[14]这对于越南冲突尤其如此。按理查德·斯洛特金的观点,这是用来自西部片的比喻和象征预先包装的。政客们将其作为一个新边疆的解放战争来兜售;参与其中的人使用了一套取自他们牛仔英雄的现成的隐喻(哨兵被称为"基特·卡森",丛林被称为"印第安人领土");在美国国内它通过一个阐释系统被消费,即把繁琐复杂的政治行为分解为好人和坏人之间的斗争。[15] 从根本上说,越南战争就像对西部的征服一样,对于美国人男性气质和身份的塑造来说是一种界定性经验,而吉尔伯特两个都错过了。我们觉得奇怪的是,由于吉尔伯特遭到其他牧场主的排挤,他购买了战场音响的光盘来间接地体验越南战争,但是普鲁提醒我们说他对于神话般西部的想象是通过好莱坞的西部片和赞恩·格雷的小说以同样合成的方式来建构的。从根本上说,他是文化建构的产物,而不是想象的牧业遗产的产物。

所以不足为奇的是,在小说的结局部分,当他局促地坐在西部历史的骑马队伍之前(其中当地社群显然意识到他们在其过去的代用场景里表演,而同时又承认他们的当今和未来)时,他看来会困惑不安(见"导言")。他感觉"什么地方出了大问题"——行进队伍里没有出现牧场主。他还依然活着,但是就像他崇拜的越战老兵一样,他拒绝了公众的同情。正如牛仔和印第安人,在他借助怀旧的透镜得以复活之前,他需要进入历史。所以随着他的想象转向小说标题所提出问题可能的答案,他感受到了苦涩:他会成为一个简简单单的木匠,而且"也不会跟任何牧场有什么瓜葛"。以基督作为中介,吉尔伯特想象了一个在各种复杂性开始困扰当代西部之前的怀俄明。但正是这样一片未曾触碰过的西部荒野的想象与他所讲述的涉及到他放牧祖先的故事一样具有欺骗性。这两个西部只存在于他的幻想中。

《一副马刺》

卡尔·斯格罗普是个牧场主,与吉尔伯特像是一个模子里刻出来的:他极度渴望离开(他只是因为哥哥的自杀方才得以继承牧场),但是承认"所有权"就像氧气一样对于他的生活必不可少。他的父母无疑对于两个儿子期望甚高——他们的名字"卡尔"(原文 Car,意为"汽车")和"特雷恩"(原文 Train,意为"火车")就暗示了现代性和运动。然而,特雷恩在年轻时就

第三章　牧场主

死了,而当我们遇到卡尔时,他已经被斗牛和放牧生活所击垮,"他现在靠几十个钢钉、金属板和方头螺钉支撑起来",而日常以垃圾食品、威士忌和色情文学为生。像吉尔伯特一样,他遭到了所有人的背叛,他后来的败落其实在伊内兹·默迪曼年轻时碰到的一个浑身便溺的疯隐士身上就看到了征兆:"他以前是个很不错的牧场主,"她的父亲告诉她说,"可是他的老婆死了"。

普鲁在这篇小说里的兴趣是某种西部的死亡,其死亡是通过小说里的小标题来表示的——"咖啡壶"、"马刺匠人"、"狼"和"得克萨斯男孩"——所有这些就像西部的概念本身,其实并不是他们看起来的那样。为了这个目的,普鲁舍弃了她更熟悉的社会现实主义,围绕西部的核心象征建构了魔幻现实主义的主题倾向,这个象征就是:一副马刺。马刺匠人哈罗德·巴茨本人出乎我们的预期:他并不是一个纠缠不清的老牧场主,而是一位前冶金工程师,留着一个嬉皮士风格的马尾辫,平时喜爱喝喝香草茶。他之所以迁居到怀俄明是"希望在一个简单的地方过一种简单的生活"。从工厂被解雇以后,他就痴迷于各种结局,无论是为在路上被撞死的动物编制目录,或者是通过其"最后的晕眩"邪教组织成员的身份宣扬世界的终结。他的马刺融合了海尔-波普彗星(世界末日的预兆)的元素,其所使用的金属是从"废弃的牧场找到的废料"熔炼的。所以,这些马刺是古老的西部想象死亡恰当的象征;这一想象为所有那些使用马刺的人所共有。

这些马刺斯格罗普从来没有拥有过它们:他为它们所痴迷,而且这种痴迷的形式与性欲有关。普鲁再一次提出了关于景观的驯服和对女人的剥削之间的关系问题。或许斯格罗普是由金属部件给撑起来的,但是他已经掌控了土地,而且能够适应各种极端天气,并把冬天冰冻的融水保留在他精心维护的土坝之内。在小说里,水成了斯格罗普性欲的同义语:这是一种野性的元素,但它时刻威胁着要闯进被驯养的行列。马刺通过与他体内金属的磁性联系所释放的是斯格罗普体内受到控制的野性:"那令人讨厌的动物离开了他的身体,并且进入户外。"这就使斯格罗普恢复了做牛仔时的青春活力,当时他还是三人组的一员(包括另外两位牧场主同伴约翰·伦奇和萨顿·默迪曼),他们"驾驭"女人和马匹,并且"经常在体内还浸润着另一个人的精液时"彼此进行交换。在老西部的性经济中,在情感方面搭档优先于妻子,这就是为什么相比于他妻子与伦奇睡觉(伦奇不尊重任何边界),他对于妻

103

失落的边疆——阅读安妮·普鲁的《怀俄明故事》

子起诉离婚更感到困惑。这也是为什么默迪曼对于斯格罗普挑逗他的妻子无动于衷。他对于伊内兹和弗里兹太太的追求（如果豪尔·史密斯最终能够参会与斯格罗普讨论边界问题的话，我们只能想象会发生什么样的后果！）提供了一个遭到荒唐扭曲的性欲化牛仔的形象。所以在小说结尾他坐在泥岸上狂躁地盯着洪水搜寻马刺，这看来是合适的。无论是他的泥土防护还是性欲防护，都被他失落的西部象征所淹没。

马刺的第一个所有者是伊内兹·默迪曼。她是，"她自己所说，在马背上养大的，从早饭开始一直到上床"——但是她和她的丈夫已经开始经营度假牧场了。这其实是向游客出售净化版的西部，它提供西部经验的刺激，而避免了伴随性风险。正如默迪曼抱怨的那样，出于税务目的，他们被列为"娱乐牧场"。然而，就像在"景观"一章里讨论过的那些故事一样，这篇故事旨在提醒我们，在其净化的表象之下，这样的环境依然充满风险。从牧场一个帮工科迪·乔的命运就可以很清楚地看到这一点，而他的名字使人想起那位了不起的牛仔娱乐经理人。在他年轻的时候，科迪·乔曾经是个典型的旅游牛仔，直到一个"一千磅重的草包从草垛上掉下来砸到他和他的马"。不幸的是，伊内兹并没有认清这个事故的含义：她花了一辈子的时间向东部游客兜售有关西部的故事书，这使她疏远了自己的牧场本能，因而也无法应付依然存在的非家庭因素，无论是狼、还是斯格罗普掠夺性的性行为、或者是洪水。所以，正如弗朗茨所注意到的，当一行三名城市律师中的一位打电话告诉伊内兹说他们迷路了并且被一匹狼吓得够呛时（她此前在涉及到城市恶狼的法庭案件中看过数小时的视频资料，所以她很清楚那是什么），伊内兹马上用她有关地理的知识辨识他们的位置，但是对有关狼的说法不屑一顾。确实，伊内兹是如此确信那只动物不是狼，以至于当她真正遭遇到狼时，她脚上还套着马刺，恢复了她牛仔的活力，试图像套牛一样套住狼。通过马刺的魔力，普鲁提醒我们伊内兹关于"自然"的知识其实就像度假牧场主的知识一样是个建构——他们通过电视作为媒介正确地辨认出狼来。[16]

伊内兹的死亡使得这副马刺传到了斯格罗普牧场的女工头弗里兹太太手里，而不是伊内兹丈夫的手里。他买了一张单程车票去了俄勒冈。弗里兹这个人（其名字暗示冰冷和僵硬，原文为"Freeze"）使普鲁得以探讨一类非常不同的牧场主：女性牛仔。她既不是"野姑娘杰恩"或者"美女明星式的人物",也不是传统的西部意义上的"女牛仔":她不美、不年轻,也穿不上紧身牛仔裤和高筒靴。弗里兹是一名女性牛仔,也因为如此在当代怀俄明并不鲜见。正如她告诉满怀狐疑的得克萨斯牛仔豪尔·史密斯说:"你到怀俄明的时间还不长。现如今牧场上有一半人手是女人,挣得比男人少多了。"她说得对:不仅是特蕾莎·乔丹为其研究《女牛仔:美国西部的妇女》所做的采访证实有为数不少的女性牛仔活跃在这个行业,而且妇女目前在怀俄明州畜牧协会有越来越大的代表权(包括在玛丽米德的第一位女性副会长)。[17]然而,她们对于畜牧业事务越来越多的参与是有代价的。从事这个高度男性化行业的妇女被迫放弃她们的女性身份,并成为默认的男人。在小说《马的颜色》(载《手风琴罪案》)中,普鲁通过牧场帮工尤尼丝·布朗的古怪形象为我们提供了这一类人物的快照——这是对汤姆·罗宾斯的小说《蓝调女牛仔》(1976)里呈现的塞壬女妖形象清醒的修正。她有一副"疯狂的传教士的面孔"和一张被牛烙印弄成了畸形的嘴巴,但是她很受雇主的喜爱,因为她"像男人一样强壮,报酬低廉,而且因为她不喝酒还是个更好的牛仔"——虽然实际上她常在双乳之间夹上一瓶威士忌。[18]弗里兹太太介乎于这两者之间:她像"一根执拗的旧鞭绳,看起来像个男人、穿衣服像个男人、说话像个男人、说脏话也像个男人,但是却生就一副大胸脯,因为在套牛的时候碍事常惹她生气"。

但是,当她成为了马刺的主人并且透过旧西部的棱镜来看她时,这一切就改变了。斯格罗普一直尊重她这位牛仔——"有关她不知道的关于牲畜的事可以写在烟纸的一边,留下空好写圣经的诗篇"——可是一旦她套上了马刺,她就像所有其他的女性一样有待"耕作"。由于斯格罗普的不断骚扰,当她寻求从豪尔·史密斯那儿找工作时,普鲁让她直面老西部的另外一副表情。史密斯本人是被"星系牧场"的新主人引进到怀俄明的,因为他构成了一个真正的牛仔应有的样子。不幸的是,从他的眼里看来,弗里兹并不符合期待,他并且声称他的一些"得克萨斯牛仔"或许会觉得跟一个女人难以共事。所以颇有讽刺意味的是,他想从她那儿得到的只是马刺,因为通过拥有马刺他实际上是在拯救他有关西部的男权想象。在史密斯要求她监督一个把野牛重新引进到星系牧场的工程时,这种讽刺效果得到了进一步放大。这个要求不仅将她与本不是他西部想象一部分的动物相提并论,而且是与一种已经被灭绝的动物相提并论。

失落的边疆——阅读安妮·普鲁的《怀俄明故事》

通过鲍克斯汉德尔牧场的衰败以及在不同所有人手中的重塑，普鲁找到了一个探讨新型的西部真实性的机会。这第一种是身为百万富翁的提包牧场主弗兰克·费恩。他因为在一部科幻电视连续剧里出演一个朱庇特般的战神挣了一大笔钱，现在迁居到西部希望把野牛引回到这片景观中。他是以类似简·方达的丈夫泰德·特纳这样真实生活中的大亨为原型虚构的。泰德·特纳通过在约翰·韦恩和伦道夫·斯科特的电影公映期间卖广告赚了数百万美元的钱，然后在波兹曼附近买下了占地13万英亩的飞D牧场。令当地牛仔感到恐惧的是，他卖掉母牛又重新引进了野牛，并且宣称，作为当地物种，野牛所造成的破坏更小，而且"比母牛更好看"。[19] 显然，在他的心目中，这样的回迁计划无论是在环境方面还是在道德方面都无可指责，因而也就可以轻率地发布出来。从某种程度上说，正是因为这个论点的现实性，普鲁才通过费恩的行动开始着手调查。虽然他为支持野牛回迁计划强调其生态论点，普鲁则巧妙地削弱其论点，暗示说他真正希望重建的是符合其好莱坞风格想象的具有普遍意义的西部空间。他希望创造这样一个电影拍摄场，即类似支持其科幻电视剧那样既做作又不真实的电影拍摄场。具有讽刺意味的是，一些由他引进以重现其想象的得克萨斯牛仔对于他计划中的"真实性"极为不满，他们选择退出他的计划以便寻求他们自己心目中的西部，即加入历史故道骑行重建计划。[20]

当星系牧场计划被提交给一位早餐食品大亨时，"他说他只是希望让新牧场'回归到自然状态'"。这就使得构成真正西部的内容更加明晰。遗憾的是，他的生态思想与费恩的一样具有毁灭性。它不仅假定一个神话般的自然状态（其质疑美国原住民对土地的管理），而且还暗示其实现方法是不干预。在这篇小说中，不干涉措施并不导致自然平衡的恢复，反而因为斯格罗普没能维护好他的融水坝而导致可怕的洪水。洪水以哈罗德·巴茨颇为称许的圣经般规模呈现出来，并且冲走了"咖啡壶"和那副马刺。它们最终被淹没在"废旧铁路支架的钢梁下面，那马刺在寻找"西部的另一番景象里的"姐妹金属"——即铁马的时代。牧场的最后一位所有人是豪尔·史密斯，他酒吧间虚张声势的风格和男子汉气概的台球表明了他具有自我意识的牛仔表演；那是他套上马刺时奇怪且不合时宜地产生的个人幻想。他在试图横渡洪水肆虐的恶女溪时死亡，这就折射了在他之前的伊内兹的死亡。他对于牛仔的幻想钝化了他的放牧本能，以至于没能看到他面前河里隐藏的危险，原因是他试图模仿像约翰·韦恩那样涉水渡河。而令人敬畏的弗里兹太太则会选择骑行到下游从桥上过河。

新西部的景观

什么构成了"真正的"西部是一个主导了当代生态论争的问题。梳理出普鲁在该问题上的态度可能比较困难。在《一副马刺》中表现出来的对于草原恢复工程温和的嘲笑表明了其怀疑态度，但是在其他小说中，以及在其个人生活中，她表现出的态度则积极得多——正如她在其鸟云牧场种植野草所证明的。她对于生态恢复计划（例如由地理学家黛博拉和弗兰克·波普于1987年首先倡导的"水牛共享"政策）最为积极的支持可以在其小说《老谋深算》中找到依据。小说看来像是一部有关西部道德的故事，其中戴白帽的生态牛仔为了鲍勃·道乐的灵魂与戴黑帽的工业化养猪企业主斗争。前者以艾斯·克劳奇为代表。他是一位当地的牧场主，他希望在从养猪场收回的土地上放养野牛（系"水牛共享"计划中的一个本地种群）。这不仅是限制农业综合企业蔓延的颇为实用的尝试，而且还是使得牧场主能够决定本地区未来的道德战役："你以为这只是一个地方而已。远远不止。这是人们的生活，是这个国家的历史"。通过普鲁把麦斯奎特修士（他在黑色长袍底下穿着蓝色牛仔裤，脚上还蹬着牛仔靴）纳入其中，这也是一次精神层面的十字军东征。他挑战基督教的正统观念，即认为人被赋予了对土地和动物的统治权——这种信条容忍了昭昭天命——转而提倡基于动物和景观共生关系的"道德地理学"。他论辩说，我们可以从野牛在景观里的进化学到许多东西，"这两者共同生长起来，他们共同属于这个地方，属于这个景观"。母牛，还有人类，才是入侵者，这也是为什么他们需要从事那么多的劳作但依然与环境不协调。

这部小说的"幸福结局"预见了鲍勃将会找到朋友，而他通过加入生态计划也使自己原本失去了重心的生活获得了意义。这个结局表明普鲁对于计划的目标表示了同情。但是，正如批评家马修·塞拉和伊丽莎白·阿比尔所指出的，普鲁精心设计的结局或许并没有看起来的那样美好。把平原恢复到"自然状态"的计划拒绝了美国原住民从事农业耕作活动的存在。对于

失落的边疆——阅读安妮·普鲁的《怀俄明故事》

美国原住民，艾斯不屑一顾地说："他们没有在这儿生活过。他们是游牧民族……不，最早尝试生活在这儿的人是那些老农场主和牧场主。"撇开有关种族歧视的暗示不谈，艾斯的立场具有讽刺意味，因为"这个计划需要也依赖一个土地使用策略，而这个策略效仿外来文化接触之前的平原上游牧和半游牧部落所使用的策略"。[21] 其次，艾斯的"白帽子"也并非光彩夺目：阿比尔指出这样一个事实，即他起初靠安装磨坊挣钱，几十年下来这些磨坊抽干了奥加拉拉地区的蓄水层，从而导致了当前的干旱问题。他还从他以前的搭档那儿继承了一笔财产，而这位搭档是从颇有生态疑虑的石油行业挣到的钱。再其次，这个工程的可行性取决于向那些"希望生活在能看见野牛的地方和眼看着草原回归"的人们出售豪华家居。[22] 正如普鲁通过拉·冯·弗隆克这个人物所表明的，这些富裕的雅皮士外来者所带来的麻烦是，他们的需求摧毁了当地的基础设施，"'他们想要有机食品杂货店。……他们想要酒类商店。他们还想要饭店。'她说最后一个单词的口气几乎将其与'麻风病疗养院'等同起来"。

小说《老谋深算》中呈现的围绕回归自然计划的含混之处在《怀俄明历届州长》（载《近距离》）中被转化为对于水牛平原概念更加尖锐的批评。在这篇小说中，致力于新西部的战役是由生态恐怖主义者韦德·沃尔斯发起的，而他也是普鲁给予环保激进分子游说团体的唯一声音。他是爱德华·阿比的追随者，有时就像是从小说《扳手帮》里面走出的人物，"这些受到补贴的牧场主"，他以一贯的阿比方式抱怨说，"他们那些气囊一样的母牛毁坏公共草原、河边栖息地，还清除稀有植物……到底是为了什么？就为了可怜巴巴的全州总收入的百分之三。这样一来就有一小撮人能过着19世纪的生活方式"。他所希望的与艾斯的相似：

> 我希望就像从前一样，所有的栅栏和母牛统统消失。我希望土生的野草长回来，那些野花……我希望那些牧场主、饲养场经营人、加工商和肉品批发商顺着油腻腻的管道直奔地狱。如果让我来管理西部，我会把他们扫得干干净净的，把风和野草交到神的手里。就让这地方成为一片空地。

目标是共享的，但是沃尔斯鼓吹直接行动：割栅栏、用尿布毒牛、还散发恐吓卡片。具有嘲讽意味的是，他把自己视为谢恩（他个人的配音"是气喘吁吁、满是唾沫的口琴"），一种靠个人智慧去争取更好生活和对付大牧场的神秘力量。但是对于牧场主来说，他是个恐怖分子。通过对他在怀俄明期间居住的"牛仔居"装饰的描写，普鲁表现出了对这种贴标签方式的嘲讽。那墙上挂着一幅"盗马贼被抓的彩色石印画的数字复制品"：沃尔斯是个反牛仔，但是这就使得他成为一个盗马贼，亦即成为对抗牛仔规约的那个人吗？普鲁的叙事刻意把他描写成一个缺乏魅力的人。他的名字（原文为"Walls"，即"墙"的意思）暗示他是个行动缓慢、心胸狭窄的人，他还被描写为"双肩下垂"，长了一张"石斑鱼"的面孔。他是一位严格的素食者，身上穿着自制的麻布外衣，手里拿着非皮制的公文包，但是他却在一个干旱地区一刻不停地喝着瓶装水。此外，他还是个漫不经心的厌女者，称呼妇女为"姑娘"，而且还指望她们为自己做饭。其次，就像他的搭档夏伊·亨普（见"印第安人"一章）一样，他恐怖主义行动的动机与对生态的关注相差甚远。驱动沃尔斯的是阶级艳羡和为其父亲的死亡复仇——他的父亲瓦拉谢维奇先生曾经是一名流水线上的切肉工，因为受到了"某种致命的感染"而死亡。然而，在牛仔的国度最令人不齿的是人们得知沃尔斯是个懦夫：当夏伊中枪时，沃尔斯落荒而逃，把他扔下就像有名无实的怀俄明州州长一样去面对他的公众。

或许考虑到在"景观"一章中讨论过的普鲁对于环境问题的态度，她对于环保激进分子环保主义的怀疑也不足为奇。环保人士或许梦想着在人类干预之前的自然，但是又面临着从定义上说无法想象这样一个空间的悖论。再者说，他们自命为自然的代言人的做法有一种颇有讽刺意味的傲慢。确实，文化地理学家约翰·布林克霍夫·杰克逊论辩称，"自然状态"游说者是一群文化精英，他们决心通过把景观变成某种可观赏而不是可生活的东西而服务其反科技、反都市、反人民的怀旧感。[23] 对普鲁来说，这样的工程只能从隐喻层面去理解，因为这些工程否认景观作为动态、生活的空间。所以，虽然新西部可能会见证水牛群的回迁，那些表明从事其自身行当的人群出现的油矿泵、拖车房聚居地等将会继续存在。在对狭隘的意识形态追求中，像韦德·沃尔斯那样的人一定不能被允许关闭牧场。

有那么一群人，对于她们来说牧场永远地关闭了，她们在神话般西部的作用没有记载，她们在牧场上的出现几乎是无形的，这就是女性牧场主。正是她们的困境成为了小说《壕沟里的终结》和《荒草天涯尽头》关注的焦点——这是我们以下要探讨的内容。

失落的边疆——阅读安妮·普鲁的《怀俄明故事》

《壕沟里的终结》

就像吉尔伯特和卡尔一样，沃尔·李斯特是一位在当今世界感到茫然不知所措的牧场主。他守护着自己破旧不堪的牧场并且通过悲哀的吁求抵制变革，"怀俄明一切照旧就很好"。这个表述的涵义正是普鲁在这部故事集里着手探讨的内容，也是她在这篇小说里特别探讨的内容，而她的结论充其量也就是模棱两可。因为在沃尔与其邻居、糟糕的健康状况和任性的女儿发生的斗争中，我们不免对茫然的沃尔多少寄予同情，然而与吉尔伯特相比，其叙事口吻就没有那么慷慨了。这在很大程度上因为在沃尔身上，牛仔坚忍的抵抗已经变成了由他的姓氏所预示的"精神萎靡"（其姓氏李斯特原文为"Lister"，与英文"listlessness"即"精神萎靡"拼写相似）。他所讲的关于一头母牛仰面朝天掉到壕沟里的故事揭示了他的惰性和宿命感。他把这个事件斥之为霉运，但是又绝想不起来把破损的栅栏修补好防止同样的事件再次发生。普鲁通过给予局外人以发言权来彰显这种精神萎靡状态。在吉尔伯特的世界里，这些局外人往往是受到嘲笑的对象，特别是那些妇女。其中这样的一个人物是加利福尼亚人凯罗尔·麦齐。她活跃的精神独立性体现在她的"小蓝裙"、"强健的乳房"和记录下怀俄明州从族裔多样性到道路安全所有缺点的决心。她的批评不仅惹恼了允许惰性乔装改扮为传统声音的安逸的父权体制，而且还彰显了一代西部男人中的文化身份危机，而对于这些人来说，"自由的拓荒者精神"已经萎缩成为开车时不系安全带的权力。

凯罗尔的丈夫是百万富翁怀亚特·麦齐，他是一位像弗兰克·费恩一样的皮包牧场主。他通过经营荒唐的优雅"牛仔型"减肥邮购项目发了财，而现在就像他的姓名所暗示的（他的原名为 Wyatt Match），他决心重新创造"十九世纪牧场的浪漫遗产"，这就证明了"怀俄明像原先一样就好"。然而颇具嘲讽意味的是，他对身边唯一货真价实的牧场主沃尔不屑一顾，称呼他为"垃圾牧场主"，因为他拒绝融入到这种景观的神话化进程。然而，在其牛仔的怀旧情怀表象之下，怀亚特心里明白，怀俄明"像现在这样就好"；因为如今是女人们在经营牧场，从而让男人们专心沉迷于他们的牛仔幻想。当他离婚以便再娶凯罗尔·夏沃尔（其姓氏意为"掘金者"，即英文 Shovel

意为"铁锹")时,他把前妻留下充任牧场的经理,"她干活是一把好手,他是不会放她走的"。李斯特的牧场也是同样的情形,即由他的妻子博尼塔来经营,这种情况在文本中的一个段落里说得再明白不过。这个段落在叙述者的声音、一位受到惊吓的孙女的声音、还有可能是普鲁自己的声音之间摇摆:

> 在牧场上,妻子们把所有的事情都一把抓——她给一大家人做饭吃、护理伤病、洗洗涮涮、养育孩子并且送他们参加斗牛训练、管理账目、缴付账单……还经常在牲口的烙印和运输时节与男人一起骑行……而所受到的待遇比她们协助生产出来的牛肉都好不到哪儿去。

博尼塔有限的视野既是现实层面的,也是隐喻层面的:她几乎无一例外总是出现在厨房的洗涤盆前使用什么厨房器械——"一把老古董的削皮器"、"一只有缺口而且还生锈的搪瓷漏锅"——那曾经属于沃尔的曾祖母,以此来提醒我们对于女性奴役的永恒性。类似那位开明牧师的妻子克莱西比太太所拥有的省时高效的微波炉与她无缘。在沃尔的厨房里,人们还在抱着古旧的火炉不放,因为此前的生活方式就是如此。对于博尼塔的奴役是由受到电视福音传道者吉姆·巴克支持的清教主义来维持的。他称赞"劳而无功的工作为正确良好的生活之道"。普鲁通过博尼塔野种孙女巧合的出生和巴克作为性伪君子的曝光揭露了这个骗局——即四月一日愚人节。男人们似乎以博尼塔为代价得以哈哈一笑。

博尼塔的女儿和孙女所反抗的正是这种伪善和剥削。年轻的达科塔是以沃尔"垦荒的曾祖母"的名字命名的。这位曾祖母在埋葬了自己的丈夫之后,不顾众人的反对,旋即声索牧场所有权契约。普鲁在此为我们呈现了这样一类妇女的画像,她的坚韧并不简单扩展到其与环境打交道上,而且还扩展到其把西进运动转化为一种解放的体验的决心。她是从西部叙事(见"拓荒者"一章)中涌现出来的为数不少的女性牧场主少数派的一部分。沃尔非常珍视她骄傲地展示牧场契约的一帧老照片,但是他无法理解其内涵:达科塔并非她丈夫所有权梦想的附庸——无论是土地、牛群或者是妻子——而是一位拥有其自身抱负的独立个体。虽然这片土地已经变得面目全非,她的独立精神却得以传承到其后代同名人身上:达科塔。一方面沃尔残损的尸体和对命运无力的顺从表现了当今世界男性西部叙事的局限性,而另一方面达科塔的拓荒精神以一种独立的形式呈现出来。如果沃尔知道这个语汇的话,

失落的边疆——阅读安妮·普鲁的《怀俄明故事》

他会标以"女权主义"。

从年少的时候起，达科塔似乎就明白并且抵触当代畜牧业社会强加于牧场女儿们身上的种种限制。普鲁一贯擅长于通过人物剪影而不是内省展现人物心理，她通过一个童年的场景来演示这种抵触情绪。当时，年幼的达科塔指责一名陌生人（我们后来知道那可能是她父亲）在一次飞盘游戏中把飞盘只扔给他的儿子，而不是女儿。其实她很快就会知道，牧场上的儿子们既是牧场又是西部传统的继承人。她在成长过程中所经历的忽视被转化成了对于她私生子小沃尔尽心尽力的关爱："在西部男性享有的种种特权中，那孩子从博尼塔和沃尔那儿得到的关爱如打开闸门的水库。"故事表述得很明确，如果达科塔需要什么关爱的话，那就是结婚。然而不幸的是，正如她的祖母和母亲一样，她处于西部神话的奴役之中，最终只能嫁给一名牛仔。也许塞西·希克斯拥有比利小子那样的魅力，但对于普鲁来说，是他对于婚姻的期待中那种孩子气的简单才值得评论，这通过"希克斯"（原文 Hicks，有"乡下人""不懂世故的人"的意思）和"小子"之类的措辞暗示出来。他把婚姻视为一个机遇，即把一位尽心尽责的母亲替换为"可以照料他起居的顺从的侍女"。然而不幸的是，达科塔显然是他一个错误的选择，"我从小就被呼来喝去。我并没有同意成为你的女佣"。

他的离去使得达科塔几乎梦想着其单身母亲的自由，亦即她祖母拓荒者的孤独的当代对等物。然而，后来的故事证明，她祖母的自由在当代怀俄明就是一个白日梦。首先，她因为怀孕而丢掉了服务员的工作。她与其表面上开明的老板卡瑟尔先生在一间密不透气的房间里进行了面谈，他们的上方悬挂着"一幅巨大的他的妻子和三胞胎女儿的彩色照片"——这样一个环境突出表明了他那令人窒息的有关是什么构成一个家庭单元的狭隘观念。那幅照片是着色的，上面的瑕疵和不整齐的东西都艺术地抹除了，这样一个过程既符合卡瑟尔先生的个性，又符合他有关道德行为的观念。不会有这座保守观念的"城堡"（卡瑟尔，原文为 Castle，有"城堡"的意思）的震荡。其次，她联系塞西的尝试遭遇了他母亲的堵截。塞西的母亲认为她儿子是一个女人的无辜受害者，这个女人试图"榨干他身上的每一分钱"。沃尔出于西部人的高傲拒绝了有关福利的想法，不屑地称之为"童裤"解决方案，认为这会使得她"吮吸纳税人的奶头"。这其中的信息是明确的：那曾经给她的祖母提供了巨大的自由的边疆已经被一种男权体制所侵吞，而这种男权体制一方面谴责一位单身母亲，另一方面又袒护一名犯了过错的父亲。

对于达科塔来说，唯一的解决办法是打拼出一个新的边疆，而一个解放了的身份将在与新环境的搏斗中得以铸造成型：在这篇故事中，这片新的空间为伊拉克所占据。随着双子塔的坍塌，自硝烟散去那一时刻起，从乔治 W. 布什这位最后一位牛仔总统的言辞可以很清楚看到，发生在中东的这场战役将用边疆语汇来构想。就像越南战争一样，西方的言辞已经被用来激发起一个民族回应。琼斯和威尔斯提醒人们注意到这样一个事实，即除了他低劣的"生死通缉令"演讲，布什在一次新闻发布会上发出了充满激情的针对伊斯兰恐怖分子的挑战，而这次新闻发布会的会址就位于西奥多·罗斯福骑在马背上的画像前。伊拉克国防部长阿里·阿罕姆坎尼就此评论说："布什认为他依然生活在一个牛仔的时代，整个世界就像得克萨斯，而他则是警长。"[24] 按普鲁的说法，当牛仔言辞被用来背书对外入侵时，这就成为一个难题："西方已经逐渐象征着在一个广大世界愈发遭人痛恨的国家的政策和性格，它切开栅栏强迫自己的牛群通过。这样一来，英勇的神话最终绕了回来在其创造者的屁股上咬上一口。"[25]

然而在这篇小说里，普鲁的目标并不是修辞的滥用问题，而是这个新的边疆与女性解放的关联问题。达科塔最终得以入伍这个事实本身表明了更多的平等；她之成为宪兵军官这个事实表明她将扮演警长的角色并且制定边疆的规则。然而遗憾的是，尽管她此前充满乐观，她发现军队"依然是男人的军队，而女人从哪一方面说无疑都不如男人"。然而，相比于穆斯林妇女所受到的压迫，她自己的遭遇则显得微不足道，"世界从未像这样如此卑鄙，她自己的问题如此鄙琐和肮脏"。在如此具有压迫性的男性世界中，达科塔找到了自己的心灵伴侣，即另外一个女人玛尔尼·杰尔森。当一位朋友来信平铺直叙地告诉她们说"两位同性恋女人"已经在家乡开了家商店时，这故事似乎为我们在更加开化的怀俄明安排了一个幸福的结局。但是普鲁拒绝这样的结局，尤其是因为有这样的信息，即在男性缺席的情况下的女性幸福是不能令人满意的。相反，普鲁以天气作结，吹散了达科塔、玛尔尼以及我们后来得知还有塞西的梦想。他们的解体对于特纳的论文提出了一种反讽般的戏仿，其中每一个个体被打碎并重建为美国人。因为当这些特别的碎片被重组时，它并不会产生自由、自立的个体，而是沃尔和博尼塔所要承受的瘸子和侍女关系的夸张版本。

失落的边疆——阅读安妮·普鲁的《怀俄明故事》

然而，普鲁还为达科塔额外准备了一次情感的劫难：她的儿子小沃尔在一次农耕事故中丧生。他的死亡不仅证明了博尼塔有关正义的苦难的观念，而且还使普鲁得以在新旧边疆之间勾画出平行线。在达科塔返乡的旅途中，她驾车经过了一条路，这条路当地人称"十六英里"。这样一个名字让她困惑不已，但是随着她承认了洒满鲜血的伊拉克沙漠和"牧场建筑在其中看起来黝黑哀愁的饱经锤打的红色景观"之间的相似性，她认识到每一个牧场都曾经失去过一个儿子，不是因为战争，或者甚至是无比荣耀的枪战，而是因为拖拉机翻车、"牛仔竞技事故"和由于无聊和睾丸素过剩所引发的"酒精和超速"的致命组合。她明白，这是"包围着牧场男孩们的挥之不去的黑暗"，而在这样的国度，就像在伊拉克一样，"爱是得不到回报的"。在这样的环境下，为达科塔提供的"痛苦疏导"是远远不够的，也因此被拒绝，而代之以隐喻意义上的牛仔套马索：这是确定无疑的镇痛方法。普鲁小说标题的全部涵义现在清楚了：牧场主们"仰面朝天深陷在壕沟里"拼命挣扎，试图逃脱即将把他们吞没的淤泥。由此，沃尔·李斯特显而易见的精神萎靡被赋予了生存策略的性质：这片土地教给他的是，畜牧业成功的秘诀不是创新，而是忍耐。这也是达科塔学到的一课。所以，当塞西的母亲提醒她关于照料丈夫残缺的身体以尽妻子的义务时，她感觉到"她自己的蹄子在打滑，并且开始陷入黑洞洞、水汪汪的淤泥"。

达科塔有关解放的梦想在怀俄明牧场生活冰冷的现实中崩溃。那曾经给达科塔的祖母提供过些许自决权的空旷的西部现在已经为穿西装的人们所殖民并重新安置。显而易见，如果妇女希望走出男性西部遗产，那就需要转向一个性别中立的叙事形式，而这正是普鲁在《荒草天涯尽头》中所奉献的。

《荒草天涯尽头》

在这篇故事里，普鲁把读者从可以辨识的怀俄明景观以及其中若干个具体的城市，转移到了处于世界尽头的边缘空间，以便探讨这个空间是如何被女性化的。这是一个与重新阐释有关的故事，这从小说开篇段落一再引导我们观看大地的方式就一目了然，"这乡间看来空荡荡的……除了天气就是走不完的路，那走不完的路旁间或可以看到牧场的大门"。那乡间也许看起来是"空荡荡的",但依然被分割为一座座牧场,其所有权由父系继承人传承下去。"在这个模糊的地带",很清楚的是,普鲁将放弃现实主义而转向童话故事,以便探讨司空见惯的男性霸权如何在文明社会的边缘受到挑战和颠覆。

老瑞德是一位男性家长,他的作用在很大程度上是象征性的,他的存在本身就足以激发起有关"红墙"景观的严酷和在此地放牧所需要耐力的想象。他是年长和强悍版的沃尔,坚信成功的牧场经营来源于"持久力":"如果你站得够久,你就得坐下"。故事从头到尾,他都概述了老西部的精神:他完全负面的评论提出了一种自产的宿命论,这种宿命论一方面看重牛仔的力量,另一方面又嘲弄人类试图改变压倒一切的环境的自负。然而他并不是牧场生、牧场长,而是半路出家与牧场打起了交道。他对于老西部的想象建立于约翰·韦恩的电影和赞恩·格雷的小说结合的基础之上,而这是他希望代代相传的西部想象。所以颇具讽刺意味的是,尽管其牛仔英雄的无性本质,他是另外一个忽略对于土地的征服而倾向于性征服的普鲁式人物。在一次争夺继承权的战争中,他抓着胯部,提醒阿拉丁说:"我造就了这座牧场,我也造就了你。"这是一种似乎没有丝毫降低的性能量,因而阿拉丁的妻子沃尼塔不得不警告她的女儿们不要爬到他的膝上玩。如同吉尔伯特和斯格罗普一样,他被他的妻子和五个子女所抛弃,身边只剩下阿拉丁这个"垃圾的巨人"。"垃圾"这个词告诉了我们所有我们需要知道的关于瑞德对于家庭琐事和牧场继承权问题的态度。

阿拉丁与沃尼塔的婚姻是中了魔法,就像是在婚礼仪式中撒出的麦种长成了环绕着房屋的"婚礼小麦"的浪漫形象。然而,通过提及标题中的丛生禾草(或者小麦草),它所起到的作用是界定沃尼塔的世界的种种限制,正如草原上自然生长的牧草确定了牧场的边界。阿拉丁并没有继承牧场,而是在他26岁时从老瑞德手里"攫取"的。与瑞德形成鲜明对照的是,他提供了未来畜牧业的景象:他穿着必不可少的牛仔靴、戴着牛仔帽,但是他从来没有骑过马。作为一个象征性的举措,他用英勇的西部过往的象征物——几头公牛、一副马鞍、一支1860年柯尔特.44手枪——交换了一架派珀轻型飞机,亦即是西部的未来。然而,尽管他拥抱了科技变迁,他的视野仍然受到固定的性别模式的限制:他把他的飞机和拖拉机都视为可供驱使的女性,等到没有用处就随手扔掉。他的这种狭隘扩展到了他自己的孩子身上:当泰勒这

失落的边疆——阅读安妮·普鲁的《怀俄明故事》

个未来的继承人玩塑料玩具牛或者在工棚里睡觉时,女孩们就去学习烤蛋糕。即便是在航天时代,父权制依然完好无损。

阿拉丁所面临的问题是所有普鲁笔下的农场主共同面临的问题:年轻的一代没有人想继承牧场。杉恩和泰勒两个人逃到了拉斯维加斯,这样一个高度程式化的环境用它的肤浅和缺乏联接与"真实"世界作交换。但是在普鲁的西部,"现实"从来就没有什么用处,拉斯维加斯算不得一个脱离常规的地方,而是对无数城镇的困境的夸张,在这样的城镇里,当地人不得不担当起小心翼翼的吟游诗人的角色。杉恩只是把空旷得近乎超现实的家交换成为一个超真实版本。她之决心成为一名素食者和健身者表明她迫切地希望不仅在饮食上、而且在有关可接受的女性形体的男权观念上远离牛仔文化。的确,通过用她自己的身体模糊男子气和女性化之间的区别,她预示了奥特琳后来对于性别角色的模糊。泰勒虽然被领进了牛仔传统,他还是离开了牧场,而且只是在奥特琳的婚礼当天方才回来。此时叙述者细致入微的描写捕捉到了他共鸣感的缺失:

> 他巡视了牧场,用他那不健全的眼神前前后后地打量。一切都显得那么小、那么破旧。他为什么想要这些东西?他手里攥着手机骑在马上跟远处的某个人说着话。沃尼塔告诉杉恩说她想在最近到拉斯维加斯去看他们。

正如弗朗茨所指出的,"巡视"一词暗示某种批评的意味,又被不健全的眼神加以强调。即便是当他骑在马上,他也没有与脚下的土地谈心,而是与远处某个不知名姓的听众说话。文中的标点使沃尼塔希望短暂逃离的许诺得以与泰勒想象中的对话融合起来,因而也强调了她的受困感。[26]

这就使得奥特琳一方面梦想着逃离、梦想着"穿着软木鞋跟的红凉鞋",另一方面又成为牧场和她自己身体的囚徒。她"最醒目之处是她的体型,近乎于一百加仑天然气罐的尺寸",而这与牛仔传统中关于女性化的想象格格不入。她因为块头太大而受到沃尼塔的抱怨,也因为过于笨拙而被排除出传统家庭中的女性领域。于是她把自己特大号的裙子换成了长裤,并且成为阿拉丁不同寻常的免费"女牛仔"。奥特琳的故事追述了她从孤独的垃圾小矮子到牧场主的蜕变,而这样的故事与其说与老瑞德阅读的传统的牛仔小说有什么相关性,还不如说与灰姑娘的故事有更多的共同之处。然而在普鲁挥动她的魔棒之前,她的注意力聚焦于生活在封闭的牧场上的妇女所经历的存在

116

危机。奥特琳正如她的拓荒祖先一样，她被严禁开车或者骑马到镇上（因为她会毁掉任何悬念），这就使得她与外界的唯一联系来自她偷听警用频道上的对话。具有讽刺意味的是，这些无意义的碎片代表了一个外部现实，与阿拉丁丢弃的约翰迪尔拖拉机所发出的连贯的声音形成鲜明对照：那是奥特琳内心生活的声音。

普鲁对于童话的探索不仅揭示了奥特琳存在的贫瘠，而且还揭示了她的一个认知，即她是在两个相似的叙事中扮演角色。有一次奥特琳对拖拉机说："你像是中了魔法的东西吗？那是个什么该死的故事，一个女孩让一只浑身癞疮的老蛤蟆睡在自己的鞋子里，到了第二天早晨那蛤蟆居然还变成了一个会煎蛋卷的帅小伙？"从本质上说，她明白，在童话和西部叙事中女人依然是男性关注的被动接受者。而这在普鲁非正统的爱情故事里发生了变化，那是当奥特琳决定重修拖拉机的时候；这个决定公然不顾她父亲、甚至是拖拉机的悲观态度，"拖拉机只能让男人修，女人不行"。从一个层面说，重建一台已经被判定无用的机器象征性地暗示拯救奥特琳尚可消费的个体。这是一个绑定运动，它把父亲和女儿撮合到一个传统意义上的男性活动中，而这种角色颠覆又因为两个人所赋予拖拉机的不同性属而受到进一步的挑战。在阿拉丁看来，所有机械的东西都是女性的，是有待掌控的更新版西部马匹；对于奥特琳而言，那台拖拉机是可以用她那罐"润滑油"进行性控制的男性。她甚至用了在她年轻时引诱过她的牛仔说的一句话："我要是你的话我就躺下来享受一下。"这个故事似乎表明，他们就像首批拓荒者一样，在荒草天涯尽头，预先设定的性别角色是没有意义的。

驾驭拖拉机的过程使得奥特琳发现了自己的声音，但是她仍然没有实力从阿拉丁手里把牧场抢过来。她只能通过与弗莱拜·阿蒙丁格的婚姻得到牧场。弗莱拜·阿蒙丁格的名字（原文"Flyby Amendinger"，其中"Flyby"意为"飞越"）暗示他其实是对奥特琳诸多祈祷反复无常的答案。然而，这桩婚姻并不是对于男性统治的庆祝，因为弗莱拜与其说是为她"经过装饰的"好容貌而吸引，还不如说是为她牧场经营的知识所吸引。而据弗朗茨观察，在他们的婚姻中，奥特琳成为了拥有丈夫的牧场主，而不是牧场主的妻子，因为这个位置为她的母亲所占据。[27]这个变化了的角色分配的象征是弗莱拜去割婚礼小麦，而奥特琳则把玩已经大卸八块的拖拉机螺栓：奥特琳已经象征性地拆解了传统的性别角色，因而她的视野也不会局限于她母亲的

117

失落的边疆——阅读安妮·普鲁的《怀俄明故事》

小麦草。老瑞德担心奥特琳可怕的收割机是冲着他来的，但是他之用镰刀收割小麦预示了真正阻止奥特琳继承牧场的障碍的死亡：阿拉丁。具有讽刺意味的是，正是沃尼塔在阿拉丁策划的"飞越"过程中说出了致命的愿望——"你给我下来！"那自始至终都给予妇女声音的拖拉机通过兑现这个愿望承担了阿拉丁的神灯的角色。在随后发生的争吵中，正是老瑞德明白这样一个道理，即尽管有阿拉丁的技术创新，是奥特琳这位非同寻常的"女牛仔"对于他所代表的男性霸权提出了直接的挑战。

为了西部的遗产正在进行着一场战争，而普鲁笔下的独立小牧场主们就身陷其中。他们是这样一些男人——此处"男人"是重要的——他们曾经建设了西部，但是他们现在发现他们被自身叙事神话的重担所窒息。他们是动荡的市场、营养健康恐惧和环境政治的受害者。他们视自己克己坚忍，而对于大企业来说，他们是冥顽不灵的一群人。在普鲁看来，他们是西部某种想象的死亡不知所措的看客，这种想象尤其遭到外来的公司牧场主和皮包牧场主的盗用。新西部已经成为一个拟像，在这样一个空间中，神话和现实之间的界限已经变得如此模糊以至于无法用当代符号指涉何谓原初感了。关于这一点，普鲁通过赋予最重要的西部象征以阐释灵活性中表述得很清楚——"一副马刺"。尤为重要的是，虽然神话经得起不同的阐释，它始终是男性的。尽管她笔下的牧场主们承认他们自身的失败，他们依然相信怀俄明"现在这样就很好"，而创新是从机械的层面来衡量的，而不是迥然不同的权力结构。对于普鲁笔下的牧场女儿们，要体验首批女性拓荒者所拥有的解放的唯一方式是，或者是放弃其自身的女性特质而成为代理牛仔，或者是发现她们自己的边疆。最为显著的是，唯一成功的女性牧场主是奥特琳·图伊。关于这样一位人物，也只有在荒草天涯尽头她的故事方才有可能，在那儿，童话故事得以展开。

本章注释

1　吉姆·罗宾斯，《最后的避难所：在黄石公园以及美国西部的环保决战》，纽约：莫罗出版公司，1993年，第262页。

2　帕特丽夏·纳尔逊·利默里克，《征服的遗产》，纽约和伦敦：诺顿出版公司，

1987年，第158页。

3　威廉·基特里奇，《下一次牛仔竞技表演：新作与论文选集》，明尼苏达圣保罗：灰狼出版社，2007年，第51-66页。

4　阿比，爱德华，《坏人也戴白帽子：牛仔，牧场主和西部废墟》，《哈泼斯》，1986年1月，第51-55页。转引自利默里克，《遗产》，第157页。

5　罗宾斯对利默里克的访谈，《最后的避难所》，第255页。

6　约翰·托马斯，《记忆中的国家：华莱士·斯特格纳、伯纳德·德沃托、历史和美国本土》，纽约和伦敦：劳特利奇出版公司，2002年，第138页。

7　尼尔·坎贝尔，《美国新西部文化》，爱丁堡：爱丁堡大学出版社，2000年，第53页。

8　莎曼·阿普特·拉塞尔，《杀死牛仔：新西部的神话战役》，林肯：内布拉斯加大学出版社，2001年，第12页。

9　理查德·怀特，《那是你的厄运而不是我的：美国西部新历史》，诺曼：俄克拉荷马大学出版社，1991年，第613页。

10　罗宾斯，《最后的避难所》，第80、86、92页。

11　杰拉尔丁·比德尔，《漫步在怀俄明》，《观察家报》，2004年12月12日；http://www.guardian.co.uk/books/2004/dec/12/fiction.features（访问于2013年9月16日）。

12　克莱夫·辛克莱，《〈恶土〉：牧场是我家》，《独立报》，2004年12月31日；http://www.independent.co.uk/arts-entertainment/books/reviews/bad-dirt-wyoming-stories-2-by-annie-proulx-6155346.html（访问于2013年11月25日）。

13　安东尼·马加格纳，《识别西部：美国西部的景观、文学和身份》，未出版，博士论文，加利福尼亚大学，2008年，第198-199页。

14　见贝弗莉·斯托尔贴，《创造边疆神话：现代国家中的民俗过程》，《西部民俗》，第46卷第4期，1987年，第235-253页。

15　理查德·斯洛特金，《枪战能手的国家：二十世纪美国边疆神话》，纽约：雅典娜神殿图书公司，1992年，第546页。

16　米兰妮·邓肯·弗朗茨，《我的牛仔英雄：解构安妮·普鲁〈近距离〉中牛仔神话的浪漫色彩》，硕士论文，休斯顿大学，2007年，第90-91页。

17　特蕾莎·乔丹，《女牛仔：美国西部的妇女》，林肯和伦敦：内布拉斯加大学出版社，1992年，xv。

18　安妮·普鲁，《手风琴罪案》（1996），伦敦和纽约：哈珀永久出版公司，2006年，第482页。

19　罗宾斯，《最后的避难所》，第95页。

20　弗朗茨所作的评论，《我的英雄》，第109页。

21　马修·塞拉，《大平原小说中的贫瘠土地上的田园主义》，艾奥瓦市：艾奥瓦大学出版社，2010年，第182–183页。

22　阿比尔，伊丽莎白，《西部的普鲁：〈近距离：怀俄明故事〉和〈老谋深算〉中具有顽强抵抗精神的景观》，收录于亚历克斯·亨特编著的《安妮·普鲁的地理想象：反思地域主义》，马里兰拉纳姆和普利茅斯：莱克星顿图书公司，2009年，第113–125页。

23　约翰·布林克霍夫·杰克逊，《探索乡土景观》，纽黑文：耶鲁大学出版社，1984年，第89页。

24　凯伦·琼斯和约翰·威尔斯，《美国西部：相互冲突的愿景》，爱丁堡：爱丁堡大学出版社，2009年，第110–111页。

25　安妮·普鲁，《西部是如何想象出来的》，《卫报：星期六评论》，2005年6月25日，第4–6页；http://www.guardian.co.uk/books/2005/jun/25/featuresreviews.guardianreview24（访问于2013年10月3日）。

26　弗朗茨，《我的英雄》，第49页。

27　同上书，第50页。

第四章　牛仔

我从小梦想当牛仔，
我爱牛仔的风范。
我追寻我的骑行英雄的生活，
我的童年岁月热血沸腾。

威利·纳尔逊在1979年出品的电影《电光骑士》的主题曲中就这样唱道。歌曲的标题——《我的牛仔英雄》——以及歌词内容（其中叙述者把自己的童年梦想与他在路上度过的成年生活作了比较——那是对骑行在牧场上的牛仔的嘲笑）捕捉到了隐含于美国与牛仔的爱恋中的不成熟。所以也许并不奇怪，当普鲁移居到怀俄明时——即谢恩和那位弗吉尼亚人的家乡——她随即着手探讨这个神话。在她题为《西部是如何想象出来的》的文章开篇，她的观点就表述得非常清楚：

美国西部的英雄神话比它历史的过去要强大得多。时至今日，关于牛仔的巨大的错误信念依然盛行：即他们过去是——现在也是——勇敢的、慷慨的和无私的人；西部是由高贵的白种美国拓荒者和忠诚的美国士兵通过与红种印第安敌人作战而"赢得"的；边疆的正义是粗糙的然而却是公平的。[1]

正如文章标题所暗示的，牛仔是对市场营销力量的致敬。起初，牛仔之所以成为廉价小说市场大受欢迎的英雄是因为当时继内战的残杀之后，出版商在寻求一个全新的形象以重新建立有关正直和忠诚的价值观。牛仔形象在市场上的走红受到了特纳在1893年有关边疆关闭的观点的强化，这就迫使包括西奥多·罗斯福在内的历史学家们用怀旧的眼光向西看，以寻找关乎美国民族的顽强和自助的有说服力的象征。但是，至于为什么出版商、历史学家和公众青睐于让一名牧牛工来表征这些价值观就需要一番解释了。从表面上说，有其他更有资格的竞争者：捕兽人和山地人（他们生活在与世隔绝

失落的边疆——阅读安妮·普鲁的《怀俄明故事》

并且充满敌意的环境中）；侦察兵（他们真正地与"红种印第安人"作战）；或者是拓荒者、牧场主和自耕农（他们实际定居在这片土地上并且耕作农田）；然而最终选定的典型成为了"一名雇工，他骑着借来的马匹，形象刻薄，还患有梅毒"，通常与妓女厮混，到了冬季就帮她拉皮条。[2]

从某种程度上说，牛仔形象的流行立足于他的视觉吸引力，这对于西部的早期记录者，如画家乔治·卡特林、查尔斯·拉塞尔和威尔·詹姆斯莫不如此。他们抓住了其叙事潜能，即十加仑的硕大宽边帽、皮套裤、以及与印第安人的羽毛头饰、和平烟斗和弓箭相对抗的马刺。这样的象征性如此强大，以至于只消一幅油画就能唤起西部平原的全部历史。科迪很快就明白了其中的戏剧潜能，从而为巴克·泰勒这位"牛仔之王"的表演开启了大幕，而此时特纳刚刚降下自己的帷幕。拥有了他容易辨认的视觉符号（枪、马刺）、必不可少的经典人物（警长、枪手）和极易编排的活动（枪战、赶牛），他很快就成为了拥有神话般吸引力的明星。正当泰勒成为普伦蒂斯·英格拉哈姆同名廉价小说的"虚构英雄"时，内在化的过程出现了，它将牛仔从一个偶像和表演者转化为某种西部男性气概的原型。西奥多·罗斯福利用了其政治潜能，将其表现为专属于美国的一套全新的常识性价值观的守护者。在其著作《牧场生活与狩猎小径》（1888）（由雷明顿创作插画）中，他用他那做作的牛仔口吻宣布：

> 一个牛仔不会顺从地屈服于侮辱，他随时准备着为自己所受到的冤屈复仇；他也不会惧怕流血。事实上，他并不具备多少虚伪的慈善家所倾慕的被阉割了的、寡淡无味的道德观；但是他在很大程度上拥有对于一个民族至关重要的坚定的男子汉品质。[3]

从根本上说，牛仔成了那些建立了美国的坚定的男子汉品质的容器，而这些品质与"被阉割的"，或许是欧洲的，慈善道德形成了鲜明的对照。在罗斯福的牛仔世界里，仁慈不再是美德，而且被一种粗鲁、直觉的道德观所替代。他是白种的（对于人种成分混杂的牛仔曾有大规模的种族清洗）、结实帅气的独行侠，拥有个性化的荣誉守则；他少言寡语、擅长行动，是个自由的代理人（就杰西·詹姆斯的事例而言有时是一名歹徒）。他为了社区的利益（对此他至多是矛盾的）而展示自己的射击技能（他的对手总是先于他拔枪），随后策马向日落的方向奔去。

正如欧文·威斯特所指出的，这些牛仔已经舍弃了牛群而成为平原上的骑士，其血统"从亚瑟王卡米洛特的骑士比武"延续到"艾比利尼的围捕"。[4]他们都是些牛仔-骑士，在无数的廉价小说和好莱坞西部片中得以永恒；他们是一些神话形象，其在创立国家的过程中所作出的贡献得以铭记。从本质上说这是一个男性叙事，妇女在其中等同于家庭生活、家庭责任、谋生的需求，而且与都市所表征的内容相关：所有这些都与牛仔所代表的自由相反。按照这样一个厌女症叙事的逻辑，除了刺激牛仔采取行动的被"红种印第安人"绑架的美德的象征以外，唯一能接受的女人就是边疆的妓女（拥有金子般心肠的棘手女人），而她在叙事中的短暂性适合牛仔流动的生活方式。因此，牛仔唯一真正的感情牵挂是他的马和他的"朋友"——其中任何一个的死亡都会引发夹杂着复仇正义的男子汉情感呈现。

牛仔已经成为疏离了历史先例的象征性形象，他代表了某种形式的男子气概，而即便是这种男子气概确实存在过的话，它已经扭曲到根本无法实现。当考虑到与性有关的话题时，这种扭曲尤为明显。威廉·戴尔·詹宁斯评论道，尽管他展现出了诸多男子气概的姿态，似乎"好莱坞希望我们相信，勃起组织已经从西部的新陈代谢中完全消失了"。[5]或许不是消失，而是重新定位，通过隐喻的方式指向了对于处女地的掌控、驯马和摆弄柯尔特.45手枪的高超技艺。尽管他们耀眼无比，当涉及到与女人的关系时，谢恩和弗吉尼亚人都不是称职的典范，而赞恩·格雷笔下牛仔的男子气概在很大程度上是由他们手中武器的尺寸来界定的。大卫·费尼莫尔引导我们观看了这样一个场景，其中格雷作品中最为出名的主人公莱西特就像经历了一场阉割仪式似地把他的枪挂了起来，但最终还是重新把这些武器披挂上身，还得出了这样的感想："一个男人身上不配枪在这样的边疆地区还有什么地位？……这是男人和不是男人的区别。"[6]如果这些榜样的影响没有那么大的破坏性，这样有关性别方面的孩子气会很有趣。小威廉·萨维奇曾经指出：

> 牛仔英雄从一般意义上说是美国有关性别困惑的症状，从特别意义上说是美国有关性角色困惑的症状，他比休·海夫纳（即《花花公子》创刊人和主编）更值得从这个视角去加以研究。他们每一人都以自己的方式在很大范围内助长了男性幻想，而且每个人都通过根本谈不上细致的扭曲错误表达了"女子气质"。[7]

这里有必要提及普鲁的暗示，因为她的《怀俄明故事》正好与海夫纳式的对男性性欲的扭曲相关。就小说《地狱里的人》（载《近距离》）中的人物

失落的边疆——阅读安妮·普鲁的《怀俄明故事》

拉斯穆森·汀斯利的外形缺陷和性暴露而言这是字面意义上的，但是在小说《脚下的淤泥》（载《近距离》）中的斗牛手戴蒙德·费尔茨野蛮的性态度上却得到了内化。而在小说《断背山》（载《近距离》）中，其内部的扭曲并非来自小说主人公的同性恋情，而是来自调和他们自己的性欲和他们自己身为牛仔的观念的尝试。

在这些故事之前有一个有趣的序言，也是普鲁最短的一个短篇小说《距离加油站 55 英里》（载《近距离》），那是根据青须公的故事创作的哥特式西部小说。在这个只有两个句子的故事的第一句里，作者描绘了一个喝醉了酒的牧场主克鲁姆，他身着典型的牛仔服饰，此时正要跳到峡谷里自杀。这看来像是一个英勇的举动，他的马也得以逃得性命。然而，他并没有死掉，而是像木塞一样浮到了水面。在这个神秘的事件之后，他的妻子在上锁的阁楼里发现了"克鲁姆先生情人们的尸体"。这些尸体有的已经"像脱水的肉干"，其他的被裹在报纸里，还有的被涂成了蓝色，但是所有的尸体上都有"靴跟的痕迹"和"被消耗殆尽的痕迹"。通过这个神奇的故事，普鲁似乎在暗示，牛仔游离于社会常态的隔离和大肆吹嘘的粗犷的独立性并不见得会激发起类似罗斯福这样的评论家所倡导的更高的道德感。实事求是地说，这样一种珍视马匹甚于女人并且对待性别化的女人如同需要"狠狠骑"的马匹的男子气概样板更有可能导致异常行为。这是叙述者用简洁的评论引导我们得出的结论："如果你生活在偏远的地方，你就得自寻其乐。"从本质上说，克鲁姆是牛仔神话怪诞的扭曲，而就像他能不可思议地从谷底漂浮起来所表明的，这个神话不会消亡。[8]

《地狱里的人们只想喝口水》

普鲁的这个故事可以说对小说《谢恩》提出了一种怪诞的再阐释。牧牛巨头弗莱彻一家被邓迈尔家族所取代，那是一个有一个父亲和六个儿子的经营牧场的家族，已经经营牛群和邻里有两代人的时间了；斯塔雷特家族变成了汀斯利家族：他们是涉世不深的自耕农，对于农耕和景观都有梦幻般的观念。邓迈尔家族也被呈现为《大淘金》中卡特莱特家族的反面。在《大淘金》的草原上没有女人，只有一位男性家长和他的儿子们，而这些儿子不同的长相（经过精心设计以取悦于不同的女性口味）只能说明他们来自三位不同的母亲。然而这一家并不缺少女性特质：他们这些牛仔的男子气概不但结合了良好的餐桌礼仪，而且还结合了内在的敏感性。而邓迈尔一家就不一样了；他们的女性特质停留于他们奇怪的女性名字。他们对于男人的评价是看他忍耐艰难困苦的能力，而且他们傲慢地鄙视艺术和知识。艾斯·邓迈尔养育儿子是为了填补劳动力需求：他们在圣诞节收到的礼物是牛仔标志，在过生日的时候有机会与父亲握手，他们在艰难困苦中长大，而且一致鄙视那些不与他们一样"在大清早让马匹热身的人"。这包括女人。即使是他们的母亲也被他们想象成"以女人可以承受的速度"生产牛仔的家畜。而在她"经受了多年的驱使和粗暴对待以后"最终与一个修补匠私奔以后，他们只能依照他们所了解的其他女人来理解她的行为：妓女。

故事主要聚焦于长子贾克森，他是人类适应一个充满敌意的环境的典范。在他年轻的时候他是一名驯马师，亦即牛仔男子气概的缩影，但是因为身体内部受到了严重损伤，他只能降格去骑"经过别人调教出来的性格温顺的马"。当我们在故事里读到他时，他在管理牧场的账册并且售卖晨辉牌风车，这些工作其实对他作为牛仔的资历作出了妥协，但也证明了他的适应能力。因为在这片贫瘠的土地上，他很清楚风往哪儿刮，所以卖掉了马（一个过时的水资源消费者）而为自己换了一辆汽车和风车的拖车（一种给水工具）。在利用风的过程中，他能够把"无休止地倾泻的晨辉"变成荣耀，而不是负担，为地狱里的人们带来水喝。他带来的东西还不止这些。因为尽管他穿着格子外套，他依然保持着牛仔的神采，为倦怠的牧场主妇们带来一丝性魅力。正如他对满怀倾慕的弟弟所说："有些女人甚至等不及我从卡车上下来。"尤其重要的是，在他对于女人的选择上，他依然保留着那位残缺的斗牛手的辞藻：他拒绝妓院里的"坏"女人，而只"骑"被别的男人驯服的女人。

相比之下，汀斯利一家显然是很难适应的都市外来者。霍姆对于土地没有感情；他所声索的田产位于干旱贫瘠的土地上，因而数次尝试的耕作项目都归于失败，最终开始经营水源密集型作物，即西瓜和番茄。他的妻子简直就是对草原天使原型怪诞的恶搞，她是如此软弱的一个人，甚至连个名字都没有。她对于怀俄明的环境感到非常不安，所以在初到怀俄明有次过河的时候冲动地把怀里的小女儿丢到了河里。这个行为彰显了她神经质的个性，同

失落的边疆——阅读安妮·普鲁的《怀俄明故事》

时象征性地提醒我们西部并不是适合年轻女人生活的地方。其结果是，他们年轻的儿子拉斯穆森在其成长过程中被他母亲的愧疚和偏执压得透不过气来。他长大以后成了一位书迷和数学家，"对牲畜不感兴趣"，想方设法要逃离邓迈尔家族所珍爱和代表的土地。至于他后来的逃离和在一次几乎致命的车祸中严重致残并不是普鲁关心的问题，她只关心这位回归的怪物之于贾克森·邓迈尔这位他无意中十分相像的人物关系的象征意义。

拉斯的归来恰逢一个异常严酷的春天（贾克森谈起了被蟋蟀吞噬的草原土拨鼠和蝗灾），这使他的母亲将其目前的畸形视为对她早先罪孽的惩罚，他那怪物一般的相貌"是她的内疚潜移默化所导致的过错"。在其他方面，他的畸形将他变成了敌意环境的精神特征。正如春天似乎已经变得扭曲了，他自身的再生冲动已经被扭曲为骑着马从一个牧场跑到另一个牧场向女性居民暴露身体的欲望。或许最为重要的是，如弗朗茨所指出的，在对他作为骑手的描写中——"躲躲藏藏、隐身在岩石后面、在干枯并且满是尘土的草地上长途疾驰、在树上和草堆里睡觉，这样一个半拉子野人跟谁也不说话而且谁也不知他在想什么"——显然他已经成了对于谢恩怪诞的戏仿：牛仔的男子气概扭曲了的精神。更为特别的是，拉斯像是贾克森的哈哈镜：他那驯服的坐骑巴齐是对贾克森驯马经历的恶搞；拉斯畸形的外貌与贾克森内心情感的压抑形成反差；他裸露自己的欲望是对邓迈尔家族性味十足的气概的戏仿。[9]

当面对这个外来者时，贾克森进一步退回了不接受任何偏离的牛仔神话中。即使是警长对于霍姆将拉斯"捆绑起来"的友好告诫也揭示了牛仔文化无处不在的事实。贾克森以他所知道的唯一方式处理这个问题，即他对于牲畜的了解。他使自己的行动合法化的理由是女人必须受到保护，因而也就表现出了牛仔文化的虚伪性，即牛仔文化只能把女人想象为性对象，或者是处于危难中的少女。然而，正如米兰妮·弗朗茨令人信服地指出的那样，拉斯之被阉割并非他对于女人构成了威胁，而是因为他无论是从性方面还是从神话意义上都对男人的地位构成了威胁。[10]小说的结尾一如其开篇："晨辉漫过了世界的边缘，从窗户玻璃倾泻到屋里，把墙面和地板涂上了颜色。"所传递出的这个信息是暗淡的：尽管这样一个残缺的人展示出了人类残酷的能力，太阳的光辉继续闪耀，只是把人类的非人性映照得更清楚。叙述者最后的评论奚落了我们的装模作样，而同时诱使我们相信这不是一件什么老古董,而是对于牛仔文化遗产的探索。

似乎是为了证明这个观点,普鲁在其小说《脚下的淤泥》(载《近距离》)中为我们提供了新的信息,主要以戴蒙德·费尔茨这个人物为核心。这是一个容易受伤的年轻人,其内心被牛仔神话的致残程度正如拉斯外部的致残程度。有趣的是,如安东尼·马加格纳所说,普鲁在小说《租自佛罗里达》(载《恶土》)中对所有希望成为牛仔的人讲了一个具有警示意义的故事。小说的主人公是一位叫朱恩·比德斯特鲁普的年轻的牧场篱笆匠。他从一个籍籍无名的小人物被选中作为牛仔的典型成为《西部牛仔》杂志的封面人物。后来,他禁不起诱惑来到好莱坞领衔主演一部西部片,然而,由于他并不符合导演对于牛仔形象的期待,他就接受了肉毒素注射。但是这些针剂注射出现了差错,致使他相貌畸变;这样一个结局使得普鲁可以巧妙地彰显试图把现实塑造成神话的危险。[11]小说《脚下的淤泥》对于西部价值观扭曲的影响提出了类似的批评,更加上一出家庭戏剧,其中涉及到父亲身份和性困惑等问题共同造就了一种怪诞的个体身份。

《脚下的淤泥》

戴蒙德当然是一个充满矛盾的个体:他没有父亲、"在十八岁还是个处男"、"在交友和情感方面没有什么才能",还被人取了那么多贬损的外号如半品脱、小矮子、小短腿。他是一位"时常都在敲敲打打、还有咬甲癖"的人;他生性不安,一直都在寻找一位具有男性气概的楷模。至于他为什么会选择牛仔作为人生楷模原因并不明确。从他的西部资历看不出有什么前途:普鲁虚构的瑞德斯莱德镇或许是位于西部,但是他当地的地理标志包括"当铺、西夫韦超市、断箭酒吧、牛仔皮具店、吸尘器商店"。具有讽刺意味的是,正如"导言"中所说,他的母亲抛弃了她自身的牧业之根而经营起了一家专营牛仔纪念品的商店,从而向那些具有怀旧情怀的游客出售商业化的西部想象。凯莉明白神话和现实之间的差别,所以决心不让她的任何一个儿子屈从于祸害了她许多顾客的扭曲的西部,"我像傻瓜一样拼命干活把你们这些男孩在镇上养大,把你们从淤泥里拉出来,好让你们有机会混出个人样"。所以,"脚下的淤泥"就成为将牛仔的竞技表演变成一个人人生中危险旅程

失落的边疆——阅读安妮·普鲁的《怀俄明故事》

的一个重要隐喻。

淤泥沾满了戴蒙德在他叔父的牧场上度过的童年岁月的记忆。他记得那"马蹄溅起的淤泥"和肮脏的皮套裤，而那些东西在他叔父和母亲之间传递的悄声谈论中他都省略掉了，因而也使得他处于被边缘化的境地。从他幼年的时候起，淤泥和牛仔就与性和背叛紧密联系在一起。所以，当后来他受到同班同学利希尔·比尤德的邀请去牧场劳动一天时，他心里很不情愿。利希尔显然不是一个适应环境的人，再加上工作的艰苦性质——"那个周末风大、阴天，夹杂着浑身便溺的动物发出的刺耳的嚎叫、淤泥、尘土，还有搬运、冲针，他都怀疑那热腾腾的头发散发出的恶臭怎么也无法从鼻孔中消失"——这样一个事实，以及他的信念，即他的身边被他认为"毫无理由地成为输家"的人们所包围，"而他们也不善言谈并且生活在尘土飞扬的路边牧场上"，它们强化了这样一个观点，即牛仔生活与他母亲所出售的编造出来的神话相差甚远。然而，当他接触到牛仔竞技时，所有这些都改变了。

普鲁选择竞技作为牛仔男子气概的典型充满了反讽意味。这是被牧业社群用来作为一种仪式性手段以肯定和保持老西部的礼仪、价值观和态度。然而，正如戴蒙德在比尤德牧场的经历所表明的，竞技其实与真正的牧场工作相差甚远，就像凯莉的纪念品商店所出售的商品一样。它是一个已经高度程式化和怀疑的神话的戏剧性表达。对人类学家伊丽莎白·阿特伍德·劳伦斯而言，竞技是驯服荒野的处女地的礼仪性重演。[12]正因为如此，它被用于各种各样的性心理阐释，其中男性对于女性化景观的征服通过牛仔驯马来表征；这个行为也可以扩展到一般意义上男性对于女性的统治。确实，在劳伦斯看来，野蛮的性欲与竞技表演的距离并不遥远。那些骑手们一再把女人与动物相提并论，即先骑乘，后离弃，然后他们通过一个驯化过程稀释性欲十足的男性气概。竞技社团里的一个类别是公牛骑手，也是戴蒙德的专长。他们是孤独者中的独行侠——"另外一个种群"。[13]与骑马竞技不同的是，骑牛不需要牛仔技能的基础；也没有对于西部的仪式性驯服，因为公牛仍然是超级男子气概的野性象征。这就导致了一种非常不同的性心理象征系统，其中骑师的目标不是为了驯服公牛，而是与这个极为夸张的男性气概的象征一同出现。事实上，骑牛是一个完全属于男性的领域，而没有女性的痕迹。[14]

正是这种排他性才是戴蒙德对其八秒的骑行时间感到困惑的核心：

> 那剧烈运动的冲击，快速的平衡变化，那种权力在握的感觉，似乎

第四章　牛仔

他是公牛，而不是骑师，甚至是那种惊吓，所有这些都满足了他从未感知到的某些贪婪的身体饥渴。这种体验令人兴奋而且完全是个人的。

戴蒙德的情感反应表明他对于牛仔神话的观念植根于痛苦的个人经历。他在那个刮大风的下午所经历的并不是西部征服的象征性再现，而是他生活中最为重要的时刻的再现：他的父亲离开时跟他说的那些话，"不是你父亲，从来就不是。你他妈给我让开，小杂种"。他在那天早晨观看的阉割小公牛从比喻意义上说也是这些年发生在他身上的事情；骑在公牛的背上他得以重新发现等同于他父亲的一种男子气概。关于后一点在小说里通过他对于童年时某次玩旋转木马的回忆加以强化。那时他拒绝骑到小木马上去，因为他惊恐地看到眼前那些"胀鼓鼓的屁股和那些尼龙马尾巴被搞破坏的人拽掉以后所留下的险恶的黑洞"。与之相反，他被父亲举到"光滑的小黑公牛上"，父亲还一直用手扶着他。通过把一个童年经历认定为一个孩子成长过程中重大变化的原因，普鲁来到了一个熟悉的领域：我们曾经看到在《半剥皮的阉牛》（载《近距离》）中年轻的梅罗对印第安岩画的错误阐释和《怀俄明历届州长》（载《近距离》）中夏伊·亨普恋童癖的原因。在此，戴蒙德拒绝后部有"险恶的黑洞"的"残损的马"而钟情于公牛似乎表明，对于他来说，竞技是一个封闭的厌女症回路，它完全排除女性特质，而同时重新激发起他与父亲的关系。

基于这个原因，他母亲试图打消他成为骑牛师念头的尝试注定要失败。她之所以这样做是因为她了解那些光顾她商店的穷困潦倒的骑手，并且还认为"所谓牧场子弟的竞技，他们谁没有你拥有的好机会？骑牛师是最笨的一群人"。然而不幸的是，她是在厨房里说的这番话：那是一个由沙拉、脱水土豆、微波馅饼和速溶咖啡构成的异常洁净的世界——那是竞技牛仔所代表的一切的家庭对立面。他的弟弟珀尔（原文 Pearl，意为"珍珠"）整个儿就是自己年轻时的翻版。他从小就被告诫不要用不规范的"没"（原文 ain't），还要控制胆固醇水平，但是对于戴蒙德的亵渎语言和从煎锅里吃鸡蛋的冲动私下里感到兴奋。这是一个戴蒙德急欲摆脱的家庭世界，他皲裂的手指和强烈的体味是他骄傲的源泉，这个征兆说明他是一位真正的牛仔，他也以此来塑造自己。然而凯莉正是对这最后一条理由颇为鄙夷：

> 你算个什么牛仔，你只不过是长了一对皮翅膀的蝙蝠。我的祖父曾经是个牧场主，他雇用牛仔。我的父亲改行去卖牛，他也雇用帮工。我

失落的边疆——阅读安妮·普鲁的《怀俄明故事》

的哥哥只不过是个蜂巢。他们谁也不是牛仔，但是要比竞技骑牛师更像牛仔。

这切中了神话和现实之间矛盾的核心：凯莉明白构成竞技基础的表演性质。戴蒙德所从事的竞技骑牛并不是牧场工作的扩展；他上大学只是为了学习一些必备技能，以便成为牛仔神话景观的一部分。然而，虽然他或许能演好自己的角色并且摆出一副男子气概，他对于西部男子气概的想象就像凯莉的半成品微波食品一样是合成的。

为了最后说服他打消念头，她把戴蒙德带去见一位传奇竞技明星洪多·古恩希。他在一次事故中脑部受伤，如今在凯莉的一位男性朋友凯瑞·摩尔经营的马厩里一刻不停地给马鞍打蜡。如此场景充满了叙事张力、悲怆和性象征。古恩希的辉煌岁月被捕捉在一幅照片里，而这幅照片曾经刊登在1960年8月的《刀与靴》杂志的封面上："一位配鞍野马骑手身板笔直，稳稳地骑在一匹高高跃起、身体扭曲的马背上，那马刺一直倾斜到鞍尾，他的一只手臂在胸前张开。他的帽子不见了，嘴巴张得大大地在狂笑"。他是怀俄明州象征的代表。这样的形象与他们所见到的这位伤残人形成鲜明的反差：这就是戴蒙德将来的形象。然而戴蒙德并不关心未来的教训，他还依然生活在性欲方面受伤的过去。他的注意力并不在古恩希身上，而是在摩尔和他母亲之间飞来飞去的秘密信息，那些信息再一次使他成为局外人。一会儿的工夫他就降格为名叫小个子的人物，而摩尔则成为这个特别的三人组中的公牛，致使古恩希成为戴蒙德维护其男子气概的美景被粉碎的尝试的象征。

所有这些警告都无济于事：戴蒙德赞美竞技——"那粗犷激烈的生活及其争取获胜而同时为此辩护的混杂的哲学"——在此过程中成为一名当代的牛仔（第56页）。这其中的部分魅力被捕捉在对佩克·毕茨驾车行驶在路上的深夜的描写中，而这些描写成了整个西部牛仔存在的寓言：

> 佩克知道一百条土路捷径，开车沿着这些路穿过凹凸不平的火山地带和斜坡地区，在老虎的便溺中进进出出，穿越至今还留有早期移民大车车辙的黄褐色平原，进入早早降临的黑暗和夹杂着黑冰的暴风雪，来到艰难的橘黄色黎明，和那冒着烟的世界，在尘暴中曲折前行……最终拐进挂着"按铃呼叫"标牌的汽车旅馆大门，或者继续前行进入黑色的大草原昏睡上一个小时。

这次旅行穿越了人迹罕至的地方，沿着拓荒者大车行进的路线进入西部神话的核心地带。这是一个具有超级男子气的世界，它想象牛仔们在一个充满敌意的自然环境中与野生动物打交道，室内环境则以肮脏、临时的汽车旅馆房间为代表。这是当代牛仔的魅力：以危险的速度所过的生活。

在他自己的西部叙事中，"只有乘骑才能给予他难以言表的涌动，使他充满疯狂的喜悦"，而无论是骑牛还是乘车都是一种特别个人化的体验，它令人不安地转化为那边的世界。因为戴蒙德对于神话的看法尤以自我为中心，它建立在这样的观念之上，即牛仔都是粗犷、孤独的个体，不需要与外界发生联系。也因为如此，他对那些热衷于建立联系的人们产生了一种根深蒂固的蔑视，无论所联系的人是妻子、家庭、甚至是上帝。他之于家庭生活的问题在小说中由他对套牛人斯维茨·马思格罗夫（名字本身具有女子气，其中"斯维茨"原文为"Sweets"，即"糖果"的意思）的反应预示出来。那是当戴蒙德的卡车抛锚时，他停下来给他搭把手。令戴蒙德目瞪口呆的是，斯维茨一边手里抱着个穿粉衣服的婴儿，一边试图修理发动机，而他的烟鬼老婆则只是在一旁看着。所以当利希尔要一把刀"切割那个狗崽子"时，在戴蒙德的头脑中，这变成了他认为业已发生的象征性阉割的召唤。后来他被一帮紧密追随他的"兔小弟"抬起来，以至于当他抵达竞技场时，他"明显是不想骑牛的"，看来这才更适合戴蒙德关于牛仔的想象。

戴蒙德把自己视为独行侠，甚至鄙视他的那些同为竞技骑手的同行们。他的缺乏共鸣在他对待那些在汽车旅馆卧室里陪伴他的无数"伴随女郎"具有攻击性的性行为方面表现明显，特别是在停车场针对另外一名旅伴迈伦·塞瑟妻子所实施的强奸。整个事件从戴蒙德的视角叙述，而且成为一次驯马操演，在其中一位精力充沛的高个女子（她曾经嘲笑过他某个部位的尺寸）被他所驯服。或许最能清楚地表明他社会边缘化的事例是他对那女子遭到侮辱的反应所感到的困惑以及迈伦随后表现出的愤怒。佩克·毕茨尝试在竞技范畴内解释他的行为，宣称说如果戴蒙德有什么过错的话，那是他对于符号的误读："公牛本来就不该成为你的人生楷模，它是你的对手，你得让它的能力发挥到极致……你这样玩牛就该退出了。"然而对于戴蒙德来说，这是所有牛仔都做的事情——这是西部遗传基因的一部分。他说得很清楚："我骑公牛，公牛是我的搭档"——即强烈的男性性欲的共生象征。就像此前的拉斯·汀斯利一样，戴蒙德面对牛仔社群举起了一面镜子，展现出了他们自身野蛮的厌女症的扭曲版本。正如他向迈伦解释的那样，停车场的强奸

失落的边疆——阅读安妮·普鲁的《怀俄明故事》

与迈伦对于一些"身上长满蠕虫的得克萨斯野兔"所做的没有什么区别。

然而，竞技社群对于如此激烈的坦诚并没有做好准备，正如他们对于戴蒙德在醉后就牛仔和家庭生活问题所发表的高谈阔论作出的反应所表明的。这是一个精心排演的场景；那家各种各样的骑手和捆牛手聚会的"鞍架"酒吧在真实性和媚俗之间摇摆不定。我们穿过"布满弹洞的木板门"进入"墙上挂着牛品牌"和"久已故去的驯马师暗淡的照片"的酒吧。耳朵里听到的音乐是乡村音乐，人们的谈话都是关于"孩子和老婆"——这就使得戴蒙德直面明显表现出来的虚伪：

> 你们这些人大谈特谈什么家庭……可是你们谁也不会在家里待上多少时间，你们从来就没想过，否则就不会加入竞技这个行当了。竞技的家庭。那些回到牧场的人狗屁也不是……我们为这个喝一杯。没人送你出去做家务，没人当你是傻瓜。……人们说我们是垃圾，但是他们不会说我们是孬种。有人说骑个牛就能挣大钱，我们为这个喝一杯。想想有多少人脊椎碎了、腹股沟撕裂了、口袋空了，还有整夜整夜的赶牛……个个都该喝一杯。

作为一篇祝酒词，它表达了对于具有强烈的个体主义形式的牛仔神话的崇敬，而同时准确地指出了神话和家庭生活之间的根本性矛盾。在人们和着德怀特·尤卡姆乡村民谣的感伤歌词唱歌的时候，家庭充其量是通过酒杯底看到的混沌模糊的一片。

这样一篇讲话标志着戴蒙德走向衰落的开始，因为即便是他也开始怀疑牛仔梦想并且意识到"他正在读到下一页并进入这种生活方式难懂的那部分"。他戏剧性的衰落通过他在俄克拉荷马遭遇到的难题明确地表现出来，即框定了整个故事的骑牛。其象征性的重要意义通过一则通告表示出来"我们要感恩我们现在身处一个封闭的竞技场，否则脚下就是厚厚的淤泥了"，这就笨拙地把骑牛提升到了更加具有存在意义的高度。在滑道中我们被温和地告知戴蒙德为什么会到这儿来，那位竞技牛仔沉稳的大手放在他的肩上安抚他的紧张情绪，其表达的方式到现在他还依然无法理解。然而读者会认识到这是对他父亲手臂的回忆，那是在他五岁时，就是这只手臂扶着他安坐在游乐场公牛的背上：这是他与竞技情缘的催化剂。对于戴蒙德而言，竞技一直是一项非常个人化的体验，但是当他为这次骑行做准备时，他的思想被这样的认识所支配，即他的表演将遭遇到观众嘲讽般的漠视，"他和观众一样清楚，如果他在口哨之后大为光火并且唱起一支咏叹调，这不会有任何不同"。当他被从牛背上掀下来、带着脱臼的肩膀满地乱爬逃命的时候，他们的矛盾心理被一名竞技小丑变成了幽默的轻蔑。那位竞技小丑自己也是满身伤痕，他或许是西部超现实本质最清晰不过的象征：我们嘲笑他，然而他的作用是保护受伤躺在淤泥里的牛仔。

公众的麻木冷淡与当地医生的态度如出一辙，他让戴蒙德"像牛仔一样站起来"。这句话的全部涵义直到戴蒙德在镜子里看到自己形貌的时候方才变得明晰，因为他在镜子里看到的不是他想象中的神话形象，而是荒诞的恶搞："两只乌青的眼睛，血淋淋的鼻孔，蹭破了皮的右脸颊，汗腾腾的头发，他肮脏、泪湿的脸上沾满了牛毛，从腋窝到屁股还有一道瘀伤"。现在他内心的畸形和外表的畸形变得如此巧合，似乎故事发展到这一步在为片刻的自我启示做铺垫，而戴蒙德也会最终承认自己生活方式中的过失。然而普鲁却拒绝这样的圆满结局。如果他会开车、他会竞技，那么我们最后一次看到他应该是在路上。然而，随着他选择在这个时间给母亲打电话并且询问父亲的身份，读者就会明白在他的头脑中，他被牛角撞伤和父亲对他的拒绝是有密切联系的。可是他不仅拒绝相信他母亲的保证，而且她在与另外一个男人分享她的床。这个男人戴蒙德只能想象为"戴着一顶黑帽子的大个子懒汉"——他的报应被整齐地包裹在牛仔强盗以颜色为编码的标记中。现在小个子再一次露出了本相，因为另一个男人的出现而遭到了阉割。随着他思考洪多·古恩希和利希尔·比尤德过往的历史，"那个俯身切开小公牛阴囊的牧场帮工"形象闪现在脑海中，所得到的认识是"生命历程中的事件似乎比刀来得慢，然而却同样彻底"。事实上，在当代西部长大成人、不断把自己与永远也无法企及的男子气概作比较是一种慢性阉割。从根本上说，生活就是"一次在淤泥中收场的艰难、快速的骑行"。

《断背山》

就像《地狱里的人们》和《脚下的淤泥》一样，普鲁最出名的小说《断背山》的主题是牛仔神话对于易受伤害的年轻人生活的灾难性影响。具体地说，普鲁在小说里探讨了男性气概典型的悖论，而这种典型特别推崇男性

失落的边疆——阅读安妮·普鲁的《怀俄明故事》

关系而同时谴责男人之间的亲密关系。如同此前所指出的那样，这是一种明显无性的神话，其欲望被降格为忧郁的抒情歌曲，这些歌曲将异性恋关系和炉旁的舒适理想化和正常化，而同时大力排斥其女性化影响。在这个具有男子气概但却无性的世界里，有关牛仔之间同性恋的话题一直是个禁区。小威廉·萨维奇在20世纪70年代提出了这个话题，辩称由于边疆地区女性稀少方才孕育了同性恋的幽灵，但他随后又退却了，因为他注意到"很少有历史学家或者小说家敢于触碰这个话题"。[15]

有那么一个触碰这个话题的人是阿尔弗雷德·金赛。他早在20世纪40年代就在公开谈论"在拓荒者和户外劳作的男人中间大约颇为常见的一种同性恋情……那是些需要在荒野中面对大自然的严酷的男人"。在一部以坦诚著称的报告中，他指出"这样的一个背景孕育了一种态度，即性就是性，而并不考虑其伴侣为谁"。这些"彪悍手狠、观点明确的男性"不能容忍都市同性恋者的"虚情假意"，"但在他们看来，这与其他男人发生性关系的问题没有多大关系"。他争辩说，这是当今在"牧场工人、赶牛人和探矿人等"中间存在的性态度。[16]金赛的研究结果具有重要的意义，因为它打破了同性恋情和女人气之间的关联，考虑到了并不能被归入当今媒体所描述的群体典型的关系类型。这些极为开明的观点由彪悍的牛仔诗人罗普·巴特在普鲁的作品中表达出来。罗普·巴特"并不特别喜欢新近来自达拉斯的两位同性恋年轻人"。他们来此的目的是接手他家乡伍利巴基特镇的老学校，"但是他乐于听之任之，因为某些工棚友谊并非无人知晓，虽然谈论的人并不多"。[17]然而，他们却是被书写的对象。普鲁在其文章《西部是如何想象出来的》中指出，来自由约翰·德埃米利奥和埃斯特尔·弗里德曼编撰的美国性学综合研究著作《亲密物质》（1988）中所收集的信函、诗歌片段的证据表明，牛仔"并不是我们想象的那样纯粹的异性恋硬汉"。[18]

这些发现对于牛仔神话的监护人来说读起来颇不舒服，因为正如维托·鲁索所指出的那样："如果在牛仔英雄和四十二街上的同性恋之间没有真正的区别，那么美国男子气概还剩下些什么？"[19]这当然很清楚不会成为事实，因而就有了20世纪牛仔的去性征化过程。在经典的好莱坞西部片中这尤其是如此，其中虽然男性之间的友情处于核心位置，人们竭尽全力也要避免男性之间的触摸：甚至摔跤也很少发生。然而，据盖里·尼达姆的观察，即便不是同性恋，同性性欲（即观察男人和被男人观察的愉悦）一直是经典西部片的基础，植根于男性展示景观。西部片倾向于表现男人对于其他男人枪支（其本质是阴茎崇拜的）的迷恋，要把枪拿在手里抚弄、比划、贴到彼此的脸上，最后插到挂得低低的皮制枪带上。[20] 在传统的西部片中，表现同性恋情的场景比比皆是：在约翰·福特执导的电影《侠骨柔情》（1946）中，维克多·迈彻和格伦·福特在酒吧里的第一次会面就充满了具有男性之间调情意味的留恋徘徊的眼神；霍华德·霍克斯的影片《大战红河边》（1948）开场的一幕中，孩子气般英俊的蒙哥马利·克利夫特嘴里咬着一根麦秆，拿眼凝视着约翰·韦恩的胯部；[21] 邂逅的自耕农乔·斯塔雷特的眼睛欣赏地缓缓扫过艾伦·拉德扮演的谢恩油亮的身体，而此时他们正在他的院子里挖树根。这就是由一种特殊的相互欣赏的化学物质集合到一起的男人，这在电影《虎豹小霸王》（1969）中演示得再清楚不过。正如鲁索所指出："谁还记得起凯瑟琳·罗斯？"[22]

《断背山》的重要意义不仅仅是因为其探讨了由金赛揭示的同性恋关系，而且还因为其将几十年间在银幕牛仔之间隐而不宣的同性恋情关系公诸与众。按照拉里·麦克默特里（他与黛安娜·奥萨纳共同创作了电影剧本）的说法，这是一个一直在等待创作的故事："当我读到《断背山》这篇小说时我感到震惊，因为我认识到在我这一辈子，这篇故事一直就在那儿，我生命中五十五年的岁月是在美国西部度过的。"[23] 或许故事一直就在那儿，但是显然遭到了压抑，因为他这一生的时间都被用来在诸如《赫德》（1963）、《最后一场电影》（1971）和《寂寞之鸽》（1989）系列等电影和电视剧经典中呈现一种特别的西部景象。[24] 其次，或许麦克默特里也没有刻意寻找：那部地道的怀俄明牛仔小说《弗吉尼亚人》用现代人的眼光看来就显得非常具有同性恋的意蕴。威廉·汉德利在弗吉尼亚人和他最好的朋友史蒂夫（他是小说中唯一一个使用小名的人）两人之间就发现了丰富的同性欲望源泉，那无名的叙述者就自由地参与其中。我们第一次见到他的场景是通过着迷的叙述者来协调的。叙述者把他描绘成一位"身条细长的年轻巨人，比图画还要漂亮"，随之又宣称："如果我是新娘的话，我会要了这位巨人，从头到脚。"[25] 在小说唯一的一次男性情感爆发中，当弗吉尼亚人痛苦得失去理智时，他呼叫的是史蒂夫，而不是他的意中人莫莉，这让在一旁照料的女人们只有看的份，"这是一个没听说过的名字"。这是一种不敢直呼其名的爱，而且正如简·汤普金斯所说，我们有"这样的感觉，如果时代不同的话，这

失落的边疆——阅读安妮·普鲁的《怀俄明故事》

会是又一个《杰夫和史蒂夫》的故事"。[26]

后来有两部小说同样涉及男性恋情主题，其处理的方式颇得普鲁欣赏。这两部作品分别是托马斯·萨维奇的《狗的威力》(1967)，普鲁为其2011年的重印本撰写了编后记，以及威廉·海伍德·亨德森的《土生子》(1993)，被普鲁描述为展现了"一些在当代美国文学中最具有号召力和超验性的优美文字"。[27]考虑到对麦克默特里公平起见，正如普鲁在编后记中所言，萨维奇对于《狗的威力》中的内心悲剧把握得如此巧妙，大多数批评家都忽略了这一点。[28]小说的背景是20世纪20年代早期，其主人公菲尔·博班克是一位睿智又有修养的牧场主。他以坚强的牛仔形象示人：他很少洗涮、跟他手下的牛仔一起在工棚里就餐、对他兄弟的妻子罗丝异常厌恶，并且痛恨他所说的"娘娘腔"（尤以罗丝敏感的儿子彼得为典型）。然而在这彪悍的外表之下却隐藏着情感的骚动，这通过短暂提及的他童年时对于现已故去的人物布朗科·亨利的爱慕揭示出来。他是一位理想化的牛仔，也是菲尔少年情欲的对象。对于菲尔来说，这种关系存在于象征层面（这就使得他得以压抑其同性恋情，也使得萨维奇得以避免呈现男人之间的接触），而他们共同的情感则通过他们像遥远的凸起岩层一样观看奔跑中的狗的形貌的能力表征出来。这一共享的感知方式引导着我们去理解萨维奇小说标题的全部涵义，因为从某种意义上说菲尔就是那条狗——西部神话的强大载体。然而，从另一层意思上说，就像布朗科·亨利和唯一能看透这一点的人、他的那位"娘娘腔"的继侄彼得一样，他也是一个牛仔文化和基督教信条（小说的标题来自圣经中的赞美诗："拯救我的灵魂……摆脱狗的威力"）的牺牲品，而一旦他被裹挟其中，他注定会被撕成碎片。[29]

亨德森的小说《土生子》的主人公是一位23岁的怀俄明牧场工头布鲁·帕克。他珍惜自己的孤独状态，但同时又渴望得到一位年轻帮工萨姆的情感。两个男人的感情随着吉尔伯特的到来而得到释放。吉尔伯特是一位四处飘荡的美国原住民，正在努力试图恢复他族人古老的习俗。他以"异装癖者"的形象出现——即"男女子"——他兼有男性和女性特质，而据他顽皮地说，"在他由异装癖变成同性恋"之前，他对于他的族人而言是精神和仪式力量的源泉。[30]作为一位异族局外人，吉尔伯特不会因为他的性欲行为而受惩罚，然而萨姆和布鲁因为饱受来自牧场"朋友"仇视同性恋攻击的打击，被迫撤退到高纬度的牧牛场使他们的关系得以蓬勃发展。此处，在一些预示了《断背山》的抒情段落里，这两个男人被移置到摆脱了牧场的同性恋仇视（由不以为然的牧场主费舍先生——即普鲁笔下乔·阿吉雷的先行者——为表征）的另一个领域，再进入一个既阻滞又增强他们能力的景观，以使他们的恋情日臻完美。的确，正如另一位美国小说家汤姆·斯潘鲍尔在评论《土生子》时所说："我从未见过美国牛仔和他的自然环境被描写得如此细腻。"[31] 它变成了一座翠绿的"帕纳索斯山"（这是一个同性之爱不会受到谴责的古典王国），其中异装癖者的心灵被释放在野外，而他们唯一的约束就是担心被人发现。[32]

除了亨德森和萨维奇的作品，以及斯潘鲍尔自己的小说《爱上月亮的男人》（1991）（这部小说通过一位名叫谢德的有一半印第安血统的双性恋异装癖妓女的位移叙事重新评价西部的神话），麦克默特里所提出的观点是正确的，即普鲁把牛仔同性恋的话题推向了更多的读者。即使是在当时，小说初次发表在高雅的文艺期刊《纽约客》（其文本位于赤裸着上身的杜鲁门·卡波特的照片数页之后）表明，这是一个让西部依然感到不舒服的故事。小说作为中篇小说的再版以及发表在《近距离》中使得故事进一步走近主流读者群，然而正如普鲁本人在一次采访中所回忆的，她感到吃惊的是最初的小说文本并没有引起多大动静，特别是在同性恋群体中。[33] 真正给普鲁的故事带来全国和国际声誉的是李安的电影版本。普鲁有理由怀疑台湾出生的李安的选择，其导演的作品包括武术巨片《卧虎藏龙》、英国风俗讽刺剧《理智与情感》和动漫动作冒险片《绿巨人浩克》，然而他对于故事的敏感把握将《断背山》变成了一个国际现象。[34] 与此同时，他所提出的问题正是我们在谈及作品《断背山》时意欲讨论的问题。因为虽然普鲁认为电影忠实于原著（其中的许多对话和场景提示都直接取自小说），媒介形式的改变以及为了充实主题而增加的场景和人物意味着《断背山》已经成为涉及电影剧本作者、导演、演员、批评家和消费者的合作阐释行为，而普鲁的小说只是其中的一部分。[35] 电影的成功已经产生了一种大规模的文化现象，导致了无数网站和聊天室的建立，而"断背"这个词也进入了日常语汇，如作为名词（那多少是个断背）、形容词（我是个断背），甚至作为动词来描写不同的情感状态。断背现象的文化影响将构成本章的最后一节，其大部分包括对于普鲁文本的细读，有必要的情况下将援引电影剧本和电影作为补充。

失落的边疆——阅读安妮·普鲁的《怀俄明故事》

《断背山》中山的重要性

普鲁对于这个故事产生缘由的讲述主要集中于1997年年初在一个酒吧的某个夜晚，当时她注意到一位年老的牧场雇工正看着一些年轻的牛仔打台球：

在他的表情里有那么一些东西，一种痛苦的渴望，那让我怀疑他是否是个乡下的同性恋。然后我开始思考对于他来说会是一种什么情形——不是被抵到墙根的真实的人，而是任何生长在仇视同性恋的怀俄明乡间的孤陋寡闻、困惑不安、不明所以的年轻人。几周以后我听到一位年老的咖啡吧店主说起恶毒的大话，她说头天晚上有两个"男同"来到店里点餐时，她被激怒了。她说如果她店里的常客也在的话……那事情可就糟糕透了。[36]

正如D.A.米勒所说，关于这个段落，有那么一种叙事诡计的味道：那位被观察的观察者已经携带了处于塑造中的人物的印记，就像普鲁只是发现了她想找的东西并且筹划出他悲剧的生活。[37]当我们考虑到在电影中恩尼斯的观察时，我们会发现这篇章中也充满了嘲讽："你有那种感觉，我不知道，当你进城时，有人那么看着你，疑心重重……就像他知道你的底细。"[38]与亨德森的小说《土生子》类似，在这篇小说里，对于被发现穿帮的担忧尤为关键，因为其后果是可怕的。普鲁指出，怀俄明是出名的仇视同性恋的地方，其证据是在小说发表后的那年在拉勒米城外发生的对于大学生马修·谢波德的同性恋仇杀。[39]马修是一位敏感的大学生，长着一头金发。他被两名当地少年绑在栅栏（西部定居和分割的终极象征）上并用短棒殴打致死——两名少年是亚伦·麦金尼和拉塞尔·亨德森——他们的脑子里满是扭曲的牛仔神话。华莱士·斯特格纳指出，"那些专程来到旧金山殴打同性恋者的暴徒"只不过是"那些在怀俄明的约翰逊县战争中纵马出去消灭定居者的牧场主"的当代翻版：那些攻击者或许没有佩戴马刺和皮套裤，但在某种层面上，他们是在实施一种西部行为准则，而这个准则他们认为是受到残酷的牛仔神话认可的。[40]

普鲁在《断背山》中最为关心的问题不是那些履行边疆正义的牛仔，

而是来自试图将同性欲望与牛仔神话进行调和的内心侵蚀。所以就小说而言，至关重要的是恩尼斯和杰克想成为牛仔——作为伟大的西部神话的一部分——而且很显然都惧怕同性恋，尤其是恩尼斯。确实，正如海琳·舒加特所指出的，在这篇小说里欲望成为了新的"当代牛仔的边疆，它被演绎得像史诗，浩瀚广阔、扣人心弦、未经加工、粗犷崎岖，宛如真实的边疆，而原型的牛仔就依此得以描绘"。[41]为进一步强调这样的困惑，她把故事的背景设置在20世纪60年代初，这就使得恩尼斯和杰克在压抑的20世纪50年代长大成人。与此同时，他们与内在和外在的同性恋恐惧症的斗争与席卷全国各个城市的普遍的解放运动形成反差——在那个时候以牛仔为代表的男子气概正在备受攻击。所以，从每一个层面上说，恩尼斯在与谴责他的生活方式的各种势力进行斗争。关于这一点，普鲁在小说开篇的描写中就说得很清楚：那是年老的恩尼斯在一个工作日开始的时候围着他那台破旧的拖车房转悠。他现在只剩下一副破碎的躯壳，被生活的重压折磨得不成人形——那是虚构了的酒吧里的牧场主。普鲁在小说的结尾再现了这个拖车房场景，其中恩尼斯流露了他对于"他所知道和他试图相信之间的空间"的信念——这是对于小说里涉及的备受困扰的领域恰如其分的描述。因为正如尼尔·坎贝尔指出，在断背山上，恩尼斯享受着至爱亲朋的"自由牧场"，它在他周围受到道德监控的世界里不断遭到挑战和"封闭"。[42]

这就是恩尼斯同性恋恐惧症的力量，以至于普鲁在小说中最艰巨的任务之一是让他受到杰克吸引的情节可信。她通过对于景观的使用完成了这个任务——这当然是利用标题来传递的一个事实。实事求是地说，这篇小说极好地例证了普鲁的信念，即故事来源于景观。就这个问题她曾经指出：

> 在我的头脑中孤独和海拔高度——即虚构的断背山，那是个既振奋人心又充满敌意的地方——从一开始就塑造了这个故事。那大山必须推动任何发生在两个年轻人身上的事情。……在如此隔绝的高山地区，远离无礼的评论和警惕的眼睛，我想这或许有可能使得故事中的人物进入一个性状况。[43]

断背是在非常真实的怀俄明环境中的一个虚构所在，其地理风貌在杰克和恩尼斯的钓鱼旅行途中进行了描写。"断背"这个地名既暗示令人断背的劳作，又暗示个人在压迫性的社会准则重压下所受的摧残。因为这样的原因，地名既可作为他们之间关系的催化剂，后来又作为他们之间关系

失落的边疆——阅读安妮·普鲁的《怀俄明故事》

的象征，而在他们最初一起放牧羊群的夏天以后，他们两个人不约而同地拒绝重返故地。在一个层面上，普鲁强调山的重要性只是承认，一旦男人逃脱都市，尤其是逃脱"女性化"家庭生活的暴政，男子气概的行为准则就会发生变化。这是海明威笔下的许多人物所面临的男性危机，特别是在他"没有女人的男人"那个阶段。他的《太阳照常升起》（1926）特别值得关注，因为其中描写了一个场景，即小说中的主人公们逃离女人占主导地位的巴黎沙龙而到山间去钓鱼。有那么一刻，比尔·戈顿对杰克·巴恩斯（他是比杰克所受的性伤害更为暴力的形式）说："听着，你真是个大好人，我就喜欢你这样的人。在纽约的时候我不能跟你说这个，那会让人觉得我是个同性恋。"[44]对于同性恋的否定隐含在条件句的使用上，然而还是可以发现由广阔的户外伙伴情谊所引发的男性性道德令人震惊的重新调整。

然而，普鲁的断背并不简单是用来拉近男性关系的背景；在她对于大山的描写中，她编织进了一个神话指涉网络，分别指向古典王国阿卡迪亚、圣经里的伊甸园和孤独的牛仔神话。所有这一切的累积效果足以把大山变成有利于滋养男性之爱的地域。在这一方面，她与亨德森比与海明威有更多的共同之处，因为亨德森笔下的牛仔在由怀俄明演变而来的帕纳索斯得到释放。这两位作家都在探索能够追溯到维吉尔的《田园诗》的阿卡迪亚传统——他在其中创造了具有田园美的土地（"田园"一词来自拉丁文的"牧人"）。在这样一个所在，人们整个晚间都在饮酒、吹排箫、讲述英雄的故事。这是一个男性的世界，女人只是以林地女仙的形式出现，而男性之爱通过某种情感谬误得以自然化和认可。埃里克·帕特森认为，阿卡迪亚在欧洲艺术想象中作为理想的场所重新出现以探讨男性之间的关系。在较为压抑的19世纪，当田园挽歌成为表达可能犯忌的情感可接受的方式的时候，这个艺术特征就变得尤为重要：雪莱把已经故去的济慈变成了《阿多尼斯》（1821），而马修·阿诺德把亚瑟·休·克拉夫变成了《色希斯》（1866）。在其《芦笛》组诗里，沃尔特·惠特曼将这个传统移置到美国，在野性的美国景观的壮丽和边缘中，他似乎认识到了远离社会责难而表达男性之爱的自由。[45]

通过对断背山的描写，包括那些"广阔的花团锦簇的草地"和"清澈的橙黄色"黎明，普鲁显然在尝试召唤这个传统。杰克和恩尼斯放羊而不是放牛这一事实进一步柔化了粗糙的牛仔审美。普鲁的描写回避了性异常领域以强调故事的天真纯洁和田园诗性质,提醒我们关于那些数不清的克劳德·洛兰风景画,那画面中心满意足的牧羊人在照料和保护他们的羊群。这一田园主义的特质在电影版本中受到强调,其方法是通过羊群在滔滔河水中的全景画,所给出的特写镜头是恩尼斯背着一只装在马鞍袋里的羊羔,而杰克则在肩上扛着一只羊涉水趟过溪流:他们都是这一田园诗般的环境中的保护者和养育者,是维吉尔传统的继承人。然而,编码在阿卡迪亚典故中的是这样一个传统,即挑战必然招致惩罚:那山间的空气既"愉快"又"痛苦"。通过杰克承认其帽子上的羽毛来自头年夏天打下来的一头鹰身上,叙述者进一步强调了挑战的危险性。这是竞技骑手典型的战利品,然而据金杰·琼斯所说,这一行为也使他与神话中的流浪者为伍,例如柯勒律治笔下的老水手(他因为射杀了一只信天翁而致使他经受了多年的暴风雨),而在赫拉克勒斯神话中,他因为射杀一头鹰而受到惩罚,其男性情人海拉斯就此消失,给赫拉克勒斯仅仅留下了一件衣衫作为纪念。[46]

田园的快乐和惩罚的威胁之间的关系也在人类被驱离伊甸园的基督教故事中得以展开,而在小说中,叙述者通过对杰克和恩尼斯下山的讲述援引了这个神话。在叙述者的描写中可以感受到有种圣经旧约的共鸣,即对那大山"沸腾着魔鬼的能力"把恩尼斯弹射出去使他"无可挽回地头朝前坠落下去"描写的方式。美国景观与堕落之间的关联一直以来对于人们的想象举足轻重:虽然最初的清教徒定居者能够使他们自己相信他们已经抵达了一个新的伊甸园,他们不能对于潜藏在黑暗的森林里的罪恶视而不见。关于这一点,他们周围出现的印第安人和巫婆的活动(这一矛盾在纳撒尼尔·霍桑的小说《红字》(1850)里进行了探讨)就很能说明问题。对于基督徒来说,一个特别的罪恶就是同性恋情。所以,通过援引人类的堕落,这篇故事为我们对杰克和恩尼斯将要承受的社会谴责进行了铺垫,这一谴责李安在电影里用恩尼斯对阿尔玛·比尔斯婚礼誓词的画外音侵入他对于杰克的情感背离演示出来。普鲁援引的人类堕落的典故也使她把原本是庆祝异性恋关系的神话颠倒过来。在他们堕落前的乐园里,杰克和恩尼斯吃着禁果,获得关于他们自身的知识,这一知识他们没有压抑,而是转化成了爱情。

普鲁的文学经典和圣经典故为同性恋关系的绽放和随后的厄运提供了一

失落的边疆——阅读安妮·普鲁的《怀俄明故事》

个神话语境。这一神话化过程为她对最为相关的神话的解剖提供了背景——即关于牛仔的神话。然而，就像他们之前的戴蒙德一样，他们根本就不是真正的牛仔：他们整整迟到了一百年，而且他们是牧羊而不是牧牛。他们只不过是用他们十加仑的宽边帽和珍珠母纽扣衬衫买到了进入神话的身份。这一表演元素在电影里通过对他们深思熟虑的动作、手势和站姿的调度着重指出来，而这些他们认为是适合牛仔身份的（尤其是在阿吉雷的拖车房外的开篇场景中）。所有这些都由乡村歌曲和西部歌曲的元叙事加以强调，旨在提醒我们指导他们行为的神话。然而，正如我们所看到的，当牛仔神话由两个情感困惑的怀俄明牧场雇工来阐释时，它就并非那么清晰明了。对于杰克来说，其重要性是通过他在断背山时的一个影像捕捉到的，当时他正站在篝火前，而恩尼斯悄悄溜到他背后并默默地把他抱在怀里，那拥抱"满足了一些共同、无性的饥渴"：

> 他们就这样在篝火前站了很长时间，燃烧的篝火泛着红红的火光，他们的身影在岩石上形成一根柱子。时间一分钟一分钟地在恩尼斯口袋里的圆形表上滴答走过……恩尼斯的呼吸缓慢而安静，他哼唱着，身体在火光中稍许摇晃，而杰克则贴着他沉稳的心跳……直到恩尼斯想起他童年时母亲还在世的时候已经陈旧得几乎不再使用一个说法，"该睡了，牛仔。我得走了。走啊，你站着都睡着了，像马一样"。他把杰克一晃一推，随后走开，消失在黑暗里。杰克听到他在上马时马刺的颤动，听到一句"明天见"，那马喷着颤栗的响鼻，和马蹄在石头上发出的嘎吱声。

亨德森在《土生子》里使用了一模一样的站姿，因为是从身后环抱，所以不会有眼神的对视，这就成为一个跳板在下文用八页的篇幅去探讨布鲁内化了的同性恋恐惧症："我要是转过身去抱着他会怎么样？"他喘了口气这样问道，同时又自问自答："要是有人开车经过这条路刚好看见——但是为什么会有人来呢？那我就死定了。或者是完了。"重要的是，布鲁并没有转过身来。[47] 杰克像布鲁一样也没有转过身来，因为如果这样做的话其实就是承认另一个男人的在场并且粉碎这个幻想。在普鲁的版本里，这个幻想并不仅仅与性欲有关，而且是对于他们童年梦想的探索。激情被"共同、无性的饥渴"所取代，而无名无姓的恩尼斯承担了母亲和情人的角色，使杰克得以回归成为一名牛仔的童年梦想。这是个在篝火的闪烁中铸就的梦想，被透不过气的传统曲调的演奏、马的嘶鸣和马刺的颤动吹拂起来。通过恩尼斯的观察,"你站着都睡着了,像马一样",叙述者巧妙地扩展了牛仔最好的朋友是马的神话。这是一个完美的互惠时刻,其象征是他们两个人融合成了一个单一的身影。然而,身影也呈现了他们厄运的黑暗的伏笔,其象征意味因为怀表的出现而得到加强。那怀表是乔·阿吉雷雇用他们时在拖车房里送给杰克的。现在怀表就躺在恩尼斯的兜里,提醒着他们断背山以外的世界,在那儿是上班时间。在断背山上,时间是用他们的哼唱、轻柔的摇晃和计算他们共同的幸福时光的沉稳的心跳来衡量的。

对于杰克和恩尼斯来说,牛仔梦植根于童年的幻想。就像戴蒙德·费尔茨一样,两个人都存在于受到阻滞的发展状态,他们的童年都受到死亡和凶狠的父亲的伤害。牛仔梦是少数那些能够支撑他们继续前行的东西。恩尼斯回忆起他不善于表达感情的父亲用警句为自己的暴力育儿哲学做辩护:"什么都不能像伤害人那样让他听话"——而小说里的男人从头到尾都在"伤害"。恩尼斯回忆起在他小时候有一次家长为了警示他,把他带去看一个怀疑是同性恋者的残缺不全的尸体。在电影版本里,这一场景的冲击力大大增加,因为按照奥萨纳/麦克默特里的镜头提示,我们是通过恩尼斯的眼睛看到的尸体,"我们看到恐惧闪过他九岁孩子的脸上"。[48] 这一行动被证明异常成功,因为恩尼斯像他父亲一样怀着对于同性恋的恐惧长大成人。当他的父母遇害时,感情迟钝的幼年恩尼斯不是向他的哥哥和姐姐寻求安全感,而是在不同的牧场上一刻不停地劳作:所以,牧场的劳作对于恩尼斯而言与家庭生活的观念密切相关。

杰克也是严厉的父母养育的结果。在堪比戴蒙德在游乐场的骑牛经历的对于其性身份的发展具有重要影响的回忆中,他说起在他三岁时因为在浴室的地面上洒水遭到他父亲的野蛮殴打并且往他身上撒尿。尤为重要的是,在此过程中,杰克注意到他的父亲没有割包皮,那包皮对于一个小男孩来说看起来就像是"一个解剖学上的矛盾",而"我就见过他们把我割成另外一个样子,就像是割耳朵或者是烫烙印。自那以后也没有办法跟他问个清楚"。而我们想问,自什么以后?从弗洛伊德的观点看,杰克或许是惧怕那已经部分实施的阉割——这是一个将要伤害他一生的启示;又或许是因为正是在这个确定了他性状态的要素上他被当成了一头小牛。[49] 不管是什么原因,这标志着他与父亲不同,而他的父亲似乎也注意到了他的"不同"。像戴蒙德一

143

失落的边疆——阅读安妮·普鲁的《怀俄明故事》

样,杰克从他父亲的严厉作风中退却,进入了超男子气的孩童世界;他的骑牛生涯表明了他希望给他竞技骑牛的父亲留下深刻印象的决心,而他那间自他离开以后就保持原样的卧室对于一个意欲假扮牛仔和印第安人的年轻人来说就是一个圣地。

  正是因为大山的存在才使得这两位主人公实践这些童年的幻想。当杰克停下他的皮卡车时,那些人物似乎回溯到了过去的时间:这是 1963 年,然而却没有任何有关越南战争、刺杀肯尼迪、或者是民权运动的新闻。文中所提到的唯一的当代事件,即 1963 年 4 月美军长尾鲨号潜艇的沉没,只是在人们经历着"无可挽回地头朝前坠落下去"时强化了他们受困于幽闭空间的主题。在山间,他们可以假扮成牛仔,围坐在篝火旁,喝着威士忌,讲述他们曾经拥有过的马和狗的故事。杰克甚至扮成了口琴,而恩尼斯就像当代的吉恩·奥特里一样跟着唱了起来!如帕特森指出的那样,文中唯一提到的歌曲《草莓马》是一首幽默的牛仔歌曲,说的是一位未能降服一匹野马的骑手的故事:这首歌影射了促使他们聚首的荒蛮的西部男性气概的世界,并且展望了杰克在试图掌控恩尼斯时将要遭遇的麻烦。[50]

  然而,在这装腔作势的男子气概之下,普鲁着手探讨构成他们粗犷的生活方式基础的矛盾。牛仔们或许外表强悍,但是他们所从事的工作要求他们同时也是厨子、接生婆、养育者和赡养人——所有这些都是与女性气质一致的富有同情心的角色。格雷特尔·埃尔利希创造了一个"雌雄牛仔"(原文为"androgynous cowboy")的词汇来描述那些斜眼看人、冷酷无情的万宝路牛仔需要具备的家庭素质。[51]在断背山上,叙述者通过耐心细数家庭生活常规揭示了这一矛盾,其中一个人要做饭、打扫卫生,同时另外一个人要警戒和来回奔波——这些角色符合常规的异性恋家庭角色。值得注意的是,恩尼斯和杰克时常交换工作——这表明,与乔·阿吉雷随意安排的工作相比,他们更愿意遵循不同的性别角色,尤以杰克偏好更加"女性化"的角色。令一些批评家惊愕的是,李安的电影版本花费了大量时间来建立营地常规,以便在杰克和恩尼斯的第一次性接触之前发展他们之间的心理亲密感。有两个新增的场景促进了这一过程:当恩尼斯带着给养返回到等待着的杰克身边的时候,他的马受到了一头黑熊的惊吓,这就引发了一个熟悉的异性恋家庭冲突。起初,等得不耐烦的杰克感到生气,因为他的食物没有"摆在桌上",但当他注意到恩尼斯身上的伤时,他的情绪马上变了,并且不假思索地摘下自己的围巾举到恩尼斯的额头上。奥萨纳的剧本提示说"杰克迟疑了……尴尬地……把围巾递给恩尼斯",这是本能的温情一刻在最后关头得到了控制。[52]而在随后也是新增的场景中,他们两人在一同猎鹿——这是确定无疑的男子汉气派的亲密关系。

他们的家庭角色、午夜饮酒和孤独感的持续强化使得他们基本上不需语言交流的恋情得以发展。然而,从"好友"到性伴侣的跳跃意义深远,尤其是因为其对于自己身为牛仔的观感的影响。值得注意的是,两个人用来描写他们行为的措辞——杰克受气候影响的"枪支走火"和他随后公开宣布这是"一锤子买卖"——表明当他们被框定在牛仔神话的语言范围之内时,他们只能把他们困惑的感情具体化。叙述者与这些典故是同谋关系,描写了四年以后他们在其中重铸他们关系的汽车旅馆房间,其措辞像是描写仓库,"那房间闻起来臭烘烘的,有精子味、烟草味、汗味和威士忌味,还有旧地毯味、酸酸的干草味、马鞍皮味、粪便和廉价的肥皂味"。甚至是恩尼斯承认他们之间的关系所蕴含的危险——把他们的欲望变成了一匹野马,就像"草莓马"一样增强而不是违背他们共享的男子气概。

牧场上的家:牛仔和家庭生活

自他们从断背山上下来以后,两个人似乎注定过上了漂泊不定的流浪生活。他们已经偏离了阿吉雷"与羊同宿"的禁令,叙述者挖苦地指出,当恩尼斯和杰克的羊与另外一群羊混在一起时,"似乎一切都以令人不安的方式混合在一起"。他们对于同性恋情的否认似乎是空洞的,叙述者在恩尼斯的表白"我绝不不是同性恋"中贴切的双重否定表明了含混不清的接纳度缺失,而他的干呕则表明他既因爱成愁又对自己的行为感到恶心。因此,如果把他们的婚姻生活——即恩尼斯和阿尔玛的婚姻生活被压缩为几个段落——阐释为遵循更为安全的固定性模式的尝试会容易一些。而因为他们的同性恋情,这些模式注定要失败。但这样说就过于简单化了。至少恩尼斯对于其他男人没有偏好,再说虽然他与阿尔玛的性生活再现了他与"野马"杰克的性生活,他们的婚姻并没有受到厌女症的妨害。事实上,李安走得更远。他增加了若干场景,其用意是暗示恩尼斯较为成功地适应了异性恋家庭生活。他

失落的边疆——阅读安妮·普鲁的《怀俄明故事》

所呈现的画面包括这对幸福的夫妻滑雪橇（"阿尔玛兴奋地尖叫着；恩尼斯也高声呐喊"）以及一起观看汽车电影（"恩尼斯的手臂搂着她，她怀孕了，刚开始显怀"）。当女儿们出生时，家庭生活变得比较艰难，但恩尼斯并不是一个愤世嫉俗的父亲，而是一位颇具爱心的父亲形象。事实上，电影里的两个男人都被呈现为更好的父亲：恩尼斯即使是在离婚以后依然受到女儿们的爱戴，而杰克则在一个典型的表现男性情谊的场景中教他的儿子开拖拉机——"喔，儿子，干得好。还脱手开！"[53]

　　然而，损害这一家庭和谐的是杰克和恩尼斯对于彼此的欲望和他们的牛仔理想。李安通过增加一个场景来探讨和放大对于恩尼斯境况的讽刺，而在这一场景中，恩尼斯带着全家人参加一次7月4日国庆节野餐。在燃放焰火的过程中，他被两个满口脏话的骑行者可怕的色情评论所激怒，于是就直截了当地把两个人打走了事。[54]这是一个堪比《谢恩》的场景。随着他把牛仔帽戴到头上，在节日焰火映衬下的剪影里，他看起来似乎代表了所有牛仔神话里的男子汉美德：这是一副深思熟虑的形象，时刻准备着用行动而不是言辞去保护他的家庭。然而，这也是一个充满讽刺的场面，因为正是在保护他家庭的具体行为中，恩尼斯展现出了将要损害家庭的特征。首先，他的暴力行为与其说是出于自卫的侠士行为还不如说是他难以言表并受到压抑的欲望的爆发。这一暴力行为通篇出现在诸多因为暴怒而大打出手的场景里，并且有可能指向他所关爱的人——在山上的最后一天指向了杰克，也指向了阿尔玛，因为他认为她"越过了他的底线"——正如针对那些对他的家庭构成威胁的人一样。其次，因维护家庭而产生的牛仔暴力一直以来就是策马奔向夕阳的前奏，远离了威胁到他神话地位的家庭生活。我们知道，恩尼斯不会骑马奔向任何地方，而即便他这样做，那也是与杰克一起，其彼此的关系将会对于家庭单位构成最为公开的挑战。

　　恩尼斯婚姻的失败并不仅仅是因为他受到压抑的同性恋情，还因为他的家庭生活与他的牛仔梦想不匹配。普鲁的叙事说得明白，恩尼斯起初对于家庭生活很满意，因为他能够将其视为牧场工作的延伸。他们在海特普牧场的卧室被描述为"弥漫着旧血渍、牛奶和婴儿屎尿的味道，耳朵里听到的声音是婴儿的啼哭和吮吸以及阿尔玛睡眠时发出的呻吟，所有这些对于一位与家畜打交道的人来说都昭示着丰饶和生活的延续"。他的马、他的女儿和杰克——都是他最为钟爱的——统统都有一个同样的昵称"小亲爱"，这表明当恩尼斯通过牛仔的眼睛审视他的生活的时候,他感到心满意足。但当他们一家搬到洗衣房楼上时,问题就开始出现了,因为在那儿家用电器的翻滚取代了风滚草的低语。

西格诺和里弗顿无论是在小说里还是在电影里都是令人难以忍受地荒凉。奥萨纳和麦克默特里都承认在电影视觉方面受到理查德·艾维顿的摄影集《美国西部》的影响。理查德·艾维顿是一位摄影师,他因为其呈现的"彪悍地方的彪悍人生"的"严峻美"而受到普鲁的称赞。[55] 这种"严峻美"是罗德里格·普瑞托(摄影师)和朱迪·贝克(艺术指导)在电影里寻求实现的东西。普瑞托通过使用两种不同类型的胶片把都市和田园区别得很清楚,以便创造出微妙的文本效果,而贝克则使用了更为柔和的颜色使得城市"比山区场景更灰一些、更粗糙一些"[56]。例如,恩尼斯在里弗顿的公寓内部暗淡并有幽闭感,那低矮的照明给人的印象是他对于房间来说显得个头太大了,他就像是被囚禁的动物一样在里面踱步。

普鲁的叙述交代得清楚,阿尔玛离开恩尼斯的决定与其说缘于她怀疑恩尼斯的同性恋情,还不如说因为他"不愿意走出自我去寻找点乐趣"、他在育儿方面有限的投入和"他对于低收入、长工作时间的牧场工作的渴望"。普鲁对于阿尔玛的处理细致入微:她了解恩尼斯的所作所为;叙述者告诉我们说阿尔玛曾经瞥见他在他们里弗顿公寓的楼梯井亲吻杰克,随后附加了一个平常然而却悲剧性曲折的评论:"她看到了她看到的"。电影里呈现的是另外一个场合,当时摄影机的视角归属于一个人物的监视(显然是阿吉雷通过望远镜观察杰克和恩尼斯,当时他们正在山上嬉戏),而同时他们的反应通过其面部表情传递出来。阿尔玛的脸上挂着震惊的错愕:这样的场景远远超出了她的经验范畴,以至于她能够欺骗自己,并且正如恩尼斯随后在杰克遇害时所做的那样,利用"她所知道和她试图相信之间的空间"。她陷入了对此的否定之中,半心半意地收集有关她疑虑的证据(在他的钓鱼线上拴纸条),然而却忽视她自己的眼睛看到的证据。正是这样一个空间使得她取得了婚姻的成功。

杰克自断背山以后的坠落以碎片化的形式讲述出来,这就使普鲁得以强化他们处境的自相矛盾。像戴蒙德·费尔茨一样,杰克通过竞技实践了他的牛仔幻想,然而他似乎也明白其表演性:"可不像我爸爸那时的光景了。如今有钱的人上大学,都是些受过训练的运动员"。我们看不到处于行动中的

失落的边疆——阅读安妮·普鲁的《怀俄明故事》

他；他的成就——那是他个人所受伤害的目录——是当杰克和恩尼斯在西埃斯特汽车旅馆团聚时用粗鄙的细节向恩尼斯讲述的。所以，叙事时机的把握刻意将杰克的超男子气的话语与他跟恩尼斯的性活动加以对比，把两者放到一起进行具有讽刺意味的观察，即在他离开恩尼斯的这些年里他"骑的不仅是公牛"。在李安的电影版本里，杰克的竞技生涯被加以发展，以便探讨在西部环境中更为女性化的男性所面临的危险。男人们似乎都"知道"杰克，这一元素被电影通过一个新增的场景加以渲染，其中他试图为一位此前曾经保护他免受伤害的竞技小丑买杯酒喝。麦克默特里/奥萨纳的镜头提示标注道："有那么一种类似颤抖、感应的东西使小丑感到不安。"当小丑与一群酒客坐到一起时，他说了些什么话使得那些酒客都盯着杰克看，而杰克也意识到他最好离开。[57]

所以，在小说和电影两个版本中，杰克与劳琳的婚姻都被呈现为寻求异性恋和财务安全感所下的赌注。劳琳是一名绕桶赛手，而绕桶赛是唯一为女性专设的竞技项目。这样一个事实似乎化解了家庭生活与牛仔神话之间的矛盾。然而即使是在这一方面，就像在断背山上一样，还是杰克陷入了女性角色，操心他儿子的教育问题，而"劳琳既有钱又发号施令"。随着竞技场的喧嚣让位于劳琳坐在桌前手拿计算器的形象，我们得到的提示是两个男人所面临的家庭生活的监禁。在普鲁的文本中，杰克的岳父（其农业机械生意代表了牛仔梦所否认的一切）从杰克的行为中明显意识到一些异样，因为这一行为与他观念中一个男人、特别是一个女婿应有的样子并不相符，因而也乐意付出一笔数目不菲的钱把他摆脱掉。在电影里，这一本来身处边缘的形象变成了一个性格饱满的人物，L.D.——即在杰克的成长过程中的阿吉雷和约翰·C.退斯特的替代"种鸭"。他不断损害这个年轻人作为丈夫和父亲的角色。当鲍比出生时，我们看到的是 L.D. 与容光焕发的母亲在一起的画面，而把温柔软语的杰克排除到生殖过程以外，"他是外公唾弃的人"。[58] 随着他把钥匙甩给杰克让他到车上去取配方奶粉，这就与阿吉雷拖车房里的那个场景相呼应：像恩尼斯一样，他不值得伸出手去。在电影临近结束时，L.D. 对于杰克娘娘腔行为的鄙视一览无余，其时他坚持在吃感恩节晚餐时让鲍比看橄榄球赛："你想让你的儿子长成一个男人对吧，女儿？（直视杰克）男孩子就该看橄榄球。"[59]

148

打猎、射击、钓鱼

从家庭生活中的逃脱来自经久不衰的美国方式：打猎和钓鱼旅行。尤为重要的是，杰克和恩尼斯没有回到断背山，原因是他们不希望这地方因为几次"高海拔性交"而玷污其象征性的重要意义。相反，叙述者把他们的关系压缩进一篇游记，其中他们历数沿途的景观——"大号角、药弓……猫头鹰溪、布里杰－提顿草原"——这唤起了荒蛮西部的精神。电影剧本把地理变成了神话，其中也引用了经典的西部片场景——他们骑着马"就像《午后枪声》里的伦道夫·司科特和乔尔·麦克雷"——以强化他们旅行中刻意谋划的表演性质。[60] 李安通过与几对基本上功能失调的异性恋关系的对比强调他们两人共处时的幸福：恩尼斯与凯茜的关系在普鲁的小说里由不相干的事情发展而来，其实两人也并非发自真心；他们大白天在肮脏不堪的酒吧里买醉跳舞是对象征他对于杰克爱恋的一个理想化时刻的嘲讽。劳琳岁数越大长相越丑，她那茂密的头发和浓重的化妆已经无法隐藏那位难缠、大烟枪的女商人了：她是名副其实的父亲的孩子。L.D. 和约翰·C.退斯特都被描绘为十分霸道的人，他们都成功地把自己的妻子恐吓成了唯唯诺诺的人。阿尔玛的第二任丈夫门罗呈现了一种新型男人的形象，但是他一边沾沾自喜地看着恩尼斯一边用电切刀拘谨地片切感恩节火鸡肉的样子足以让我们怀念起L.D.的主张，即"让种鸭干切割的事"。[61] 最可恶的是杰克和劳琳的朋友马龙一家。他们在普鲁的小说里也是边缘性人物，但是在麦克默特里/奥萨纳的电影剧本里他们成为性格丰满的人物。在一个增加的西部舞场景中，李安把勒肖恩表现为一个无聊透顶又喋喋不休的女人，而她的丈夫和杰克则逃到外边。此时她的丈夫建议他们一起逃到一间小木屋里，这样他们就可以"喝点威士忌，钓钓鱼。跑得远远的，你明白吗？"杰克当然明白，而电影所传递的信息令人不安地清晰：家庭生活和颐指气使的女人把男人赶到树林里去重新发现他们的男子气概，有时其结果出人意料。[62]

考虑到异性恋关系在电影里受到的短暂的忏悔，或许令人感到意外的是杰克不断尝试在自己和恩尼斯"小小的肉牛繁殖经营"梦想中复制这样的关系。在普鲁的文本中，我们有理由相信恩尼斯的回绝与其说缘于他所提出的

失落的边疆——阅读安妮·普鲁的《怀俄明故事》

实际原因——即暴力的威胁和他养育女儿的需要——还不如说缘于他自始至终都对自己的同性恋情否认的事实。所以，在最终分手时，恩尼斯因为杰克委婉说辞的墨西哥之行而对他进行攻击的暴力行为不仅是因为受到妒忌心的刺激，还因为担心一旦承认杰克的性取向就必定牵扯到自己的性取向。正如恼怒的杰克宣称道："我们满可以一起过上好日子，他妈很好的日子。可是你不愿意，恩尼斯，所以我们现在只有断背山。"由于故事在20世纪80年代结束，如果他们移居到墨西哥城，或者任何没有牛仔的地方，他们之间的关系或许真的会以不同的方式收尾。但是对于恩尼斯来说，这根本不可能，因为他与杰克的关系只有透过牛仔怀旧的棱镜观看方才显得圣洁。没有了断背山那令人鼓舞的梦想，他只能承认他自身真实的性本质。

普鲁回忆起在她写小说的结尾时她"几欲落泪。他们的生活如此艰难我感到有愧，然而我对此又无能为力。那故事不可能以其他的方式结尾"。在W.C.哈里斯看来，这一表态简单地迎合了传统的固见，即同性恋情一定会结局很惨。他援引薇拉·凯瑟的小说《教授的住宅》（1925）中的汤姆·奥特兰和罗迪·布莱克、田纳西·威廉斯和爱丽丝·沃克作品中乡村环境下的同性恋关系作为相反的例证。[63]然而，这样的批评忽视了恩尼斯对于牛仔神话的依恋，而这一神话使他深深地植根于怀俄明。其次，普鲁的结局提供了一个机会来探讨不同的人物对于杰克死亡的复杂反应——这些反应再次探索了"他们所知道和他们试图相信之间的空间"。劳琳在电话上与恩尼斯的通话为她和整个世界净化了杰克死亡的神秘性。尤为重要的是，我们并没有直接听到她的讲述，事情是由叙述者从恩尼斯的视角来报告的，而她"平板的声音"这一细节暗示她是在机械地重复另外一个人的讲述。即使是当我们听到她自己的声音时，我们对此的反应也受到恩尼斯的观察的引导，即"她显得彬彬有礼，但是那细微的声音像雪一样冷冰冰的"——那口气显然出自某个试图掩盖一桩丑闻的人，而不是在哀悼一位亲人。具有讽刺意味的是，她提及断背山时将其表述为"蓝鸟在歌唱，还有流淌着威士忌的泉眼"的地方以指出杰克的妄想癖好，而这也只是强调了她自己的妄想癖好。正如帕特森所指出，这些词句来自一首古老的流浪歌曲《巨石糖果山》，说的是每一个流浪汉都快乐地生活在一起的人间乐园。这首歌由伯尔·艾夫斯唱红，但是他的版本是老歌的净化改编版，而在老版本里男性之间的关系要亲密得多。具有嘲讽意味的是，劳琳似乎像艾夫斯一样更乐意接受事件的清洁版本。[64]

第四章　牛仔

然而对于恩尼斯来说，杰克的死亡只能解释为同性恋恐惧症的结果，其象征是轮箍铁。正是这一版本在电影中劳琳的叙述部分被描绘出来，从而特别推崇了其真实性。然而不幸的是，这是应验了恩尼斯父亲的警示，所以也是对他此前拒绝与杰克共同生活的正当辩护。对于恩尼斯来说，暴力的威胁一直存在，所以，在把他带回到断背山最为理想化时刻的梦境里，他们在篝火旁共用的伸出豆罐的汤勺柄"就是那种能被用作轮箍铁的东西"。

相比之下，那些衬衫就成了他们被压抑的爱情的象征，即对被英勇的赫拉克勒斯拥抱的海拉斯的记忆。这些衬衫最初在小说的开场白里提到过，"挂在钉子上的衬衫微微地颤动"，其中的不及物动词"颤动"既暗示性冲动又暗示对其的恐惧——这是对于他们之间关系恰如其分的描写。然而，只是当恩尼斯在杰克布置得孩子气的卧室壁橱里暗藏的壁橱（显然是压抑的象征）里发现这些衬衫的时候，它们的重要性方才得以解释。在电影里，镜头起初是对着恩尼斯的方向，似乎是那些衬衫吸引他走向壁橱并且使他最终释放对于杰克的感情。它们被描述为"像两层皮肤，里外各一层，两层又合在一起"，上面还沾着他们最后一次冲突时留下的鲜血。那血既是他们痛苦分手和各自表述对于对方感受的痛恨的象征，也是他们在边疆神话中歃血为盟的兄弟之情的象征。尤其值得注意的是，杰克的衬衫裹着恩尼斯的衬衫，与他们在篝火旁的象征性闪回中彼此的位置刚好相反，所传递的暗示是杰克已经把自己视为感情脆弱的恩尼斯的保护者。其次，也只是通过衬衫的替换恩尼斯方才有准备拥抱杰克，把脸贴到衣服上，同时试图唤起对于他们在断背山上的拥抱的回忆。

最恰如其分的是衬衫和一张断背山的明信片会在恩尼斯的拖车房里成为对于杰克的圣物，因为明信片一直被他们用作安排约会的方式。所有这些都被存放在壁橱里，而在故事的最后一个场景里，当恩尼斯返过身来开口说"杰克，我发誓——"，他省略的话使我们得以猜测他的情感。这样的措辞很像婚礼誓言，其寓意是如果再有一次机会，恩尼斯会走出壁橱去拥抱他与杰克的同性恋情。然而，这样的情怀即刻被叙述者顿降的观察所削弱，"杰克从来就没有要求他为任何事情发誓，杰克自己也不是个爱赌咒发誓的人"。

在电影版本中，这个场景被新增加的几个细节进行了润色，这就改变了我们对于这个表述的阐释，而同时暗示了一个较为快乐的结局。当小阿尔玛要求恩尼斯参加她的婚礼时（她花里胡哨的未婚夫切维·科迈罗是他乡下人

151

失落的边疆——阅读安妮·普鲁的《怀俄明故事》

男子气的粗俗体现），他用他惯有回答来逃避情感承诺："本来说好了在提顿山附近赶牛的。"此前他与杰克在一起时遇到这样的情形他是不可能改变决定的，然而现在小阿尔玛表现出的失望使他改变了主意："我估计他们还能另外找个牛仔……我的小姑娘……毕竟是要结婚了。"[65]家庭责任和关爱最终战胜了牛仔精神，这种牛仔精神的庆祝方式是凯茜留下的廉价的白葡萄酒，当然也是对于他自己失败了的异性恋关系的提示。然而，当她开车离去以后，他回到了藏着他对于杰克的圣物的壁橱。尤其重要的是，衬衫再一次被颠倒过来放，其中恩尼斯象征性地紧抱着杰克，所传递的暗示是在死亡中他预备承认他的爱情。(这是莱杰尔的观点，也支持了普鲁的论断，即他"比我更了解恩尼斯的所感所思"。[66])在这些情形中，罗伊·格伦德曼争辩说，恩尼斯的省略句"杰克，我发誓"显然应该在他女儿婚礼的语境中理解，以作为他自己的秘密婚姻的发布。[67]随着摄影机的摇动，李安建构了最后一个多框架镜头：壁橱门框住了他的秘密圣物，拖车房的窗户框住了外面的大路。其象征意义是明确的：他依然秘密地与杰克联姻，但是又决心沿着大路走下去，以他女儿的婚礼寓意的家庭之爱和异性之爱作为开端。恩尼斯从他所爱的人的死亡中——他父母的死和杰克的死——比别人更清楚从大路偏离所引发的危险。

《断背山》以外

正如在本书的开篇所言，《断背山》已经成为独立于普鲁原创小说的文化现象。颇具讽刺意味的是，李安版的电影比《怀俄明故事》里的任何一篇都做得更多，从而把人们的注意力引向了作为西部作家的普鲁。而电影所做的大量工作也把人们的注意力引向了怀俄明；而根据愤怒的当地人的说法，都是因为错误的原因。正如一位谢里丹的牧场主抱怨道："他们就这样用这部电影杀了约翰·韦恩。我一辈子都在干这个行当，我从来就没有碰到过没有同性恋牛仔"（双重否定的讽刺意义在于它写不到剧本里去）。[68]而对于他来说不幸的是，据怀俄明旅游委员会的查克·库恩斯说，人们蜂拥来到怀俄明去寻找断背山（全然不管这山其实是虚构的，并且在电影里是用加拿大落基山的镜头呈现的），寻找现实生活中的杰克和恩尼斯，而让不情不愿的当地人扮演其合适的西部角色。[69] 不仅如此,即便在那些乐于承认《断背山》的故事是完全虚构的读者中间,仍有一些读者对普鲁的结尾感到不满,他们自行其是地创作小说的"改进"版,以便达成他们特定的情感或政治议程。"我希望我从来就没写过这篇小说",这是普鲁在2008年对《洛杉矶时报》的记者苏珊·索尔特·雷诺兹所做的解释,随后又多少简洁地加了一句:"他们显然没有搞清楚要旨,如果你搞不定你就得接受。"[70]

看来《断背山》是一个会在反讽的包裹下缩水的故事,特别是涉及到电影版本时。电影在大西洋两岸赢得了评论界的好评和所有可能的奖项(威尼斯电影节金狮奖;英国电影学院奖;金球奖最佳影片),但是没能赢得奥斯卡最佳影片,从而引发了普鲁的"红毯"吐槽。[71] 如果说学院奖评奖委员会在考虑一个国家的舆论还没有准备好接受对于其民族偶像的重新阐释会比较容易。在全国各地,影片遭遇了敌意。犹他州一个镇上的居民手举写有颇具讽刺意味的标语"撒旦的军队"的标语牌围堵了当地电影院,史蒂芬·班尼特在其恰如其名的"直话直说电台"上表示说,这是"美国悲哀的一天,一部赞美同性恋、通奸、危险并且致命的无保护肛交和欺骗的电影在角逐今年的最佳影片"。[72] 更具爆炸性的是,《世界网络日报》一位情感强烈的编辑大卫·库珀里安尖叫道:"好莱坞已经强奸了万宝路牛仔。"[73] 在学院内部,同性恋恐惧态度并不明显,虽然当类似托尼·柯蒂斯这样的硬汉宣称说他无意观看这部电影时,其意思是明确的。[74] 然而,如果说要让同性恋恐惧症为电影《断背山》的失利承担责任则太过简单化了。正如查尔斯·梅勒指出,好莱坞同性恋话题的记录不错:早在1969年,约翰·施莱辛格的影片《午夜牛郎》就赢得了最佳影片奖,虽然这其中呈现出了在性欲方面妥协了的当代牛仔形象;而最具启发意义的是,就在《断背山》错失最佳影片的同一年,菲利普·西摩·霍夫曼因为在同名电影中饰演异常女子气的作家杜鲁门·卡波特而获得最佳男演员奖。而这就是关键所在:好莱坞喜欢处理重大而保险地不同的性差异。卡波特是可以接受的,因为他的女人气质还达不到恶搞的程度;《断背山》则通过呈现两个碰巧爱上对方的普通男人违背了这一基本规则。[75]

然而,这只是故事的一半:除了那些被电影的主题冒犯了的评论家以外,还有一些人对于他们认为普鲁小说里对于问题的处理感到愤慨。《纽约

153

失落的边疆——阅读安妮·普鲁的《怀俄明故事》

书评》杂志的丹尼尔·门德尔松就抱怨电影版本对于小说的去色情化，以及将其作为"具有普遍意义的爱情故事"的营销方式。[76] 这包括焦点影业长达49页的宣传资料没有一次把电影的主人公指称为同性恋者；精心设计的摄影照片中男演员与他们电影里的妻子出双入对；还有一幅海报，其中两个情人脑袋的"倒影"似乎在模仿异性恋爱情故事《泰坦尼克号》中的情节。新闻界在这个"异性-正常化"过程中串通一气，通过援引传奇的异性恋关系不断将这个恋爱关系进行情境化：瑞克·穆迪在《卫报》上将其与《罗密欧与朱丽叶》画等号；《基督教世纪》的约翰·佩特拉基斯提到了《呼啸山庄》；而《费城问询报》的卡丽·瑞奇则提及《特里斯坦和伊索尔德》的故事。或许最为贴切的是在《今日美国》中，麦克·克拉克把电影描述为一个"未曾实现的怀俄明爱情故事"，然后又说，"但是这一次，我们并不是指《谢恩》中的艾伦·拉德和吉恩·亚瑟"。[77] 事实上，电影制作人员和批评家做了牛仔神话的守护者们已经做了数代的事情：他们将其去性别化，疏离那些为其激进的内容欢呼的同性恋批评家。所以，电影成功地疏离了保守的和同性恋批评家，最终导致了奥斯卡之夜的惨败以及杰克·尼克尔森极富表情的感叹——"哇喔！"

普鲁笔下的牛仔是一些迷惘的年轻人，他们想成为谢恩那样的人，然而却创造了具有怀旧般幼稚和深刻矛盾的西部男子气概版本。没有什么地方比在他们性欲发展过程中的迷惘表现得更清楚了，关于这一点杰克·舍费尔笔下的人物提供了一个糟糕的榜样，尽管他做出十足的男子气概。在她的《怀俄明故事》中，普鲁向谢恩举起了哈哈镜以揭示其傲慢的男子气背后黑暗的软肋。他被变成了拉斯穆森·汀斯利这样的古怪形象，其性能力被压缩到变态的自我裸露，以及戴蒙德·费尔茨，他的具有孤立、严重厌女倾向的牛仔男子气概使得他的内心与拉斯穆森的外表一样丑陋。在《断背山》里，普鲁揭开了一个神话的盖子，这个神话以女性和家庭生活为代价增进男性之间的关系，然而却激烈地谴责男人之间的性亲密行为。这并不简单地是个普鲁的"同性恋牛仔故事"，因为这样的标签会削弱其广泛的涵义，而是在她兴趣的发展过程中自然的一步，其方式是景观和神话能够扭曲性身份（这个主题在她《怀俄明故事》的第一篇——《半剥皮的阉牛》中就提了出来）。最为重要的是，普鲁笔下的牛仔在他们寻求适应西部遗产的尝试中被压垮；如我们所看到的，这是普鲁的许多人物共有的命运。他们苦苦挣扎以达成掌控了他们身份意识的典型。没有什么比这种位移在普鲁对牛仔在高平原所受到惩罚的呈现更为意义深远，即我们以下将讨论的印第安人。

本章注释

1　安妮·普鲁，《西部是如何想象出来的》，《卫报：星期六评论》，2005年6月25日，第4-6页；http://www.guardian.co.uk/books/2005/jun/25/featuresreviews.guardianreview24（访问于2013年10月3日）。

2　大卫·考特莱特，《狂暴的土地：从边疆到市区的单身男子和社会失序》，马萨诸塞剑桥：哈佛大学出版社，1996年，第88页。

3　西奥多·罗斯福，《牧场生活与狩猎小径》，纽约：世纪出版公司，1899年，第55-56页。

4　欧文·威斯特，《牛仔的演变》，《哈泼斯》，第91期，1895年9月，第602-617页。

5　威廉·戴尔·詹宁斯，《牛仔》，纽约：斑塔姆图书公司，1972年，第224页。

6　赞恩·格雷，《紫艾草骑士》，1912年第1版；林肯：内布拉斯加大学出版社，1994年，第272页。转引自大卫·费尼莫尔，《长大的坏男孩：赞恩·格雷笔下西部人的荒野生活》，收录于大卫·里欧，阿玛伊娅·伊巴拉兰，荷西·米格尔·圣塔玛莉亚和费利萨·洛佩兹编著的《探究美国西部文学：国际视角》，巴斯克大学出版社，2006年，第57-68页。

7　小威廉·萨维奇，《牛仔英雄：美国历史与文化中的牛仔形象》，诺曼和伦敦：俄克拉荷马大学出版社，1979年，第101页。

8　米兰妮·弗朗茨对该小说进行了精彩解析：《我的牛仔英雄：解构安妮·普鲁〈近距离〉中牛仔神话的浪漫色彩》，硕士论文，休斯顿大学，2007年，第31-32页。

9　弗朗茨，《我的英雄》，第11页。

10　同上书，第26-27页。

11　安东尼·鲁道夫·马加格纳，《识别西部：美国西部的景观、文学和身份》，未出版，博士论文，加利福尼亚大学，2008年，第174-175页。

12　伊丽莎白·阿特伍德·劳伦斯，《牛仔竞技表演：人类学家观看野蛮的与驯化的牛仔竞技表演》，诺克斯维尔：田纳西大学出版社，1982年，第48-49页。

13　同上书，第28页。

14 同上书,第193页。
15 萨维奇,《牛仔英雄》,第104页。
16 阿尔弗雷德·金赛,沃德尔·波默罗伊和克莱德·马丁,《男性性行为》,费城和伦敦:桑德斯出版公司,1949年,第457、459页。
17 安妮·普鲁,《老谋深算》,2002年第1版;伦敦和纽约:哈珀永久出版公司,2004年,第138页。
18 约翰·德埃米利奥和埃斯特尔·弗里德曼,《亲密物质:美国性历史》,芝加哥:芝加哥大学出版社,1988年。普鲁暗指他们整理的诗歌片段,这些片段不仅展演了那些"以男人的方式"去爱的男人们的款款柔情,也展演了牧场工棚里的种种危险:"年轻牛仔们内心充满恐惧担忧/性欲旺盛的老牛仔们曾畅饮啤酒/彻头彻尾的变质腐烂/他们匆匆套上马鞍,骑在马背的后面。"转引自"西部是如何想象出来的",《卫报:星期六评论》,2005年6月25日,第4-6页。
19 维托·鲁索,《赛璐珞壁橱:电影中的同性恋》,纽约:哈伯-罗出版公司,1985年,第81页。另见克里斯·帕卡德,《十九世纪美国文学中的同性恋牛仔和其他与性爱有关的男性友谊》,纽约:帕尔格雷夫·麦克米伦出版公司,2006年,第12页。
20 盖理·尼达姆,《断背山》,爱丁堡:爱丁堡大学出版社,2010年,第55页。
21 同上书,第60-61页。
22 鲁索,《赛璐珞》,第81页。
23 拉里·麦克默特里,改编《断背山》,收录于《断背山:从小说到剧本》,纽约和伦敦:斯克里布纳出版公司,2005年,第140页。
24 小说的电影版:《骑士驰过》(1961),《最后一场电影》(1966),《寂寞之鸽》(1985)。
25 欧文·威斯特,《弗吉尼亚人》,1902年第1版;牛津:牛津大学出版社,1998年,第12、13页。威廉·汉德利,《一部小说和一部电影的过去和未来》,收录于威廉·汉德利编著的《断背山这部小说:从小说到文化现象》,林肯和伦敦:内布拉斯加大学出版社,2011年,第1-23页。
26 简·汤普金斯,《西部的一切:西部人的精神生活》,纽约和牛津:牛津大学出版社,1992年,第150页。
27 见亨德森网站,http://www.williamhaywoodhenderson.com/(访问于2013年9月25日)。
28 安妮·普鲁,后记,《狗的力量》,1967年第1版;波士顿:利特尔-布朗出版公司,2001年,第278页。
29 同上书,第286页。

30　威廉·海伍德·亨德森，《土生子》，纽约：羽毛出版公司，1993年，第52-53页。
31　亨德森，网站。
32　亨德森，《土生子》，第192页。
33　桑迪·科恩的访谈，安妮·普鲁讲述《断背山》背后的故事；http：//www.advocate.com/arts-entertainment/entertainment-news/2005/12/17/annie-proulx-tells-story-behind-brokeback（访问于2013年9月3日）。
34　安妮·普鲁，拍成电影，收录于《断背山：从小说到剧本》，第129-138页。
35　同上书，第137页。
36　同上书，第130页。
37　D. A.米勒，《论断背的普遍性》，《电影季刊》，第60卷第3期，2007年春季，第50-60页。通过JStor获取（访问于2013年9月12日）；
38　http：//townsendlab.berkeley.edu/sites/all/files/DA%20Miller%20On%20the%20Universality%20of%20Brokeback_0.pdf。
39　拉里·麦克默特里和黛安娜·奥萨纳，《剧本》，收录于《断背山：从小说到剧本》，第21-97页。
40　安妮·普鲁，拍成电影，《从小说到剧本》，第130-131页。
41　华莱士·斯特格纳，《蓝鸲对着柠檬水般的泉水歌唱的地方》，哈蒙兹沃思：企鹅图书公司，1992年，第107页。
42　海琳·舒加特，《毁灭激情：〈断背山〉中的教育热望》，《媒介传播批评研究》，第28卷第3期，2011年5月24日，第173-192页。
43　尼尔·坎贝尔，《断背山的"过渡"空间》，《加拿大美国研究评论》，第39卷第2期，2009年，第205-220页。
44　安妮·普鲁，拍成电影，《从小说到剧本》，第131页。
45　欧内斯特·海明威，《太阳照常升起》，纽约：斯克里布纳出版公司，1926年，第116页。
46　埃里克·帕特森，《论断背山：关于小说与电影中的男子气概、恐惧和爱情的沉思》，马里兰拉纳姆和普利茅斯：莱克星顿图书公司，2008年，第78-83页。
47　金杰·琼斯，《普鲁笔下圣地般的田园作品》，收录于吉姆·斯特西编著的《阅读断背山：关于小说与电影的论文集》，北卡罗莱纳杰弗逊：麦克法兰出版公司，2007年，第19-28页。
48　亨德森，《土生子》，第186页。
49　奥萨纳/麦克默特里，《剧本》，第53页。
50　吉姆·斯特西在"埋葬于家庭阴谋中：对杰克与恩尼斯进行模式维持的代价"中提出此论点，收录于吉姆·斯特西编著的《阅读断背山》，第29-44页。

51 帕特森，《论断背山》，第28-29页。

52 格雷特尔·埃尔利希，《开放空间的慰藉》，哈蒙兹沃思：企鹅图书公司，1985年，第51页。

53 奥萨纳/麦克默特里，《剧本》，第11页。

54 同上书，第29、30、59页。

55 同上书，第37页。

56 奥萨纳，《攀登断背山》，收录于《断背山：从小说到剧本》，第143-151页；普鲁，淘金热之后，《卫报》，2005年11月23日；http：//www.guardian.co.uk/world/2005/nov/23/usa（访问于2013年9月4日）。

57 约翰·卡尔霍恩，《山峰与峡谷》，《美国电影摄影师》，第87卷第1期，2006年，第58-67页；http：//www.ennisjack.com/forum/index.php?Topic=16905.0（访问于2013年9月3日）。

58 奥萨纳/麦克默特里，《剧本》，第35页。

59 同上书，第43页。

60 同上书，第66页。

61 同上书，第70页。

62 同上书，第65页。

63 同上书，第76页。

64 转引自W. C. 哈里斯，《断背男同：好莱坞使同性恋者别无选择》，收录于吉姆·斯特西编著的《阅读断背山》，第118-134页。

65 帕特森，《论断背山》，第252-253页。

66 奥萨纳/麦克默特里，《剧本》，第95-96页。

67 拉里·麦克默特里和黛安娜·奥萨纳，《断背的重大秘密，对安妮·斯托克韦尔的访谈》，《倡导者》，2006年2月28日，第42-44页；普鲁，拍成电影，《从小说到剧本》，第137页。

68 罗伊·格伦德曼，转引自哈里斯，《断背》，收录于斯特西编著的《阅读断背山》，第130页。

69 科林·辛德勒的访谈，收录于P. 谢尔威尔，约翰·韦恩制作，《真正的电影：牛仔中存在同性恋》，《电讯报》，2005年12月31日。转引自布伦达·库珀和爱德华·皮斯，《建构断背山：大众媒体如何操弄"同性恋牛仔电影"》，《媒介传播批评研究》，第25卷第3期，2008年8月，第249-273页。

70 《真正的牛仔之乡》，《每日电讯报》，2006年3月4日，旅游版。转引自库珀和皮斯，《建构断背山》，第250页。见卡米尔·约翰逊-耶鲁，《西北偏西：李安的〈断背山〉中的地域政治》，《大众文化杂志》，第44卷第4期，2011年8月，第

890-907页。

71 苏珊·索尔特·雷诺兹，《安妮·普鲁在牧场不再感到舒适自在》，《洛杉矶时报》，2008年10月18日；www.latimes.com/news/nationworld/nation.la-et-proulx18-2008oct18,0,3383917.story（访问于2013年9月3日）。

72 见引言，第2页。

73 贝内特，《断背山：反家庭》，2005年。转引自库珀和皮斯，《建构断背山》，第250页。

74 大卫·库佩连，《世界网络日报》，2005年12月27日；http://www.wnd.com/2005/12/34076/（访问于2013年9月3日）。

75 见查尔斯·艾略特·梅勒，《荣获奥斯卡金像奖的〈断背山〉》，收录于吉姆·斯特西编著的《阅读断背山》，第135-151页。

76 梅勒，《荣获奥斯卡金像奖的〈断背山〉》，收录于吉姆·斯特西编著的《阅读断背山》，第147-148页。

77 丹尼尔·门德尔松，《一件值得牢记的事情》，《纽约书评》，2006年2月23日，第12-13页。

第五章　印第安人

普鲁在移居怀俄明州之后曾说："这片土地上飘荡着无数的魂灵与神灵。它赋予我无限灵感，我去过的其他任何地方都难以与之比肩。"[1] 在这片具有冲突与磨难历史的景观中，人们认为怀俄明州原住民的发声堪称这些魂灵的中流砥柱：红云，坐牛以及那些曾经在粉谷小径上战斗过的夏安族印第安人。游历此地的人通常会感受到其中回荡的印第安历史，印第安人的存在被转录在白人殖民者绘制的地图上——大提顿山，黑山——以及文化想象中。在普鲁的小说《明信片》中有这样一个场景，无所适从的罗亚尔·布拉德茕茕孑立于这片经过美国想象雕琢、经过"古老水域"蚀刻的山地景观之中。砂岩被印第安战舞的催眠旋律"打磨"得熠熠生辉，空中回荡着"红马、红云和矮狗"的马蹄声，他们出其不意，席卷而来，让"费特曼、克鲁克、卡斯特、班廷和雷诺大惊失色"。他听到"来自玫瑰花蕾保留地印第安人的歌声"，他觉得那是"狂风的呼啸"；然而，具有讽刺意味的是，此时此刻，他正在听着收音机里播放的《身为美国人，我感到很自豪》。凡此种种，皆属普鲁笔下的魂灵发声。

魂灵发声居于普鲁笔下的当代怀俄明中，它们原本处于缺席状态，普鲁从蛛丝马迹中将其捕获，使之跃然纸上：岩石雕刻与箭簇激发了普鲁的创作想象。截至目前，我们在本研究中遭逢的美国原住民居于普鲁《怀俄明故事》的边缘场域：一个不择手段的商人为了改变不盈利的行车路线而杜撰的典型的沿路抢劫的印第安人（《灌木蒿小子》载《好了原本如此》），抑或一个神情恍惚的猎人在解释一位女定居者惨死原因时所臆测的野蛮的犹特人（《那些古老的牛仔之歌》载《好了原本如此》）。本章的焦点是当代美国原住民人物，他们与其先祖一样，仍然处于边缘场域，这一点着实吊诡，因为怀俄明州的原住民人口比例是全国平均数字的两倍多。当他们在作品中出场时，其故事是为探究主要情节而设计的，仅构成小说的陪衬情节。只有《重现印第安战争》(载《恶土》)这部短篇小说中出现了一位引人注目的原住民人物，该小说检视了同化主题和文化传统丧失的主题，这些主题在其他的美国原住民文学中屡见不鲜。在普鲁的其他作品中，他们都是边缘场域中的匆匆过客。在《怀俄明历届州长》(载《近距离》)、《明信片》和《老谋深算》中，原住民成为静默的印第安搭便车旅行者，他们漫无目的地漂泊于普鲁的叙事中，其生存境遇成为原住民生生世世地理位移与文化位移的象征符码。

尽管普鲁对他们着墨不多，但实际上她对原住民却不乏真知灼见；同样，很多艺术家在这方面也留下了传世之作。堪称美国原住民代言人的万宝路牛仔在梅纳德·狄克松的绘画《一位印第安人的所思所想》(1912)中成为不朽的形象，画中这位饱经风霜的印第安人威风凛凛地凝视着沙漠远方，这幅画作的低劣赝品可谓多如牛毛。印第安人的静默是很容易做到的，就像给予他"印第安"称谓的这片新大陆一样，等待着别人替他言说。所以，美国原住民存在于大众想象中，恰似一件由各种陈腔滥调拼缀而成的百衲衣，为我们展演白人社会所关注的问题，而非原住民本身。莱斯利·费德勒从一开始就提醒我们注意一种定势：把新大陆的居民置于欧洲历史的背景中来研究。人们把印第安人与爱尔兰的凯尔特人、消逝的以色列部落甚或与来自亚特兰蒂斯的难民归为一类。费德勒指出，正是与印第安人的对抗中，"欧洲人成为了'美国人'和西方人"。[2] 当哥伦布于1491年到达新大陆时，他把原住民叫作"红种印度人"，这一命名再次表明了欧洲人的期望，尽管处于不同的地理位置，美国原住民将成为欧洲叙事中使用的道具。美国原住民诗人西蒙·奥提兹在他的诗歌《被期待的印第安人》中讽刺挖苦了欧洲人所打的如意算盘，诗中多次明言，"印第安人是由欧洲人的期待模式所形塑的人"。这种期待的力量如此强悍，以致于"不久以后'印第安人'自己都相信'印第安人'族群的存在了"，这一观点使读者充分认识到身份与文化期待之间错综复杂的关系。[3]

如果成为"印第安人"意味着成为恶劣地理环境的牺牲品，那么"美国原住民"这个理所应当更具文化敏感性的称谓就会强化这一谬论：认为新大陆的土著居民是同质的，期待着被写进别人的历史之中。法国哲学家米歇尔·蒙田认为印第安人是生活在"自然状态"中"高贵的野蛮人"，这一概念早在莎士比亚的《暴风雨》中就遭到嘲讽，但是有一种荒诞之说却存续下

161

失落的边疆——阅读安妮·普鲁的《怀俄明故事》

来,认为美国原住民曾是石器时代靠捕猎野牛为生的一支小规模游牧部落。普鲁认为,实际情况颇为复杂微妙:

> 我孩童时代学到的知识告诉我,印第安人是生活在广袤蛮荒土地之上为数不多的游牧部落,然而事实并非如此,他们人口众多,部落广布,从事先进的农业生产,从容不迫地防控野生动物,通过烧荒与灌溉改进景观,建造各式各样的房屋与居所,在美国西南部建起规模宏大的建筑群,信奉深奥玄妙的宗教与神话。[4]

当普鲁谈及魂灵时,人们猜想她指的是前接触时期的像红云这样的人物,他们在普鲁的历史想象中占有首要地位。她与考古学家杜德利·加德纳在红沙漠中工作的主要内容是力图把这些古老部族的生活拼装起来。[5] 印第安人的存在铭刻于景观之中:伫立在加油站背影中的岩石雕刻,庄园住宅旁的象形文字。诚然,在位于鸟云的家中,普鲁从起居室里能看到一处石灰岩悬崖;考古证据表明,在远古时代,此处可能发生过捕猎野牛的活动。在建造房屋的地基时,发现了印第安人的帐篷扣环和箭簇,这说明她居住的地方与怀俄明原住民的历史有着千丝万缕的联系,从"鸟云"这个让人浮想联翩的名字可以看出,普鲁对此是心服首肯的。[6]

在其充满想象力的作品《血腥油腻的深碗》(载《好了原本如此》)中,普鲁让这些古老部族的魂灵附体重生。澳大利亚小说家迪莉娅·法尔柯纳认为《血腥油腻的深碗》是"该部小说集中最为引人入胜和感人至深的故事",主要是因为它跳脱了普鲁肮脏社会现实主义的囿限。[7] 故事既不引人入胜,又不感人至深,事实上它根本就不是一个真正的故事(普鲁既没有塑造充满同情的人物,也没有思谋纷繁复杂的情节),而是一个虚构的想象。然而,在此背景下,故事却具有非凡的意义,因为它挑战了我们对于印第安人先入为主的观念,在此过程中,也揭去了印第安人的怀旧标签。

《血腥油腻的深碗》

这部作品成功的主要原因在于普鲁召唤了一位可信的远古先祖——不仅仅是一位身披毛皮的牛仔,更是一位行为和思想与我们迥然不同的人物。作品中存在一些年代误植——时间按照星期、季节和年度划分;已婚妇女们身携"鹿皮袋",忖量着做帐篷所需的兽皮,恰似在量测窗帘一般——但是总体而言,普鲁成功地展演了一个在精神上与其生存环境相生相应的民族形象。在其小说《继承者》中,诺贝尔文学奖得主威廉·戈尔丁描绘了尼安德特人眼中的世界。他的写作路径很大程度上属于概念艺术手法;他所观照的是人物对其周遭世界的感知过程。普鲁的想象更具诗意,她的叙事一目即了,远古先祖们"洞察天地之精微,明鉴万物之秋毫:浓云如纤纤玉指滑过皮肤一般流过天空,静谧空气中一片草叶的微微抖颤昭显着来自地底的脉动"。在他们眼中,生命与非生命的疆界瓦解冰消,隐喻性的语言轮回重生:云朵从气态自行统整为固态;河流变身为被"堵住"嘴的生命有机体;在谈及郊狼吵架时,其用意也不仅仅在于修辞本身。他们目力超凡,名叫小土拨鼠的年少猎人面向营地登高远眺,竟能看到"小狗耳郭边缘熠熠生辉的绒毛";他们听力超群,万籁无声在他们耳中形塑为一种实际的存在;他们嗅觉超能,能够闻到空气中"海藻的咸味",由此察觉到来自大海的风暴。

　　自始至终,普鲁将人物与景观无缝对接,"沙丘的另一边有一座山脊,沿着山脊有一条自地下喷发而成的燧石矿脉,一些人向矿脉走去,心中惴惴不安,思忖着能否采到心仪的覆盖着白色钙质层的血痂状燧石"。这些人神肖酷似,别无二致;普鲁采用拟人手法,将人物与景观水乳交融。大地是一位拥有脊骨和血脉的巨人,燧石是自血脉喷发而出的鲜血形成的"血痂"——将成为原始人进行血腥屠杀的工具。他们信奉一种原始形态的宗教,萨满的咒语与"血腥油腻深碗"的象征意义架构成这一宗教的基轴。(深碗是被排除在人们熟知的西部描写之外的一件人工制品,"在远古时期就属于他们",这一事实进一步延展了我们"西部"历史的时间界域。)重要的是,尽管深碗是用来盛放被杀野牛的鲜血,它却代表着一种精神:不以居高临下的态度支配自然环境,而是与之和谐共生。野牛和猎人同属四季所掌控的宏大系统的一部分。普鲁对于个体人物的刻画着墨甚少,人们认为,在某种程度上是为了避免年代误植的情感发展,但主要原因还是为了凸显猎人与野牛之间共有的意识。上一次捕猎时的孩子们现已长大成人,他们凭直觉感知到新牛群的到来,上一次捕猎中享受了饕餮盛宴的喜鹊与乌鸦共同拥有这份直觉,"没有人会怀疑,群鸟对上一次捕猎记忆犹新,并乐于在下一次捕猎中与猎人同心协力"。对于猎人而言,野牛不仅仅是猎物,还具有精神的指涉,

失落的边疆——阅读安妮·普鲁的《怀俄明故事》

它们漫步闲行于大地之上，迎接命中注定的会遇。因此，描绘牛群的语汇展演了它的同质性：初始阶段的动词描绘彰显了牛群的流动性（它是"从深坑中涌出的乌黑一团，流向阳光深处"）；后期阶段，它变形为"一个长着几百条腿的庞然大物"。

然而，尽管野牛具有精神上的指涉，普鲁对屠戮场景的展演让读者的情感跌宕起伏。那是一段惊异的"卡通时刻"，野牛跌落悬崖，瞬间定格在群牛狂舞的画面。普鲁采用与快速轻盈运动相联系的头韵修辞法展演了野牛倒栽葱似地骤然跌落——"飞落，飞舞，飞翔"——这一视觉悖论被头韵修辞法所凸显，在"粉身碎骨的野牛的吼叫声中"戛然而止。而后是血流成河的场景。但是，这场屠戮仍然具有一种深层次的精神性。"一个活口都不能留，因为它们会把隐形悬崖的秘密告知其他的野牛"，这句话游移于人物属性与观察意识之间，故而加深了读者的感觉：猎人们正在参与一种比捕猎更具广泛意涵的宗教仪式。当男人们、女人们以及孩子们把依然活着的野牛开膛破肚、取出五脏六腑之时，普鲁明确指出，鲜血与仪式的融合"交叠"成参与者"终身的存在感"。鲜血成为普鲁描述中的鲜血，普鲁由此确立了美国原住民想象中鲜血与典仪的重要性。

在某种程度上，普鲁的小说属于神话创作，与哥伦布的神话一样，一点都不可信。的确，红种印度人中的"红"似乎已经从地理上的混淆转变成对鲜血仪式愈益险恶的召唤。然而，她的作品是成功的，因为普鲁采用神秘主义与毛骨悚然的现实主义并陈的手法，把呆板僵化的远古狩猎技术证据活灵活现地呈现在读者面前。它的意义在于质诘了我们惯常认为的原住民历史概念，同时也警示我们注意想象力在历史再创作中的重要性。普鲁的小说激发我们去质询：当我们谈及"印第安人"时，我们指涉的是什么？她在《西部是如何想象出来的》中明确阐述，印第安人的身份随着白人殖民者不断变换的口味逐步演变：他是失落的边疆中高贵的野蛮人；比尔·科迪和好莱坞宣扬的野蛮的红种印度人；凯文·科斯特纳的电影《与狼共舞》（1988）中爱好和平的受害者；承诺为当今备受困扰折磨的白人指明通向宁静安详与身康体健之路的环境生态理想主义者。[8] 不幸的是，如帕特丽夏·利默里克所言，这种有利于印第安人的转变展现了一种"单一的、单纯的、质朴的、受害的印第安人"形象，与古老神话若合符节，不能为人发蒙解惑。[9] 由此，原住民已经从人物角色变身为象征符码，对于历史学家与作家而言，要把他们呈现于读者视野中已是困难重重。

民权运动时期（当时越战迫使美国人评鉴本国的军事与殖民历史），原住民创作的作品如雨后春笋般涌现，构成所有原住民文学课程的文献基石，对重新界说印第安人进行了精深奥妙的尝试。在这个井喷式的创作时期，小瓦因·德洛里亚的《卡斯特因你们的罪恶而死》（1969）和狄·布朗的《魂断伤膝涧》（1970）相继问世，两部作品均旨在呈现对建构美国身份起核心作用的印第安事件。在这个现代主义写作的实验时期，纳·斯科特·莫马迪的《黎明之屋》（1969）、詹姆斯·韦尔奇的《血中冬季》（1974）和莱斯利·玛蒙·西尔科的《典仪》（1977）为了倡扬原住民讲故事的口述传统，采用碎片化的叙事风格，展演了剥夺与异化的主题（截至目前，这些主题仍然是原住民文学的中心主题）。具有重要影响力的原住民作家们在其早期作品中一直采用这种碎片化的美学艺术手法，譬如凯伦·路易丝·厄德里克（她的达科他系列小说采用多重叙述者和碎片化的时间排序）。然而，一般而言，原住民书写在文体方面愈益趋近文学主流（愤世嫉俗者认为是为了迎合白人读者而为之），愈加关注日常生活俗务。谢尔曼·阿莱克西在其小说《保留地布鲁斯》（1995）中运用幽默、讽刺的手法刻画了绝望的、与社会格格不入的原住民角色，探讨了保留地生活的虚无主义。路易斯·欧文斯的小说《猜骨游戏》（1994）探讨了血脉政治学和大学体系内对印第安问题的纯理性探究。琳达·霍根在其小说《居所》（1995）中，以女性生态主义的视角重新审视了印第安人遭受驱离的精神灾难。

尽管原住民书写丰富多彩，种类繁多，但其主旨是讲述一个种族从其崇拜的土地上被驱离的悲剧。小瓦因·德洛里亚认为，基督教可以随处迁徙，主张现世生活充满苦楚，是通往高层次不朽灵魂之来世的必经之路，而原住民宗教与之不同，从根本上而言它与自然景观息息相关。[10] 莫马迪认为，印第安人在这片土地上"栖居了三万年"，自然景观与"他们的心灵和精神交叠融汇"，这一点并不足为奇。[11] 所以，强制驱离不仅导致怨声载道，而且引发身份生存危机，这正是当今原住民后裔所遭受的心理创伤。结果，在许多原住民叙事中，主人公遭受异化的创伤，只有回归"故土"重拾他们的传统，才能修复其创伤。这与特纳的观点针锋相对：通过回归故土找寻身份，而不是通过征服打造一个新的身份。从某种意义上而言，莫马迪与西尔科的小说为这一传统提供了蓝本：因为《黎明之屋》和《典仪》的主人公阿贝尔

失落的边疆——阅读安妮·普鲁的《怀俄明故事》

和塔尤在其先祖的土地上打造了一种新的自我意识，由此克服了自身处在更广阔宇宙秩序中的异化感与位移感。普鲁对这一决裂兴趣盎然，这或许不足为奇，因为她极力主张：景观与人物是唇齿相依的关系。当她的原住民人物在我们的脑海里乍然浮现——乔·蓝天，月光·铜腿，《怀俄明历届州长》(载《近距离》)中的无名印第安哥哥——位移是他们共有的特性；文本中他们作为搭车旅行者的身份即是其位移特性的表征。他们是脱离了自身文化传统与社会责任感的漂泊者：无论从现实意义还是从隐喻意义而言，他们都不知所措。

不幸的是，如威廉·贝维斯所言，重拾传统叙事的问题之一是它们"表明：对于原住民而言，找寻'身份'不是找到'自我'，而是找到一个超越个人且包含社会、历史和地域的'我'。"[12] 我们需要警惕"真正的"原住民身份这一概念，它与错综复杂的博弈过程中产生的"印第安人"大相径庭。谢尔曼·阿莱克西在其作品中多次触及该问题，他使用了"印第安人"这一不合潮流的词语而饱受争议，同时也表明殖民与文化的影响无处不在。在其电影剧本《烟火讯号》中，他使用大量的讽刺语言嘲弄身份建构的概念，下面是一个典型的例证，主角维克多·约瑟夫对一位朋友说："你总是试图让自己听起来像个他妈的巫医或什么似的。我是说，《与狼共舞》你看了多少遍？……你以为那个狗屁电影是真的吗？天啊！你难道不知道怎么做一个真正的印第安人吗？"[13]

"真正的印第安人指涉的是什么？"对于阿莱克西而言，"它不是玉米花粉，雄鹰羽毛，大地母亲，苍天父亲：它是日常生活。"在阿莱克西笔下，印第安人的日常生活是酩酊大醉、挫败的两性关系、打架斗殴、早逝通常是死于非命的一种阴郁渺茫、自我毁灭的循环。[14] 这样的印第安人在莫马迪的作品中和厄德里克的达科他系列小说中比比皆是，在普鲁的文学想象中我们也将与他们会遇。支撑此类描写的统计数字着实令人触目惊心：印第安人营养不良的比例是美国平均水平的12倍，酗酒者的比例是9倍，婴儿死亡率是7倍，青壮年男子的平均寿命是44岁。[15] 然而，在路易斯·欧文斯看来，阿莱克西恪尽职守，他笔下的"真正的印第安人"只是延续了一个处在消亡过程中的神话，该神话的主人公是被烈酒毁灭的无助的、浪漫的受害者。[16]

血脉问题使身份的概念愈益复杂化；普鲁在《重现印第安战争》(载《恶土》)中探讨了血脉的主题。血脉的重要性非同一般，因为它们是特纳式征服内在化的象征符码：帕特丽夏·莱利提醒我们，最初的毛皮猎人们曾娶印第安女人为妻，托马斯·杰斐逊与早期的基督教传教士们也倡扬把异族通婚作为"和平"解决印第安问题的途径。[17]因此，血缘遗传成为纯正印第安身份的一个指标，几乎所有的印第安部落都设立了各自的最低血缘比例（通常为四分之一），作为加入部落的必要条件。[18]然而，苏珊·伦德奎斯特对此问题洞察入微，她明确指出，这种鉴别方法所引发的问题要比其能解决的问题多得多：谁更有资格称为"印第安人"——生活在纽约的"纯血统"印第安人（这类人可能并无实际意义）和居住在松树岭保留地遵循着原住民生活习俗的混血印第安人？如人所料，阿莱克西对此问题开了个玩笑，在其小说《律师联盟》的序言中写道："我的父亲是非裔美国人，他身材高大，在华盛顿大学哈士奇队司职防守边锋，我的母亲是一位娇小玲珑的斯波坎印第安芭蕾舞演员，她在华盛顿大学主修舞蹈，所以从遗传的角度而言，我是一个优雅的怪物。"[19]然而，在幽默之外，他提出了一个愈益严峻的问题：我们从印第安血统中继承了什么？

原住民发生的书写被风谲云诡的政治环境所笼罩，因此，普鲁作品中的印第安人物（普鲁所偏爱的称谓）寥寥无几。当他们在作品中出场时，他们以迷茫和异化的人物形象出现在读者面前，背负着文化行囊，承载着文化期待。所有这些人物的核心内容都集中在其所追寻和体现的印第安身份上面。普鲁笔下最具后现代特征的文学人物蓝天由文本碎片形塑而成，这些文本碎片邀约读者参与构建其自己的原住民叙事：他是一个能够用魔法召唤龙卷风的"真正的印第安人"还是一个精神病人？亦或是一个利用自身文化传统作幌子的骗子？在《怀俄明历届州长》（载《近距离》）中，普鲁通过当代社会的一个卑鄙无耻的恋童癖案例探讨了历史上首批殖民者对年幼的原住民女孩进行性剥削的问题，在此过程中再次审视了景观／女性的双重剥削问题。在月光·铜腿行为举止的比照下，阅历不深的鲍勃·道乐在文化方面的天真无邪让我们忍俊不禁，同时，普鲁也探讨了通往白人和原住民采用的空间映射的种种概念性路径。《重现印第安战争》（载《恶土》）是普鲁对印第安问题探讨最为全面的一部短篇小说，聚焦的主题也相当广泛。重要的主题包括：在建构文化传统的过程中表象与现实之间的关系；血脉对于打造身份的重要意义；种族责任与家庭责任之间的博弈。

失落的边疆——阅读安妮·普鲁的《怀俄明故事》

背负文化行囊搭车旅行

  这些印第安人物中的第一位是《明信片》中的一位搭车旅行者乔·蓝天，他和水手唐尼·韦纳一起搭上了罗亚尔·布莱德的顺风车。此处，普鲁把三种典型的漂泊者聚在一起：水手、流浪的印第安人和牛仔。蓝天在很多方面符合我们先入为主的文化期待：他几乎是不在场的；他静静地坐在汽车后排，一根接一根地抽着烟，间或说出精辟深奥的评论，嘴里哼着小曲儿，不停地在一本古旧的书本上乱涂乱画。他的静默逼迫他人为之言说；唐尼·韦纳介绍了他，同时警示读者不要受漫画人物的影响，不要被乔夸张的骗术所迷惑，"他叫蓝天，不是扯淡，那就是他的名字"。韦纳对这个骗子及其骗术了如指掌。小说叙述者在此过程中与韦纳不谋而合，在指涉蓝天时总是在"印第安人"前加上定冠词，这让读者想起边疆小说中的文学形象，而不是这个坐在罗亚尔身边的具体的人。

  韦纳偷了罗亚尔的钱逃跑之后，这位呆板的印第安人开始崭露头角，蓝天将用魔法召唤龙卷风：

  我正在唱着"友谊之歌"。歌词是这样的："天空喜欢听我歌唱。"我想和天空成为好朋友……湿漉漉的草丛里有个东西在扭动，它锲而不舍，却徒劳无功。那是一只受伤的蝙蝠，在痛苦地咬牙切齿……"看那儿，"印第安人说，用手指着……"龙卷风，"印第安人说。"天空喜欢听我歌唱，"他放声大喊。广袤景观的口鼻像松散的绳子一样摇摆，迅即向他们迎面扑来。

  这个戏剧性的场面发生在"深草中的蝙蝠"这一章——标题颇为暧昧，诱发读者把不同的人物与之产生象征性的联系。蝙蝠在原住民的招魂术中具有重要意义；在琳达·霍根的小说中，蝙蝠象征着存在于两个世界中的可能性。在《居所》（1995）中，她解释说，蝙蝠可以听到处于人类意识边缘的声音，因为蝙蝠向空间发射生物波，根据反射的回声辨别物体，景观似乎是通过蝙蝠来言说。[20] 因此，蝙蝠和蓝天一样，能够与其周围的世界交谈。然而，罗亚尔也在不断地与其不能掌控的力量相抗争，无能为力地咬牙切齿，但是无法逃离即将到来的风暴。风暴呈现出绞刑用的绳子形状，普鲁通过情感误置的手法戏剧性地展演了罗亚尔的罪恶与恐惧。然而，风暴所带来的影响也是含混不清的，因为接下来我们看到倒霉的罗亚尔在医院里醒来，发现自己的车和钱都不见了，"印第安人也无影无踪"。小说自始至终都没有告知读者究竟发生了什么事。故而，当蓝天在叙事中消失以后，我们并不确定他是一个静默的能够操弄风暴的印第安人，还是如罗亚尔的医生所言，他是一个隐喻性地"割"下了罗亚尔头皮的骗子。

　　这种暧昧是普鲁在这部小说中美学与文化观照的核心所在。《明信片》是一部文本碎片小说，显而易见的例子就是明信片本身，它们诱发读者建构自己的叙事。这种深思熟虑的后现代手法牺牲了线性结构、时间顺序和叙事权威，读者为了理解作品，不得不在各式各样的消息来源之间权度，这种手法在更具实验性与颠覆性的原住民文学传统中也是非常典型的。通过小说中一系列看似毫无关联的明信片，读者可以拼贴出蓝天作为一名成功草药医生的故事，风暴使他双目失明，刮走了罗亚尔的汽车，"拿走了"罗亚尔鞋里的100元美钞。这一叙事顺应了我们浪漫化的观点：原住民是与自然有着特殊联系的局外人。然而，普鲁在文本中为读者提供了导致另一种解释的额外信息。在20世纪70年代后期，罗亚尔在北达科他州法戈市一家精神病院所废弃的病人档案中发现了一张照片，照片上的男人叫沃尔特·毛茸下巴，他辨认出照片上的男人就是他所搭载的那个印第安人。所以，罗亚尔所搭载的那个人是谁：骗子？印第安草药医生？精神病患者？亦或者，他分裂性的行为与其呈现不同身份的能力相杂糅，把他转化成原住民书写中"骗子"人物的原型：漫无目的的流浪者，说谎者和小偷，其丰富的魔幻现实主义展演了盎格鲁·萨克逊现实主义与更具神秘色彩的印第安世界观之间的冲突。我们永远找不到答案，但是我们拼贴线索的过程提供了一个解读整部小说的策略指南。

　　尽管印第安人很快从故事中销声匿迹，他的那本书却留了下来，这本书呈现出其自身的文本意义。小说用了三个独立的章节铺陈该书的内容，这表明它的重要性不可小觑。罗亚尔透过紧闭的眼睑所看到的最后一件东西就是这本书，"印第安人的书本徐徐展开。他惊讶地看到，一望无垠倾斜的旷野在页面上乍然浮现。在旷野的顶端是胡乱画出来的黑糊糊的树木和一面墙"。在弥留之际，这本书把罗亚尔带回他的牧场；他曾经在这片土地上辛苦耕耘了五年多的时间，有一天他奸杀了自己的女友比利，这一天成为他人生的转

失落的边疆——阅读安妮·普鲁的《怀俄明故事》

折点，从此，他诀别故土，开始了颠沛流离的逃亡生涯。在逃走的那天，牧场在罗亚尔眼里恰似一部打开的"圣经"，这一意象昭示着天定命运教条中所铭刻的上帝征服的概念。比利成为这一贪婪态度的牺牲品，她的尸骨被书写到自然景观之中，地面的隆起恰似女性臀部的曲线。当圣经变换为印第安人的书本时，普鲁让我们想起拓荒者征服过程中所有那些静默的受害者；当罗亚尔开始在书本上书写时，这一类比昭然若揭。这本书提供了坦白事实的空间，我们看到"他开始在印第安人的书本里书写内容之前，他一直都随身携带这本书"。之前他只是看这本书，但是印第安人的钢笔画和随心所欲的罗列使他如堕烟海，不过通过这些内容我们能勾勒出原住民首次与殖民者接触、遭受迫害、逃亡和遭遇灾难等种种经历；这些正是罗亚尔近期生活经历的一个写照。具有讽刺意味的是，罗亚尔只明白了"割取头皮"的意涵，这把印第安人置于一个让罗亚尔感到舒适惬意的叙事架构中。最后，他开始在书本中书写：

> 在印第安人写出生日期的那个页面。我的儿子拉尔夫出生于1938年8月12日，于1939年8月11日死于痢疾……罗亚尔划掉印第安人的标注。在生日这一页，他写上自己的名字和生日，然后写上家人的名字和生日……他辗转于写与不写之犹疑两难，用铅笔若隐若现地写出"比利"，但是迅即将之擦去……当他关上灯以后，他看到蓝色的夜光流进四方形的窗户玻璃，褶皱的地面闪烁着金属发出的磷光，让人视线模糊的风和天上的星星。印第安人的书。他的书。

罗亚尔看似以一种忏悔的精神走近这本书，但是他不能书写比利的故事；他在印第安人的历史之上书写自己的历史，故而展演了西部剥削的两大要素。景观、妇女和原住民都是白人征服的受害者，他们的历史被禁声、被改写。当他把灯关掉，整个世界发生了改变：天空被窗户的栅栏囚禁，大地成为等待被掠夺的发光金属的资源库。但是"他的"这个模糊的物主代词存有歧义，谁是这本书的所有者？推而广之，谁是这片土地的所有者？罗亚尔把自己的故事写在书上，但是小说中似乎有种深深的共鸣，暗示这本书仍然属于印第安人。这一歧义揭示了搭车旅行的印第安人的讽刺意义：他不是一个浪漫的流浪者，而是一个失去了赋予他生命意义的土地的人，一个罗亚尔难以理解的人。

第二位搭车旅行的印第安人是《怀俄明历届州长》（载《近距离》）中夏

第五章　印第安人

伊·亨普搭载的那位年轻男子。尽管按时间顺序而言，他们的会遇是较早发生的事情，但是却被放在小说即将结尾的部分，清晰地展演了恋童癖这一陪衬情节。这位印第安人跋涉穿行于齐腰高的草丛之中，"齐腰高的草丛"正是该节故事标题；他是一位田园流浪者，如他本人所言，他"哪里也不去"。当亨普掉转车头搭载印第安人时，普鲁为我们呈现了一个乾坤颠倒的世界。正如刻画蓝天一样，普鲁通过印第安人的静默凸显了初次邂逅的尴尬，在此遭逢中，她也通过景观引出了小说所观照的性剥削和生态剥削这对孪生主题，"天空被打磨得一丝不挂，冷酷无情，沿着西南地平线是来自犹他州炼油厂的污渍"。普鲁通过印第安人这一介质，进一步展演了这些主题，印第安人与景观联系紧密（他能够闻出"小草与压碎的树叶"的味道），这使他对夏伊·亨普这类人的需求有着高度的敏感性，夏伊·亨普（"夏伊·亨普"的原文"Shy Hemp"意为"害羞的大麻"）的名字暗示了一种对自然的反感。当亨普脱口说出自己的需求"一个女孩。十三岁。做爱。他会付钱"，印第安人的直觉昭然若揭。如比利的遭遇一样，亨普的需求昭显了性剥削与地理剥削之间的关系。

然而，在本故事中，重点在于女性受害者是原住民。亨普偏好年幼的印第安女孩，和普鲁笔下那些性变态者的行为一样，可以溯及他少年时发生的一件影响深远的事情。亨普回想起这件事，他和一位原住民同学、13岁的尼可儿·安杰尔米勒以及她的祖父母一起去参观葡萄牙·菲利普斯纪念碑（1866年费特曼及其士兵被屠杀后所建的一座纪念碑）。在回家途中，亨普在旧轿车的后座昏昏欲睡，满脑子都是印第安人的历史和收音机里播放的"谁射中了警长"，年幼的尼可儿触发了他的第一次性高潮。后来他反思这件事："她把他投进堕落的深渊，但是把尼可儿扔进深渊的人又是谁呢？"。普鲁给出的令人尴尬的答案是：她的哥哥。亨普的恋童癖是挫败的夫妻关系的产物，其中满溢着讽刺意味。他已经放弃了牧场的生活方式，但是看起来仍然像一个牛仔，仍然信奉男性至上的原则。不幸的是，他并不能统治和"驾驭"妻子罗妮（她的名字让人想到枣红马，"罗妮"的原文"Roany"和"杂色马"的原文"Roan"相似）。她是一个外来者，她喜欢亨普身上的牛仔气质，但是她很快意识到丈夫所抛弃的西部神话具有剥削潜质，于是她开了一家商店，出售西部人的随身用具。因为无法支配妻子，亨普转向那位不知名的、更加温顺的原住民女孩，在一种"自然的"景观中与之发生了关系，这

171

失落的边疆——阅读安妮·普鲁的《怀俄明故事》

种景观召唤出一种田园状态，从而使他的行为得以净化。然而，这恰恰是另一种形式的剥削，昭示了他妻子所倡扬的西部神话的阴暗面。

亨普不仅是一位顽抗的牛仔，而且还是一个生态恐怖分子，他的明确目标就是让土地回归白人到来之前的"自然状态"，当我们想起这一点，就会发现这种剥削的讽刺意味有了一个全新的维度。征服导致的不仅是对土地的占有与剥削，同时还有对土地上女性居民的占有和剥削。威廉·基特里奇在他的论文"至福之地上的白人"中告诉我们："据说在毛皮猎人时代，印第安妇女经常被白人男子强奸，于是她们采取了'去找沙子'的防身策略。当捕猎者出现时，印第安妇女就会跑到小溪边用沙子将阴道塞满。"[21] 普鲁认为，重要的是，剥削不仅仅存在于性的方面。捕猎者经常利用和印第安妇女的暧昧关系找到最佳的诱捕地点，印第安男子总是非常乐意向白人出卖自家的女眷服务。她引用了理查德·欧文·道奇充满同情的作品《北美平原及其居民》(1876)中的观点，"当捕猎者在平原上被人们所熟知以后，除非他拥有了一个或更多的印第安妻子，否则他不会认为自己的装备已经齐全"。尽管普鲁从道奇的描述推断出"许多捕猎者与印第安妇女保持着长久欢愉的关系"，但是她也心知肚明，这些具有田园风味的"乡村姻缘"掩盖了一种在他们的后代中循环往复的剥削模式。[22] 普鲁小说中的印第安男子心甘情愿地把自己的妹妹出卖给亨普，他的行为使令人尴尬的剥削事实昭然若揭。因此，亨普的生态恐怖主义与其说是出于对环境的关心，不如说是出于自己的罪恶感。在力图把景观恢复到捕猎者到来之前的状态的过程中（"农场主"这一章已有论述），他是在想方设法地排除掉剥削元素，尤其是他自身的剥削元素。

最后一位搭车旅行的印第安人是《老谋深算》中鲍勃·道乐搭载的蹒跚而行的月光·铜腿。在这次邂逅中，普鲁回到了位移遗产的主题。尽管铜腿看似漫无目的，但是他能够为鲍勃，进而为白人中产阶级传授如何找寻方向的经验。当鲍勃放慢车速搭载这位神秘人物时，我们意识到他对印第安历史的印象由其所阅读的两份资料形塑而成，一份资料是詹姆斯·威廉·阿尔伯特中尉的 1845 年远征记述（该资料是一种浪漫化的想象，与蒙田"高贵的野蛮人"这一论述相似），另一份资料是一位于 1878 年西进的年轻拓荒者在日记中载记的关于科曼奇族人暴行的血腥描述："去年他们抓到一个钟表销售员，剖开他的肚子，拽出他的肠子，把肠子系在他的马鞍前桥上，然后击打他的马。"因此，当鲍勃搭载这位身背装满全部家当的麻袋的印第安人时，他期待此次邂逅能够引发"高贵"野蛮人或"嗜血"野蛮人的联想。铜腿并没有引发任何一种联想，他只是沉默不语，佯装睡觉，让鲍勃大失所望。然而，他静默的存在却给鲍勃带来了永久的改变。

鲍勃有点不开心，因为他曾以为印第安人上车后会和他聊聊天，他继续向前开，路旁的电线杆横贯平原，电线波澜起伏。他行驶在长满沙蒿、布满沙丘的乡野中……脑海中不禁浮现出这样的场景：被风刮起的沙尘渐渐将万物覆盖，精细的沙尘层层堆积，越积越厚的沙层……覆盖了恐龙的尸骨，覆盖了人们的房屋，覆盖了小径和公路，一寸一寸地、一尺一尺地、一千年一千年地日积月累，伤痕累累的景观的多重历史销声匿迹，被人遗忘。

叙述者把鲍勃对于情感交流的需求与铜腿惬意的静默相比对，由此勾勒出局促不安的场景以及从路边"电线杆"中偶然发现的文化定势。这些让我们想起两种对比鲜明的文化：一种是渴望长途旅行中的人际交流，另一种是把静默尊崇为克己、高贵和尊敬的标志。原住民作家查尔斯·亚历山大·伊斯曼在他的回忆录《印第安人之魂：一种阐释》中追忆了童年时代学习静默艺术的经历，他的族人将静默视为品格的基石。伊斯曼是一名内科医生，曾在伤膝涧救治过那些奄奄一息的人，他在原住民社群内是饱受争议：他不辞辛劳地向外界推广原住民文化，可是他的迎合文化定势的推广方式备受责难。于是，疑团再次向我们心头袭来，铜腿的假寐是因疲劳所致还是出于表演的需要？不论什么原因，尽管鲍勃对此不悦，它完全符合文化期待。在这令人尴尬的静默中，我们穿过这片景观，它让我们想到在此安身立命的居民们的福祸无常，想到正如原住民文化已经荡然无存一样，鲍勃·道乐的西部文化终归有一天也将葬身于沙土之中。一念及此，他们仿佛于空间上和时间上均到达了长满矮草的印第安乡村——这是铜腿凭直觉感受到的："快到那儿了，是不是？"

但是，"那儿"到底是哪里？这又是一个文化对比的要点。初见之时，鲍勃兴高采烈地问铜腿："你从哪里来？"他希望铜腿来自某个部落，以便他能将自己想象中的印第安人与坐在身边的这个人联系起来。老人的回答是来自俄克拉荷马，鲍勃对此怏怏不乐。但是这个滑稽的回答掩盖了一个严肃的问题：他是一个流离失所的部落的子息，没有人知道他来自何方。此外，鲍勃发现铜腿关于"他要去哪里"的概念与自己的概念大相径庭，这让他颇

173

失落的边疆——阅读安妮·普鲁的《怀俄明故事》

为恼火。因为尽管鲍勃所期望的是一个具体的位置——一座房屋抑或一条街道——可是铜腿没有地图，只是基于自己对景观的阅读对他的目的地（他女儿的房屋）有一种想象性的理解。这种对待景观的概念性方法与美国旅游作家威廉·最小热月在其著作《一幅深层地图》（1991）中探讨的深层制图概念有共鸣之处。该书载记了他在堪萨斯州蔡斯县的勘察情况，在此过程中，他揭示了西部制图的局限性。他更偏好漫步的方式，因为漫步可以消解地理坐标与暂存性之间的分界线，可以跨疆越界用一幅深层的地图将它们重新接续："只要我们走进这片土地，我们迟早都会找寻到我们历史的踪迹，当我们开始直立行走之后，我们学会了跟随我们骨髓之中和心跳之中的地图。"他说，这是一幅内化的地图，铭刻在与景观同生共死的原住民的基因之中，丝毫没有西部制图实践中指向区域划分的政治驱动力。[23]

不幸的是，这个概念对于鲍勃和读者而言是如此地陌生，以致于我们开始怀疑目的地是否真地存在，进而怀疑他女儿是否真的存在。所以，当铜腿的女儿真正出现之时，我们不得不通过省视自身的偏见来重新解读这个故事。她的名字雪莉·梅森表明，她是一位英语化的原住民；具有讽刺意味的是，她是一名照顾老人的护士。她知道地图的重要性，而且知道如何给出鲍勃能够理解的方向。这是一种文化的演变，并且延展到她的家庭事务：她知道自己生活的方向，那就是抛弃保留地，遵从白人的工作模式。然而，在自己家中，她营造了一种怀旧的传统生活方式。小瓦因·德洛里亚把这一过程称作"再部落化"，这不是对消逝过往的逃避性怀旧，而是彰显了原住民在白人霸权中抵制彻底同化的信心。[24]梅森的房子从外部看符合常规，但是其内部类似拓荒者居住的原住民小木屋，配有烧豆科灌木的火炉，铜腿所画的印第安绘画和一对摇椅。它看起来就是流离失所者所住的房子。在这种环境下，一家人吃着传统的麋鹿烤肉，鲍勃·梅森——一位失业的教师——解释说铜腿将要教他们传统典仪和草药疗法。在这种情境中，铜腿驾轻就熟，反转了此前游客与向导的角色。当鲍勃沉浸在这种家庭氛围中，把他们的经历与自己颠沛流离的感觉相比对时，铜腿的一番话语让他感到无地自容：

> 但是你是幸运的。你有机会，一位年轻的白人。你以为在保留地会是什么样？百分之四十到百分之八十五的人失业，根本找不到工作，没有钱出去，没有学校，什么都没有，只能酗酒，生孩子，用贫苦儿童补助计划的支票买奶粉。那里的年轻人不会想，我的生活将会怎样？答案

是：一个酒鬼，早早地、痛苦地死掉，留下受到伤害的孩子。他们想，我还能活多久？

这是厄德里克和阿莱克西所展演的保留地生活启示录式的图景。基特里奇唤起人们关注于1985年在怀俄明风河保留地发生的一系列年轻男子自杀案，这促使当地居民有意识地去重新学习其先祖的典仪和传统。[25] 从某种程度上而言，鲍勃·梅森，"一个处在戒酒过程中的酒鬼"，正在遵循再部落化的过程，力图为自己的生活找到一个新的方向。然而，这个夜晚颇具戏剧性，让我们处于警觉状态：鲍勃·梅森的问话"你没有带你的药袋子来吗？"是一种以扭曲句法为特征的仿印第安语体，这几乎可以称作是滑稽模仿。铜腿所画的传统印第安绘画——其中一幅描绘的是一片空地上插着两支箭杆——在鲍勃看来"意味深长"，但是对读者而言是老生常谈。普鲁似乎在告诫我们，她笔下的原住民人物，如她笔下的牛仔人物一样，都可能参与对自身进行滑稽模仿。因此，当鲍勃离开时，铜腿精辟的建议——"你必须靠自己找到自己的路。或许你说的这个舅舅将会帮助你"——缭绕耳际，他茫然地看着铜腿安坐下来看电视。铜腿像蓝天一样，仿佛居于两个世界中，但是这些是由作者精心策划的，有意挫败我们的期待：他既是一名萨满，也是一个低级趣味文化的消费者。

《重现印第安战争》

在以上的作品中，普鲁的印第安人物只是匆匆过客，他们的作用是质诘来自其他人物、读者甚至他们自己的文化期待。就整个美国白人历史而言，他们的故事只是宏大叙事中的边缘部分。然而，《重现印第安战争》（载《恶土》）完全致力于文化身份、同化和失落的传统等问题。小说聚焦在乔治娜·克罗肖与查理·帕洛特的关系上。乔治娜是一位富有律师的遗孀，生活优裕，出人意料地和比自己年轻很多的牧场工头查理再婚（查理·帕洛特有部分奥格拉拉苏族人的血统，但是，他的名字暗示他很善于模仿。"帕洛特"的原文"Parrott"和"鹦鹉"的英文"Parrot"读音相同）。他在保留地长大，经历过两次失败的婚姻，有一女儿，名叫琳妮，没和他住在一起，他选择隐藏自己的背景。当琳妮决定搬来与这对新婚夫妇同住时，浪漫与血亲杂糅，

失落的边疆——阅读安妮·普鲁的《怀俄明故事》

与文化传统产生碰撞，普鲁精心爬梳了继而出现的种种张力。当琳妮发现了世间仅存、遗失多年的由比尔·科迪拍摄的1876年伤膝涧大屠杀的电影胶片时，这些张力轮廓鲜明地呈现出来，同时也被置于愈加广阔的原住民历史背景中。电影胶片成为小说中至关重要的隐喻，普鲁探讨了白人暴行对当代美国白人与印第安人的关系所造成的影响；个体与其自身传统的联系；以及想象与真实在重书历史中的作用。

小说的开端部分看似与其余部分不连贯，但是它却告诫我们不要被其表面所迷惑：随之而来的即是叙事的中心主题。小说的开首语——"上世纪之交的一个夏日"——杂糅明确性与模糊性，既确立了真实性，同时也唤起读者注意它的虚构性。其模糊性可以从布劳尔斯大厦本身的建筑风格中发现，叙事采用说明书的语体描述了大厦正面的古典样式，它与布劳尔斯律师的假牙一样，或者确切地说，和这个人物本身一样，都是不真实的。尽管普鲁精心展演布劳尔斯家族三代人所从事的律师事务，而且在诸如茶壶山丑闻案和大萧条时期等真实历史事件的语境内铺陈了布劳尔斯为比尔·科迪提供的法律援助，但是布劳尔斯本人仍然是虚构的。此外，尽管布劳尔斯家族三代都是律师，他们与比尔·科迪的交往标志着布劳尔斯家族对戏剧版的西部世界情有独钟。他们自认为是农场主，给自己起了恰切的西部名字，在办公室里佩戴牛仔徽章。这既是一种捏造的历史，也是一种经营策略：怀俄明州的每一个人都信任牛仔。故而，布劳尔斯家族简史不仅成为琳妮家史的情感对位，而且引出了文学想象与历史事实的杂糅，二者对于建构真实的传统至关重要。

当然，科迪的伤膝涧战役"历史重现"计划戏剧性地展演了这一过程，伤膝涧战役对于打造原住民身份产生了深远的影响。电影胶片的遗失以及电影内容鲜为人知使之成为神话创作主题的理想焦点。这一过程始于叙事本身，普鲁采用真实与虚构的人物和事件，映照了科迪把人造叙事嫁接于真实道具之上的习惯。这部电影的真实情况是：它由埃森内电影公司制作而成，发行于1914年8月。它有不同的片名，一个是《文明之战》（该片名虽不具历史与文化的敏感性，但也激动人心，考虑到欧洲刚刚爆发的第一次世界大战，该名也颇具讽刺意味）；有一个片名在文化上更具肯定意义，叫作《苏族人的最后一场伟大战役：从征途走向和平烟斗》（该片名宣告了电影的大团圆结局，结尾部分是心满意足的印第安农民收获庄稼的场景）；还有一个片名是《野牛比尔的印第安战争》（该片名确认了它本身的戏剧性）。普鲁则将它命名为《重现印第安战争》，可能是因为它的模糊性可以使之变换为文本中发生的各式各样的战争。[26]

从一开始，科迪就渴望根据历史真实来拍摄电影，这意味着需要使用真实的道具。他请求陆军部长林利·加里森派遣电影拍摄所需的骑兵团，请求内政部长富兰克林·莱恩批准大约一千苏族人参与电影的拍摄。担任史实顾问的是伤膝涧大屠杀的美军指挥官纳尔逊·阿普尔顿·迈尔斯中将，他同时也是电影中的一名演员。在普鲁的叙事中，迈尔斯这个人物"对于真实性吹毛求疵"，但是和科迪一样，他的这种执迷并没有延展到道德责任感（当时的一封信揭示，"迈尔斯将军不让战争场面中出现妇女和儿童，因此，这样的镜头被删去"[27]）而是更加实际地考虑身穿真正军服的士兵的确切人数。为了达到真实的士兵人数，科迪让同一批士兵反复从摄影机前走过，普鲁告诫读者注意表象与真实之间的模棱两可。在这种情况下，尽管表面上看似真实，摄影机拍出来的确实是假的。普鲁通过在小说中加入一篇真实性值得怀疑的首映之夜影评，重新回到这个复杂的主题。重要的是，影评作者对于电影的内容漠不关心，对其只是轻描淡写，他关心的是电影这种相对较新的发明所具有的"现实主义"的"绝妙特质"。他沉浸在满心欢喜之中，对这种赞美的讽刺意义视而不见：白人的技术导致印第安人的毁灭，但是，现在印第安人也参与到电影拍摄中，电影将重现他们的毁灭并将其永久留存。

一位截然不同的评论家昌西·黄袍在其评论中指出这一讽刺意义。他是一个苏族人，他的母亲是坐牛的侄女，小说通过琳妮之口表陈了昌西对科迪的批评。黄袍在一些他认为是以同情目光刻画原住民的电影里担任顾问，其中最广为人知的是《无声的敌人》（1929）。这部电影力图再现白人殖民者到来之前奥吉布瓦人的生活状况，介绍影片的序幕由黄袍所写并由他本人朗读，因该片采用纪实电影的手法拍摄，黄袍在序幕中也谈及由此产生的真实性问题。他请求观众不要把表演者当作演员来看待，而是把他们当作重温自身传统的人，并着重指出，尽管白人几乎摧毁了他们的文明，但是具有讽刺意味的是，白人的技术又将使之重现。从这层意义上而言，摄影机不是"无声的敌人"，而是一个"无声的朋友"。他对公正的坚守意味着他将一如既往地批判科迪的蛮荒西部表演以及公众渴望看到描述印第安人恐怖野蛮行为的心理。琳妮所引用的评论是由黄袍1914年的论文"蛮荒西部表演的威胁"改写而成，黄袍在论文中宣称，科迪"保存历史"的行为"对于印第安种族

失落的边疆——阅读安妮·普鲁的《怀俄明故事》

是一种耻辱和不公正"。[28]

黄袍对科迪的行为嗤之以鼻，这表明琳妮没有看胶片内容就将之销毁的决定是明智之举。读完狄·布朗影响深远的《魂断伤膝涧》之后，琳妮料想电影中会有这样的镜头："一个印第安人把一个士兵从马上拽下来，一些模拟的肉搏战，印第安人用棍子捅刺两位被俘的白人妇女，加特林机关枪和霍奇基斯机关枪在不停地扫射，随处可见野牛比尔凝视着远方。"所以，毁灭是一种净化的行为，使她刚刚获得的印第安身份避免了进一步的模式化，同时也阻止另一位白人（乔治娜是胶片的主人）利用她现在认同为本族人的悲惨境遇获利。这至少是一场不会重现的印第安战争。

然而，普鲁把琳妮的决定展演为文化上的目光短浅。首先，布朗的修正主义作品在其公正性方面一直受到一些批评家的诟责。一些历史学家认为，布朗扶正祛邪的决心使他的历史判断笼罩了一层阴霾，导致他的描述过于感情用事，采用的都是有选择性和没有标注引用来源的资料，与科迪的电影一样不能让人信服。[29]此外，琳妮的行为并没有考虑到，原住民通常都是心甘情愿地参与拍摄科迪的电影，尤其是小说中谈论的这部电影。多年以后，爱德华·鹰王为自己参与电影拍摄的行为辩护："印第安人毫不犹豫地参与电影拍摄，并且按照白人指导的方式去表演，虽然与历史真相不符，但正是白人想要在电影中展演的方式。这部电影讲述的是一个虚假的故事。"[30]这里再次出现了一种思维定势：把印第安人当做线抽傀儡，而不是积极的能动个体，而且没有认识到原住民参与自身虚构的复杂性。黑麋鹿是一位拉科塔族萨满，是伤膝涧大屠杀的幸存者，他与科迪保持着长久的联系，他的历史使得讲述"真实故事"的困难赫然在目。黑麋鹿对于原住民社群的重要性在于他接受了一系列的采访，采访内容由学术界人士约翰·格·奈哈特以《黑麋鹿如是说》的名称出版（1932）。长久以来，该书被认为是原住民精神性与宗教仪式的开创性指南，新近的学者们也非常重视该课题的协作性质。黑麋鹿的言说由他的儿子翻译，经奈哈特的女儿转录，继而由奈哈特本人编辑和整理。人们指责奈哈特为白人观众制作了一个合成的印第安人，在此过程中，黑麋鹿与他沆瀣一气，因为黑麋鹿念念不忘自己与科迪的关系。因此，解读这一最"真实的"原住民文本——小瓦因·德洛里亚称之为"北美部落的圣经"——成为原住民学者之间文化斗争的战场：又一场重现的印第安战争。[31]琳妮没有看胶片内容就将其销毁的行为表明她只是主观狭隘地相信从

第五章　印第安人

文化的相互影响中提取的"真实故事"。她把"胶片印第安人"曝光于阳光之下，此举带给人们的不是启迪，而是玷污。她的错误在于没有参与重拾传统这一复杂事务。

普鲁叙事中发生的战争集中在血缘关系与浪漫爱情之间以及文化传统与经济实用主义之间的家庭斗争上：家庭三角关系中的紧张状态。尽管普鲁的主要议题是琳妮的认祖归宗，但是小说以布劳尔斯家族和乔治娜·克罗肖的简史开篇。虽然布劳尔斯家族的历史是虚构的，乔治娜的确是在牧场出生长大，所以她为布劳尔斯家族经营牧场的野心带来了一定程度的真实性。她来自种马培育家族，这一行当是对血统进行精心培育，她的专长是培育马球比赛用马。与具有高度表演性的牛仔竞技运动相比，这种马术更加偏离牧场工作的实用性，这再次对我们提出质诘：构成真正西部传统的要素是什么？当乔治娜的丈夫塞奇死于非命，这一问题便赫然在目，因为保持传统的责任落在了她的肩上："我是说，那里有历史。你是有责任的。"这句话让我们想起查理对自己的印第安传统是有责任的，由此我们对查理和琳妮之间关于印第安历史的争吵有了心理准备。乔治娜选择嫁给比自己年轻很多的原住民牧场工头，从种族、年龄和阶级层面而言，她抛弃了自己的传统。她也抛弃了原住民不从事的马球运动，转向一种不同的马术：查理有着"像香瓜一样的屁股"，擅长此项运动。

他们和谐的夫妻关系随着琳妮的到来戛然而止，琳妮是"一个纯粹的内华达悍妇"，怀着改邪归正的模糊想法抛弃了自己的酒鬼母亲。最初，她对血脉和遗传的兴趣纯粹出于唯利是图的目的：她意识到乔治娜上了年纪而且没有继承人，牧场将会传给查理，最终将会属于她。她断定，父亲"把性吸引力这张牌打得很好。她懂得这场游戏"，他也懂得，"他们心照不宣"。起初，琳妮对自己的传统一无所知，也不知道自己的反常举止可能是一种来自先祖所遭受的暴行的血缘遗传。关于这一点，珍妮特·坎贝尔·黑尔的自传《血脉：一位原住民女孩的艰苦跋涉》（1993）是一个引人入胜的文本。这个女孩的父亲是一个酒鬼，母亲是一个虐待狂，最初她抛弃了自己的印第安传统，把皮肤漂白以便融入白人社会。然而，当她参观了熊掌的战场之后（约瑟夫酋长领导的内兹佩尔斯人在此地被霍华德将军镇压），她认祖归宗的兴趣被再度唤醒，镇压的场景也表明家人的反常举止可能继承自先祖所遭受的暴行。这是一种标新立异的叙事，但同时也充满危险，因为它表明，找寻自

179

失落的边疆——阅读安妮·普鲁的《怀俄明故事》

我很容易与找寻一个更加富有魅力、超越个体的印第安身份相混淆。[32]

这正是普鲁通过琳妮的文化觉醒所探讨的问题。琳妮对父亲抛弃印第安历史的行为大失所望。他声称"我已经被去印第安化了"——这一过程在他的父母给他起名字的时候就已开始，他的名字是"查理"而不是"站立斜视"或者"大鸡鸡"，因为"他们了解世界的形势"。对查理而言，他要隐匿自己的印第安传统，并且在与乔治娜的关系中利用这一独特要素。的确，他成功地模仿了其他文化，以致于像乔治娜这样善于鉴别血统的人都认为他可能是墨西哥人的子息。尽管他表面上看起来泰然自若，然而在小说中我们清楚地看到，先祖在历史上遭受的不公在他的内心像水壶一样沸沸扬扬。琳妮如饥似渴地发掘自身的印第安传统，为父亲的水壶"掀开了盖子"。

琳妮的传统不是她自身历史的一部分，而是她正在阅读的狄·布朗关于伤膝涧描述的一部分，这是普鲁叙事的核心内容。对于琳妮而言，伤膝涧战役不仅仅是一个成为白人压迫象征符码的历史事件——这一象征影响强烈但却是静态的；在她的想象中它是一场生动重现的人类灾难，恰似"上周刚刚发生"。此外，通过这一想象中的重现，普鲁把琳妮的家庭斗争与科迪的电影胶片这两条主线交叠在一起，以此提醒我们，文化传统与历史事实一样都是富有想象力的行为产物。文本中伤膝涧不断变化的意义凸显了想象力的重要性。当查理开车带琳妮去保留地为她认祖归宗时，他亲热地轻轻拍了拍琳妮"仍然完好无损的膝盖"，这意味着，当她发现保留地生活的真相后，伤痛即会袭来。因为琳妮想象中的印第安历史满溢着如疯马和坐牛这样的英雄人物，与他们相比，她父亲与白人社会的和解将被鄙视为意志薄弱的行为。然而，查理意识到琳妮的文化重现与科迪的电影一样是歪曲事实的，是基于印第安传统商业化的一种生活方式的选择，而不是对保留地生活的现实评估，"我猜你想要的是这些，是吧？——蒸疗棚屋，珠饰软皮鞋，给自己起个漂亮的印第安名字，找一位仪表堂堂的印第安小伙，让自己过上保留地的生活"。对于查理而言，保留地如当初被设计的那样：是一座监狱。他的记忆与月光·铜腿的话语彼此呼应，"他回想起保留地百无聊赖的生活，万念俱灰地盼待却一无所获"，他颇具嘲讽地指出，琳妮"将会开始保留地生活，但是几年以后，她就会抛弃这种满怀激情的激进行为，最终沦落都市街头，与老鸨和妓女们为伴"。我们可以断定，这是美国保留地中每天都在发生的"重现的印第安战争"。

普鲁笔下的印第安人物显而易见是普鲁式的，他们的故事对于《怀俄明故事》并非无足轻重，而是针对故事集中心主题进行的不同类型的探讨。或许这并不足为奇，因为尽管他们在普鲁各式各样的陪衬情节中处于边缘场域，他们的故事源自他们被强行驱离故土这一事实，这是普鲁自创作《明信片》以来，在她的自然主义小说中观照的一个核心主题。在她的小说中，他们是心怀先祖土地"深层地图"的漂泊者，这张被当代怀俄明的州际公路和大型购物中心重绘的地图引领着他们回归自己的"传统"。但是，构成真正印第安传统的要素在这些故事中危如累卵：在其最隐秘处有一张地图，勾勒出被剥削的地理与历史，这种剥削在当代印第安人非正常的生活中不断重现。更为普遍的是，重拾传统成为"找寻自我"或者至少是找寻"一个我"的一种途径。世世代代的文化影响致力于形塑"印第安人"，力图展现与"胶片"中的原住民完全不同的"真实的"一面，想要剥离这种文化影响证明是一件非常棘手的问题。如《怀俄明故事》中的许多故事一样，"真实性"与"人造性"的概念都是这些故事的中心议题；普鲁笔下的印第安人不仅是白人霸权的受害者，而且像她笔下的拓荒者、牧场主和牛仔一样，不能分辨真实性与文化陈规之间的区别。从这个意义而言，他们是"印第安人"——一群合成的人物，是怀俄明与其神话历史不断博弈的过程的具现。

本章注释

1　西比尔·斯坦伯格，《埃德娜·安妮·普鲁：美国的奥德赛》，《出版者周刊》，1996年6月第3期，第57页。

2　莱斯利·费德勒，《逐渐消失的美国人之回归》，伦敦：帕拉丁出版公司，1968年，第23页。

3　西蒙·奥提兹，"被期待的印第安人"和"甚至'印第安人'自己相信了"，《外面某处》，图桑：亚利桑那大学出版社，2002年，第49、50页。关于印第安人身份以及本章引言中所提出的诸多议题的精彩论述，见苏珊娜·伦德奎斯特，《美国原住民文学：导论》，纽约和伦敦：统一体国际出版集团，2004年，第195–197页。

4　安妮·普鲁，《鸟云：回忆录》，伦敦：第四等级出版公司，2011年，第165页。大多数批评家估计原住民人口在85万和100万之间，有170多种语言。

5　见加德纳，《红沙漠中的早期居民》，收录于安妮·普鲁编著的《红沙漠：一个地方的历史》，得克萨斯：得克萨斯大学出版社，2009年，第231-237页。

6　安妮·普鲁，《鸟云》，第183页；《血腥油腻的深碗》（载《好了原本如此》）的序言，第123页。

7　法尔柯纳，《好了原本如此》书评，《时代报》，2008年10月13日；http://www.theage.com.au/news/entertainment/books/book-reviews/fine-just-the-way-it-is/2008/10/13/1223749917539.html?page=fullpage#contentSwap1（访问于2013年9月4日）。

8　安妮·普鲁，《西部是如何想象出来的》，《卫报：星期六评论》，2005年6月25日，4-6页；http://www.guardian.co.uk/books/2005/jun/25/featuresreviews.guardianreview24（访问于2013年10月3日）。

9　帕特丽夏·纳尔逊·利默里克，《征服的遗产》，纽约和伦敦：诺顿出版公司，1987年，第215页。

10　小瓦因·德洛里亚，《上帝是红种人：原住民宗教观》，1972年第1版；科罗拉多戈尔登：支点出版公司，1994年，第153-154页。

11　纳瓦拉·斯科特·莫马迪，《一位早期美国人查看自己的土地》，收录于大卫·兰迪斯·巴恩希尔编著的《在大地上轻松自在：成为我们这里的本地人》，伯克利：加利福尼亚大学出版社，1999年，第19-29页。

12　威廉·贝维斯，《美国原住民小说：归家》，收录于布赖恩·斯万和阿诺德·克鲁帕特编著的《复原世界》，伯克利：加利福尼亚大学出版社，1987年，第580-620页。

13　见约翰·沃伦·吉尔罗伊对这一主题的精彩论述，《口述传统的另一个典范？谢尔曼·阿莱克西〈烟火讯号〉中的认同与颠覆》，《美国印第安文学研究》，第13卷第1期，2001年春季，第23-39页；http://facultystaff.richmond.edu/~rnelson/asail/SAIL2/131.html#23（访问于2013年8月7日）。伦德奎斯特对此也有论述，《美国原住民文学》，第156-157页。

14　约翰·珀迪的访谈，《十字路口：对谢尔曼·阿莱克西的访谈》，《美国印第安文学研究》，第9卷第4期，1997年冬季，第1-18页）；https://facultystaff.richmond.edu/~rnelson/asail/SAIL2/94.html#1（访问于2013年8月7日）。转引自伦德奎斯特，《美国原住民文学》，第154页。

15　见阿诺德·克鲁帕特，《关注原住民》，林肯：内布拉斯加大学出版社，1996年，第30页。

16　路易斯·欧文斯，《混血信息》，诺曼：俄克拉荷马大学出版社，1998年，第77页。伦德奎斯特提出令人信服的论点，《美国原住民文学》，第285页。

17　帕特丽夏·赖利，《作为诠释者与神话创造者的混血作家》，收录于约瑟夫·特里默和蒂莉·沃诺克编著的《理解他者》，伊利诺伊厄巴纳：全国英语理事会，1992年，第230页。

18 谁是美国原住民——这很复杂，《在美国》——美国有线电视新闻网网站。http://inamerica.blogs.cnn.com/2012/05/14/whos-a-native-american-its-complicated/（访问于2013年7月5日）。

19 谢尔曼·阿莱克西，《十个印第安人》，纽约：格罗夫出版社，2004年，第53页。

20 琳达·霍根，《居所》，纽约：试金石出版公司，1995年，第25-26页。

21 威廉·基特里奇，《下一次牛仔竞技表演：新作与论文选集》，明尼苏达圣保罗：灰狼出版社，2007年，第169页。

22 安妮·普鲁，《打开牡蛎》，收录于《红沙漠》，第339-353页。

23 威廉·热月，《一幅深层地图》，波士顿：霍顿·米夫林出版公司，1991年，第273页。

24 小瓦因·德洛里亚，《卡斯特因你们的罪恶而死：一个印第安人的宣言》，1969年第1版；诺曼：俄克拉荷马大学出版社，1988年，第230-232页。

25 基特里奇，《至福之地上的白人》，《下一次牛仔竞技表演》，第170-171页。

26 美国电影学院网站，2012年；http://www.afi.com/members/catalog/DetailView.aspx?s=1&Movie=1940（访问于2013年9月15日）。

27 约翰·布伦南夫人（青松岭行政机构负责人的妻子）写给女儿的信。转引自苏珊·福赛斯，《展演在伤膝涧对美国印第安人的大屠杀，1890-2000》，路易斯顿，昆士顿，兰彼得：爱德华·梅伦出版社，2003年，第193页。

28 黄袍，蛮荒西部表演的威胁，《美国印第安人协会杂志》，1914年7-9月第2期，重印于弗雷德里克·霍克西编著的《与文明针锋相对：来自进步时代的印第安人发声》，马萨诸塞波士顿：贝德福德/圣马丁出版公司，2001年，第117-118页。

29 见弗朗西斯·保罗·普鲁查的评论，《美国历史评论》，第77卷第2期，1972年4月，第589-590页。

30 詹姆斯·麦格雷戈，《伤膝涧大屠杀：苏族人的观点》，1940年第1版，南达科他拉皮德城：芬斯克印刷公司，1987年，第108页。

31 小瓦因·德洛里亚，《黑麋鹿如是说》的序言，林肯：内布拉斯加大学出版社，1979年，xiii。

32 见伦德奎斯特，《美国原住民文学》，第220-225页。

第六章　输家

"普鲁笔下的怀俄明，一切均在瓦解中，"杰拉尔丁·贝戴尔如是评说《怀俄明故事》，"经济，家庭，旧俗。新人——买下牧场的富人和前来从事开采甲烷气体工作、居住在拖车房里的穷人——源源不断地涌入，他们试图理解这一地域，让人觉得有点可笑。普鲁是一位诗人，描绘那些迷失在景观之中不知所措的人"。[1] 普鲁笔下的怀俄明人的确是迷失的：迷失在惩罚粗心大意之人的地理景观之中；迷失在嘲笑西部价值观念的文化景观之中；迷失在跨越州界的经济景观之中。这"让人啼笑皆非，黯然神伤"，普鲁说，怀俄明人一如既往地信奉"独立自主的田园生活"，但却有心无力，因为"他们不明白到底是谁在制定那些操弄他们生活的规则和经济策略"。[2] 实际上，他们迷失在现代化的状态之中。

受害者满溢于普鲁笔下的怀俄明：前几章所重点讨论的在恶劣景观中受害的拓荒者；生活在万宝路牛仔阴影下的牛仔们；被剥离了故土与传统的印第安人；以及陷于怀旧之情与全球经济力量之间的牧场主。这些牧场主与本章中心人物的比对结果令人心痛。因为，尽管普鲁笔下微不足道、独立自主的牧场主一贫如洗，但是他们与环保主义者以及企业资本家的斗争被纳入抗争不可逾越之困难的拓荒者叙事之中，由此强化了而不是削弱了他们的文化身份。本章主要讨论牧场主的儿女们，他们因各种原因未能继承家庭牧场，最终只能从事毫无前途的工作。这些人是普鲁笔下的输家：他们或许珍视自由，但是他们也意识到，当切断与土地的联系时，他们失去了西部身份的一个重要方面。利希尔·比尤德，《脚下的淤泥》（载《近距离》）中的一个配角，为我们提供了蓝本。他是一个牧场主的儿子，输给了遗产税和银行，但是，通过牛仔竞技巡演他使自己的西部身份得以留存。普鲁对牛仔竞技表演做了一个明显的、具有象征意义的转变：从牛仔身份的确认转变为一个隐

第六章 输家

喻,展演在动荡的全球经济中生存的重重困难。生活对于利希尔而言成了一些"令人讨厌的事:参加葬礼,去医院,上离婚法庭,房地产交割",这些事情标志着他跌进了《脚下的淤泥》(载《近距离》)。

《恶土》中满溢着如利希尔这样的受害者,故事集的名称让人想起在打造成功的经济身份和文化身份的过程中所剩下的碎石瓦砾。他们是过往经济时代的残迹;失去了牧场,他们骤然跌入经济失败、醉生梦死的状态和拖车房聚居区。然而,《恶土》中真正的恶土是一个异样的输家:随着煤炭与天然气的繁荣而产生的穷苦低下的笨拙粗汉。拖车房聚居区位于城市的边缘,同时也处于公共道德的边缘。在一个杂糅经济失败和抱负及决心失败的文化中,这里的居民被打上输家的烙印。他们为美国中部提供了一个观看当代版的莱斯利·费德勒的荒野"他者"(早期的外来者,他们是文明自我的兽性版)或者朱莉娅·克里斯蒂娃所说的"卑污"(为保持文化主体洁净而拒斥的肮脏贫穷的社会元素)的机会,既让人心惊胆战,又令人心驰神往。[3] 因此,地位低下的穷苦白人的表演充斥着电视广播,居民们像维多利亚时代的怪胎秀中的人物一样,在日间的电视真人秀中列队行进。男人们被描绘成酩酊大醉,怒气冲冲,专横暴戾,用瓦格纳夸张的神秘系统——巨轮卡车、枪支和世界自由搏击理事会的摔跤比赛——弥补他们的贫穷;他们的妻子身材高大,通常带着一群行为不轨、依靠社会福利救济的孩子,因吸食毒品、好色成性、崇拜猫王等各种各样的犯罪行为而遭受控诉。[4]

这与格雷特尔·埃尔利希《开放空间的慰藉》中的怀俄明以及《怀俄明故事》中我们曾讨论过的怀俄明大相径庭。普鲁在"牛仔之州怀俄明"和"打开牡蛎"两篇论文中探究的严酷的经济现实构成了这个怀俄明的基轴。她指出,州议会采用税收激励政策鼓励富有的外来者和房地产经纪人购买不赢利的牧场,希望带来急需的现金。此外,州议会采用税收制度鼓励采矿公司,希望它们能为流离失所的牧场工人提供工作,普鲁对此举也表示谴责。不幸的是,这一政策的负面影响除了显而易见的大气污染,其经济效益也是值得怀疑的。[5] 她通过笔下的人物韦德·沃尔斯(《怀俄明历届州长》载《近距离》)中的神秘莫测的生态恐怖分子牛仔谴责怀俄明是一个"面积达97000平方英里,有着外来剥削者、共和党农场主以及风景的杂乱无章的地方"。

他了解这一地域,洞穴峡谷喷发的火柱在广阔的垃圾场上熊熊燃烧,炼油厂,满目疮痍的土地,铀矿,煤矿,天然碱矿,抽油机,钻塔……一切都

185

失落的边疆——阅读安妮·普鲁的《怀俄明故事》

被看似空荡的景观所掩盖……州政府从联邦矿物特许费、遣散费以及从价税中获得的坐享其成的收入，乡村音乐明星和在虚构的牛仔讽刺剧中饰演角色的各色亿万富翁买下的旧牧场，智者与人才的大量流失，劳苦大众无业可就，在拖车房里艰难度日，凡此种种，他皆了如指掌。

这种与能源开采相联系的繁荣与萧条的经济周期不仅使当地的经济动荡不安，而且，如贝丝·罗弗里达所言，提高了机械化的水平，加之公司有着输入劳动力的倾向，这也意味着当地的就业需求仍然无法得到满足（从1987年至1997年的十年间，煤炭产量增加了110%，但是就业率反而降低了1%）。怀俄明几乎变身为一个资源殖民地，利润被抽取到别处，诸如公路、公园和学校这样的长期基础设施的投资微乎其微。结果，怀俄明成为一些美国最贫穷的工人的家园（怀俄明的平均工资在20世纪90年代的美国位居倒数第五），他们在穷困潦倒的状态中维持着家人的生活（30%的中小学生符合救济午餐的标准）。这种社会后果极具破坏力：怀俄明吸食毒品的人数居高不下（青少年中吸食过冰毒的人达到全国平均数字的两倍），在1997年的美国家庭暴力统计数据中列第八位。[6]

在怀俄明经济管理不善的"杂乱无章"之中找寻出路的人即是普鲁笔下的输家：失去了土地的牧场子息和外地涌入的粗鄙壮汉，他们住在拖车房里，过着举步维艰、前途渺茫的生活。他们的叙事居于全球经济与小镇西部文化的交汇处，展演了沉浸于怀旧之情的牛仔文化适应全球市场现实的重重困难。本章第一部分简要论述牧场主的子女，他们的故事使这一痛苦挣扎赫然在目，同时也引发读者重新评估自己关于构成真正西部的要素的想象。该部分以《工作史》（载《近距离》）开篇，如其标题所示，这部短篇小说是关于一对夫妇动荡不定的工作生活的简化"历史"，同时也探究了在相互联系的后现代世界中西部地域主义的生存状况。普鲁通过《涓滴效应》（载《恶土》）中德布·西普尔幽默滑稽的举止对罗纳德·里根总统任期内提出的"牛仔资本主义"与西部社群价值观念进行了比对。在《租自佛罗里达》（载《恶土》）中，普鲁把一位牧场主与他的拖车房邻居之间的斗争转化为怀俄明州约翰逊县战争的重演，在此过程中探究了谁是西部文化资本的所有者。本章继而更加详细地讨论了另外两部短篇小说，小说把主要人物的经济失败置于达尔文的"适应"和"适者生存"的概念背景中。在《孤寂海岸》（载《近距离》）中，普鲁探讨了一群酒吧女招待的反常生活，通过放荡不羁的女性化形式的牛仔神话展演了她们滥用毒品和好色成性的生活状态。在《沃姆萨特狼》(载《恶土》)中，普鲁把标题中的"狼"变身为一帮贫穷低下的粗鄙壮汉，探讨了在新西部的经济状况中的赢家与输家的概念（以及一个人是否会同时兼具这两种身份）。

小镇输家

普鲁在《工作史》中的意图体现在标题上，这一标题希望读者把文本当作"历史"而不是当作"小说"来探讨，另外，"Job"这个词一语双关：除了"工作"之意，它还指圣经中上帝创造的一个受苦受难的人。小说的主人公李兰德·李当然也是饱经风霜，他姓名中的叠字让人注意到，他试图躲避周遭经济风暴的努力都是徒劳的。普鲁采用一般现在时态的新闻报道语体，没有叙事意识的显性侵入，表达了现代世界中快节奏的即时性。人物缺乏深度且从不言语（这种写作手法使文本成为历史陈述而不是小说），随着接二连三的不幸事件，他们的生活衰到了极点。[7]李是牧场主的儿子，如果在往昔，他一定会驰骋在自家的牧场上，可是现在，他却拖家带口住在"毒蛛路上的拖车房里，挤在吵吵闹闹的两家邻居之间"。然而，他下定决心要在现代经济中取得成功，尝试了一系列的创业项目。不幸的是，所有的项目都因为无法控制的因素而一败涂地：他在养猪场里饲养的猪因冬季严寒而大批冻死；给他提供第一份工作的加油站被一条新开通的州际公路带走了客源；他的屠宰冷藏生意也被大萧条扼杀在摇篮之中。他开了一家"当地农场用品店，可以免去进城的长途车程"，但是具有讽刺意味的是，人们"喜欢开车远行至较大的城镇，在那里看看不一样的东西"，因此，他的商店也破产倒闭了。

然而，它不仅仅是描述一个男人为生计苦苦挣扎，同时它还诘问：在一个被国际商业和州际公路击垮的后现代西部地域上，如何才能保持地方身份？作为一名长途货车司机，他可以像自己想象中无拘无束、逍遥自在的牛仔一样漂泊流浪，但是他有妻子儿女，这意味着他必须以家乡尤尼克为中心。后现代世界中的勇敢牛仔到此为止；他过早地开启了婚姻生活，现在必

失落的边疆——阅读安妮·普鲁的《怀俄明故事》

须承担家庭责任。此外，他的行程让他看到了尤尼克这个地名的讽刺意义（"尤尼克"原文 Unique 意为"独特的"），因为在李看来，"每一个地方都一样"，大同小异的连锁店挤在千篇一律的商业大街上。然而，普鲁在小说中表明，尽管全球经济市场对西部造成的影响显而易见，但是西部却看似与外部世界保持着明显的隔离关系，这就是尤尼克，甚至整个西部，仍然保有的独特的一面。普鲁把一些广播资料和看似对居民生活毫无影响的20世纪重要的新闻报道相杂糅，由此凸显了西部的隔离状态。诚然，小说人物为生计苦苦挣扎，忙得不可开交，根本顾不上关注形塑他们生活困境的世界，这是显而易见的普鲁式讽刺。普鲁小说中的区域特异性是一种差异意识（刻意借助西部历史来强化这一意识）和"西部生活方式"（一种共有的难以界说的实体）的杂糅。

像利希尔·比尤德和李兰德·李一样，德布·西普尔也是一个失去牧场的子息，对他经济挫败的描述如旋风般一带而过：

> 他小时候的生活无忧无虑，对两个姐姐作威作福，对牧场钟爱有加，相信将来有一天牧场将归他所有，对马匹拥有首选权……但是，当他到了25岁左右时，生活的种种优越感荡然无存。牧场被麋鹿牙银行收购……为了追寻开放空间中令人心满意足的慰藉，他养成了酗酒的习惯……
>
> 德布·西普尔经常在酒吧赊账，然后打零工挣钱还账，他的生活就这样年复一年地过着。（《涓滴效应》，载《恶土》）

故事开始之际，他已经历两次结婚，两次离婚，是一个居无定所的"可怜的下流胚"。无论西普尔本人是否知晓，他属于远远超出怀俄明疆界的经济体系中的一员。他在麋鹿牙的三个酒吧里消费的情景描述是对这一经济体系的本土化的滑稽模仿，被看作怀俄明自身的"涓滴效应"。这是对20世纪80年代里根的右翼经济模式的幽默指涉，该经济模式鼓励企业家创造财富（与财富分配的税收和消费政策相抵触），认为财富会通过涓滴效应惠及最贫穷阶层。具有讽刺意味的是，里根，一位昔日银幕上的牛仔，俨然成为他在电影《法律与秩序》(1953) 中饰演过的顽强不屈、直言不讳的马歇尔·约翰逊在现实生活中的化身——骑马进城整治民权动乱的问题、城市混乱不堪的景象和学生焦虑不安的情绪，为平民大众仗义执言。他所承诺的是为"手段强硬的"企业家人才创造一个"繁荣时代"。[8]

第六章 输家

懒散的西普尔不仅通过他的失败，而且通过他的成功为这种牛仔资本主义提出纠正。普鲁在小说中的语气是轻快的；西普尔是一个典型的工人阶级，就像《全家福》这样的电视情景喜剧中展演的男性角色一样，好吃懒做，粗俗下流，愚不可及，迷失在一个由纷繁复杂的经济环境和颐指气使的女性构成的世界之中。他成功进入资本主义供给和需求的残酷世界（他利用自己拥有的麋鹿牙独一无二的平板卡车，向一位绝望的牧场主，菲艾斯塔·庞奇，索要高额的运输费），这被看作是神经喜剧而不是社会纪实。然而，对于新西部的经济状况，普鲁却表达了严肃认真的观点。首先，如丹尼尔·史怀泽所言，西普尔酒后从明尼苏达的一个酒吧驾车至怀俄明（距离超过650英里）的过程在小说中被压缩成几支烟和几瓶啤酒的工夫，这凸显了新西部的相互关联性。[9]此外，损失惨重的收货季对牧场主而言未必就是无可挽回的灾难；有人打电话过来，愿意伸出援手。援助很容易获得，但是，西普尔垄断平板卡车的所有权，他能够按照里根经济政策所倡扬的"手段强硬的"说辞，利用自己的经济优势从中获利，但是，这样做却违背了帮助患难朋友这一基本的西部法则。菲艾斯塔·庞奇用"布屈·卡西迪的幽灵"来谴责他的所作所为——但是，这表明，和卡西迪在光天化日之下抢劫银行而不抢普通人的行为相比，西普尔的打劫方式更加魅力四射。事实上，他的行为彰显了里根心中努力扮演牛仔总统的紧张状态：尽管他的政治说辞告诉我们牛仔不会先开第一枪，但是，他的经济说辞却鼓励我们先开第一枪，而且要用一支威力无比的枪！

为西普尔服务的酒吧女侍叫阿曼达·格里布，她创造了怀俄明的"涓滴效应"这一说法，她本人也忙于和外部力量进行艰苦的经济斗争。在一个当代版的1892年约翰逊县战争（怀俄明的宅地自耕农与最初的牧场巨头之间抗争，最终双方在犬耳溪展开了激烈残酷的决战）中，普鲁描绘了一个性情刚烈的阿曼达·格里布，她居住在犬耳溪的拖车房里，与当地的牧场主奥蒂斯·温赖特·兰奇针锋相对。在夜间，他的牛仔砍掉她拖车房周围的篱笆，以便让他的牛进入她精心打理的花园去觅食，最后她突发奇想，在他们领地分界处的小溪里放入鳄鱼以示威慑。这不仅仅是一个讲述女性用聪明才智战胜恃强凌弱的大男子主义的幽默故事；它再次吸引读者去评定新西部的经济景观。这场力量悬殊的斗争并非表面看起来那么简单：兰奇不是一个势单力薄、无依无靠的牧场主，而是代表丹佛的一家企业集团。他只是践行了牛仔

失落的边疆——阅读安妮·普鲁的《怀俄明故事》

说辞，呼吁回到昔日怀俄明自由放养的时代，以此满足廉价喂养牧群的经济需要。与之相对的是格里布，一个奉行素食主义、居住在拖车房里的单身女子，为读者展演了传说中的西部品质：勇气和决心。

格里布也展演了一种对西部历史的怀旧眷恋之情。她喜欢皮威酒吧（她工作的酒吧）里散发出的木屑和汗水的味道；当酒吧老板装了一台大彩电，以便顾客观看橄榄球赛时，她表达了反对意见。然而，谁有钱谁就能够主导未来；此外，他决定在酒吧放映重新灌录的20世纪50年代橄榄球比赛的DVD，这说明他也控制着过去。早在一百年前，比尔·科迪就给了西部这样的教训。普鲁通过描述阿曼达雇来的一个为她修篱笆的牛仔的个人经历，进一步探究了这个严酷事实的全部意涵。如我们在"牛仔"这一章所见的情况一样，朱恩·比德斯特鲁普显而易见符合大众心目中的牛仔形象，因此他被邀请到好莱坞主演一部电影。具有讽刺意味的是，电影为约翰逊县战争提供了一个新的视角，在电影中，不是"大牧场主的贪婪和统治"，而是龙卷风把自耕农驱离土地。这是一种历史改写，再次凸显了金钱与想象在创造"历史"的过程中所起的作用。更有讽刺意味的是，比德斯特鲁普最终并没有得到这个角色，因为他不符合好莱坞想象中的银幕上真正的牛仔形象，因此他回到麋鹿牙，在一场当代"真实"版的战争中为阿曼达扎篱笆。

阿曼达获得了这场战争的胜利，因为她比兰奇更迅速地理解了当代西部在地理上与其他地区的相互关联性，以及在观念上与其自身各种历史的相互关联性。对兰奇而言，西部被夹在肉冻里：它是一片自由放养牲畜的土地，像阿曼达这样孤立无援、地位低下的穷苦白人，在此地没有安身立命之处。但是，她通过租赁鳄鱼来解决问题的方法强化了西普尔揭示的真相，那就是，当代西部并不是与世隔绝的，而是全球通信网络的一部分，利用移动电话可以获得帮助。更重要的是，阿曼达防控牛群的方法不仅滑稽可笑，而且让我们意识到，我们关于构成真正西部的要素的想象是由电视上的西部人而不是由"自然"生态系统形塑而成。普鲁通过《半剥皮的阉牛》（载《近距离》）中的"澳洲怀俄明"表明了同样的观点。相对而言，牛群是西部的新来者，如果它们被看作西部景观"自然的"组成部分，叙事提出质诘，为什么拖车房聚居区不可以？

普鲁的作品中有人们所熟知的斗争，《租自佛罗里达》是这种斗争妙趣横生的升级版：谁的故事能够界说西部？阿曼达·格里布不过是一个住在拖车房聚居区、具有拓荒者的勇气和智慧的漫画人物；兰奇是一个戴着牛仔面具的漫画资本家。格里布和西普尔或许是经济的受害者，但是普鲁的笔调是幽默诙谐的。这和《孤寂海岸》（载《近距离》）中对酒吧女侍的描写大相径庭，她们是性情刚烈的女人，没有成功地协调好前途渺茫的工作与自身对西部自由的想象之间的矛盾。在这部短篇小说中，漫画人物让位于充满内心冲突与矛盾的成熟人物；怪僻之人被黑色幽默所取代；讽刺改变为坚韧不拔的社会现实主义。诚然，在《孤寂海岸》和《沃姆萨特狼》（载《恶土》）中——地位低下的穷苦白人的故事将在本章结尾部分探讨——显而易见，普鲁既不想引发读者的笑声，也不想引发读者的怜悯，小说的基调是一种绝望情绪。这些小说中的人物前景黯淡，饱经挫折，以致于他们生活在滥用毒品、充满暴力和性生活不满意的状态之中。从头至尾，放荡不羁的牛仔神话一直怂恿和支持着他们自我毁灭的冲动。

就内容和文体而言，这些小说最接近极简抽象派的现实主义，这种文学流派在20世纪八九十年代的美国短篇小说中占有统治地位。批评家比尔·伯福德创造了肮脏现实主义这一术语，以此来描述这些"关于白天看电视、阅读拙劣爱情故事或听乡村和西部音乐的人们的悲剧"。[10] 尽管这个术语在诸多方面是一个营销伎俩，它却描述了一种写作文体，正是这种文体使普鲁的作品熠熠生辉。这些简约的小说以语言简洁（卡弗的极简抽象主义是一个范例）、一般现在时的即时性（很多具有忏悔录的特点）为特征，并且强调顾客的混乱所造成的影响。这些小说中的男性人物在情感上发育不良，他们的身份受到女性化消费社会的挑战，他们感到和这样的社会有一种疏离感，并且对之嗤之以鼻。女性人物同样是迷失的；她们摆脱了专制父权的压迫以及社会对女性的期待，但是却困在毫无成就感的工作和短暂的爱情关系之中。在杰恩·菲利普斯、博比·安妮·梅森和埃伦·吉尔克里斯特的短篇小说中以及西部作家帕姆·休斯顿的作品中，我们可以听到她们的发声。所有这些作品都关注女性经验，通常采用女性叙述者（或者至少是明显以女性为焦点的叙述者），尽管叙述者所处的地域、阶级和年龄千差万别，但是她们的语气都是超然的，近似于听天由命。在菲利普斯的《快车道》（1987）（女人们过着非正常的生活，努力让生活转向慢车道）中和吉尔克里斯特的《与爱同醉》（1986）（小说中的女人们摆脱了严苛的南方母权制，却爱上了错误类型的男人）中，各种各样的叙述者表达了这些面无表情者的心声。

失落的边疆——阅读安妮·普鲁的《怀俄明故事》

帕姆·休斯顿在她的第一部短篇小说集《牛仔是我的罩门》中触及了关系失调的主题，这部小说集对我们探讨普鲁在《孤寂海岸》中的人物刻画颇有助益。休斯顿笔下性情刚烈的女性叙述者看似女权主义者，但是却情不自禁地追求后现代牛仔那种具有高度男子气概的错误类型的男人，她们以听天由命的口吻描绘了这个悖论。她们的悲剧在于她们的牛仔理想是由西部精神气质所操弄的，西部精神气质通过性征服来衡量男子气概，包含"一夫一妻制"或"承诺"的观念。当承诺迫在眉睫之际，休斯顿笔下的男人们策马扬鞭消失在夕阳中，小说集中的同名短篇小说真切地描述了这样的场景。当我们进一步审视这部小说时，我们发现，当绝望的叙述者看着她心爱的男人（他"看似一个牛仔"，实则"只是一个操着得克萨斯口音、拥有一匹马的资本家"）消失之后，她动身前往怀俄明州的科迪。当她听到收音机里播放的乡村音乐时，她认识到，"歌中的男人要么是野蛮残忍的人，要么是缺乏表情的人，最终都是给她带来伤痛的人。女人是受害者，每一个女人都是"。[11]《孤寂海岸》中的叙述者表达了上述的种种伤感情绪。

《孤寂海岸》

普鲁采用匿名女性作为第一人称叙述者，把两个相互独立但主题相联的故事交叠在一起。主要叙事聚焦于她的朋友约沙娜·斯基尔斯（一个当地酒吧的厨师）及其情人艾尔克·纳尔逊，他们二人因道路狂飙中的愚蠢行为而死于非命。第二叙事讲述了她丈夫赖利的出轨行为，因此他们结束了九年的婚姻生活，随后她搬到恰如其名的疯女溪流域的拖车房居住。她一直没有出场，我们只知道她作为牧场主、妻子和女招待的种种身份；她是一个被动的观察者（确实是这样），她看到丈夫与一个十五岁的牧场帮工发生了越轨行为，看到她的朋友们在酒吧里的滑稽可笑的举止。她看到丈夫不忠行为的经历弥漫着绝望与黑色幽默的基调，整部小说也是在这一基调下展开叙述，同时她也试图理解周围人们的灾难性的生活。尽管她的语气是超然的，却暗示了一种厌世情绪；她从自己对一个假想的"朋友"的叙述中推断出一个阴郁的启示。此外，尽管她的人生观是一种阴郁的地域主义（她有一次去州外度假，参观了一片被描述为孤寂海岸的黯淡海域），她和我们以上探讨过的众多女性叙述者一样,展现了一种思想力,指引自己从关注日常俗务走向思考更深层次的生存问题。我们从她对小说标题"孤寂海岸"的反思中可以清楚地看到这一点(在"景观"这一章已有论述)。尽管,道具的设计毫不精巧(人类意识变为灯塔和短粗丛生的黄色植物),她的质朴的结论——景观与人都处在变化的过程中,人们在这个变化过程中鲜有机会形塑自身生活——属于阴郁的达尔文主义。普鲁在小说中探究的正是这一洞见的全部意涵。

普鲁在高度压缩的背景故事中触及了相关的达尔文主义主题,并介绍了中心人物:约沙娜·斯基尔斯。她的父母拥有一个牧场,"位于日舞南边,放眼望去可以看见黑垛",她逃离牧场,在当地一家餐馆当厨师。她的祖父随 115 粉河骑兵队参加了第二次世界大战,粉河骑兵队的名字让人们想起和红云之间的战斗,但是他惊讶地发现,吉普车和文职工作取代了他们的战马。在他离开家乡之际,牛群遭受到矮化症基因的困扰,长成了西部牧群的缩微复制品。通过这段古怪的叙述,普鲁强化了达尔文主义的孪生主题:适应和遗传;并且针对西部未能适应不断变化的世界提出重要的问题。因为,尽管周围的世界都在适应变化,人们使用坦克而不是马匹去作战,西部基因库因不屈不挠地抗拒改变而被削弱,从而不断萎缩:事实的确如此。在归来之际,面对西部神话显而易见的萎缩,祖父别无选择,投河自尽,河水也在日益枯竭。约沙娜说,"她的家人总是选择勇敢坚毅之路",她的话强调了遗传的破灭,在破灭的过程中,传说中的牛仔勇气宽恕了自杀的行为。如果作为退伍军人的祖父做出了这样的回应,那么作为孙女的约沙娜过着毫无前景的女招待的生活,有什么机会能够与自己的西部历史达成有意义的和解?她在怀俄明"面部扭曲的输家们"不断萎缩的基因库中追寻自己的牛仔理想,有什么机会能够建立起一种有意义的关系呢?

本小说中的女人们的"婚姻生活坎坷,充满吵闹、家暴、哭泣和诅咒",她们下定决心不让自己成为受害者,因而从这种生活中逃脱出来,在金扣环酒吧彻夜狂饮,由此建构了一种牛仔神话的女性阐释。然而,她们适应变化的过程步履维艰,因为她们向观光客兜售的是一个俗不可耐的西部版本。约沙娜在"旗语山庄"烹制日本料理,这是一个用西部纪念品装饰的主题酒吧。老板吉米·岛藏小时候被拘在怀俄明的哈特山集中营,战后他留了下来,利用怀俄明的怀旧愿景做起生意。他是一个适应变化的典范,他把西部人对异域风情的渴求与他们对自身历史的怀旧之情相融合。[12] 然而,他的

失落的边疆——阅读安妮·普鲁的《怀俄明故事》

成功使约沙娜和她的朋友们实现穷途末路的经济现状与她们西部传承的魅力的和解变得困难重重。小说呈现的是一种由女人掌控的高度肉欲化的牛仔身份。"寂寞的牛仔"不顾尊严名誉,在报纸上的"孤寂心灵"栏目登征友广告,成为她们星期六晚上酒吧间里的猎物。当她们穿上蓝色紧身牛仔裤和紧绷的长筒靴,并且恰当地采用"筛选"和"剔除"这样的西部用语来描述在酒吧里偶遇的流浪者之际,显而易见,这不是牛仔神话的女性化版本,而是由女性剽窃占有的极端男性化版本。

她们选择的男人只会带来麻烦。正如三个女性人物中的一位所言,"如果一个东西有四个轮子或者一根鸡鸡,它就会给你带来麻烦,我敢保证"。叙述者的反思能力为怀俄明男人的情感局限提供了一种更微妙的解释,这一解释对三个女人的故事均有影响。她观察到,男人总是依据本能行事:"怀俄明人都是暴脾气,血气方刚,说干就干,渴望身体接触。或许是由于他们长期放牧的原因。"他们抚摸与爱抚的天性也会导致"闪电般的反手一击"。性与暴力同根同源,有时二者彼此混同。事实上,终日与牲畜为伍的生活使怀俄明的男人情感发育不良,并且成为他们的基因而代代相传。这样的证据在《怀俄明故事》中比比皆是:对于结过三次婚的梅罗·科恩而言,父亲的女友趴在地上像马一样嘶鸣的形象在他的脑海里永远挥之不去;戴蒙德·费尔茨像骑牛一样骑在女人身上;恩尼斯·德尔·马尔所能憧憬的家庭生活不过是拥有一个挤满产仔小母牛的牛棚。在这部小说中,叙述者的丈夫赖利在母牛产仔期间在牛棚里与小女孩做了对妻子不忠的事情,他的行为淋漓尽致地展演了人与牲畜的联系。邻居家的塞勒大公牛使母牛受孕,导致小牛的体形过大,因而母牛在产仔过程中遭遇难产。普鲁的象征主义着重展现了男人不负责任的行为。他们只遵循牛仔传统中的色欲元素,却抛弃了牛仔道德准则的其他方面。赖利从公牛身上得到启发,想和身边的所有女人发生性关系;如他后来所言:"我看到了我的机会,我抓住了它。"对于这个小女孩来说,他的体格如公牛般硕大,他的行为凸显了他是一个缺乏责任心的人;这是小女孩的第一次,她浑身是血。后果要由女性来承受;他们对需要救助的母牛置之不理,导致母牛死亡,小牛也死在肚子里,这是一种情感渎职行为,叙述者把这种行为与赖利的背叛行为等同视之。

和赖利一样,艾尔克·纳尔逊也是不断萎缩的基因库中的一员,他企图从牛仔传统的超男子气概幻象中渔利。他居无定所,曾经"干过采油、建筑、挖煤、开货车等工作"。但是每个星期六的晚上,他都会像牛仔一样荷枪实弹、昂首阔步走进酒吧,女人——尤其是约沙娜,面对这样的男人只能束手就擒。随着他的到来,曾经拿枪对前夫乱射的胆大妄为的约沙娜不见了,取而代之的是一个百依百顺的约沙娜,她一声不吭,欣然同意艾尔克把他的 30-.30 枪放在她卡车里的枪架上:这象征着她已俯首称臣,它比婚姻誓言更有效力。他的存在有助于约沙娜理解她与自身的西部历史之间的关系。因为现在她拥有了属于自己的牛仔,所以就不再需要她本人来扮演牛仔的角色;她可以把自己的品性纳入他的品性之中。她所要求的回报就是忠贞不渝。不幸的是,对于牛仔而言,忠贞不渝只适用于事业、坐骑或者"搭档",而约沙娜不属于其中任何一类。如帕姆·休斯顿的叙述者提及的那些牛仔歌谣一样,对家庭的忠贞不渝是一种诅咒,是那些爱上牛仔的女人们(以及杰克·退斯特这样的男人们)的悲剧。不摧毁神话,就不可能驯服神话的牛仔,这是约沙娜在小说的结尾处力图解决的一个悖论。

小说有一半的篇幅聚焦于逐步推向高潮的事件以及高潮的最后一幕,这些事件的细节由叙述者在酒吧工作期间以有限的视角记述下来。她从这个角度描述:"女人们的眉毛宛如撬棍,男人们全身长满又粗又硬的红毛,指关节大如新生土豆,显示出基因库规模甚小,曾经长养基因库的溪流已经干涸。艾尔克·纳尔逊是他们中的一员;他穿着打扮酷似谢恩,但是行为举止宛如科尔德佩珀家的塞勒大公牛,一门心思想和身边所有的女人发生性关系。然而,在这个夜晚,小说中熊熊燃烧的火球提醒我们,冲动易怒的约沙娜行将爆发。火球为不断延展的火的隐喻划上句号,火的隐喻将叙事连在一起(最初把约沙娜比作熊熊燃烧的房子,继而把她对朋友的怨恨描写成阴燃的火焰)并以哥特风格照亮了金扣环酒吧中的西部纪念品。这是一节情景剧,让我们想起构成即将呈现的戏剧基轴的火爆的西部传统。小说的高潮以西部枪战那种惊心动魄的格调记述了毫无意义的公路狂飙行为,这样的写作手法恰到好处。叙述者没有亲眼目睹高潮的全过程,只留下来自新闻剪报、警察报告以及证人描述等碎片化的信息,以供读者自行拼贴故事情节。叙述者认为,约沙娜遭逢了自身绝望的孤寂海岸,并发现不费吹灰之力即可"屈从于邪恶的冲动"。究竟是不是约沙娜枪杀了艾尔克?这一点给读者留下了无限遐想。从象征意义而言,艾尔克的死强化了以下的观念:不把牛仔毁灭,就不可能把他驯服。然而,杀掉牛仔却意味着摧毁了赋予约沙娜及其朋友身份的神话

195

失落的边疆——阅读安妮·普鲁的《怀俄明故事》

象征。所以，从象征意义上来讲，这是一种自取灭亡的行为。于是，解决了艾尔克以后，她把枪口对准了自己："她的家人总是选择勇敢坚毅之路。"[13]

艾尔克所代表的人物类型在普鲁笔下的怀俄明俯拾皆是：篡改牛仔神话来满足自己掠夺需要的粗鄙外来者。这类人物在《孤寂海岸》中处于边缘场域，但是在《沃姆萨特狼》中却是万众瞩目的焦点，在这部小说中，普鲁重点着墨于这些随着怀俄明的石油和天然气繁荣蜂拥而至的粗鄙壮汉。小说展演了勇敢坚毅的社会现实主义的另一面，它以更加显而易见的达尔文主义主题为基轴。小说标题中的狼曾经是令人恐惧的食肉动物，现在却陷入濒临灭绝的境地，它是一个完美的象征符码，助益我们探讨后现代经济景观中的赢家与输家如何适应变化的主题。

《沃姆萨特狼》

普鲁在小说开始部分的一段讨论中开始探讨这个主题，这段讨论发生在小说中心人物巴迪·米勒和他的父母之间，父母安常守固，对他鄙夷不屑，把他看作人生的输家。父母拿他的堂弟赞恩与他相比，赞恩是一个生物学家，是研究狼的专家，他在尽其所能"保持自然的平衡"。这段讨论不仅让我们看到让人憋气窝火的兄弟间的比较，而且告诉我们，他的父母相信这个世界保持着良性的平衡，赢家和输家的区别在于他们是否努力奋斗。有一种哲学认为，像泰坦尼克号的沉没这样的灾难是由运气不佳所致，他的父母决定去北冰洋进行一次躲避冰山的传奇巡航，以此对这种哲学发起从容不迫的挑战。重要的是，赞恩提出了达尔文式的对比观点：无论是在自然界还是在经济界，没有什么是平衡的，但是两个世界都处于永恒的斗争状态中，因为所有物种都在不断适应变化，以便获得超越竞争对手的优势。[14] 他把生存竞争比作是在一个正在拆除的房子里打牌，手里的牌和打牌的人都在不断变化。用怀俄明土生土长的狼（落基山狼）的生存困境可以轻而易举地阐明这一比喻，落基山狼曾经是一种成功的独居肉食动物，后来被一种更加常见的群居狼——加拿大灰狼所消灭。落基山狼由于不能适应环境变化，现在处于持续的衰败中，如先前的渡渡鸟一样，面临灭绝的危险。由此推衍，生活在拖车房聚居区的穷困的输家们，和我们在小说后面会遇的那些

第六章 输家

人一样，都是受害者，他们不能适应当代经济世界，他们的生活窘境正是巴迪的父母所倡扬的里根经济政策的衰败迹象。然而，在叙事主体中，克雷格·德什勒（小说中的另一个"狼人"）展演了落基山狼的另一种命运。他认为，根本就不存在这样的灾难，因为想象中的掠夺者和受害者其实是"同一种动物"。因而，普鲁的中心隐喻引发我们对进化中的赢家和输家、掠夺者和受害者以及独居动物和群居动物进行一个更加谨慎细致的界说——同时引发思考：我们能否表面上看似属于一种身份，而实际上却属于与之相反的身份？

这种身份的界说即是普鲁这部小说的语境，在此语境中，叛逆的巴迪认为自己是一匹独狼，他弃绝了令人窒息的美国中西部，选择充满泥泞的道路去追寻真正的怀俄明。普鲁对那些不能理解自身周围环境的外来者兴趣十足，这是她在《怀俄明故事》中偏好的叙事策略，这类人物难以辨别真实经历与文化期待范式之间的差异，尤其是当他们如落基山狼一样认不清自己身份的时候。我们在普鲁以前的作品中遇到过巴迪这种类型的人物，最典型的莫过于《心灵之歌》中的斯耐普。斯耐普是一个年轻的居住在城市的音乐家，他深入林地寻找"地道的"蛮荒林地音乐，他认为他在伊诺、法特·内尔和暮光家族的乡村音乐中找到了他想要的音乐。尽管他们独特的音乐才华让他惊叹不已，他却想用唱片合同来剥削利用他们的音乐，这一点彰显了他的浅薄无知。这部小说讲述了一个城市年轻男子误入歧途的故事。他以为歌手法特·内尔是伊诺的女儿而不是他的妻子，因此试图调戏她，小说中一直潜伏在深处的暴力在此刻得以爆发。暮光家族在斯耐普面前露出读者早已目睹过的本来面目，这让我们想起詹姆斯·迪基的小说《解救》中的乡下人，他们的家是心狠手辣的父权制家族，他们的基因库早已枯竭。

和斯耐普一样，巴迪表现得像一个通晓世故之人，他积极主动地去寻找"恶土"，在他的想象中，那才是真正的怀俄明的特征。他对主干道路（代表着社会同一性）视而不见，特意选择巴格斯和沃姆萨特周围反映当地历史的旧时小道。普鲁在其他作品中曾经描述过这样的道路，这些道路让人想起怀俄明州印第安人和拓荒者的历史，巴迪认为自己正循着奥弗兰古道的"幽灵车辙"向前行驶。[15] 漫无目的地行驶数天之后，他在沃姆萨特的拖车房聚居小镇安顿下来，他的拓荒者的乐观精神将要面临严峻的考验。怀俄明小说家亚历山德拉·富勒把沃姆萨特的周围环境描述为"恰似早晨从宿醉中醒来"。

失落的边疆——阅读安妮·普鲁的《怀俄明故事》

[16] 巴迪也认为这是一个"令人绝望的地方",在"加油站和便利店构成的狭长地带周围"挤满了"数以百计的拖车房"。对读者而言,这里看似满怀希望的美国梦的恰切的墓志铭。然而,对于巴迪而言,这里是"真正的怀俄明——满溢着一贫如洗、吃苦耐劳的匆匆过客,他们意志坚定,永不停歇,哪里能挣钱就往哪里去"。这里是一个拖车房聚居区,但是在他看来,这里的居民是怀俄明拓荒者历史中遗失的乐观主义精神的典型代表。毫无疑问他要经历一次理想的幻灭。

这一过程始于他对独立自主的拓荒者的信仰的破灭。如我们在"拓荒者"这一章所见,不择手段的公司利用拓荒者的乐观精神从中渔利,大部分拓荒者成为这些公司的受害者。普鲁在她的论文"边缘场域的居民"中讲述了三合土地公司于1977年在沃姆萨特南25英里处实施的一项计划。他们的计划书共十页,承诺要在四十英亩的"牧场"上培育出高产作物,这项计划备受当地居民的诟病,在这样的恶土上种植庄稼引发了他们的冷嘲热讽。然而,有十八个家庭搬了进来,但是却发现"没有电,没有水,没有商业区,没有校车服务。风沙吹个不停",结果大部分家庭搬了出去,这项计划最终化为泡影。[17] 在先前的一次勘查中,巴迪找到一个由这样的拓荒者家庭留下来的废弃拖车房,他准备把这里当作自己的家。在拖车房里,他发现了一张1973年的报纸,上面记载了这家人初来乍到时的欢欣鼓舞:"我们终于梦想成真。"父亲说,"拥有了我们自己的牧场。我们是新一代的拓荒者"。不幸的是,他们的梦想没有照亮现实,"拓荒者"陷入困境,束手无策,荒废的拖车房就是一个铁证,让我们看到那些恶狼般的公司是多么的残酷无情。报纸上的空白处有一个用蜡笔写下的带有讽刺口吻的附注"爸爸说",它提醒我们,对于普鲁而言,真正的受害者是那些被拖在男性乐观精神背后的妇女和儿童。当巴迪更加仔细地看报纸上所附的照片时,他认出了照片中的拖车房即是他现在所租的房子,"爸爸"已经成为恶狼般公司的一员,而愤世嫉俗的女儿就是那位穿着脏兮兮的运动长裤的胖女孩,她兴高采烈地为房客们介绍简朴的房屋,因为她从不像她父亲那样痴心妄想。

那么,我们应如何理解这些幻灭的拓荒者的后裔?巴迪因被蛇咬伤,待在家里休养,在此期间,邻家的拖车房成了他关注的焦点。巴迪从自己的视角为我们介绍了惠姆一家人和山地人克雷格·德什勒,因此,他们符合巴迪想象中吃苦耐劳的匆匆过客的形象。他用抒情诗般的语调活灵活现地详述了他们的一举一动，宛如一位昆虫学家发现了一个新物种似的。他把他们称作"肥婆"、"老爹"和"大汉"，"大汉"是一个弓猎手，他们一家人所吃的烤肉就是他所猎杀的羚羊。"到目前为止，一切都好"，他认为：这些人就是他要寻找的真正的拓荒者的后裔。然而，这部小说讲述的就是由巴迪以及读者所展演的误读、偏见和失败。我们一定会嘲笑巴迪的不切实际的想法，因为我们也被某种思想所同化，会以一种先入为主的观念来感知拖车房聚居区的生活。威廉·基特里奇于1981年对拖车房聚居区的描述让我们触目惊心："在这里挣钱轻而易举，大量的人从事赌博、卖淫活动，还有污水问题。你能想到的男子气概……在逐渐毁损着人们对'文明美德'的尊重。"[18]他描述的是1981年的场景，但是与1881年的边疆小镇毫无二致。这就是问题的关键所在：这些粗鄙壮汉就是新一代的"拖车房聚居区的牛仔"，他们不读书，不开玩笑，不洗澡，这种西部文化证明了他们过盛的男子气概。20世纪80年代初，沃姆萨特周边地区迎来天然气开采热潮，基特里奇对此严词抨击："这一热潮持续了三年，它给当地居民造成的恶果却一直延续至今。"[19]

普鲁并不是要纠正基特里奇的说法，也不是在为美国拖车房聚居区的生活状况辩护，这里的生活场景给人们留下了一种粗俗的典型形象，让人们看到一个失去了道德准则的民族形象，普鲁眼疾手快，敏锐捕捉到这个具有象征意义的良机，在其作品中对之加以描述。例如，在她的小说《明信片》的结尾部分，她描述了年轻的凯文·威特金（他和罗亚尔一样犯了强奸罪）躲在拖车房聚居区的生活情形，他靠吃披萨和看色情作品度日：

> 拖车房聚居区传来摩托车后轮与地面摩擦发出的尖锐刺耳的声响。没有安装消声器的卡车。该死的带有锡制尖塔的拖车教堂……噪音几乎把他逼疯……门砰砰作响发出粗砺刺耳的声音。女人们大喊大叫，孩子们鬼哭狼嚎。星期六下午有射击训练。各式各样的卡车、汽车、摩托车、雪地车、机动三轮车，全地形车。

从叙事中我们可以看到，满溢希望的西部之旅已经变成充满恐惧的东部逃亡，在这种叙事中，拖车房聚居区是美国梦幻灭的恰切的、具有决定意义的象征符码。普鲁将聚居区安置在罗亚尔的牧场上，使这一象征昭然若揭，罗亚尔的牧场原本是一片丰饶的土地，象征着原始征服的重现。当他逃走以后，他的土地变成了拖车房聚居区。到20世纪60年代，这里看起来像一处墓地（象征着土地的某种田园情结彻底消亡），到20世纪80年代，这里成

失落的边疆——阅读安妮·普鲁的《怀俄明故事》

为如上所述的地狱般的地方。这就是凯文犯了强奸罪之后的藏匿之所：他与这里非常匹配。

拉斯·惠姆和谢莉·惠姆与这种地狱般的生活环境也很匹配；他们是贫穷低下的滑稽怪诞之人，巴迪对他们拖车房里的场景描述让我们触目惊心。当谢莉在巴迪的咖啡杯边上给孩子换尿布时，巴迪不忍直视，把目光转移到其他地方：

> 被踩扁的一团团的口香糖宛如泥海中的群岛，泥海中漂浮着爆米花、线头、纸屑、一个压瘪的麦当劳杯子和一些糖纸。一台壁挂电取暖器伸进里屋，取暖器上面放着三个咖啡杯，两个啤酒罐，几个满溢的烟灰缸，一个小小的塑料狐狸和一个药瓶。透过瓶子的琥珀塑料，他可以看到黑色的胶囊。

叙述者没有必要提及梦想破灭的主题，也没有必要提及生命进化博弈中赢家与输家的存在：读者可以在叙事中捕捉到这些信息。这当然不是巴迪所要寻找的：他想要的是"恶土"，而不是沾满屎尿的尿布。然而，尽管在整个场景中他是聚焦介质，叙事的基调却充满矛盾：既没有波西米亚风格的理想化描述，也没有满脸痴笑的窥淫癖者的描述，只有他所看到的物品的罗列。因此，尽管惠姆家凄苦可怜的生活境遇让读者触目惊心，但是真正应该抨击和嘲笑的对象却是巴迪，当他首次与自己想象中的"恶土"会遇之际，他感到反感厌恶，迅速跑回自己的拖车房，"赶快铺床和洗碗，唯恐自己变成他们那样"。

巴迪的反应把我们引向普鲁在本小说中真正的目标对象：寻找些许粗陋的中产阶级窥淫癖者。如《时尚》杂志专栏作家马戈·杰弗逊所言，艺术展览馆里陈列着众多厚实衣服上的珠宝饰物和这类物品的黑白照片，这些物品清晰地展现了一种"别致的拖车房风格"。[20] 对于普鲁而言，把这些肮脏穷苦的形象保存在胶卷上是一个趣味十足的主题，她对这方面的作品赞赏有加：卡尔·迈登斯对大萧条时期的家庭生活的摄影记录；理查德·艾维顿的作品《在美国西部》（1985）中简单实用的劳动人民的照片；安德莉亚·莫迪卡在纽约州乡下《特雷德韦尔》（1996）拍摄的拖车房聚居区的照片——稍后还会谈及类似的作品。她也在自己的短篇小说《底片》（载《心灵之歌》）中探讨了艺术窥淫癖的剥削性的一面，小说讲述了两个中产阶级，他们是中年同性恋，搬到乡下去过田园生活，试图寻找真正的美国。尽管巴克·比对景观赞不绝口，摄影师沃尔特·维尔特却要寻找"卑鄙龌龊"，他在阿尔比娜·穆斯这个人物身上找到了自己要找的东西：

他们看见她在购物中心的超市里排队，她的孩子们有的像苍蝇一样挤在购物车上，有的提着装满啤酒和薯片的袋子向停车场里的小货车走去。她的孩子们长着厚厚的眼皮和爬行动物的嘴巴，坐在布满树皮的卡车车厢里，把一些空的易拉罐滚来滚去。

沃尔特眼中的乡下穷人是那些购买啤酒和薯片的烟鬼，他们的孩子像爬行动物。在沃尔特的晚宴故事会中，他用自己的成见虚构出阿尔比娜的故事：她是一个骗取救济金的人，她的丈夫是个虐待狂。当他们同意拍照时（她想拍一些可爱的或者性感的照片），他坚持在一个废弃的救济院里给她拍裸照。当他让她摆出一些有辱人格的姿势时，显而易见，她不但会唤起人的性欲，同时也会引发潜在的性对抗。这就是沃尔特的艺术中"消极的"一面；与其说他想保存阿尔比娜的形象，不如说他想通过她来实践自己的虐待狂幻想。对他而言，她是低俗小说中被转化成艺术作品的拖车房荡妇，为中产阶级带来色情刺激。

如普鲁明言，迈登斯、艾维顿和莫迪卡三人的照片各不相同，因为作为摄影师，他们小心翼翼地游移于支配者与偷窥者两种身份之间。普鲁为迈登斯的摄影集撰写了序言，她在序言中宣称迈登斯的作品是成功的，因为迈登斯既没有将拍摄对象变为他的雇主的宣传工具，也没有对自己见证的悲苦境遇进行过度地煽情。通过"走进他本人亲眼目睹的生活"，他成功地记录下各种生存境遇的本质。[21] 在《特雷德韦尔》的书评中，普鲁重述了这些观点，她指出，"莫迪卡对人类的生存处境洞察秋毫……她不仅自己能够领略，而且还为我们展演了如何才能领略贫贱生活之美"。莫迪卡的拍摄对象是体态丰满之人和有文身之人，拍摄的背景是肮脏的床垫和破烂的窗帘，但是却没有维尔特表现出的那种鄙夷不屑。诚然，如普鲁所言，有时他们的姿势似乎让我们想起种种古典形象，他们的破衣烂衫引发一种具有讽刺意味的高贵感。[22] 艾维顿的照片公然挑战西部的自身形象，他用血迹斑斑的屠宰场里的工人、女卡车司机、流浪汉和粗鄙壮汉取代了潇洒的牛仔和高贵的牧场主。他们伤痕累累的身体便是"恶劣环境中艰苦生活"的真实写照。普鲁在评论这部摄影集时指出，西部人的反应是勃然大怒：他们看到的是肮脏卑贱，而不是严峻之美。[23] 毫无疑问，我们可以断言："现实在此地从来都百无一用。"

失落的边疆——阅读安妮·普鲁的《怀俄明故事》

情景喜剧《罗丝安妮》中杂乱无章的场景和《皇后区之王》中赫弗南斯的客厅为我们展演了地位低下的穷苦白人懒散邋遢的形象，对惠姆家拖车房的形象逼真的描述是对这种形象的消解，而非对其延续。[24] 这可以说是艾维顿照片的文字表述；如果这种描述令我们触目惊心，那并不是因为巴迪操纵的结果（他经历了理想的幻灭，也失去了判断能力），而是因为他所记录的卑贱可怜的生活处境是真情实景。然而，对于拉斯·惠姆的描述并非如此，巴迪在第二天被请去吃烤肉时见到了拉斯。巴迪以自己的视角描述了当时的场景，不过此时此刻，对于惠姆一家人，他已经做好了必要的感知调整。在他的想象中并不存在中间地带，现在他把拉斯这个人物看作噩梦中地位低下、穷困潦倒的恶棍：

拉斯无精打采地走过来，伸出布满血痂的手。他的圆脑袋剃得光光的，脖颈粗大，发达的肌肉宛如隆起的土丘。拉斯·惠姆的脸伤痕累累，两只胳膊上有铁丝网、长有尖牙的毒蛇和喷射着红色子弹的 AK-47 的文身。

拉斯是真正的"恶土"——巴迪少年时代想象中的大恶狼——是一个极其危险的人物，因为他是狼群中反复无常、难以取悦的头狼，他希望自己是一只独狼。巴迪能够看到危险。不过这一次他又错了。小说中巴迪的问题在于：拉斯从巴迪浪漫想象中吃苦耐劳的匆匆过客变为他噩梦中地位低下、穷困潦倒的恶霸，他从来都不是一个让人费解的人物。小说中真正有可能导致误解的人物不是拉斯，而是克雷格——这个土生土长的怀俄明狼人。

克雷格·德什勒是一个令人费解的人物，拉斯只能把他想象成一个从自己的少年时代跳出的一个人物："他是真正的山地人，在地上睡觉，追踪狮子，煮牛仔咖啡。"德什勒看起来只在意别人如何看待他："大家都说我晚生了一百年……我本该是个山地人，他们对我说。我是一个返祖的人，对此我感到很自豪。"他把自己看作是克劳德·达拉斯那种类型的魅力四射的人物，克劳迪·达拉斯是一个当代的山地人，于1986年成为西部的英雄人物，他曾杀害两名狩猎警官，为了逃避警察的追捕，他在爱达荷州的山艾林中躲了一年多的时间。德什勒对克劳迪·达拉斯的称颂表明，他也分不清真实性与文化陈规之间的区别，但这并不是一个缺点，反而对他的适应能力有所助益。可以预见的是，巴迪被他诡秘的"自信神态"所吸引。然而，这种吸引只存在于他们的初次会遇，之后，巴迪则对他鄙夷不屑，认为他是个可恶的

（声音如舷外发动机一般）冒牌货，他对现代社会做出了太多的妥协——动力搬运车，步枪，手表——巴迪不屑——详述。他不是灰熊亚当斯，他放的屁臭气熏天，就像"生臭鼬肉"的味道一样。这一次，巴迪又错了。

德什勒或许是一个令人讨厌的家伙，但是他却充满危险；他对现代世界的妥协展现了他的适应能力。他真正的威胁不在于他对克劳德·达拉斯的崇敬，而是在于他的一些关于狼的言论。"我看到一只狼，我就看到了我自己"，在他罕见的自我贬低的一段话中，他说：他指的不是童话故事里吃那些不愿睡觉的孩子的大恶狼；拉斯属于这种凶暴粗鄙的恶狼（后来因为儿子不睡觉，他打断了儿子的胳膊）。事实上，他在告诉人们，怀俄明最具适应能力的食肉动物落基山狼仍然存在，恰恰因为大家都认为落基山狼已经不复存在，它们才得以幸存下来。尽管大家认为德什勒是一个与众不同、独来独往的怪人，而实际上他却是一只寻觅伴侣的群狼。他把这一需求置于自己的山地人文化背景之中，因此，他不是灰熊亚当斯那样的孤立的隐士，而是一个四处为自己寻求印第安妻子的人。所以，当他教拉斯的儿子利埃学狼嚎的时候，这是一种象征性的洗礼，他要把利埃纳入他的狼群，同时把谢莉变为他的配偶：拉斯在克鲁格身边显得紧张不安就不足为奇了。

然而，谢莉有自己的筹划谋算。很明显，她想用巴迪来替代拉斯，他先引诱巴迪和她待在一起过夜，保护她免受丈夫的打骂，等他熟睡之后，开始对他进行性挑逗。在昏昏欲睡的状态中，巴迪屈从于她的诱惑，因为起初他把她误认为是当地酒吧里最近曾为他服务的一位漂亮女招待，巴迪的误认强调了谢莉所说的话，她说她是怀俄明最具适应能力的捕食者。自然既不是平衡的，也不是仁慈的，巴迪力图恪守道德，"谢莉，我不是要告诉你该如何经营生活，但是你要为孩子想想"，可是他的性冲动使他误入歧途，因为"不受控制的身体让他陷入困境"。普鲁对次日清晨的场景进行了细致入微的描述，凸显了道德权威的分崩离析。当巴迪透过拖车房的小窗向外看时，他发现，在缕缕晨曦之中，"东方有一团上下翻滚、靛蓝色与橙红色相间的云。枯萎的金华矮灌木在狂风中猛烈摇摆"。动词中所暗含的消极暴力可以增强或损伤作品的美感：自然的暴力带给我们一种庄严之美。拖车房内发生的行为则不具备这样的美，巴迪的"弄脏的宽松内裤"表明他已经把"恶土"换成了"拖车房污垢"。

这一场景为充满悬念的结局作了铺垫：巴迪和拉斯的妻子发生了性关

203

失落的边疆——阅读安妮·普鲁的《怀俄明故事》

系，拉斯是个臭名昭著的心理变态狂，他父亲有权有势，"任何事情都别想瞒过他的眼睛"。他拿着枪睡觉，但是，当他行驶在"恶土小路"上时，所有的路都好像要把他带回沃姆萨特，这是对他先前无拘无束的浪漫主义的控诉。这种体验的积极效果在于，现在他意识到他并不是自己想象中的独狼。他与家人和好如初，重新回到狼群之中。他甚至打电话给堂弟赞恩——小说中唯一真正的独狼——询问能否为他找一份渔船上的工作：他要和恶土道路彻底决裂。（在巴迪看来，因为赞恩住在阿拉斯加，所以他一定住在海边，这是他一贯的对人对事宽泛概括的作风。）当巴迪最后一次邂逅德什勒时，他"看着这个山地人的双眼"，看到的是"冷酷原始的直视"，以前那种"欢快的眼神"已不复存在。拉斯的命运仍然是一个谜，但是，弗农·克拉伦斯天真的话语使我们有理由相信，克雷格把他喂了狼。这是巴迪凭直觉猜想的结果，因此他说："看来你现在拥有了自己的狼群。"

普鲁笔下的输家是经济变化的受害者，他们被迫在拖车房聚居区过着举步维艰的生活，与当地的西部传统进行着错综复杂的博弈。但是在后现代经济中，构成西部的要素是待价而沽的，金钱可以购买和操弄该地域所讲述的自身故事的内容。通过这些故事，普鲁让我们看清了政客、企业牧场主以及好莱坞导演的真实嘴脸，他们不断地唤起人们关注地域传统，同时却在经济上剥削利用地域传统。她笔下的输家包括：那些不能适应全球经济现状的人（没有继承家业的牧场主的子女们）；那些拙劣模仿西部神话的人（金扣环酒吧里的女招待）；那些因怀俄明繁荣与萧条的经济周期而深陷困境的外来者（随油田开发而来的地位低下、穷困潦倒的粗鄙壮汉）。他们都是赞恩·米勒所说的生存扑克游戏中的输家，不是因为他们拿到了一手烂牌，而是因为他们不能适应打牌规则的变化。本章所探讨的内容是失败，唯一的赢家是山地人返祖者克雷格·德什勒，他之所以成功地适应了变化，是因为他看起来像一个输家。

本章注释

1 杰拉尔丁·比德尔，《漫步在怀俄明》，《观察家报》，2004年12月12日；http://www.guardian.co.uk/books/2004/dec/12/fiction.features（访问于2013年9月16日）。

2　阿伊达·埃迪马里亚姆，《牧场是我家》，《卫报》，2004年12月11日；http://www.guardian.co.uk/books/2004/dec/11/featuresreviews.guardianreview13（访问于2013年9月12日）。

3　朱莉娅·克莉斯蒂娃，《恐怖的权力：论卑鄙》，利昂·鲁迪兹译，纽约：哥伦比亚大学出版社，1982年，第4页。

4　见吉姆·戈德，《红脖梗宣言：山里人、乡下人和穷苦白人如何成为了美国的替罪羊》，纽约，伦敦：西蒙与舒斯特出版公司，1997年，第23页。

5　安妮·普鲁，《打开牡蛎》，收录于安妮·普鲁编著的《红沙漠：一个地方的历史》，得克萨斯：得克萨斯大学出版社，2009年，第339—354页；引言，第77—81页，安妮·普鲁，《怀俄明：牛仔之州》，收录于约翰·伦纳德编著的《美国诸州：美国著名作家关于自己家乡的原创论文》，纽约：雷神之口出版社，2003年，第495—508页。

6　贝丝·罗弗里达，《失去马修·谢波德：反同性恋谋杀之后的生活和政治》，纽约：哥伦比亚大学出版社，2000年，第37—40页。

7　见约翰·诺埃尔·摩尔对该小说叙事风格进行的颇具洞察力的解析。小说景观，《英语杂志》，第90卷第1期，2000年9月。

8　见凯伦·琼斯和约翰·威尔斯，《美国西部：相互冲突的愿景》，爱丁堡：爱丁堡大学出版社，2009年，第104、106页。

9　丹尼尔·史怀泽，《现实完全没有用处，哪里？安妮普鲁的〈怀俄明故事〉和新地域主义的问题》，硕士论文，南达科他大学，2011年，第54页。

10　比尔·伯福德，《格兰塔杂志》序言，1983年夏季；http://www.granta.com/Archive/8（访问于2013年9月4日）。

11　帕姆·休斯顿，《牛仔是我的罩门》，维拉戈出版社，1994年，第124—125页。

12　1942年，罗斯福总统下令拘禁美国偏远地区的日裔美国人，大约11000人被安置在怀俄明北部的哈特山集中营。

13　米兰妮·邓肯·弗朗茨对小说的结局做了精彩论述，《我的牛仔英雄：解构安妮·普鲁〈近距离〉中牛仔神话的浪漫色彩》，硕士论文，休斯顿大学，2007年，第59页。

14　马克思在《资本论》中致生物学家的献辞表明达尔文主义与资本主义经济学是一致的。

15　安妮·普鲁，《小蛇河谷》，《红沙漠》，第311—315页。

16　亚历山德拉·福勒，《科尔顿·布莱恩特传奇》，口袋书出版公司，2009年，第94页。

17　安妮·普鲁，《边缘地域的居民》，《红沙漠》，第308页。

18 威廉·基特里奇,《上冲断层梦想》,《拥有一切:论文集》,华盛顿汤森港:灰狼出版社,1987年,第114-115页。
19 基特里奇,《至福之地上的白人》,《下一次牛仔竞技表演:新作与论文选集》,明尼苏达圣保罗:灰狼出版社,2007年,第177页。
20 转引自黛安娜·肯德尔,《形塑阶级:美国财富与贫穷的媒介表征》,马里兰拉纳姆:罗马和利特尔菲尔德,2005年,第325页。
21 安妮·普鲁,《影像中的土地:卡尔·迈登斯摄影集》的序言,国会图书馆与贾尔斯出版公司,伦敦,2011年,viii–xiii(xi, xiii)。
22 安妮·普鲁,《圣物箱》,《特雷德韦尔:安德莉亚·莫迪卡摄影集》,旧金山:编年史图书公司,1996年,第9-12页。
23 安妮·普鲁,《淘金热之后》,《卫报》,2005年11月23日。
24 《罗丝安妮》(美国情景喜剧),于1988年10月18日至1997年5月20日在美国广播公司播放;《皇后区之王》(美国情景喜剧),于1998年9月21日至2007年5月14日在美国哥伦比亚广播公司播放。

结　　论

　　本书开始部分以迪斯尼风格为我们展示了吉尔伯特·伍尔夫斯卡尔眼中典型的牛仔、印第安人和拓荒者的形象，他们象征着普鲁笔下的怀俄明。《怀俄明故事》在民间传统的神秘面纱背后暗自观察，为我们展演了怀俄明人努力使自身的西部传统适应现代经济现状的严酷现实。这个任务充满艰难险阻，因为富有的外来者大量涌入，决意在此实现他们的西部想象，从而迫使当地人成为舞台道具；企业巨头戴着牛仔的面具来到此地，对当地的景观和生活方式造成覆巢毁卵般的损害。普鲁故事集的成功之处在于，她使地域书写的传统模式起死回生，既没有回到怀俄明怀旧的过去，也没有沉湎于怀俄明反常的现在。她笔下的怀俄明存在于一系列的相互关联之中——地理的，历史的，文化的，经济的和美学的；这样的怀俄明可能会让追寻西部传统故事（抗争与征服的一元化叙事）的读者忧心忡忡，因为它完全遵循后现代手法，抛却了大规模的线性叙事。诚然，她的故事集也告诫人们要提防这一手法的狭隘与偏颇，激发读者认清真相：在当代西部，拖车房聚居区存在于大提顿山的阴影下，沃尔玛超市的收银员站立在谢恩的身影下。《重婚男》（载《好了原本如此》）这部短篇小说探讨了直线性相对于关联性的主题，同时也表呈了普鲁《怀俄明故事》中的"怀俄明"的真实意涵。该小说以麦罗霍恩养老院为背景，这里是为牛仔养老送终的地方，小说向西部人物以及我们对西部先入为主的观念提出挑战，以一种全新的视角为小说本身以及作为一个整体的三部故事集做出了恰切的结论。

　　《重婚男》是一部关于讲故事的小说，尤其是我们所讲述的西部故事。中心人物是年迈的雷·福肯布洛克，他的孙女贝丝敦促他讲述当年作牛仔时的故事。故事的核心内容事关一个他保守多年的秘密：他的父亲是一个旅行推销员，他对父亲充满无尽的爱，可是父亲竟是一个同时拥有四个家庭的

207

失落的边疆——阅读安妮·普鲁的《怀俄明故事》

人。特纳认为,西部征服创造了美国人,从许多方面而言,老福肯布洛克的作法是对特纳观点的滑稽模仿:他征服了他的销售区域,并且到处繁衍美国人。雷的讲述是杂乱无序的,其中交织着各式各样的人物故事和故事片段,普鲁通过这些故事探讨了家庭关系的残酷性以及归属于一个广义家族团体的言外之意。叙事重现了众多我们耳熟能详的普鲁式主题:被建构的西部特性;神话的沉重负担;景观的重要意义。然而,和故事集的揭幕戏《半剥皮的阉牛》一样,个体和群体在做线性叙事时,其自身的选择性与压抑性导致他们的记忆是不可靠的,这正是该小说的核心要素。

麦罗霍恩养老院是旧西部与新西部相互碰撞之地。小说伊始,养老院仿造的室内装饰风格凸显了人为建构的地域特性。这是"一座具有西部特色、规划杂乱无章的单层木制建筑","家具上覆盖着带有对称的'印第安'设计图案的织物,灯罩的边缘包着鹿皮","墙上挂有麦罗霍恩先生镶嵌的几颗大耳黑尾鹿头和一把双人横切锯"。比尔·科迪退休后就想在这样的房子里颐养天年。尽管大部分在此居住的老人都认同麦罗霍恩的贵族理念:人的晚年应该在抽烟、喝酒和色情电视节目中尽情地享受,但是雷却与众不同,独自一人坐在那里凝视着窗外。他是西部的一部分,是一个典型的牛仔,他的双眼是那种"最浅、最浅的蓝色,被镐凿过的冰的颜色",他白天不看电视,只看景观和天气。然而,他透过养老院的窗户所看到的是一个女性化的景观,"丛生禾草宛如漂白的头发",天空呈现"乳白色",蓄养池微微泛光,恰似锌槽的底板。小说告知我们,"在雷·福肯布洛克看来,天气在隐秘地徐徐前行,给他带来无与伦比的伤害"。通过情感误置,天气象征着他自己慢慢走近死亡,他年轻时曾亲眼目睹一位猎马老者死于严酷的现实,老人的死亡具有一种崇高感,与他行将面临的死亡形成鲜明对比。对于一个在牛仔神话中浸淫多年的人而言,与麦罗霍恩养老院给予他的婴儿般的照料相比,老人的死"更令人肃然起敬"。[1]

所以,当贝丝央求雷讲述自己的故事时,她期望听到的是振奋人心的牛仔传说,类似于好莱坞电影所引发的想象中的传奇故事。像小说集中的其他故事一样,本小说所讲的故事打破了我们以及贝丝对怀俄明历史的怀旧幻想。雷开始讲故事,贝丝充满期待,她想象着爷爷"恬淡清净的青年时光"里没有"川流不息的车辆、落叶清扫机和电视机的喧闹声"。但是,这种田园牧歌式的生活场景并非出自雷的记忆,而是贝丝一厢情愿地浪漫化演绎。

结　论

与此相反，雷讲述了自己在"考利小镇"的成长经历，列举了一系列发生在家庭成员之间的失范行为，阅读过小说集中其他故事的读者对此耳熟能详：多兰兄弟二人不共戴天；雷对弟弟的神秘死亡持有暧昧态度；与雷发生性关系的女孩已经和她的哥哥以及继父发生过性关系。这一系列的反常行为彰显了三部小说集中贯穿始终的一个主题：举步维艰地生活在残酷、偏远的环境中未必引发西部神话所蕴含的高尚品德，结果反而与之背道而驰。

　　重要的是，雷大体上按照时间顺序来讲，一些看似毫不相干的历史不时打断他的故事，普鲁通过这一手法彰显了选择性和抑制性，这是她所有叙事架构的共有特点。贝丝不断地暂停和倒带象征着雷的心理过程。雷的断断续续的讲述也和麦罗霍恩养老院工作人员的故事交叠在一起，以此提醒读者，雷处于当前相互关联的状态之中。通过雷和护理员贝蕾妮斯·潘的谈话我们可以清晰地看到这一点，在谈话中，贝蕾妮斯强调了他们之间的相互关联性，因为他们都曾做过各种各样收入微薄的工作：他"曾当过牛仔，捕猎野马，参加牛仔竞技表演，开采石油，剪羊毛，开卡车，什么苦工都干过"，而她曾做过"饭店服务员，日间护理，清扫房屋，7-11便利店店员"。她的男友查德·格里尔斯是布莱德索家族的后裔，雷曾经在布莱德索家的牧场做过牛仔，这进一步表明了她和雷之间具有关联性。然而，这种关联性随着她与格里尔斯一拍两散而就此中断。每周星期日她和男友都会驾车出游，有一次在路上他们与几个粗鄙壮汉发生争执，结果男友落荒而逃，此后两人分道扬镳。[2]

　　尽管这件事在整个叙事中看似无关紧要，普鲁却通过它探讨了新互联的西部地理在打造地域身份过程中的作用。查德和贝蕾妮斯在"天然气公司铺设的崭新的、没有标识的公路上"行驶时迷了路——在《红沙漠》中普鲁把这些道路描述为"一只小猫的摇篮，道路纵横交错，却好像无路可走"。[3]这与雷记忆中的景观相去甚远，而且，"在你生于斯、长于斯并且从未离开过的土地上迷路是一件令人啼笑皆非的事情"。这件事的真正作用体现在他们和修路工的争吵中（修路工怀疑他们是环保主义者），查德声称："我家就在这个县，我也出生在此地，我比你们更有权力在这条路上行驶。"这些话激化了他们的矛盾，一个工人反唇相讥："就算你出生在旗杆顶上，关我屁事。"从某种意义上说，这个工人的话是对的，因为西部人并非由地理所塑造。当西部人迷路时，地理无能为力；当这些干巴巴满

209

失落的边疆——阅读安妮·普鲁的《怀俄明故事》

是尘土的道路与西部人和读者心中的西部景观大相径庭时，地理还是无能为力。

雷的身份与他对残酷景观以及垂死猎马老者的尊严的认同紧密相连。这种尊严是牛仔神话的特质，它可以轻而易举地替换掉父亲给他带来的失望。然而，普鲁的叙事不断提醒我们注意雷在其他人际关系网中的角色，以此中断这种怀旧之情。当福尔莉·温特卡，七十年前"与他发生性关系的第一个女孩"来到麦罗霍恩养老院时，这一叙事目的赫然在目。温特卡向雷提及一位"在暴风雪中寻找自己的小猫而冻死的女教师"，这是一个刻意而为的猎马老者死亡的女性化版本，她想借此重塑她与雷之间的关联性。然而，这与雷心中的具有男子气概的西部形象格格不入，早已被他忘得无踪无影（第18页）。但是他并没有忘记温特卡，她把自己的多重身份相结合——"福尔莉·温特卡，亦名特丽莎·沃利，亦名特莉·多兰，最后，名为特莉·泰勒"——成为一种客观存在，提醒人们注意，在怀俄明，"你曾经做过的、说过的每一件事都会随你走到生命尽头"。温特卡在麦罗霍恩养老院举行的一次"周末冒险活动"中跌入大峡谷，这不仅仅是一次个人灾难，如丹尼尔·史怀泽明言，雷的故事是由关联网络的部分缺失所构成的。[4] 由此，我们得出更深刻的理解，个人的历史，推而广之，整个地域的历史，不是来自一段记忆抑或个人记忆的线性变化，而是关联网络中交互作用的产物。

这为本小说提供了恰切的结论，在凸显相互关联的重要性方面，它为整个《怀俄明故事》提供了恰切的结论。研究《怀俄明故事》的读者像贝丝为雷录音时一样，都期望听到西部的故事，因此，普鲁的三部小说集可能会让他们感到迷惑不解。本书已经阐明，普鲁笔下的怀俄明与其说是一个地理区域，不如说是一组交叉区域。在某种程度上而言，这是因为她采用了短篇小说的体裁来写作，她把这种写作类型比作一座"拥有多扇窗户的房屋，每扇窗户都朝向截然不同但却相互关联的景致"。[5] 这个视觉比喻一语中的，普鲁在小说集中致力于描写众多人物的狭隘目光——米切尔·费尔，巴迪·米勒，老瑞德，当然也有雷——他们热衷于通过单一的窗口观察西部，由此更加强化了这一比喻。普鲁笔下的怀俄明也存在于众多文学体裁的交叉区域——肮脏现实主义，抒情田园主义，廉价商店的牛仔，魔幻现实主义，古典悲剧和神话故事（通常在同一部小说中不止使用一种文学体裁）——众多的文学体裁跳脱了狭窄的叙事视角。

结 论

《怀俄明故事》中的怀俄明是一种相互关联的产物，随着时间的推移，它的地域观念也在不断改变。在地图上我们可以找到它的位置，但是它是由景观内虚构的城镇和真实的城镇所构成，普鲁把这一景观描绘得淋漓尽致，读者对于它的真实性坚信不疑，同时它作为文化产物而引人注目。地理不再是界说地域的静态工具，而是一个具有多重意义的事物，为我们展演人际交往互动的遗产。我们永远都不能忘记，现在的牧场和拖车房聚居区所在的地方，曾经是印第安人宿营的地方，曾经是被大海环绕的地方。普鲁虚构的小镇也位于美国小城镇与全球资本主义交汇区域，小镇的商业大街上有当地商店，全球连锁商店和西部主题商店，向当地兜售一种商品化的西部。在小镇街道上，历史人物与虚构人物互生共存，一幕幕家庭剧在所报道的全球事件背景之中上演。尽管提及外部世界及其对小说人物的生活所造成的显著影响，奇怪的是，普鲁笔下的怀俄明却看似超然物外，不受时间的影响。三部小说集可以在伊拉克结束，但是我们还是会回到西部边疆。这主要是因为她的人物一直在反思，把当代抗争置于想象中的西部原型人物行为的背景之中——牛仔，印第安人，拓荒者，牧场主——这些原型左右着他们的身份。他们试图使理想化的角色模型适应当代世界，结果却把他们搞得面目全非，成为怪诞的拙劣模仿，凡此种种，俯拾皆是。实质上，普鲁的怀俄明是一种叙事文学创作，提醒我们注意"虚构"与"现实"之间的细微差别，同时也为我们证明了小说集中一句口头禅的广泛意涵："现实在此地从来都百无一用。"

完成《怀俄明故事》的写作之后，普鲁的创作兴趣回归至森林，她从森林中走出，利用怀俄明的视线进行创作。《粗暴行为》曾于2013年6月以同名短篇小说的形式在《纽约客》杂志发表，小说的背景设在18世纪上半叶魁北克的森林中，追踪两位法国移民及其后裔的命运轨迹。普鲁解释了该项写作计划的灵感来源，那些看过她描述自己刚到怀俄明时的场景的读者，会觉得这一解释似曾相识：

> 大约十五年前，那时我经常开车出游，当我从不同的路线穿越大陆时，我路经一个位于密歇根上半岛的废弃小镇。这个地方灌木丛生，只有一座建筑，一个废弃的多用途商店。在长满灌木和杂草的山坡上，我看到一个指示牌，大致是说，上个世纪此处生长着世界上最大面积的五针松森林。森林已经荡然无存，只剩下这个指示牌，从那一刻起，我开

失落的边疆——阅读安妮·普鲁的《怀俄明故事》

始考虑写一部与滥伐森林的历史紧密相连的小说。[6]

看来普鲁再次邂逅了一个与她的创作才能相得益彰的景观。她说，让她感兴趣的不是这种事态的道德感，而是相互联系的文化的磅礴气势——法国的、中国的、荷兰的、英国的以及美国各州的——森林里的树木使得这些文化交汇融合。像怀俄明一样，在她笔下的纽芬兰或者得克萨斯狭长地带以及历史上的魁北克生活的人们始终不渝地坚守着传统的生活方式，对抗着来自相互关联愈发紧密的世界的威胁。她记载了一段攫取土地、暴力犯罪以及"粗暴行为"的历史，让我们感到"一种绝无仅有的东西与我们渐行渐远"。另一个失落的边疆……

本章注释

1. 普鲁在为《红沙漠》撰写引介文章而做考察时发掘了这个形象。这一形象让我们想起"人们发现猎马者特克斯·洛夫背靠岩石坐着死去了"。《红沙漠：一个地方的历史》，得克萨斯：得克萨斯大学出版社，2009年，第77–81页。
2. 丹尼尔·史怀泽对该小说做了精彩解析，《现实完全没有用处，哪里？安妮普鲁的〈怀俄明故事〉和新地域主义的问题》，硕士论文，南达科他大学，2011年，第71–75页。
3. 安妮·普鲁，引言，《红沙漠》，第78–79页。普鲁在托马斯·里德编著的《荒野之路：复兴蛮荒之地》的序言中也论述了建设道路的混乱状态，博尔德：约翰逊图书公司，2006年，vii–x。
4. 史怀泽，《新地域主义的问题》，第74页。
5. 对安妮·普鲁的访谈，《密苏里评论》，第22卷第2期，1999年春季，第84–85页；http：//www.missourireview.com/content/dynamic/view_text.php?text_id=877（访问于2013年9月4日）。
6. 与黛博拉·特瑞斯曼的访谈，《纽约客》，2013年6月4日；http：//www.newyorker.com/online/blogs/books/2013/06/this-week-in-fiction-annie-proulx.html（访问于2013年10月27日）

参考文献

Abbey, Edward, *Desert Solitaire: A Season in the Wilderness* (1st edn 1968; New York: Touchstone, 1990).
—"Even the Bad Guys Wear White Hats: Cowboys, Ranchers and the Ruin of the West", *Harper's* (January 1986), 51–5.
Abele, Elizabeth, "Westward Proulx: The Resistant Landscapes of *Close Range: Wyoming Stories* and *That Old Ace in the Hole*", in A. Hunt (ed.), *Geographical Imagination*, 113–125.
Abell, Stephen, "Woebegone in Wyoming", *Times Literary Supplement* (12 September 2008).
Adams, Ramon, *The Cowboy and his Philosophy* (Austin: Encino, 1967).
Adler, Warren, "The State of the Cowboy State in the New Millennium", in M. Shay, D. Romtvedt and L. Rounds (eds), *Deep West*, 263–270.
Alexie, Sherman, *Reservation Blues* (New York: Time Warner, 1996).
—*Ten Little Indians* (New York: Grove Press, 2004).
Armitage, Susan, "Through Women's Eyes: A New View of the West", in S. Armitage and E. Jameson (eds), *Women's West*, 9–18.
Armitage, Susan and E. Jameson (eds), *The Women's West* (Norman and London: University of Oklahoma Press, 1984).
Arosteguy, Katie, "'It was all a hard, fast ride that ended in the mud': Deconstructing the Myth of the Cowboy in Annie Proulx's *Close Range: Wyoming Stories*", *Western American Literature* 45:2 (Summer 2010), 116–36.
Athearn, Robert, *The Mythic West in Twentieth Century America* (Lawrence: University Press of Kansas, 1986).
Baile, Robert, "Stark Tales of Wyoming by a Native Daughter", *The Boston Globe* (10 November 2008); http://articles.boston.com/2008-11-10/ae/29279050_1_bad-dirt-wyoming-swamp-mischief [accessed 21 November 2013].
Bass, Rick, *The Sky, the Stars, the Wilderness* (Boston and New York: Mariner, 1998).
Baudrillard, Jean, *America*, trans. Chris Turner (New York and London: Verso, 1988).
Bedell, Geraldine, "Roaming in Wyoming", *The Observer* (12 December 2004); http://www.guardian.co.uk/books/2004/dec/12/fiction.features [accessed 16 September 2013].
Bevis, William, "Native American Novels: Homing In", in Brian Swann and Arnold Krupat (eds), *Recovering the World* (Berkeley: University of California Press, 1987), 580–620.
Bolick, Katie, "Imagination Is Everything", *The Atlantic Monthly* (12 November 1997); www.theatlantic.com/unbound/factfict/eapint.htm [accessed 28 October 2013].
Boyd, Ellen, "Oral History and Revenge in Annie Proulx's 'The Half-Skinned Steer'", *Forum: University of Edinburgh Postgraduate Journal of Culture and the Arts* 13; http://www.forumjournal.org/site/issue/13/ellen-boyd [accessed 28 November 2013].
Brown, Dee, *Gentle Tamers* (Nebraska: University of Nebraska Press, 1958).

失落的边疆——阅读安妮·普鲁的《怀俄明故事》

—*The American West* (1st edn 1995; London: Pocket Books, 2004).
Burford, Bill, Introduction to *Granta Magazine* (Summer 1983); http://www.granta.com/Archive/8 [accessed 4 September 2013].
Burns, R. H., A. S. Gillespie and W. G. Richardson, *Wyoming's Pioneer Ranches* (Laramie: Top-of-the-World-Press, 1955).
Burroughs, John Rolfe, *Where the Old West Stayed Young* (New York: Morrow, 1962).
Busch, Frederick, "A Desperate Perceptiveness", *The Chicago Tribune* (12 January 1992).
Butler, Anne, "Selling the Popular Myth", in Clyde A. Milner II, Carol A.O'Connor, Martha A. Sandweiss (eds), *The Oxford History of the American West* (Oxford: Oxford University Press, 1996), 771–801.
Butruille, Susan, *Women's Voices from the Western Frontier* (Boise: Tamarack Books, 1995).
Caldwell, Gale, "Wild West Transplanted to Wyoming", *The Boston Globe* (16 May 1999).
Calhoun, John, "Peaks and Valleys", *American Cinematographer* 87:1 (2006), 58–67; http://www.ennisjack.com/forum/index.php?topic=16905.0 [accessed 3 September 2013].
Campbell, Neil, *The Cultures of the American New West* (Edinburgh: Edinburgh University Press, 2000).
—*The Rhizomatic West: Representing the American West in a Transnational, Global, Media Age* (Lincoln: University of Nebraska, 2008).
—"Brokeback Mountain's 'In-Between' Spaces", *Canadian Review of American Studies* 39:2 (2009), 205–20.
Carlson, Ron, "True Grit", *New York Times* (7 September 2008); http://www.nytimes.com/2008/09/07/books/review/Carlson-t.html?_r=1 [accessed 29 November 2013].
Cather, Willa, *My Antonia* (1st edn 1914; London: Virago Classics, 1983).
—*O Pioneers!* (1st edn 1913; Nebraska: University of Nebraska Press, 1992).
Caveney, Graham, "Twisters in the Tale; Tall Stories Meet Big Winds and Dark Secrets in Annie Proulx's Texas: Review of *That Old Ace in the Hole*", *The Independent* (4 January 2003); http://business.highbeam.com/6001/article-1P2-1740879/books-twisters-tale-tall-stories-meet-big-winds-and [accessed 29 November 2013].
Cella, Matthew, *Bad Land Pastoralism in Great Plains Fiction* (Iowa City: University of Iowa Press, 2010).
Clark, Mike, "'Brokeback' Opens New Vistas", *USA Today* (9 December 2005), E4.
Cohen, Sandy, "The Story behind 'Brokeback Mountain'", *Associated Press* (19 December 2005); http://www.advocate.com/arts-entertainment/entertainment-news/2005/12/17/annie-proulx-tells-story-behind-brokeback [accessed 3 September 2013].
Cooper, Brenda and Edward Pease, "Framing Brokeback Mountain: How the Popular Press Corralled the 'Gay Cowboy Movie'", *Critical Studies in Media Communication* 25:3 (August 2008), 249–73.
Courtwright, David T., *Violent Land: Single Men and Social Disorder from the Frontier to the Inner City* (Cambridge, MA: Harvard University Press, 1996).
Cowley, Jason, "Pioneer Poet of the American Wilderness", *The Times* (5 June 1997).
Cox, Christopher, Interview with Annie Proulx, *The Paris Review* 188 (Spring 2009) www.theparisreview.org/interviews/5901/the-art-of-fiction-no-199-annie-proulx [accessed 11 September 2013].
Crimmel, Hal, "The Apple Doesn't Fall Far from the Tree: Western American Literature and Environmental Literary Criticism", in N. Witschi (ed.), *Companion to the West*, 367–77.

参考文献

Cronon, William, George Miles and Jay Gitlin (eds), *Under an Open Sky: Rethinking America's Western Past* (New York: W. W. Norton and Company, 1992).

Deloria, Philip, *Indians in Unexpected Places* (1st edn 1999; Lawrence: University Press of Kansas, 2004).

Deloria, Vine Jr, *God Is Red: A Native View of Religion* (1st edn 1972; Golden, CO: Fulcrum Publishing, 1994).

Deverell, William (ed.), *A Companion to the American West* (Oxford: Blackwell Publishing, 2004).

Doig, Ivan, *Ride with Me, Mariah Montana* (New York: Atheneum, 1990).

—*This House of Sky: Landscapes of a Western Mind* (1st edn 1978; San Diego, New York and London: Harcourt Brace and Company, 1992).

Edemariam, Aida, "Home on the Range", *The Guardian* (11 December 2004); http://www.guardian.co.uk/books/2004/dec/11/featuresreviews.guardianreview13 [accessed 12 September 2013].

Eder, Richard, "Don't Fence Me In", *The New York Times* (23 May 1999); http://www.nytimes.com/books/99/05/23/reviews/990523.23ederlt.html [accessed 29 November 2013].

Ehrlich, Gretel, *The Solace of Open Spaces* (Harmondsworth: Penguin, 1985).

Emerson, Ralph Waldo, Address on "Idealism", *Nature, Addresses, and Lectures* (1849) in *Ralph Waldo Emerson* (Oxford Authors Series) (Oxford: Oxford University Press, 1990), 22–9.

Etulain, Richard, *Re-imagining the Modern American West: A Century of Fiction* (Arizona: University of Arizona Press, 1996).

Falconer, Delia, "Review of *Fine Just the Way It Is*", *The Age* (13 October 2008); http://www.theage.com.au/news/entertainment/books/book-reviews/fine-just-the-way-it-is/2008/10/13/1223749917539.html?page=fullpage#contentSwap1 [accessed 4 September 2013].

—*The Return of the Vanishing American* (London: Paladin, 1968).

Fenimore, David, "'A Bad Boy Grown Up': The Wild Life Behind Zane Grey's Westerns", in David Rio, Amaia Ibarraran, José Miguel Santamaria and M.a Felisa López (eds), *Exploring the American Literary West: International Perspectives* (Universidad del Paris Vasco: 2006), 57–68.

—"Folk-singing in the West, 1880–1930", in N. Witschi, *Companion to the West*, 316–35.

Fiedler, Leslie, *Love and Death in the American Novel* (New York: Criterion Books, 1960).

Forbis, William, *The Cowboys* (New York: Time-Life, 1973).

Fox, William, *The Void, the Grid, and the Sign* (Reno: University of Nevada Press, 2000).

Frantz, Milane Duncan, "My Heroes Have Always been Cowboys: The De-romanticising of the Cowboy Mythology in Annie Proulx's *Close Range*", MA dissertation (University of Houston, 2007).

Gardner, Dudley, "Early People of the Red Desert", *Red Desert*, 231–7.

—"The Union Pacific, the Chinese, and the Japanese", *Red Desert*, 297–304.

Gautreaux, Tim, "Behind Great Stories there are Great Sentences", *The Boston Globe* (19 October 1997), 4.

Gerrard, Nicci, "The Inimitable Annie Proulx", *The Observer* (13 June 1999); www.guardian.co.uk/theobserver/1999/jun/13/featuresreview.review [accessed 7 September 2013].

Gilchrist, Megan, *The Western Landscape in Cormac McCarthy and Wallace Stegner: Myths of the Frontier* (New York and London: Routledge, 2010).

215

失落的边疆——阅读安妮·普鲁的《怀俄明故事》

Gilroy, John Warren, "Another Fine Example of the Oral Tradition? Identification and Subversion in Sherman Alexie's *Smoke Signals*", *Studies in American Indian Literatures* (*SAIL*) 13:1 (Spring 2001), 23–39; https://facultystaff.richmond.edu/~rnelson/asail/SAIL2/131.html#23 [accessed 7 August 2013].

Glotferry, Cheryll and Harold Fromm, *The Ecocriticism Reader: Landmarks in Literary Ecology* (eds), (Athens, GA: University of Georgia Press, 1996).

Grey, Zane, *The Border Legion* (New York: Harper Brothers, 1916).

—*Riders of the Purple Sage* (1912) (Lincoln: University of Nebraska Press, 1994).

Grossman, James (ed.), *The Frontier in American Culture: An Exhibition at the Newberry Library – Essays by Richard White and Patricia Nelson Limerick* (California: University of California Press, 1994).

Handley, William R. (ed.), *The Brokeback Book: From Story to Cultural Phenomenon* (Lincoln and London: University of Nebraska Press, 2011).

—"The Past and Futures of a Story and a Film", in W. R. Handley (ed.), *The Brokeback Book*, 1–23.

Harris, Katherine, "Homesteading in Northeastern Colorado, 1873–1920: Sex Roles and Women's Experience", in S. Armitage and E. Jameson (eds), *Women's West*, 165–178.

Harris, W. C., "Broke(n)back Faggots: Hollywood Gives Queers a Hobson's Choice", in J. Stacy (ed.), *Reading Brokeback*, 118–34.

Hartigan, John, "Unpopular Culture: The Case of 'White Trash'", in *Cultural Studies* 11:2 (1997), 316–44.

Hemingway, Ernest, *The Sun Also Rises* (New York: Scribner's, 1926). Henderson, William Haywood, *Native* (New York: Plume, 1993); http://www.williamhaywoodhenderson.com/ [accessed 25 September 2013].

Hitt, Jack, "Where the Deer and the Zillionaires Play", *Outside Magazine* (October 1997), 122–234; www.outsideonline.com/outdoor-adventure/Where-the-Deer-and-the-Zillionaires-Play.html?page=all [accessed 4 September 2013].

Hoberman, John, "How the West was Lost", in J. Kitses and G. Rickman (eds), *The Western Reader* (New York: Limelight, 1999), 85–92.

Holden, Stephen, "Riding the High Country, Finding and Losing Love", *The New York Times* (9 December 2005); http://movies.nytimes.com/2005/12/09/movies/09brok.html?_r=0 [accessed 29 November 2013].

Holthaus, G. and Charles F. Wilkinson (eds), *A Society to Match the Scenery: Personal Visions of the Future of the American West* (Boulder: University of Colorado Press, 1991).

Horowitz, Mark, "Larry McMurtry's Dream Job", *New York Times on the Web*; http://www.nytimes.com/books/97/12/07/home/article2.html [accessed 9 August 2013].

Hunt, Alex (ed.), *The Geographical Imagination of Annie Proulx: Rethinking Regionalism* (Lanham, MD: Lexington Books, 2009).

Jackson, John Brinckerhoff, *Discovering the Vernacular Landscape* (New Haven: Yale University Press, 1984).

Jameson, Elizabeth, "Women as Workers, Women as Civilisers: True Womanhood in the American West", in S. Armitage and E. Jameson (eds), *Women's West*, 145–164.

Jeffrey, Julie Roy, *Frontier Women* (New York: Hill and Wang, 1979).

Jennings, William Dale, *The Cowboys* (New York: Bantam Books, 1972).

Jensen, Joan and Darlis Miller, "The Gentle Tamers Revisited: New Approaches to the History of Women in the American West", *Pacific Historical Review* 40 (May 1980), 173–213.

Johnson, Margaret E., "Proulx and the Postmodern Hyperreal", in A. Hunt (ed.), *Geographical Imagination*, 25–38.

Johnson, Susan Lee, "Film Review *Brokeback Mountain*", *The Journal of American History* 93:3 (December 2006), 988–90.

Jones, Ginger, "Proulx's Pastoral as Sacred Space", in J. Stacy (ed.), *Reading Brokeback Mountain*, 19–28.

Jones, Karen and John Wills, *The American West: Competing Visions* (Edinburgh: Edinburgh University Press, 2009).

Jordan, Teresa, *Cowgirls: Women of the American West* (Lincoln and London: University of Nebraska Press, 1992).

Joyner, Carol, "Cultural Mythology and Anxieties of Belonging: Reconstructing the 'Bi-cultural' Subject in the Fiction of Toni Morrison, Amy Tan and Annie Proulx", unpublished PhD Dissertation (University of London, 2002).

Kaufman, Moises, and Members of the Tectonic Theater Project, *The Laramie Project* (New York: Vintage, 2001).

Kinsey, Alfred, Wardell Pomeroy and Clyde Martin, *Sexual Behavior in the Human Male* (Philadelphia and London: W. B. Saunders, 1949).

Kitses, Jim, *Horizons West* (London: Thames and Hudson and British Film Institute, 1969).

Kitses, Jim and Greg Rickman (eds), *The Western Reader* (New York: Limelight, 1999).

Kittredge, William, "The Last Safe Place", *Time Magazine* (6 September 1993), 27.

—*The Next Rodeo: New and Selected Essays* (Saint Paul, MN: Graywolf Press, 2007).

—*Owning It All: Essays* (Port Townsend, WA: Graywolf Press, 1987).

Klett, Mark, *Revealing Territory* (Albuquerque: University of New Mexico Press, 1992).

Kolodny, Annette, *The Lay of the Land: Metaphor as Experience and History in American Life and Letters* (Chapel Hill: University of North Carolina Press, 1975).

Kowalewski, Michael, "Writing in Place: The New American Regionalism", *American Literary History* 6:1 (Spring 1994), 171–183.

Kupelian, David, "Hollywood has Now Raped the Marlboro Man", *World Net Daily* (27 December 2005); http://www.wnd.com/2005/12/34076/ [accessed 3 September 2013].

Larson, T. A., *History of Wyoming* (1st edn 1965; Lincoln and London: University of Nebraska Press, 1978).

—*Wyoming: A Bicentennial History* (New York: W. W. Norton and Company, 1977).

Lawrence, Elizabeth Atwood, *Rodeo: An Anthropologist Looks at The Wild and the Tame Rodeo* (Knoxville: University of Tennessee Press, 1982).

Lehmann-Haupt, Christopher, "*Close Range*: Lechery and Loneliness out West", *The New York Times* (12 May 1999); www.nytimes.com/books/99/05/09/daily/051299proulx-book-review.html [accessed 29 November 2013].

Lessinger, Jack, *Penturbia: Where Real Estate Will Boom After the Crash of Suburbia* (Seattle, WA: SocioEconomics, Inc., 1991).

Limerick, Patricia Nelson, *The Legacy of Conquest* (New York and London: W. W. Norton and Company, 1987).

Limerick, Patricia Nelson, with Clyde A. Milner II and Charles E. Rankin (eds), *Trails: Towards a New Western History* (Kansas: University Press of Kansas, 1991).

Loffreda, Beth, *Losing Matt Shepard: Life and Politics in the Aftermath of Anti-Gay Murder* (New

York: Columbia University Press, 2000).

Lundquist, Suzanne Evertsen, *Native American Literatures: An Introduction* (New York and London: Continuum, 2004).

Magagna, Anthony Rudolph, "Placing the West: Landscape, Literature, and Identity in the American West", unpublished PhD dissertation (University of California, 2008).

Markowitz, Benjamin, "Weighed Down by Past", *The Daily Telegraph* (12 December, 2004); www.telegraph.co.uk/culture/books/3633197/Weighed-down-west.html#? [accessed 3 September 2013].

Marx, Leo, *The Machine in the Garden: Technology and the Pastoral Ideal in America* (New York: Oxford University Press, 1964).

McMurtry, Larry, "Adapting Brokeback Mountain", in *Brokeback Mountain: Story to Screenplay* (New York and London: Scribner, 2005).

McMurtry, Larry and Diane Ossana, "Brokeback's Big Secrets", Interview with Anne Stockwell, *Advocate* (28 February 2006), 42–4.

McPhee, John, *Rising from the Plains* (New York: Farrar, Straus and Giroux, 1986).

Mehler, Charles Eliot, "Brokeback Mountain at the Oscars", in J. Stacy (ed.), *Reading Brokeback*, 135–51.

Mellion, Bénédicte, "Unreal, Fantastic and Improbable Flashes of Fearful Insight in Annie Proulx's *Wyoming Stories*"; www.benemeillon.com/…/Unreal-Fantastic-and-Improbable-Flashes-of-F [accessed 12 September 2013].

Mendelsohn, Daniel, "An Affair to Remember", *New York Review of Books* (23 February 2006), 12–13; http://www.nybooks.com/articles/archives/2006/feb/23/an-affair-to-remember/?pagination=false [accessed 29 November 2013].

Miles, George, "To Hear an Old Voice: Rediscovering Native Americans in American History", in W. Cronon, G. Miles and J. Gitlin (eds), *Under an Open Sky*, 52–70.

Miller, D. A., "On the Universality of Brokeback", *Film Quarterly* 60:3 (Spring 2007), 50–60; http://townsendlab.berkeley.edu/sites/all/files/DA%20Miller%20On%20the%20Universality%20of%20Brokeback_0.pdf [accessed 12 September 2013].

Mitchell, W. J. T., *Landscape and Power* (Chicago: University of Chicago Press, 1994).

Moody, Rick, "Across the Great Divide", *The Guardian* (17 December 2005); http://www.theguardian.com/books/2005/dec/17/featuresreviews.guardianreview12 [accessed 29 November 2013].

Moore, Caroline, "High Prairie, Low Life: Review of *That Old Ace in the Hole*", *The Spectator* (4 January 2003); http://www.spectator.co.uk/books/20403/high-prairie-low-life/ [accessed 29 November 2013].

Morris, Gregory L., *Talking up a Storm: Voices of the New West* (Lincoln: University of Nebraska Press, 1995).

Myers, B. R., "A Reader's Manifesto: An Attack on the Growing Pretentiousness of American Literary Prose", *The Atlantic Monthly* (1 July 2001); http://www.theatlantic.com/magazine/archive/2001/07/a-readers-manifesto/302270/[accessed 29 November 2013].

Myres, Sandra L., *Westering Women and the Frontier Experience, 1800–1915* (Albuquerque: University of New Mexico Press, 1982).

Nash, Gerald D. and Richard Etulain (eds), *The Twentieth Century West: Historical Interpretations* (Albuquerque: University of New Mexico Press, 1989).

Nash, Henry Smith, *Virgin Land: The American West as Symbol and Myth* (Cambridge, MA:

Harvard University Press, 1950).

Needham, Gary, *Brokeback Mountain* (Edinburgh: Edinburgh University Press, 2010).

Nicholas, Liza, *Becoming Western: Stories of Culture and Identity in the Cowboy State* (Lincoln: University of Nebraska Press, 2006).

Oates, Joyce Carol, "In Rough Country", *New York Review of Books* (23 October 2008); http://www.nybooks.com/articles/archives/2008/oct/23/in-rough-country/?pagination=false [accessed 3 September 2013].

Ossana, Diana, "Climbing Brokeback Mountain", in *Brokeback Mountain: Story to Screenplay*, 143–151.

Packard, Chris, *Queer Cowboys and Other Erotic Male Friendships in Nineteenth-Century American Literature* (Basingstoke: Palgrave Macmillan, 2006).

Pascoe, Peggy, "Western Women at a Cultural Crossroads", in P. N. Limerick, C. A. Milner II and C. E. Rankin (eds), *Trails: Towards a New Western History* (Kansas: University Press of Kansas, 1991), 40–58.

Patterson, Eric, *On Brokeback Mountain: Meditations about Masculinity, Fear, and Love in the Story and the Film* (Lanham, MD and Plymouth: Lexington Books, 2008).

Peavy, Linda and Ursula Smith, *Pioneer Women: The Lives of Women on the Frontier* (Norman: University of Oklahoma Press, 1998).

Petrakis, John, "Heartbreak Mountain", *Christian Century* 123:2 (24 January 2006), 43.

Pickle, Linda, *Contented among Strangers: Rural German Speaking Women and their Families in the Nineteenth Century Midwest* (Illinois: University of Illinois Press, 1996).

—"Rural German-Speaking Women in Early Nebraska and Kansas: Ethnicity as a Factor in Frontier Adaptation", *Great Plains Quarterly* 1:1 (1989), 239–251; http://digitalcommons.unl.edu/cgi/viewcontent.cgi?article=1389&context=greatplainsquarterly [accessed 3 September 2013].

Poquette, Ryan D., "Critical Essay on 'The Half-Skinned Steer'", *E-Notes*; http://www.enotes.com/topics/half-skinned-steer/themes#themes-themes[accessed 3 September 2010].

Porter, Joy, "Historical and Cultural Contexts to Native American Literature", in J. Porter and K. M. Roemer (eds), *Cambridge Companion*, 39–68.

Porter, Joy and Roemer, K. M. (eds), *The Cambridge Companion to Native American Literature* (Cambridge: Cambridge University Press, 2005).

Potter, David, "American Women and American Character", in Barbara Welter (ed.), *The Woman Question in American History* (Hinsdale, IL: The Dryden Press, 1973), 117–132.

Prescott, Cynthia Culver, *Gender and Generation on the Far Western Frontier* (Tuscon: University of Arizona Press, 2007).

Purdy, John, "Crossroads: A Conversation with Sherman Alexie", *SAIL* 9:4 (Winter 1997), 1–18; https://facultystaff.richmond.edu/~rnelson/asail/SAIL2/94.html#1 [accessed 7 August 2013].

Rafferty, Terence, "*Bad Dirt*: A Town with Three Bars", *The New York Times* (5 December 2004); http://query.nytimes.com/gst/fullpage.html?res=9B0CEFDA143EF936A35751C1A9629C8B63&pagewanted=all [accessed 3 September 2013].

Rea, Tom, "The View from Laramie Peak", in M. Shay, D. Romtvedt and L. Rounds (eds), *Deep West*, 283–8.

Reynolds, Susan Salter, "Annie Proulx No Longer at Home on the Range", *The Los Angeles Times* (18 October 2008); www.latimes.com/news/nationworld/nation. la-et-proulx18–

2008oct18,0,3383917.story [accessed 3 September 2013].

Rickey, Carrie, "Men in Love, and in Anguish: A Love Story of Anguish and Silence", *Philadelphia Inquirer* (16 December 2005), W3.

Riley, Patricia, "The Mixed Blood Writer as Interpreter and Mythmaker", in Joseph Trimmer and Tilly Warnock (eds), *Understanding Others* (Urbana, IL: National Council of English, 1992).

Robbins, Jim, *Last Refuge: The Environmental Showdown in Yellowstone and the American West* (New York: Morrow and Co., 1993).

Robinson, Marilynne, *Housekeeping* (1st edn 1981; London: Faber and Faber, 1985).

Rood, Karen, *Understanding Annie Proulx* (Columbia, SC: University of South Carolina Press, 2001).

Roosevelt, Theodore, *The Winning of the West*, H. Wish (ed.) (1st edn 1889–96; Gloucester: Peter Smith, 1976).

—*Ranch Life and the Hunting-Trail* (New York: Century Co., 1899).

Russell, Sharman Apt, *Kill the Cowboy: A Battle of Mythology in the New West* (Lincoln: University of Nebraska Press, 2001).

Russo, Vito, *The Celluloid Closet: Homosexuality in the Movies* (New York: Harper and Row, 1985).

Sage, Leland, *A History of Iowa* (Ames: Iowa State University, 1974).

Sandlin, Tim, "How Place Affects My Subject Matter", in M. Shay, D. Romtvedt and L. Rounds (eds), *Deep West*, 432–4.

Savage, Thomas, *The Power of the Dog* (1st edn 1967; Boston: Little, Brown, 2011).

Savage, William, Jr, *The Cowboy Hero: His Image in American History and Culture* (Norman and London: University of Oklahoma Press, 1979).

Scharnhorst, Gary, "'All Hat and No Cattle': Romance, Realism, and Late Nineteenth-Century Western American Fiction", in N. Witschi (ed.), *A Companion Literature*, 281–96.

Schlissel, Lilian, *Women's Diaries of the Westward Journey* (1st edn 1984; New York: Schoken Books, 2004).

Schmahl, Helmut, "Truthful Letters and Irresistible Wanderlust: The Emigration from Rhenish Hesse to Wisconsin", in Heike Bungert, Cora Lee Kluge and. Robert C. Ostergren (eds), *Wisconsin German Land and Life* (Max Karde German-American Studies: University of Wisconsin, 2006).

Schweitzer, Daniel, "'Reality's Never been of Much Use Out' Where? Annie Proulx's *Wyoming Stories* and the Problems of Neoregionalism", MA dissertation (University of South Dakota, 2011).

Shaffer, Marguerite S., "Western Tourism", in W. Deverell (ed.), *Companion to American West*, 373–89.

Shay, Michael, David Romtvedt and Linn Rounds (eds), *Deep West: A Literary Tour of Wyoming* (Wyoming: Pronghorn Press, 2003).

Showalter, Elaine, *A Jury of her Peers: American Women Writers from Anne Bradstreet to Annie Proulx* (New York: Alfred A. Knopf, 2009).

Shugart, Helene, "Consuming Passions: 'Educating Desire' in 'Brokeback Mountain'", *Critical Studies in Media Communication* 28:3 (24 May 2011), 173–92.

Simpson, Elizabeth, *Earthlight, Wordfire: The Work of Ivan Doig* (Moscow, ID: University of Idaho Press, 1992).

Sinclair, Clive, "*Bad Dirt*: Home on the Range", *The Independent* (31 December 2004); http://www.independent.co.uk/arts-entertainment/books/reviews/bad-dirt-wyoming-stories-2-by-annie-proulx-6155346.html [accessed 25 November 2013].

Skow, John, "On Strange Ground", *Time Magazine* (17 May 1999); http://content.time.com/time/magazine/article/0,9171,990992,00.html [accessed 29 November 2013].

Slotkin, Richard, *Gunfighter Nation: The Myth of the Frontier in Twentieth-Century America* (New York: Atheneum, 1992).

—*Regeneration through Violence: The Mythology of the American Frontier*, 1600–1860 (Middletown, CT: Wesleyan University Press, 1973).

Smith, Henry Nash, *Virgin Land: The American West as Symbol and Myth* (Cambridge, MA: Harvard University Press, 1950).

Smith, Page, *Daughters of the Promised Land: Women in American History* (Boston: Little, Brown, 1970).

Snyder, Gary, *The Practice of the Wild: Essays by Gary Snyder* (San Francisco: North Point Press, 1990).

Spurgeon, Sara, *Exploding the Western: Myths of Empire on the Postmodern Frontier* (Texas: Texas A&M University Press, 2005).

Stacy, Jim, *Reading Brokeback Mountain: Essays on the Story and the Film* (Jefferson, North Carolina and London: McFarland and Company, 2007).

—"Buried in the Family Plot: The Cost of Pattern Maintenance to Jack and Ennis", in J. Stacy (ed.), *Reading Brokeback*, 29–44.

Stegner, Wallace, *The American West as Living Space* (Michigan: University of Michigan Press, 1987).

—*The Big Rock Candy Mountain* (1st edn 1943; New York: Penguin Books, 1991).

—*The Sound of Mountain Water* (1st edn 1969; Harmondsworth: Penguin Books, 1997).

—*Where the Bluebird Sings to the Lemonade Springs* (Harmondsworth: Penguin Books, 1992).

Steinberg, Sybil, "E. Annie Proulx: An American Odyssey", *Publishers Weekly* 3 (June 1996), 57–58.

Stoltje, Beverly, "A Helpmate for a Man Indeed: The Image of the Frontier Woman", *Journal of American Folklore* 88:347 (Spring 1975), 25–41.

—"Making the Frontier Myth: Folklore Process in a Modern Nation", *Western Folklore* 46:4 (1987), 235–253.

Swaab, Peter, "Homo on the Range", *New Statesman* (12 December 2005), 40–42; http://www.newstatesman.com/node/152202 [accessed 29 November 2013].

Thomas, John L., *A Country in the Mind: Wallace Stegner, Bernard DeVoto, History, and the American Land* (New York and London: Routledge, 2002).

Thomson, David, "The Lone Ranger", *The Independent on Sunday* (30 May 1999); http://www.independent.co.uk/arts-entertainment/the-lone-ranger-1096783.html [accessed 29 November 2013].

Tompkins, Jane, *West of Everything: The Inner Life of Westerns* (New York and Oxford: Oxford University Press, 1992).

Tuan, Yi-Fu, *Space and Place: The Perspective of Experience* (Minneapolis: University of Minnesota Press, 1997).

Varvogli, Aliki, *The Shipping News: A Reader's Guide* (New York and London: Continuum, 2002).

Vilkomerson, Sara, "Brokeback Encore", *The New York Observer* (12 November 2008); http://www.thefreelibrary.com/Brokeback+Encore-a01611637206 [accessed 29 November 2013].

Viner, Katharine, "Death of the Author", *The Guardian* (6 June 1997), Section 2, 2.

Welter, Barbara (ed.), *The Woman Question in American History* (Hinsdale, IL: The Dryden Press, 1973).

Weltzien, Alan, "Annie Proulx's Wyoming: Geograpical Determinism, Landscape, and Caricature", in A. Hunt (ed.), *Geographical Imagination*, 99–112.

Werden, Douglas, "'She Had Never Humbled Herself': Alexandra Bergson and Marie Shabata as the 'Real' Pioneers of *O Pioneers!*", *Great Plains Quarterly* 7:1 (2002), 199–215.

Westling, Louise, *The Green Breast of the New World: Landscape, Gender, and American Fiction* (Athens, GA: University of Georgia Press, 1996).

White, Richard, "Frederick Jackson Turner and Buffalo Bill", in James R. Grossman (ed.), *The Frontier in American Culture: An Exhibition at the Newberry Library – Essays by Richard White and Patricia Nelson Limerick* (California: University of California Press, 1994), 7–65.

—*It's Your Misfortune and None of My Own: A New History of the American West* (Norman: University of Oklahoma Press, 1991).

Williams, Terry Tempest, *Refuge: An Unnatural History of Family and Place* (New York: Vintage, 1991).

Wister, Owen, "The Evolution of the Cowboy", *Harper's* 91 (September 1895), 602–617.

—*Owen Wister Out West: His Journals and Letters*, ed. Fanny Kemble Wister (Chicago: University of Chicago Press, 1958).

—*The Virginian* (1902) (Oxford: Oxford University Press, 1998). Witschi, Nicolas (ed.), *A Companion to the Literature and Culture of the American West* (Oxford: Wiley-Blackwell, 2011).

Wynne-Jones, Ros, "Happier to Write than Love", *The Independent on Sunday* (1 June 1997); www.independent.co.uk/opinion/happier-to-write-than-love–1253675.html [accessed 10 September 2013].

Wypijewski, JoAnn, "A Boy's Life: For Matthew Shepard's Killers, What Does it Take to Pass as a Man?" *Harper's* (September 1999), 7; http://WWW/READINGS/10–05_Toolbox/Wypijewski_Boys_Harper's_Sept1999.pdf[accessed 12 September 2013].

普鲁的作品

著作
（按出版顺序排列，本书所引的版本一并引出）

Heart Songs (1st edn 1988; London and New York: Harper Perennial, 2006).

Postcards (1st edn 1992; London: Fourth Estate, 2003).

The Shipping News (1st edn 1993; London: Fourth Estate, 1994).

Accordion Crimes (1st edn 1996; London and New York: Harper Perennial, 2006).

Close Range: Wyoming Stories (1st edn 1999; London and New York: Harper Perennial, 2006).

That Old Ace in the Hole (2002) (London and New York: Harper Perennial, 2004).

Bad Dirt: Wyoming Stories (2004) (London and New York: Harper Perennial, 2005).

Fine Just the Way It Is: Wyoming Stories (London: Fourth Estate, 2008).

Red Desert: History of a Place (Texas: University of Texas Press, 2009).
Bird Cloud: A Memoir (London: Fourth Estate, 2011).

论文和随笔

收录于《红沙漠：一个地方的历史》（*Red Desert: History of a Place*）

"Forts Halleck and Fred Steele', 283–92. "Forts of the Red Desert', 267–70.
"Horse Bands of the Red Desert', 329–38. "Inhabitants of the Margins', 305–9.
"Introduction', 77–81.
"The Little Snake River Valley', 311–16.
"Opening the Oyster', 339–54.
"Red Desert Outlaws', 355–62.
"Red Desert Ranches', 317–27.
"Traversing the Desert', 253–65.
"The Union Pacific Railroad Arrives', 293–6.

其他论文

"After the Gold Rush', *The Guardian* (23 November 2005); http://www.guardian.co.uk/world/2005/nov/23/usa [accessed 4 September 2013].

"Blood on the Red Carpet', *The Guardian* (11 March 2006); www.guardian.co.uk/books/2006/mar/11/awardsandprizes.oscars2006 [accessed 29 November 2013].

"Books on Top', *The New York Times* (26 May 1994); http://www.nytimes.com/books/99/05/23/specials/proulx-top.html [accessed 29 November 2013].

"Dangerous Ground', in Timothy R. Mahoney and Wendy J. Katz (eds), *Regionalism and the Humanities* (Nebraska: University of Nebraska Press 2008), 6–25.

"Getting Movied', in *Brokeback Mountain: Story to Screenplay* (New York and London: Scribner, 2005), 129–38.

"How the West Was Spun', Review Essay of exhibition exploring the heroic myths of the American frontier, Compton Verney, Warwickshire. *The Guardian: Saturday Review* (25 June 2005), 4–6; http://www.guardian.co.uk/books/2005/jun/25/featuresreviews.guardianreview24 [accessed 3 October 2013].

"Urban Bumpkins', *The Washington Post* (25 September 1994); http://www.highbeam.com/doc/1P2–911232.html [accessed 29 November 2013].

"Writing in Wyoming', in M. Shay, D. Romtvedt and L. Rounds (eds), *Deep West: A Literary Tour of Wyoming* (Wyoming: Pronghorn Press, 2003), 42–6.

"Wyoming: The Cowboy State', in John Leonard (ed.), *These United States: Original Essays by Leading American Writers on Their State within the Union* (New York: Thunderer's Mouth Press, 2003).

序言和后记

Afterword to Thomas Savage, *The Power of the Dog* (1st edn 1967; Boston: Little, Brown, 2011).

Introduction to *Fields of Vision: The Photographs of Carl Mydans* (The Library of Congress in

223

association with D. Gilles, London, 2011), viii–xiii.
Introduction to Thomas Reed Petersen (ed.), *A Road Runs through It: Reviving Wild Places* (Boulder: Johnson Books, 2006), vii–x.
"Reliquary', *Treadwell: Photographs by Andrea Modica* (San Francisco: Chronicle Books, 1996), 9–12.

杂志采访（采访者姓名未标）

"A Conversation with Annie Proulx', *The Atlantic Online* (12 November 1997); http://www.theatlantic.com/past/docs/unbound/factfict/eapint.htm [accessed 3 September 2013].

"An Interview with Annie Proulx', *Missouri Review* 22:2 (Spring 1999), 84–5;http://www.missourireview.com/content/dynamic/view_text.php?text_id=877 [accessed 4 September 2013].

"More Reader than Writer: A Conversation with Annie Proulx', *Wyoming Library Roundup*' (Autumn 2005), 5–8; http://www-wsl.state.wy.us/roundup/Fall2005Roundup.pdf [accessed 9 September 2013].

图书在版编目(CIP)数据

失落的边疆/(英)马克·阿斯奎斯著；苏新连，
康杰译.--北京：商务印书馆，2018
ISBN 978-7-100-15017-0

Ⅰ.①失… Ⅱ.①马… ②苏… ③康… Ⅲ.①安妮·
普鲁—小说研究 Ⅳ.① I712.074

中国版本图书馆 CIP 数据核字 (2017) 第 184297 号

权利保留，侵权必究。

失落的边疆
——阅读安妮·普鲁的《怀俄明故事》
〔英〕马克·阿斯奎斯 著
苏新连 康杰 译

商务印书馆出版
（北京王府井大街36号 邮政编码100710）
商务印书馆发行
北京冠中印刷厂印刷
ISBN 978-7-100-15017-0

2018年3月第1版	开本 787×960 1/16
2018年3月北京第1次印刷	印张 14½

定价：40.00元